Stato di accusa

Matteo Meneghini

ISBN: 9781718033962

Cover image based on an image taken from pixabay.com

https://pixabay.com/it/citt%C3%A0-parcheggio-garage-persona-1487891/

A mia moglie

«Attualmente, cervello e computer sono come due supercalcolatori che cercano di comunicare attraverso un modem a 300 bps. Immaginate cosa sarà possibile quando potremo migliorare i nostri strumenti, creando un canale diretto tra il cervello umano e i moderni sistemi elettronici.»

Phillip Alvelda, manager DARPA-NESD (The Guardian)

Padova, 21 dicembre, 19.50

Martini rientrò dall'ospedale distrutto: era tornato il giorno precedente dagli Stati Uniti e da allora il jet lag non gli aveva dato pace. Moriva dalla voglia di stendersi a dormire, anche se non erano neanche le otto della sera. Andare a letto così presto dopo essere stato in America per un mese sarebbe stato un errore da dilettanti: si sarebbe svegliato alle 3 del mattino, se fosse andata bene, senza più riuscire ad addormentarsi. L'idea di passare un'altra notte guardando il display della sveglia gli metteva lo stesso entusiasmo di una birra analcolica.

Il viaggio di ritorno era stato massacrante: aveva rischiato di perdere l'aereo, perché all'aeroporto di San Francisco avevano deciso di perquisirlo da cima a fondo, forse perché teneva la barba lunga, forse perché aveva gli occhi rossi dalla stanchezza. Uno zelante dipendente della TSA, l'agenzia per la sicurezza aeroportuale, lo aveva invitato a seguirlo per un controllo accurato in una stanzetta. Dopo la perquisizione gli avevano anche chiesto di accendere il laptop, perché il controllo per esplosivi aveva dato esito positivo. «Stia tranquillo, succede spesso che dia falsi positivi, ma per la sicurezza dei passeggeri dobbiamo controllare che il pc si accenda e non vi siano problemi». E poi lo avevano lasciato da solo per più di un'ora, con l'ansia di perdere l'aereo. Ad ogni modo, correndo al gate era riuscito ad imbarcarsi sul volo diretto in Europa, cercando di dimenticare l'ispezione accurata a cui lo avevano sottoposto.

Entrato in casa, si mise subito in tuta e aprì il frigo nella speranza che si fosse riempito spontaneamente, stile manna dal cielo degli israeliti. Il frigo gli sorrise, pieno solo di due carote ormai molli, una mozzarella scaduta mentre era in America e due tavolette di cioccolato ancora confezionate. Decise di uscire a prendere un kebab, per mangiarlo a casa davanti alla televisione.

Se non altro, il ricordo del mese passato a Stanford gli sollevava il morale: i ritmi di lavoro erano stati massacranti, ma il clima della California e gli happy hour con i ricercatori americani l'avevano aiutato a dimenticare le fatiche del trasloco, finito tre mesi prima. Il risultato era stato un mese di levatacce (per star dietro ai ritmi lavorativi americani) e notti in bianco (per star dietro alle meravigliose opportunità offerte dalla West Coast). Almeno quella sera a casa avrebbe potuto riposarsi, in qualche modo. E i dati che aveva raccolto in America sarebbero stati sufficienti per concludere la ricerca e, sperava, poter scrivere la pubblicazione che avrebbe cambiato la sua carriera.

Mise le scarpe, indossò la giacca sopra alla tuta e scese le scale. Come sempre, sperava di non incontrare pazienti vicino a casa quando usciva in tuta. Sonia, la sua ex, aveva definito quel look 'da profugo alluvionato', e la descrizione era fin troppo generosa. Lei non lo sapeva, ma quella stessa tuta aveva conosciuto un esercito di sue ex e tutte avevano trovato modo di criticarla, perfino dieci anni prima, quando era ancora fresca di fabbrica.

Giunto a piano terra vide una luce blu che lampeggiava fuori dalla finestra del bagno, ma non ci fece caso: «Forse un'ambulanza venuta a prendere qualche vicino?», pensò, e si avviò verso la porta. Uscito di casa, però, scoprì che i lampeggianti erano sul tetto di un'auto dei carabinieri. L'uomo alla guida, vedendolo uscire, abbassò il finestrino e lo squadrò dalla testa ai piedi, forse colpito dal look trascurato: «E' lei il dottor Martini?»

«Sì, sono io. Perché?»

«Abbiamo bisogno che lei ci segua in caserma».

«In caserma? Cosa succede?»

«Di questo dovrà discutere direttamente con il tenente, noi abbiamo l'ordine di portarla con noi. Ci può seguire adesso?»

Martini li guardò, rimanendo per un attimo in silenzio e cercando di pensare lucidamente nonostante la fame e il sonno. Cosa avrebbe dovuto fare? Andare subito? O chiedere di aspettare l'indomani? Il carabiniere sembrava risoluto, quindi – in base al vecchio adagio 'via il dente, via il dolore' – decise di non aspettare: «Va bene, vi chiedo solo due minuti per cambiarmi».

«Nessun problema, attendiamo qua davanti», rispose il carabiniere spegnendo i lampeggianti sul tetto dell'auto.

Martini, troppo assonnato per pensare lucidamente, rimase un attimo a guardare le luci che si spegnevano, sperando solo che i carabinieri lo lasciassero libero al più presto. Rientrò in casa e, prima di cambiarsi, prese furtivamente la mozzarella scaduta. Verificato che non puzzasse come un formaggio francese, in due morsi la mandò giù, mentre metteva camicia e maglione. Non scrisse niente, nemmeno a sua madre, per evitare che si spaventasse e – ancora peggio – che facesse irruzione nella caserma dei carabinieri. Aveva trentotto anni, ma sua mamma era ancora convinta che non sapesse badare a se stesso: era pronta ad intervenire ogni volta ritenesse necessario difendere il suo 'bambino'.

Salito sulla Punto di ordinanza, cercò di capire dai carabinieri cosa stesse succedendo: «Ci sono problemi?»

Ma non ottenne risposta, se non un: «Preferiamo ne parli con il tenente, considerato che la situazione è delicata».

La risposta evasiva non fece altro che preoccuparlo, rendendolo ansioso nonostante la stanchezza. Nel breve tragitto verso la caserma l'auto attraversò alcune vie del centro, piene di persone che tornavano a casa con i regali di Natale sotto braccio. Mancavano tre giorni alla vigilia e lui non aveva ancora cominciato a pensare a cosa regalare ad amici e parenti. In compenso, aveva reso felici i colleghi del reparto, portando al lavoro ogni sorta di dolciume recuperato negli Stati Uniti: caramelle, biscotti alla cannella, arachidi rivestite di cioccolato, mandorle californiane, in quantità da far arricchire tutti i dentisti del Nord-Est. Perso nei suoi pensieri, non si rese conto che erano arrivati in caserma. L'appuntato lo invitò a scendere e lo introdusse in un corridoio pieno di raccoglitori, che sembravano usciti dagli anni settanta. Probabilmente era l'entrata di servizio, che ora era diventata l''archivio' della documentazione non ancora digitalizzata. Entrarono in una stanza tre per tre con una scrivania e due sedie; lo lasciarono lì, dopo avergli chiesto se volesse un caffè o qualcosa da bere. Optò per il caffè: anche se era di macchinetta, ne aveva bisogno per non addormentarsi in braccio al tenente.

Passati alcuni minuti, l'appuntato gli portò il caffè e lo lasciò nuovamente solo. Dovette attendere ancora un quarto d'ora prima che dalla porta entrasse il tenente. O, forse più propriamente, la tenente: doveva avere circa 35 anni, alta un metro e sessanta, capelli scuri raccolti, fisico asciutto, occhi neri, e l'energia di un corazziere. A differenza dei carabinieri che lo avevano prelevato a casa, non era in divisa, ma aveva jeans blu e un maglione di lana grigio a collo alto.

«Piacere, sono la tenente Pelino, sezione antidroga».

«Piacere, Martini». Antidroga? Cosa stava succedendo? L'ultima – e unica - volta che aveva avuto a che fare con la 'droga', era stato a sedici anni, quando un compagno di classe gli aveva passato una mezza canna. Che si fossero accorti di quella volta? Improbabile! Cosa stava succedendo?

«E' suo l'appartamento in via Manzoni 9, al terzo piano, scala B?», chiese la tenente.

«Sì, è mio».

«E al momento risulta affittato o libero?»

«Al momento è libero, sto cercando di venderlo da quando ho traslocato, qualche mese fa; tuttavia non ho ancora trovato un acquirente serio».

«L'appartamento è vuoto o ancora ammobiliato?»

«Al momento è praticamente vuoto, a parte i mobili dei bagni», rispose Martini.

Che la tenente fosse interessata a comprare casa sua? L'idea lo fece sorridere e si immaginò la giovane ufficiale che – per risparmiare sulla commissione dell'agenzia – faceva prelevare a casa i potenziali venditori di immobili per svolgere delle trattative private in caserma.

«La fanno sorridere le mie domande?», lo riprese con puntiglio la tenente.

«No, scusi, sono stanco e stavo pensando ad altro», cercò di rimediare Martini, preso in fallo. «Minchia che rigida», pensò, cercando di prendere più seriamente la situazione. Non riusciva a capire il motivo per cui era stato portato in caserma e, nella stanchezza e confusione di quei giorni, non riusciva a concentrarsi. L'immagine dei carabinieri nei telefilm italiani (Don Matteo in testa) si sovrapponeva a quella della tenente, impedendogli di prendere sul serio quello che stava vivendo.

«E il garage?», chiese lei.

«Il garage è ancora mezzo pieno. Sono riuscito a spostare la maggior parte delle cose, ma ci sono ancora diversi scaffali e valigie piene di vestiti e oggetti. La decisione su cosa tenere o buttare richiede tempo: ho deciso di posticiparla fino a quando troverò un acquirente».

«Capisco. Che lavoro fa lei?»

«Sono un medico, neurologo, lavoro al policlinico universitario».

«Si chiederà perché l'abbiamo portata in caserma a quest'ora della sera, immagino».

Martini allungò la mano per bere un po' di caffè e rispose di sì, se lo stava chiedendo e non riusciva a farsi un'idea.

«Questa mattina i colleghi del ROS, il raggruppamento operativo speciale, hanno fatto ingresso nel garage del suo appartamento, a seguito della segnalazione di un suo ex vicino, il signor Maresca».

Maresca? Il vecchio del primo piano? Perché aveva chiamato i carabinieri? Che problemi aveva? Di Maresca Martini sapeva poco, a parte il fatto che – da bravo pensionato – era sempre al balcone a guardare chi entrava e usciva dal condominio. Da qualche tempo aveva preso un cane mezzo zoppo al canile. Un cane che, fortunatamente, non abbaiava mai e che Maresca portava fuori regolarmente ad innaffiare le piante e i pali della luce del vicinato.

«Maresca ci ha contattati tre giorni fa perché il suo cane, a sua detta sempre molto tranquillo, non smetteva di abbaiare davanti alla serranda del suo garage in via Manzoni. Come lei saprà, Maresca passa ogni mattina davanti al suo portone per portare fuori il cane; fino a poco fa non aveva mai notato comportamenti di questo tipo. Tuttavia nell'ultima settimana il cane ha abbaiato ogni giorno, e solo nel momento in cui passava davanti al garage; il signor Maresca si è allarmato, dal momento che di solito il cane è così tranquillo che non abbaia nemmeno ai bambini.»

Martini la guardò incuriosito, cercando di capire.

«A quanto ci ha spiegato Maresca» continuò la tenente «il cane viene dal canile provinciale e, prima dell'incidente che lo ha reso zoppo, era in addestramento presso le unità cinofile. Per questo è addestrato a riconoscere una serie di odori particolari, dal momento che il suo ruolo era contribuire alla ricerca di cadaveri, per la scientifica, e droga, per l'anticontrabbando. Conoscendo la storia del cane, e notando che non c'era modo di farlo smettere di abbaiare, il sig. Maresca ha deciso di contattarci.»

Martini capiva sempre meno. Cadaveri? Droga? In casa sua? Di sicuro in garage potevano esserci diverse confezioni di cibo scaduto ma

– a memoria sua – niente che dovesse puzzare da morto. E riguardo alle droghe, l'unica polvere bianca era il detersivo della lavatrice. «Non capisco, cosa è successo?» chiese, cominciando a svegliarsi, ma soprattutto ad agitarsi.

«In seguito alla segnalazione di Maresca abbiamo cercato di contattarla più volte, ma il suo telefono è risultato spento.»

Era vero, era partito dagli Stati Uniti con il telefono scarico e poi, a seguito della perquisizione in aeroporto, non aveva più trovato il caricatore. Tornato a casa, ci aveva messo più di un giorno per ricordarsi di caricare il telefono, e solo da quel pomeriggio era tornato ad usarlo.

«Di conseguenza» continuò la tenente «considerata l'insistenza del signor Maresca e del suo cane, i colleghi dell'unità cinofila sono andati a casa sua per una verifica. Giunti sul posto, anche i pastori tedeschi dei colleghi hanno abbaiato e cominciato a graffiare la porta del suo garage. Come probabilmente lei sa, a differenza dei cani anti-bomba che si siedono dopo aver trovato l'ordigno, i cani antidroga quando fiutano gli stupefacenti cominciano a scavare fino a che non scovano l'origine dell'odore. Nel caso del suo garage, non potendo scavare hanno insistentemente graffiato e battuto sopra alla serranda. I colleghi della cinofila hanno quindi dedotto che nel garage dovessero esserci delle sostanze stupefacenti».

«E ci si può fidare del cane, in questi casi?», chiese Martini, in questo momento interessato all'aspetto scientifico della cosa. Forse la domanda serviva anche a dissolvere l'ansia che stava cominciando ad attanagliarlo.

«Certo. In queste situazioni è il rapporto tra cane e conduttore che conta. Tra i due esiste un'ottima intesa e i colleghi della cinofila sono quasi sempre in grado di interpretare la reazione dei cani. Non riuscendo a contattarla per due giorni consecutivi, i colleghi hanno ottenuto il mandato di perquisizione urgente dal pubblico ministero e, con l'aiuto di un fabbro, sono entrati nel suo garage.»

Pelino si interruppe un attimo, forse l'intento era quello di creare una pausa ad effetto, ma il risultato fu solo di far salire la frequenza cardiaca di Martini alle stelle.

«Entrati nel garage, i colleghi del ROS hanno trovato rapidamente la causa di tanto abbaiare. Lei sa di cosa si tratta?»

«No» rispose deciso, ma agitato, Martini.

«Sullo scaffale vicino all'ingresso del garage c'era una busta con circa 200 g di marijuana, per un valore totale di circa millecinquecento euro.»

«Marijuana?» balzò subito Martini, «non è di certo mia».

«Certo, tutti innocenti» pensò Pelino, perfino suo marito che per due mesi aveva negato di vedersi con la sua commercialista per delle riunioni (a due) che di fiscale avevano ben poco. E che, costretto ad ammettere, aveva avuto il coraggio di chiederle se poteva rimanere a vivere con lei qualche mese, finché non avesse trovato casa. Ricacciato il pensiero del quasi ex marito, Pelino continuò: «In aggiunta, sono stati trovati otto flaconi di metadone da 100 ml ciascuno. Il materiale è stato sequestrato e portato in caserma, in attesa delle verifiche da parte del reparto scientifico. Ne sa qualcosa?»

«No, nego in ogni modo di averci avuto a che fare», ribatté Martini, troppo confuso per interrogarsi su quanto stava succedendo.

Pelino continuò: «Come le parrà chiaro, lei si trova in una situazione spiacevole. Le evidenze in nostro possesso indicano che lei detiene sostanze stupefacenti in quantità significativa. 200 grammi di marijuana non sono un quantitativo tale da giustificare l'uso personale. Una dose del genere, agli occhi del pubblico ministero, è evidentemente destinata allo spaccio».

«Un momento» disse Martini, che cominciava a sentire il bisogno di parlare per reagire a quanto stava sentendo. «Grazie della spiegazione. Ora può lasciarmi parlare? Per favore?»

«Mi lasci finire, dopo deciderà lei se parlare o meno.»

«Continui» rispose Martini, preso dallo sconforto e incazzato al contempo. Cosa stava succedendo? Chi aveva messo la droga in casa sua? Come poteva uscire da questa situazione improbabile? E come doveva comportarsi con la tenente? Gli conveniva parlare oppure, come aveva visto solo nei film, chiedere un avvocato? Si faceva così anche in Italia oppure solo in America?

«In aggiunta a quanto le ho detto» continuò Pelino «vi sono forti sospetti circa la provenienza del metadone trovato nel suo garage. A proposito, le capita spesso di prescrivere metadone?»

«Mah, il metadone può essere utilizzato sia per la cura della tossicodipendenza da eroina, sia per il trattamento di dolori particolarmente intensi. Nel caso di noi neurologi, lo possiamo prescrivere per trattare il dolore neuropatico, un dolore fortissimo che deriva da una disfunzione del sistema nervoso centrale. Anche se, nella maggior parte dei casi, la prescrizione passa comunque attraverso il SERT, il servizio per le tossicodipendenze.»

A Martini sembrava di vivere dentro a un film, di non rendersi conto di quello che gli stava succedendo. Forse era per questo che riusciva a rispondere con relativo distacco e lucidità. Ma questa apparente sicurezza si stava sgretolando, a mano a mano che ascoltava le parole della tenente.

«Sì, mi è stato spiegato» proseguì Pelino «e per questo vi è il sospetto che il metadone trovato nel suo garage provenga o da un SERT o dalla farmacia di uno degli ospedali di Padova, e sia stato procurato in modo illecito. Dal momento che il farmaco è stato ritrovato nel suo garage, si è portati a pensare che lei abbia sottratto il metadone per venderlo sul mercato nero».

«Ma questo è inammissibile! Io non entro nella farmacia dell'ospedale da mesi, ho prescritto il farmaco, in rare occasioni, ma sempre a pazienti ricoverati che ne avevano realmente bisogno. Non vedo come sia possibile!»

«Lasciamo valutare al pubblico ministero se lei è innocente o meno. Per il momento sono costretta a trattenerla qui in caserma per interrogarla. Le chiedo quindi di rimanere qui a disposizione e rispondere alle mie domande. Abbiamo bisogno di inquadrare la situazione e, se necessario, capire in che direzione orientare le indagini. Il pubblico ministero ci ha chiesto di agire rapidamente, anche per giustificare la richiesta del mandato di perquisizione. Se vuole, può rispondere alle mie domande rilasciando dichiarazioni spontanee. Se desidera, può contattare un avvocato per avere maggiori tutele.»

«Avvocato? Io non ho un avvocato, non saprei chi chiamare.»

«Cominci a pensarci, le lascio se vuole qualche minuto prima di continuare.»

Pelino lo lasciò solo e lui, considerato il caffè rimasto ormai freddo, scosse la testa pensando a come aveva trascorso l'ultimo mese. Era stato un turbine di eventi. Fino a metà novembre, aveva lavorato in ospedale a ritmi esasperati. Erano sotto-organico, con due colleghe in maternità avevano da coprire molti più turni notturni e serali. Nel frattempo aveva dovuto definire gli ultimi dettagli degli esperimenti da svolgere negli Stati Uniti, in modo che tutto fosse pronto al suo arrivo a Stanford. Il progetto a cui stava lavorando aveva ricevuto un ingente finanziamento europeo ed era in via di conclusione. Entro la fine di gennaio avrebbe dovuto pubblicare i risultati della ricerca; aveva in programma anche un incontro con i revisori del progetto, in cui avrebbe ricevuto un giudizio su come aveva condotto il lavoro. Di dati ne aveva raccolti parecchi e si aspettava che, se avesse pubblicato i risultati in tempo, diversi centri di ricerca, aziende e pazienti avrebbero potuto beneficiare delle sue scoperte scientifiche.

In aggiunta allo stress del lavoro, ogni sera di ottobre e novembre era andato a letto oltre mezzanotte per sistemare gli scatoloni del trasloco e ordinare tutte le sue cose nella nuova casa. Poi il viaggio e, al ritorno, questa situazione paradossale. Come poteva esserci della droga in casa sua? E il metadone? Chi poteva averlo portato nel suo garage?

Ad ogni modo, la droga e il metadone non li aveva messi lui e aveva tutta l'intenzione di prendere di petto la situazione. La tenente, la signora palo-in-culo-Pelino, aveva detto che lo avrebbe tenuto in caserma per interrogarlo. Che fosse da chiamare l'avvocato? Essendo innocente, per rispondere alle prime domande forse se la sarebbe cavata da solo, anche perché non avrebbe saputo veramente a chi rivolgersi. Decise quindi di provare a gestire da solo la situazione ma, ad ogni buon conto, scrisse un messaggio al suo amico Gustavo Beretti, unico avvocato che conosceva, per avere un consiglio. Beretti si occupava di diritto matrimoniale; tuttavia Martini confidava nel fatto che avesse un collega penalista da consigliargli. Rimase comunque vago sul tipo di accuse, dal momento che non voleva cominciare a spargere la voce su quanto era successo. Beretti, puntuale come sempre, gli rispose che entro la mattina successiva gli avrebbe dato alcuni contatti da usare in caso di necessità.

Dopo pochi minuti rientrò Pelino, stavolta accompagnata da un maresciallo, tale Lipani, che si sarebbe occupato di verbalizzare quanto emerso nell'interrogatorio. «Allora, ha deciso se vuole rispondere alle nostre domande?»

«Certo» rispose Martini, «per il momento pensavo di collaborare senza avvocato, almeno per questa sera».

«Bene, non posso che ringraziarla dal momento che questo accelera i tempi e ci permette di procedere in modo spedito. Inizio con chiederle se era a conoscenza della presenza della marijuana e del metadone nel suo garage».

«Assolutamente no, non avevo idea che ci fossero e non ho idea di quando ci siano arrivati!»

«Da quanto tempo non si reca nel suo appartamento di via Manzoni?»

«Sono rientrato ieri dagli Stati Uniti dove sono stato per circa un mese, a partire dal 15 Novembre. Sono stato in via Manzoni 2-3 giorni prima di partire, quindi circa il 12-13 Novembre. Spesso passo a recuperare alcuni pacchi dal garage per portarli nella nuova casa».

«Ha notato niente di insolito al suo passaggio?»

«No, niente di strano, a parte il solito disordine.»

«Ha solo lei le chiavi di casa?»

«A dire la verità no; oltre a me le chiavi al momento le hanno due agenzie immobiliari: la Casafacile di via Cavazzana e la Carbone Immobiliare di via Sanmicheli. Entrambe le agenzie stanno cercando di vendere il mio appartamento ormai da cinque mesi. Per ora senza risultato.»

A questo punto Pelino richiese che Martini fornisse i numeri di telefono degli agenti immobiliari in questione per poterli contattare il mattino seguente.

«Sa se le due agenzie avevano visite programmate in questi giorni?»

«No, ai primi di Novembre ho scelto di lasciare loro le chiavi in modo che potessero gestire le visite autonomamente. Di solito mi contattano solo se i clienti sembrano intenzionati a fare un'offerta o hanno domande specifiche.»

«Lei capirà» continuò Pelino «che dovrò sentire anche i due agenti immobiliari, per capire quando si sono recati in via Manzoni e se hanno notato la droga e i flaconi sullo scaffale. Lei fa uso di sostanze stupefacenti?»

«No», rispose Martini, «a parte qualche 'prova' in periodo adolescenziale, non ho mai fumato neanche uno spinello.»

«Sarebbe disponibile ad effettuare un test per verificare questa sua affermazione? Analizzando i suoi capelli possiamo rilevare un eventuale consumo di sostanze negli ultimi mesi»

«Nessun problema, sono a vostra completa disposizione.»

Il maresciallo uscì a prendere il kit per l'analisi dei capelli, mentre Pelino aggiunse: «Analizzando i primi 3-4 cm di capelli, dal lato della radice, è possibile rilevare il consumo di droghe negli ultimi mesi. Il metodo è particolarmente efficace e fornisce risultati nell'arco di alcuni giorni».

Per finire, raccolsero anche le impronte digitali di Martini. Le avrebbero usate per confrontarle con quelle trovate nel garage e poter, eventualmente, riconoscere altre impronte estranee.

Terminata la procedura, Pelino gli disse: «Lei nega in modo assoluto il possesso di droga nell'appartamento di via Manzoni. Riesce a pensare a un motivo per cui una delle persone in possesso delle chiavi possa aver portato la droga in casa sua?»

«In verità no.»

Singapore, 21 dicembre, 21.00

Il Marina Bay Sands è un hotel/resort che si affaccia sulla baia della marina di Singapore. L'hotel, aperto nel 2010, ha 2561 camere, una serie di negozi e un enorme casinò con 500 tavoli e 1600 slot machines. Ma queste caratteristiche non colpiscono particolarmente, considerato che diversi hotel di Las Vegas vantano numeri simili. Ciò che più colpisce l'osservatore è il fatto che l'hotel è costituito da tre grattacieli posti uno a fianco all'altro: appoggiata sulla cima dei tre grattacieli, a 200 metri di altezza, troneggia una piattaforma larga 340 metri, detta Sky Park, che ospita la Infinity Pool, una piscina larga 150 metri.

Gli ospiti dell'hotel possono immergersi in questa piscina e bere cocktail costosissimi mentre ammirano il panorama di Singapore. In alcuni periodi dell'anno, l'aria di Singapore è così umida che gli unici modi per sopravvivere sono o stare in un ambiente condizionato o immergersi in acqua.

L'hotel è spesso sede di congressi internazionali, anche di grandi dimensioni. In quella settimana si stava tenendo il 'Workshop on Brain-Machine Interface Systems', una conferenza organizzata dalla società internazionale degli ingegneri elettronici. Lo scopo del congresso era studiare i dispositivi e i sistemi elettronici controllati direttamente attraverso segnali cerebrali. Questi sistemi sarebbero stati in grado di leggere i segnali elettrici emessi dal cervello, allo scopo - per esempio - di azionare una protesi o un dispositivo medico. Tecnologie ancora all'avanguardia, su cui ricercatori in tutto il mondo si stavano concentrando.

A questo congresso si trovava Lorenzo Chemelli, ingegnere universitario, amico e collega di Martini. Quella sera più che trovarsi al congresso, in verità, si trovava a bordo piscina, di fianco a Cathy, una signorina statunitense che aveva conosciuto poche ore prima. Era la prima volta che incontrava una ragazza del genere a un congresso di ingegneri: bionda, alta un metro e settanta, con un davanzale prominente e un modo di fare esplicito e disinibito. E, per di più, interessata al suo lavoro. Incredibile! Con lei era sgattaiolato fuori dal congresso in anticipo, decidendo di spendere qualche ora in piscina, tra un cocktail e due parole.

«Vado a prenderne altri due» disse Cathy, dirigendosi verso il bar.

«Meglio di così si muore», pensò Lorenzo, guardandone il lato B mentre si allontanava ondeggiando lentamente. Stava bevendo parecchio, ma non c'era motivo di preoccuparsi: l'intervento al convegno lo aveva già fatto e ora poteva passare l'ultima notte in libertà prima di fare rientro a casa. Anche perché sembrava che quegli asiatici mettessero molto poco alcol nei cocktail.

«Ecco qua» disse Cathy porgendogli il Coca-rum, «non riuscivo a sopportare di stare al convegno oggi! Tutto il giorno a parlare con la gente, molti sono solo dei perdenti che non arriveranno mai a qualcosa di sensazionale! Per me sono cose noiosissime, anche perché ne capisco poco. A quanto mi hanno spiegato, le interfacce cervello-computer richiedono dispositivi innovativi, in grado di connettersi al cervello senza danneggiarlo nel lungo termine. E tutte le cose che sono state mostrate oggi sono o vecchie o impossibili da realizzare. Solo nel tuo lavoro – mi hanno detto – c'era qualcosa di potenzialmente innovativo!»

«Grazie», rispose Chemelli, «ci sto lavorando da anni e sono contento che ti abbiano detto così! Ma adesso, parliamo d'altro: raccontami un po' di te, da dove vieni, cosa fai nella vita, fino a quando ti fermi a Singapore...»

Sentiva che la ragazza era ancora un po' troppo sulle sue: un istante aveva un modo di fare ammiccante, che ti faceva sperare di poter passare la notte a collaudare il materasso dell'albergo. Ma un secondo dopo ritornava a campana sul tono lavorativo, nonostante gli ormai quattro cocktail a stomaco vuoto. E ancora non era riuscito a farle una domanda personale, nonostante lei gli avesse ormai fatto il terzo grado, sia personale sia lavorativo. Ma la speranza non era persa, c'erano ancora possibilità!

«No, dai», ribatté lei, «prima raccontami un po' di te».

«Ok, cosa vuoi sapere?», chiese con finto entusiasmo, pensando «Dai, fammi due domande, ma poi per piacere comportati come qualsiasi persona normale in questa situazione: flirt, cocktail, camera!»

«Oggi mi hanno spiegato un po' il tuo intervento al convegno: ho capito che sei vicino a creare un nuovo sistema per leggere la mente, cioè per collegare un computer al cervello. Ma è veramente possibile? Come pensi di poterlo fare?»

«Eh, su questo non posso dirti molto, o…dovrei ucciderti», rispose Chemelli.

Notando lo sguardo perplesso di Cathy, realizzò il tono della risposta e pensò: «Minchia, ora mi vengono perfino queste battute alla James Bond dei poveri, tra un po' non finisce neanche il bicchiere e mi lascia qua come un pirla! Dai, diamole qualche informazione, non si sa mai che si metta tranquilla».

Respirò, sorrise e cominciò: «Quello che ho realizzato è un sistema innovativo, un nuovo elettrodo per leggere mediante un computer il segnale generato dal cervello in risposta agli stimoli esterni. Il problema dei sistemi attuali è che per rivelare o stimolare segnali cerebrali vengono infilati nel cervello degli elettrodi rigidi o semi-rigidi. Questi sistemi, che sono molto difficili da impiantare, hanno solo una manciata di contatti elettrici e non sono sufficienti per leggere il segnale elettrico del cervello con buona accuratezza. Per il momento vengono utilizzati al massimo per trattare gli effetti di alcune malattie, come Parkinson ed epilessia».

Bevve un sorso del suo cocktail: la ragazza lo seguiva attenta e, sembrava, con venerazione. Dai, non era tutto perduto, c'era ancora una speranza di concludere bene la serata!

«Il problema», continuò ormai incoraggiato e desideroso di concludere, «è che con pochi contatti elettrici non è possibile leggere il segnale cerebrale con alta risoluzione, per esempio collegandosi direttamente alla corteccia uditiva o a quella visiva per capire cosa 'vede' o 'sente' una persona. Se questo fosse possibile, si potrebbero creare sistemi elettronici che supportano la funzione cerebrale».

«E questo», aggiunse lei, «potrebbe permettere di restituire la vista o l'udito a persone che li hanno persi? Sarebbe incredibile!»

«Non solo, si potrebbero anche aumentare le capacità visive e uditive di una persona sana, utilizzando dei sensori esterni e collegandone l'uscita direttamente al cervello.»

«Wow», disse Cathy con il tipico accento americano, «that's incredible!»

«Sistemi simili permetterebbero una rivoluzione anche nel settore delle protesi: il Pentagono ha finanziato un enorme programma di ricerca per creare sensori in grado di leggere i segnali cerebrali. Lo scopo in questo caso è permettere alle persone senza un arto o paralizzate di poter muovere una protesi guidandola direttamente dal cervello. Ex soldati e veterani feriti potrebbero finalmente tornare a una vita autonoma, è per questo che i militari americani hanno così a cuore queste tecnologie.»

«Ma capisco che la strada è ancora lunga, giusto?»

«Certo, un passaggio necessario è sviluppare un sistema di elettrodi che non vengano impiantati nel cervello in modo invasivo: noi abbiamo pensato a dei supporti elastici. In aggiunta, di segnali da leggere ce ne sono tanti e quindi è fondamentale raggiungere una risoluzione senza precedenti. Ecco, ci stanno lavorando in molti, ma credo di poter affermare – anche in base ai test che sta conducendo un mio collega neurologo – che la nostra soluzione sia l'unica funzionante.»

«Eh? Funziona già?»

«Sì, funziona già, e ho ricevuto proprio oggi alcune immagini della nuova versione dell'elettrodo, appena realizzata. Ma ora ti ho detto già troppo, torniamo a divertirci?»

Finiti i discorsi pallosi, la serata filò liscia. Lorenzo scoprì che Cathy era cresciuta in Montana e si era spostata a Boston per l'Università. Aveva due sorelle, una più piccola e una più grande, e amava la vita notturna (eh, già, di questo Chemelli si era accorto). Lavorava come hostess per una piccola ditta di strumentazione medicale e viaggiava parecchio. Durante i viaggi le piaceva incontrare persone affascinanti e parlare con loro. A volte si stancava di questa vita frenetica e sognava di trovare una persona con cui creare un legame stabile, magari duraturo.

«Ma siamo qua a Singapore per divertirci, no?», aggiunse Cathy ammiccando. Si spostarono nell'area bar, dove il DJ aveva cominciato a mettere musica dance anni '80 e '90, per andare incontro alle esigenze della clientela internazionale. Incuranti di essere tra i più giovani, Cathy e Chemelli si lanciarono in pista, lui goffo e ipercinetico, dopo ormai cinque cocktail, e lei scatenata e sensuale. Non erano molte le persone che ballavano, e Cathy e Chemelli avevano gran parte della pista per loro: alcuni, prevalentemente single al bar, li guardavano divertiti e

Chemelli, vedendosi ballare nel riflesso del vetro, pensò che finalmente aveva trovato un congresso a cui ci si poteva anche divertire! Certo, il lavoro lo aspettava, e già dall'indomani avrebbe dovuto cominciare l'analisi dei dati raccolti da Martini. Ma adesso aveva voglia solo di passare una bella serata!

Quando, sudati e sfiniti, smisero di ballare, Cathy prese due vodka-Martini e disse: «Questi li beviamo in camera da te!»

«Incredibile» pensò Chemelli «dopo tutta la serata e i discorsi noiosi, ha pure deciso di venire in camera!»

L'accompagnò verso l'ascensore. Lei tenne i cocktail in mano mentre lui armeggiava per trovare la chiave della camera: entrati, lui pensò che forse avrebbe dovuto mettere un po' in ordine, c'erano ancora il portatile acceso sopra al letto e il vestito elegante appoggiato sopra la sedia. Sistemò un attimo le sue cose, per dare una parvenza di ordine, tirando le tende della grande finestra panoramica. Appena ebbe finito, si girò e lei gli porse il bicchiere. Vedendola sorridere, Lorenzo decise di non pensare alla camera disordinata, agli elettrodi, ai dati da elaborare, mentre lei cominciava a sbottonarsi il vestito.

Padova, 22 dicembre, 08.30

Alle 8.30 di mattina Pelino rientrò nella stanza dove Martini aveva passato la notte, in parte rispondendo alle domande dei carabinieri, in parte da solo a riflettere. Senza dormire, aveva cercato di analizzare la sua situazione. Proprio non riusciva a capire come fosse possibile che della droga (e del metadone!) fossero stati ritrovati in casa sua. Era riuscito a prendere sonno solo verso le 4, dormendo sulla sedia, un sonno agitato e breve.

«Lei è stato molto collaborativo. La sua situazione è critica, dal momento che pare lei abbia detenuto sostanze stupefacenti. Tuttavia, considerato il suo atteggiamento e il fatto che non si ravvisa pericolo di fuga, il pubblico ministero ha deciso di non richiedere lo stato di fermo. Lei potrà far ritorno a casa già da ora. Essendo oggetto di indagine, le chiedo di non allontanarsi da Padova e di mantenersi sempre reperibile.»

«Farò del mio meglio. È già un sollievo sapere di poter tornare a casa. E, anche se può sembrare strano, a lavorare.»

«La contatteremo nei prossimi giorni, nel caso emergano altre novità di rilievo.»

«Grazie, a presto», disse Martini, avviandosi verso la porta.

Tornò a casa con il tram, i carabinieri non erano disponibili a riaccompagnarlo; in aggiunta a quell'ora di mattina non sarebbe stato piacevole arrivare a casa nell'auto con i lampeggianti. Anche se, di sicuro, i nuovi vicini avrebbero avuto argomento di conversazione per almeno una settimana: «Ma non avevate detto che fa il medico?»

«Mah, forse in realtà è carabiniere.»

«No, mie care signore, vi ho detto già ieri che va spesso a prendere il kebab. E, ad andare in quei posti lì, ogni tanto qualche problema con la giustizia viene fuori. Probabilmente c'è stata una rissa e il nostro vicino è stato coinvolto, non vedete che faccia ha stamattina?»

«Siete dei reazionari! Quando capirete che prendere il kebab non ha mai fatto male a nessuno?»

Bisognava dire che non si faceva una bella figura neanche a essere in tram dopo aver dormito in caserma, con l'aria spettinata del punk alla domenica mattina. Considerato che aveva cenato sbranando una mozzarella scaduta, si fermò in pasticceria a mangiare due brioches alla crema, bevendo un espresso corto e senza zucchero. Erano le 9.30, aveva avvisato al lavoro che sarebbe arrivato in ritardo, ma aveva deciso di andare comunque. Voleva assolutamente scrivere a Chemelli, il suo collega ingegnere, per inviargli un riassunto dei test che aveva condotto negli Stati Uniti. Erano ormai vicini a una svolta e contava di poter inviare un articolo al più prestigioso congresso del settore entro qualche settimana. E poi, i risultati del suo lavoro sarebbero stati finalmente di pubblico dominio, magari pubblicati anche su Science. Merito suo (e di Chemelli, non dimentichiamocene)!

Rientrato a casa, fece una doccia bollente, un cambio rapido di vestiti e andò in ospedale, dove sperava di poter dedicare il minor tempo possibile ai pazienti, rintanandosi davanti al suo computer per lavorare.

«Dottor Martini», gli disse l'infermiera in guardiola appena giunse in reparto, «Lui la aspetta per parlarle, ha chiesto se può andare subito».

Martini riconobbe subito la maiuscola nel parlato dell'infermiera, 'Lui' era il primario, il Dott. Ricci. Vicino alla pensione, ma attivo come un trentenne ambizioso, gestiva il lavoro dei medici con uno stile che era la via di mezzo tra 'Terzo Reich' e 'padre misericordioso', a seconda della giornata, della luna e del tempo. Cosa lo avrebbe aspettato oggi? La cazziata per il ritardo, o i complimenti per il lavoro fatto in America? A dire la verità, dei risultati del lavoro americano il primario ancora non sapeva niente. La cazziata allora? Con un punto interrogativo stampato in fronte, si diresse verso la direzione.

«Buongiorno, mi ha cercato?», chiese Martini, aprendo la porta socchiusa dell'ufficio di Ricci.

«Sì, entra e siediti», rispose il primario, «Tutto bene in America?»

La domanda fu fatta senza togliere gli occhi dallo schermo del computer, ma soprattutto senza smettere di digitare sulla tastiera: ma come diavolo faceva a parlare e scrivere contemporaneamente? E, soprattutto, gli interessava veramente qualcosa della risposta? Finito di mandare chissà quale email, o visitare chissà quale pagina Facebook (difficile a dirsi, visto che Martini non riusciva a vedere il monitor), Ricci lo guardò in volto.

«Ti ho chiamato qui in ufficio per fare una chiacchierata a

quattr'occhi» disse, controllando che la porta fosse chiusa. «Come sai, alla fine di ogni mese mi arriva dalla farmacia dell'ospedale un riassunto di tutte le terapie somministrate; questo mi serve per verificare i costi di mantenimento del reparto e per assicurarmi che i miei collaboratori prescrivano le terapie appropriate.»

«Certo, ho ben presente i report mensili», rispose Martini che più di una volta aveva aiutato il primario a definire strategie per contenere la spesa senza ridurre la qualità dei trattamenti.

«Il report di Novembre mi è arrivato mentre eri negli Stati Uniti, ma ho aspettato che tornassi per parlarne con te. Il report è molto simile a quello dei mesi precedenti, quindi non ho particolari osservazioni da fare a te e ai tuoi colleghi.»

«Bene», pensò Martini: tipicamente a fine anno il primario dava segni di scompenso, perché la direzione sanitaria chiedeva di ridurre le liste di attesa, il costo dei trattamenti e la durata dei ricoveri. E gli ultimi mesi dell'anno servivano a recuperare eventuali spese pazze di inizio anno. A quanto pareva, quell'anno il problema non si poneva, tanto meglio!

«Tuttavia», continuò Ricci, «un paio di righe del report mi sono saltate all'occhio. Si tratta di una prescrizione fatta il 10 Novembre per un paziente che si chiama, aspetta, Mario Rovelli. La prescrizione è per 8 flaconi di metadone da 100 millilitri».

«Otto flaconi?», pensò Martini, un tonfo al cuore.

«La dose, come sai, è inconsueta per una farmacia ospedaliera. Il metadone in ospedale non viene utilizzato per trattare la dipendenza da eroina, ma per la terapia di quei dolori che non passano con nessun farmaco tradizionale. Nel nostro caso, il dolore neuropatico. La quantità da assumere è di circa 5-20 mg a dose, da ripetere 2-3 volte al giorno, quindi un flacone da 100 ml può durare diversi giorni, in soluzione da 1 mg/ml. Otto flaconi è una dose che potrebbe durare anche un mese.»

«Certo», disse Martini, «prescrivere una dose del genere non ha senso qui in ospedale».

«Sono allora andato a guardare che patologia ha il signor Rovelli, a cui è stato prescritto il farmaco. Effettivamente Rovelli risulta ricoverato da tre mesi per una serie infinita di patologie, e tra queste c'è il dolore neuropatico, quindi il trattamento con metadone è appropriato. Tuttavia, e questo è il fatto sconcertante, Rovelli è in coma dagli inizi di Novembre.»

Ricci fece una pausa, per lasciar digerire queste informazioni al suo collaboratore. Effettivamente Martini ricordava Rovelli, anche se era più di un mese che non lo vedeva. Anziano, forse 74 anni, diabetico, ricoverato per trauma cranico in seguito a una caduta accidentale. Con una sfilza di problemi che potevano garantirgli vitto e alloggio perenne in ospedale: insufficienza renale, retinopatia, polineuropatia degli arti inferiori, ipertensione arteriosa, disturbo dell'equilibrio, encefalopatia degenerativa, e perfino un'ernia iatale con esofagite. Praticamente, perfino a Lourdes avrebbero avuto un bel lavoro, a compiere tutti i miracoli necessari per rimetterlo in sesto. Sempre che fosse arrivato vivo fino a Lourdes, si intende. In aggiunta a questa sfilza di malattie, il Rovelli era affetto da dolore neuropatico e non aveva risposto agli antidolorifici tradizionali. Probabilmente era per questo che era stato prescritto un trattamento con oppioidi e il metadone era entrato in gioco.

«In coma?», chiese Martini.

«Sì, per non farsi mancare nulla, il signor Rovelli ha fatto un ictus e da allora è più di là che di qua. Appunto per questo, la terapia antidolorifica non gli serve molto, al momento. C'è poi un altro dettaglio importante: in base alle ricette della farmacia, risulta che la prescrizione degli otto flaconi di metadone l'hai fatta tu, prima di partire per gli Stati Uniti.»

«Cosa?» chiese Martini allibito. «Io? Non credo proprio! Me lo ricorderei, e in aggiunta non avrei mai ordinato otto flaconi tutti insieme! Lo sanno tutti che nella maggior parte dei casi il metadone lo prescrivono gli psichiatri del SERT, anche per il dolore, quindi questa prescrizione è quantomeno insolita!»

«Come sai, la prescrizione del metadone avviene in maniera informatizzata, quindi chiamando in farmacia è possibile risalire al medico che ha effettuato l'ordine. E in farmacia mi hanno confermato che la prescrizione è tua. Ora, come immagini, ho bisogno di una spiegazione. Perché hai prescritto otto flaconi ad un paziente in coma? E dove sono i flaconi, dal momento che il paziente non può averne usufruito?»

A Martini cominciava a girare la testa: aveva passato la notte a rispondere alle domande di Pelino e aveva sperato di potersi rilassare per qualche ora al lavoro, non pensando alla droga nel garage di casa sua. E ora il primario lo metteva sotto torchio, accusandolo di aver sottratto del metadone?

Del primario aveva grande fiducia ma, obiettivamente, non sapeva come rispondergli. Quasi bisbigliando rispose: «Non ne ho idea, primario. Sono sicuro di non aver fatto io la prescrizione».

Poteva fidarsi di dire al primario che il metadone era finito nel garage di casa sua, e che lui non aveva la minima idea di come questo fosse successo? Tanto valeva dirgli che durante la notte aveva visioni di Elvis Presley che gli diceva che numeri mettere al lotto.

«Ma puoi dimostrarlo?», aggiunse il primario, «Le prescrizioni vengono effettuate via computer. Ci sono due livelli di sicurezza, il medico deve sia inserire la sua chip-card nel computer, sia inserire la password. Questo garantisce che nessuno possa prescrivere farmaci in modo improprio».

«Certo», pensò Martini. «E tutte le volte che mentre stavo lavorando al pc mi hanno chiamato per una consulenza urgente, cosa avrei dovuto fare? Tirare fuori la chip-card, così si sarebbero chiusi tutti i file su cui stavo lavorando e avrei perso tutto il lavoro fatto fino a quel momento?»

In quei casi Martini si limitava a lasciare il computer con la chip-card inserita, allontanandosi per il breve tempo necessario. Ma nessuno si sarebbe permesso di toccare il suo computer, giusto?

«No, al momento non mi viene in mente come dimostrarlo ma, per favore, se possibile vorrei vedere tutta la documentazione.»

«Capisci», continuò Ricci, «che la situazione è imbarazzante, per te e per il reparto. Purtroppo la voce ha già cominciato a girare, ed è relativamente fresco il ricordo di quel medico emiliano che sottraeva metadone al SERT per rivenderlo ai tossicodipendenti. Non possiamo permetterci che il nostro reparto sia toccato da uno scandalo di questo tipo, soprattutto ora che il direttore sanitario è sulle spine perché il suo incarico deve essere rinnovato».

«Ovviamente è la politica che governa gli ospedali», pensò Martini.

«E gli umori dei direttori sanitari non possono essere rovinati da problemi di questo tipo! Non importa a nessuno come questo metadone sia stato sottratto, quello che interessa è mettere a tacere la questione!»

«Per questo, Martini, dobbiamo tenere un profilo molto basso. Non posso nascondere che i flaconi di metadone siano spariti, lo sanno sia in farmacia sia in direzione. Né posso nascondere che il nome sulla ricetta sia il tuo. Quello che devo fare è mostrare che ho preso a cuore la questione e che cerco in tutti i modi di porre rimedio. Negli ultimi dieci anni la tua carriera è stata ineccepibile, sia come medico sia come ricercatore hai conseguito risultati eccezionali. I pazienti lo riconoscono, e questo studio che stai conducendo negli Stati Uniti è brillante e unico. Fatico a comprendere perché tu abbia potuto fare una cosa del genere ma, capirai anche tu, non posso permettere che questo si ripeta.»

«Per questo mi trovo costretto, almeno fino a quando non si sarà chiarita la questione, a sospenderti dall'attività clinica. In aggiunta, stando ai regolamenti, un dipendente sospeso non può svolgere attività di ricerca; d'ora in poi devo formalmente sollevarti dall'incarico di coordinamento del tuo progetto. La tua ricerca è troppo delicata perché ad essa si associ l'ombra di questo scandalo. Dal successo del progetto dipende l'immagine del nostro dipartimento. So che sei tu il Principal Investigator e che hai la responsabilità scientifica del progetto. Tuttavia, anche in questo ambito mi trovo costretto a sollevarti dall'incarico.»

«Merda», pensò Martini, «questa proprio non ci voleva!»

Il lavoro era quasi concluso e glielo sottraevano giusto quando era il momento di raccogliere il merito. E, a quanto gli aveva detto Chemelli, c'erano ottime possibilità di veder presto realizzata anche l'ultima versione del sistema, che avrebbe permesso prestazioni ancora migliori.

Ricci continuò: «Come direttore, da regolamento, devo scegliere un nuovo responsabile scientifico. Io sono troppo occupato in questo momento, quindi avrei pensato di proporre a Baldacci di prendersi cura del progetto».

Baldacci! Certo, a Martini stava anche simpatico, per carità. Avevano sempre avuto un percorso parallelo: Baldacci era di tre anni più vecchio, quindi quando Martini si era iscritto alla scuola di specialità, lui era già tra gli specializzandi anziani. Non avevano mai avuto progetti insieme, ma spesso avevano lavorato fianco a fianco. Ogni tanto uscivano a bere una birra dopo il lavoro, nel bar vicino all'ospedale, di solito Baldacci era di ottima compagnia. Se non altro, a differenza di molti medici, uscito dal lavoro riusciva a parlare anche di altro, hobby, sport, musica. Simpatico sì, ma diamine! Del suo progetto non sapeva nulla e ci sarebbero volute settimane per portarlo ad un livello anche minimo di comprensione.

«Martini, capisco già guardandoti in viso le tue perplessità, ma mi è impossibile, date le circostanze, lasciare a te questa attività. La direzione sanitaria tiene i riflettori puntati su noi primari, la stampa tiene il fiato sul collo dei direttori sanitari e, come se ciò non bastasse, il nostro collega Parini, direttore ad oncologia, ha deciso di candidarsi alla carica di Rettore dell'Università. In questo periodo devo procedere 'by the book', come direbbero gli americani, secondo le regole! Un mio errore potrebbe avere conseguenze catastrofiche.»

«Certo, capisco, ma può immaginare che mi stia crollando il mondo addosso e che non abbia nessuna voglia di collaborare con Baldacci, anche se lo reputo intelligente e all'altezza.»

«Lo so, lo immagino, ma questo siamo costretti a fare.»

Padova, 22 dicembre, 09.30

In caserma, Silvia Pelino stava arrovellandosi sul caso di Martini, che l'aveva tenuta sveglia per tutta la notte. Era abituata a lavorare a indagini di tutt'altra dimensione: aveva appena finito un'investigazione – l'operazione Tritone – che aveva portato all'arresto di 15 persone, coinvolte in reati di estorsione, riciclaggio e spaccio di stupefacenti. Imprenditori calabresi in accordo con manager e direttori di banca veneti avevano trovato il modo di riciclare diversi milioni di euro, utilizzandoli per acquistare e vendere droga in Nord Italia. Un'indagine durata quindici mesi, che le aveva tolto il sonno e la maggior parte del tempo libero. Altra vittima era stata la sua relazione con Paolo che, da bravo impiegato, non riusciva a convivere con i suoi ritmi lavorativi. E che si lamentava ogni volta che lei tornava o usciva nel cuore della notte, occhiaie e pistola, per recarsi in caserma o a fare sopralluoghi. Bella vita, quella degli impiegati che alle 6 di sera finiscono di lavorare e possono staccare il cervello in attesa della mattina successiva.

Nota di colore: durante gli arresti le erano state utili le lezioni di Krav Maga, una tecnica di combattimento e autodifesa di origine israeliana per cui si stava allenando ormai da alcuni anni. Uno dei primi arrestati era stato un piccolo spacciatore di origine marocchina, tatuato e palestrato. Lei, alta un metro e sessanta, era riuscita a inseguirlo a piedi nelle vie del centro, cosa non facile in una notte di nebbia. L'aveva fermato, steso e ammanettato nel tempo in cui lui aveva recitato le due o tre bestemmie che aveva imparato durante la sua permanenza in Veneto. Il quotidiano locale aveva titolato 'Poliziotta stuntman placca spacciatore tunisino', sbagliando in un titolo di cinque parole almeno tre dati importanti: primo, non era una poliziotta ma una carabiniera. Secondo, lo spacciatore era marocchino, non tunisino. Terzo, non lo aveva placcato, ma arrestato secondo le procedure. O quasi. Comunque, la sua foto era finita in prima pagina insieme a quella del malcapitato, e il telefono della caserma non aveva smesso di suonare per tre giorni filati.

Ora la tenente Pelino si trovava a dover lavorare su un caso sicuramente più banale: la quantità di droga era ridicola per i suoi standard, 200 grammi di marijuana valevano probabilmente 1500 euro, e una fiala di metadone al mercato nero costava poche decine di euro. Com'era possibile che un medico decidesse di rischiare carriera e fedina penale per cifre così basse? A meno che Martini non avesse una dipendenza anche lui, ma questo era improbabile. Teneva capelli e barba relativamente lunghi, e non aveva battuto ciglio quando lei gli aveva proposto di fare un test per rilevare un consumo di droga negli ultimi mesi.

Che avesse problemi economici? Anche questo sembrava strano: aveva appena comprato una nuova casa senza aver venduto la precedente, liquidità doveva averne, o almeno così doveva aver creduto la banca quando gli aveva concesso il mutuo. Ultimo dettaglio strano: perché Martini avrebbe tenuto la droga nel primo scaffale del garage, subito in ingresso, quando aveva un intero locale disordinato, pieno di valigie, dove nasconderla? Forse l'aveva portata in fretta e, temendo di essere sorpreso da un vicino, l'aveva appoggiata sul primo ripiano utile?

Emerse dai suoi pensieri e chiamò il suo braccio destro, il maresciallo Lipani. Calabrese di nascita e di fatto, in quei giorni aveva dei ritmi folli perché, oltre alle fatiche del lavoro, aveva come ospite la madre che aveva deciso di andare a passare il Natale con lui al Nord. Un single di 33 anni con la madre in casa, sotto le feste, a cucinare dalla mattina alla sera: un vero dramma!

«Maresciallo, è arrivato il rapporto della scientifica sul garage di Martini?»

«Sì, tenente. È arrivato il rapporto preliminare. Di impronte, in quel garage, ce ne sono moltissime, ma solo di due persone. Quasi tutte sono di Martini. C'è poi un'altra persona che non ha lasciato solo impronte, ma intere manate. Il problema è che questa persona deve essere stata in quel garage molto tempo fa: infatti, le sue impronte sono solo su oggetti che hanno sopra un centimetro di polvere. Abbiamo pensato che si tratti della ex fidanzata e stiamo facendo le verifiche del caso. Se la signorina è disponibile, vorremmo verificare le sue impronte entro domani.»

«E sullo scaffale in ingresso al garage? Sulla droga?»

«Niente, nessuna impronta.»

«Questa è la cosa più strana. La droga, un po' come i soldi, è per definizione un oggetto che passa di mano in mano. Si può supporre che Martini abbia ripulito attentamente marijuana e metadone prima di appoggiarli sul primo scaffale del garage? A quel punto, perché non nascondere meglio il tutto, considerato che sta cercando di vendere casa e ha frequentemente potenziali acquirenti in visita?»

«Non riesco a capire neanch'io.»

«Sei riuscito a sentire i due agenti immobiliari?»

«Sì, uno ha risposto subito, e dovrebbe passare da noi domattina. Con l'altro è stato più difficile mettersi in contatto, anche lui dovrebbe passare domani, in serata.»

«Bene, grazie. Dì loro che vengano con l'agenda, dobbiamo verificare se hanno portato clienti mentre Martini era via.»

«Sì, signora, sarà fatto. C'è altro?»

«Il metadone: da dove viene? Riesci a verificare se in ospedale risultano flaconi mancanti? Rintracciare l'origine della marijuana potrebbe essere impossibile, ma seguire la pista del metadone dovrebbe essere più semplice.»

«Buona idea, ci lavorerò da subito.»

Singapore, 22 dicembre, 17.00

Lorenzo Chemelli si svegliò con il sorriso sulle labbra. Era steso sul letto, con solo camicia e boxer addosso. Era pomeriggio; la sera prima doveva aver bevuto troppo, perché l'ultima cosa che si ricordava era Cathy che, sbottonata la parte superiore del vestito, lo spingeva sul letto e gli saliva a cavalcioni. Poi black-out! Dio mio, non gli succedeva da quando aveva sedici anni di bere al punto di non ricordarsi niente. E gli era capitato proprio la sera in cui aveva rimorchiato una bionda da panico!

Ad ogni modo avrebbe avuto qualcosa da raccontare a Martini, a parte i soliti discorsi sul progetto di ricerca. E questo lo faceva sentire figo. In aggiunta, nonostante avesse bevuto l'impossibile, non aveva che un leggero cerchio alla testa.

«Vedi, è la prova che ho ancora un discreto fisico», pensò mentre rotolava fuori dal letto, si spogliava ed entrava nella doccia gigante dell'albergo. Di Cathy nessuna traccia ma, visto il tempo che ci aveva messo a starci, era abbastanza scontato che ci avrebbe messo poco a sparire dalla circolazione. Il convegno era giunto alla fine, quindi probabilmente non l'avrebbe rivista a breve. Ma poteva sempre sperare di incontrarla alla prossima edizione del congresso, l'anno seguente, per un'altra notte di spasso.

Dalla navetta per l'aeroporto chiamò Martini, era tarda mattinata in Italia, un buon momento per telefonare.

«Ehi, Martini! Come va? Qua una figata! La presentazione al convegno è andata benissimo, e poi… ho rimorchiato una hostess, ho bevuto come un cammello e soprattutto mi sono portato la tipa in camera. Questa voleva sapere tutto di quello che faccio per lavoro, essendo una hostess probabilmente mi ha visto come una superstar e mi ha accolto a braccia aperte. O dovrei dire a gambe aperte», concluse con una risata ebete. Un signore nella navetta si girò a guardarlo con sguardo severo: «Minchia, ci sono italiani dappertutto, devo stare attento a come parlo», considerò tra sé Chemelli.

Martini, che già aveva la nausea in seguito alla notte in caserma e alla chiacchierata con il primario, proprio non riusciva ad ascoltare il resoconto dell'impresa epica di Lorenzo Chemelli, castigatore di femmine in terra asiatica. «Qua va di merda, Chemelli. Sono tornato dagli USA felicissimo per come sono andati i test…»

«E di cosa ti lamenti, allora? Siamo a un passo dal nostro sogno, chiudere il progetto presentando i risultati alla conferenza più prestigiosa del settore, vedendo finalmente riconosciuti gli ultimi tre anni di lavoro!»

«No, quando dico che va di merda, va di merda. Ti dico solo che sono stato sospeso dal lavoro per quello che a me sembra un equivoco, ma che al primario sembra una questione di vita o di morte.»

«Cosa??? E il tuo ruolo nel progetto?»

«Sospeso anche quello.»

«Perché? Cosa hai fatto?»

«Senti, la situazione è delicata e ci capisco molto poco. Considerato che ho già fatto apparentemente degli errori, non voglio parlarne per telefono. Quindi vedi di fare un bagno nell'antimicotico, di prendere le tue grasse chiappe, metterle sull'aereo e portarle in Italia. Quando sarai qui, ti spiegherò tutto, anche perché sei l'unica persona di cui sento di potermi fidare, al momento.»

«Sei gentile, però, con il tuo amico. Dai, sono già sulla strada per l'aeroporto. Una bella notte in aereo e domani sono a Padova, fresco come una rosa, per discutere con te. Ma non lamentarti poi se, a causa del jet-lag, mi addormento mentre mi parli, ok?»

«Certo, ma muoviti e vieni qua, che sono nella merda! Ciao e a domani.»

«Mi hai fatto preoccupare! A domani.»

Padova, 22 dicembre, 12.00

Uscito dall'ospedale, Martini aveva la sensazione che il mondo gli stesse crollando addosso. La tenente Pelino lo aveva tenuto sveglio tutta la notte, accusandolo di tenere in casa droga allo scopo di spacciarla. E il primario gli aveva detto che c'erano prove schiaccianti del fatto che fosse stato lui a sottrarre il metadone dall'ospedale. In aggiunta, gli aveva tolto ciò per cui aveva lavorato per anni, la gestione di un progetto europeo che si stava rivelando un successo.

Cominciava perfino a venirgli il dubbio di essere impazzito. Aveva veramente sottratto lui il metadone? Teneva veramente della droga in casa? Aveva letto di persone che avevano una doppia personalità e conducevano una vita con due identità parallele, ciascuna ignara dell'esistenza dell'altra. Quelle persone compivano azioni senza poi ricordarsene: poteva essere il suo caso? In tutta onestà non lo credeva, ma la sua fiducia in se stesso cominciava a vacillare, dopo aver sentito dire da due persone credibili (una tenente dei carabinieri e il suo capo) che vi erano prove inconfutabili che avesse procurato e tenuto la droga in casa.

No, dai, non poteva essere. Era sì stressato e spesso troppo preso dai mille impegni per ricordarsi tutte le cose che faceva e diceva. Ma su questo fronte era sicuro: non c'era la minima possibilità che fosse stato lui a prescrivere il metadone, e non c'era verso che avesse portato lui la droga in casa sua.

Ma, a questo punto, chi poteva essere stato? E perché? E quando? Se avesse dovuto costruirsi una linea di difesa, avrebbe dovuto cominciare a pensare lucidamente; tuttavia la cosa gli risultava impossibile dopo la notte in bianco e la conversazione con Ricci. Decise di provare a rilassarsi, per quanto l'ansia montasse con ritmi devastanti.

Era uscito un piacevole sole, quel sole che rischiara le giornate invernali e riscalda anche solo per contrasto con la nebbia del primo mattino. Quel sole che è così luminoso che ci fa sembrare tutti pallidi e impolverati, ormai solo fantasmi della nostra versione estiva, abbronzata e vitale. Ma lo stesso sole riesce a renderci ottimisti, a farci pensare che l'inverno prima o poi finirà, che prima o poi si potranno togliere i cappotti e si potrà tornare ad innamorarsi della vita. Perfino nel suo stato di confusione e paura, sentiva che una passeggiata al sole avrebbe potuto aiutarlo a rischiarare le idee, a guadagnare la confidenza necessaria per affrontare la situazione.

Passeggiò bighellonando verso Prato della Valle, ci mise quasi mezz'ora dall'ospedale, di più che se avesse camminato in ginocchio sui ceci. Ma gli serviva prendere tempo, distaccarsi dai ricordi della notte e della mattina per cominciare a pensare lucidamente. Giunto nella grande piazza, si sedette a guardare una vecchietta che lanciava pane ai piccioni e, per un secondo, si sentì leggero e sereno. Ma, quando si girò, lo sguardo cadde sulla stazione dei carabinieri in fondo alla piazza e questo lo riportò alla realtà con la forza di un tir lanciato in autostrada. Un pugno allo stomaco, il cuore impazzito.

Era vero! Era nella merda e non sapeva perché. Né chi stesse cercando di incastrarlo. Perché, di questo era sicuro, qualcuno stava cercando di fregarlo. Ora che riusciva a osservare la situazione dall'esterno, non doveva essere difficile capire di chi si trattava. Le chiavi di casa sua le avevano, oltre a lui, in due. I due agenti immobiliari che avevano l'incarico di vendere la sua casa. Era possibile che uno dei due avesse introdotto la droga nel suo garage durante il periodo in cui era negli Stati Uniti? Lui era certo che prima della sua partenza lo scaffale fosse vuoto. Quindi qualcuno doveva essere entrato in garage, e quel qualcuno doveva essere uno dei due agenti immobiliari. Decise di chiamarli entrambi quel giorno stesso, per capire se avessero avuto visite nell'ultimo mese. Avrebbe finto di chiamare perché voleva sapere se erano saltati fuori dei possibili acquirenti, in modo da non destare sospetti.

E in ospedale? Chi poteva aver preso il metadone a nome suo? Ci aveva già ragionato, capitava almeno una volta al giorno che dovesse allontanarsi dal pc senza togliere la chip-card, lasciando quindi il computer incustodito. Ma non aveva mai dato peso alla cosa, succedeva sempre anche ai suoi colleghi, e spesso c'erano persone in giro. A dire la verità, in pochi si sarebbero accorti del fatto che una persona stava utilizzando un computer con la chip-card di un altra. Prese una nota mentale di chiedere al primario (sempre che questi volesse ancora parlare con lui) di fargli sapere almeno a che ora era stata fatta la prescrizione e chi vi fosse in turno con lui.

Questo era il massimo che potesse fare. Tornare dalla tenente per dirle che era accusato di essere proprio lui ad aver sottratto il metadone equivaleva a scavarsi la fossa da solo. Visto che il primario aveva dato segno di voler gestire la faccenda in modo deciso, ma con discrezione, decretò che non sarebbe di certo stato lui a dare l'imbeccata alla tenente. Non sapeva se il fatto che si mettesse a condurre delle indagini per conto suo sarebbe stato visto come intralcio alla giustizia. Ad ogni modo, di tempo ora ne aveva in quantità, non dovendo lavorare, e qualcosa avrebbe dovuto fare, anche solo per evitare di cadere in depressione.

Per pranzo, recuperò un panino alla porchetta e una coca zero, e li mangiò su una panchina, seduto vicino a due studentesse delle superiori che evidentemente avevano saltato scuola. Grandi problemi le due ragazze: una delle due era stata invitata a una festa di capodanno, a cui l'altra non avrebbe potuto andare perché ex morosa del padrone di casa. Tragedia, anche perché le due sembravano essere inseparabili: cosa fare? Andare entrambe da un'altra parte? O passare il capodanno separate? A Martini il capodanno sembrava un ricordo lontano: già si vedeva a festeggiare l'arrivo del nuovo anno da galeotto senza speranza.

Prese il telefono e chiamò Mario Santini, il primo dei due agenti immobiliari.

«Sì, pronto?»

«Ehi, ciao, sono Martini.»

«Ciao, come va?»

«Bene, bene grazie» (solita risposta del cazzo che danno tutti, ci sarà mai qualcuno che ti dice «Di merda, mi stanno quasi per arrestare per spaccio senza che io abbia mai toccato un grammo di droga in vita»?).

«Senti, ti stavo giusto pensando. Ho dei clienti che potrebbero essere interessati a casa tua. Sai che le condizioni di mercato non sono favorevoli: loro penserebbero a uno sconto importante, ma sarebbero pronti a farti un'offerta.»

«Sto paio di balle che svendo la casa ora che ho casini», pensò Martini. «Tra l'altro la casa vale anche di più ora che c'è la droga dentro.»

«Ottimo», disse invece Martini, «sarei felice di discuterne. Riusciamo ad organizzare una visita?»

Santini era un entusiasta, pareva sempre che stesse per vendere casa tua da un momento all'altro e poi, sistematicamente, ad ogni visita ti proponeva di abbassare il prezzo di vendita di 20000 euro. Tra un po' Martini avrebbe dovuto pagare per vendere casa. D'altronde, al caro Santini interessava solo la provvigione, che gli serviva per mantenere l'Audi Q7: l'aveva appena comprata e ciucciava più benzina di un'idrovora.

«Certo! Anche perché è un po' che non ti porto clienti.»

«Infatti, volevo chiederti... sai che sono stato via un mese, sei riuscito a portare qualcuno?»

«Macché! Ho fatto una settimana di malattia, i bambini mi hanno portato a casa dei germi grandi come pantere che hanno steso prima mia moglie e poi me, e non sono riuscito a lavorare per un po'. E poi il periodo ora è difficile, Natale si avvicina e la gente trova altri modi di spendere soldi. Nessuno, nell'ultimo mese. Mi dispiace, ma vedrai che – magari ritoccando un po' il prezzo – riusciamo a vendere entro la primavera.»

«Ritocca tua madre», pensò Martini, sempre più cordiale e positivo.

«Benissimo, dai» rispose invece, «ci sentiamo presto. Se vuoi sono anche libero dal lavoro in questi giorni. Fammi sapere se pensi di portarmi clienti.»

«Ok, ciao e buone feste, se non ci sentiamo prima di Natale.»

«Ciao, buone Feste.»

«Avrà detto la verità?», si chiese Martini. «Mah, è difficile da provare, ma sembrava sincero, lo stesso di sempre.»

Con il secondo agente aveva più confidenza: erano stati in classe insieme alle medie e, sebbene da allora lui e Alberto Carbone avessero preso strade diverse, avevano continuato a tenere traccia l'uno dell'altro. Quelle situazioni in cui ogni tanto ti senti sui social e sai che lavoro fa l'altro o con chi si sta vedendo. Be', Carbone di lavori ne aveva fatti tanti, meccanico, tabaccaio, barista in uno strip bar, autista dei bus, giardiniere e, negli ultimi due anni, si era messo nel campo immobiliare. E quello sembrava il lavoro più duraturo, forse quello per cui era più dotato, anche se aveva sentito dire che l'amico si portava dietro qualche debito dalle 'imprese' precedenti. Martini l'aveva incaricato di vendere il suo appartamento un po' per incoraggiarlo, un po' in memoria dei vecchi tempi, quando a scuola Carbone riusciva a vendere perfino i Chupa Chups usati ai compagni in cambio di figurine dei calciatori.

«Ehi Alberto, ciao.»

«Ciao, Martini, come stai?» Ma c'era qualcuno che lo chiamava per nome? Probabilmente ormai solo sua madre, per tutti era 'Martini' già dalle elementari!

«Bene, grazie.» Certo, benissimo! «Senti, ti chiamavo per sapere se hai novità sulla casa. Sei riuscito a portare qualcuno a vedere casa mia in queste settimane? Sai, sono stato via un mese per lavoro e ho perso traccia della cosa.»

«Un mese? Ehi, ma non eri in California? Vecchio porcellone, non voglio neanche sapere quante ne hai trombate.»

«Ehhh, dai, sei sempre il solito. Dimmi, piuttosto.»

«Allora, sono andato mi pare tre volte. I clienti non sembrano male, tutti italiani sai? Senti, se vuoi passare oggi in ufficio ne parliamo a quattr'occhi. Io sono senza segretaria in questi giorni, ha preso ferie. Per questo devo tenere a bada telefono e clienti, e in questo momento ho due persone che aspettano. Riesci a passare per le tre?»

«Ok, vedo di liberarmi dal lavoro» mentì spudoratamente Martini, lo salutò e mise giù.

Padova, 22 dicembre, 11.00

Il maresciallo Lipani non era stato con le mani in mano. Primo, perché non era nel suo carattere rimanere in panciolle. Secondo, perché con sua madre a casa non poteva permettersi di tornare tardi anche quella sera. La cara signora gli aveva fatto intendere che aveva intenzione di fare un ulteriore giro a comprare doni e che aveva bisogno della sua consulenza per scegliere il regalo per i maschi della famiglia. Il problema era che si trattava di sei persone: suo padre, i suoi due fratelli, i due cugini, e lo zio prete. Cavolo, ma non si poteva regalare un bel buono Amazon a tutti e sei, evitando un giro per negozi in tarda serata? In quei giorni tutti sembravano vagare per negozi e bancarelle, sguardo frenetico, borse di carta in mano e portafoglio sgonfio, per recuperare gli ultimi regali. E lui doveva trovare anche il tempo per prendere un regalino a sua madre, o lei lo avrebbe fulminato!

Lipani doveva capire da dove provenisse il metadone trovato a casa di Martini. Dopo essersi informato, aveva capito che c'erano due possibilità. Se era stato procurato a Padova o veniva dal SERT, o veniva dalla farmacia di uno dei due ospedali. Chiamò il SERT, ma gli dissero che per avere risposta su una questione così delicata avrebbe dovuto recarsi di persona e parlare direttamente con la responsabile del dispensario farmaceutico. Accompagnato da un appuntato, si recò immediatamente al SERT.

Il Servizio per le Tossicodipendenze (SERT per gli amici e i tossiconi, come li chiamava Lipani), si trovava in un complesso ospedaliero, sorto sul sito di un vecchio ospedale psichiatrico. La struttura era costituita da circa una dozzina di padiglioni, dall'apparenza innocua di piccole casette. Sembrava impossibile, in quella giornata di sole, che un tempo quel posto potesse udire le grida dei pazienti che vi erano ospitati. All'epoca era un 'manicomio modello', dove i pazienti potevano vivere senza costrizioni fisiche, fatto rivoluzionario per i primi del '900.

Bellissimi gli ospedali composti da piccole casette, ma non se queste sono tutte uguali ed è impossibile trovare quella che stai cercando. Lipani non si lasciò confondere: rapido come sempre, riuscì a trovare il padiglione corretto e a raggiungere l'ufficio della responsabile della farmacia. Portò dentro anche l'appuntato in divisa, per esercitare un'azione minatoria. La dottoressa lo accolse quasi subito, aveva già tutti i registri in mano. Apparentemente, non mancava nessun flacone di metadone all'appello. In aggiunta, non succedeva mai che più di 1-2 flaconi venissero consegnati alla stessa persona, quindi un furto di otto flaconi era quantomeno improbabile. Girava voce che fuori dal SERT vi fosse un commercio di metadone, ma di questo non vi era certezza. Insomma, pive nel sacco per Lipani che, senza battere ciglio, ringraziò la dottoressa (per averlo fatto uscire dalla caserma per niente) e riprese la macchina.

A Padova c'erano due ospedali, il policlinico e il Sant'Antonio, a distanza di un chilometro l'uno dall'altro. Decise di passare in entrambi di persona, per risparmiare tempo. Al Sant'Antonio ricevette la stessa risposta ottenuta al SERT, non risultavano anomalie e, per quanto constava, era veramente raro che venisse prescritto metadone in quell'ospedale.

Giunto alla farmacia del policlinico universitario, la reazione fu diversa. La farmacia era presidiata da una ragazza di circa 26-27 anni, con scritto 'Tirocinante' sul badge. Appena vide Lipani, ripose il libro che stava leggendo e corse a chiamare la responsabile, la dottoressa Boschi. Si presentò una signora sulla sessantina, biondo chiaro, molto alta, quasi un metro e ottanta. Pareva abbronzata in viso, ma il collo color mozzarella lasciava supporre un uso sconsiderato del fondotinta, che le conferiva un aspetto altero.

«Buongiorno, sono il maresciallo Lipani dei carabinieri di Padova.»

«Buongiorno, Letizia Boschi», rispose lei, «Come posso esserle utile?»

«Stiamo conducendo un'indagine relativa al ritrovamento di una partita di droga abbinata ad alcuni flaconi di metadone, per la precisione otto. Dal momento che il ritrovamento è avvenuto nel comune di Padova, stiamo cercando di verificare se il metadone possa provenire da una delle farmacie ospedaliere del territorio.»

Evitò, per il momento, di menzionare il fatto che il metadone fosse stato trovato a casa di un medico ospedaliero, e che fosse per questo che stavano battendo quella pista.

«Dovrei vedere i registri», rispose la signora, «ma credo di aver bisogno di un'autorizzazione dall'alto, sa, dalla direzione.»

«Se vuole posso aiutarla», disse Lipani, che cominciava ad essere stufo di girare la città per inseguire le tracce di una dose di farmaco insignificante. Anche lui, come Pelino, aveva avuto un bel da fare nell'operazione Tritone: appostamenti a tarda notte, pedinamenti, intercettazioni telefoniche. E adesso gli toccava seguire questo caso, per di più sotto Natale!

«Ci sono due modi in cui posso aiutarla, signora. Posso chiamare io stesso in direzione, chiedendo di essere supportato. O, se non trovo la collaborazione necessaria, posso chiamare il pubblico ministero, chiedere un mandato e farvi chiudere la farmacia fino a quando non ho le risposte che cerco.»

Le parole di Lipani ebbero l'effetto desiderato, ovvero di far smettere alla Boschi di menare il can per l'aia.

«Be'», disse lei, «posso provare ad aiutarla senza sollevare un polverone, anche se in questo periodo siamo molto di fretta e sotto-organico. Mi diceva otto flaconi di metadone, giusto? Ritrovati in che periodo, all'incirca?»

«Il ritrovamento è di qualche giorno fa, ma sospettiamo che i flaconi possano essere stati sottratti nell'ultimo paio di mesi.»

La dottoressa Boschi sapeva benissimo di che flaconi si trattava, e anche la data esatta in cui questi erano stati prescritti e prelevati. Ma prese il suo tempo e uscì dalla farmacia per quasi un quarto d'ora. Tempo che Lipani passò ad ammirare gli occhi, e non solo, della giovane tirocinante che nel frattempo si era spostata verso la scrivania della farmacia. Contento del fatto che l'appuntato stavolta fosse rimasto in auto, ne approfittò per attaccare bottone, un po' goffamente in verità.

«Sei una studentessa?», le chiese per passare il tempo, ma anche perché effettivamente gli occhi della ragazza meritavano di essere guardati ancora un po'.

«Sì, sto finendo la laurea in chimica e tecnologie farmaceutiche, e abbiamo da fare un tirocinio obbligatorio in una farmacia. Così ho scelto quella dell'ospedale, per essere un po' più al centro dell'azione, se così si può dire. In realtà è un mortorio, e così un po' studio e un po' leggo, per far passare il tempo», rispose lei con una risatina.

«Sei qua di Padova? Non si direbbe dall'accento.»

«Pugliese, ma sono cresciuta qui. Quindi ho ancora un po' di accento del sud, che non manca nemmeno a te.»

«Bene», pensò Lipani, «se mi da del tu, vuol dire che non le sembro poi così vecchio.»

«Ho sentito parlare di metadone, in questi giorni», aggiunse lei.

«Ah sì?», disse Lipani, ora ancora più interessato

«Sì, si parlava proprio di alcuni flaconi che…», la ragazza si interruppe, perché proprio in quel momento la Boschi fece irruzione brandendo un foglio in mano. La ragazza aveva sicuramente qualcosa da dire e Lipani le avrebbe parlato volentieri, ma ora per lui era il momento di tornare operativo come sempre.

«Ho trovato qualcosa», disse la Boschi, «una ricetta».

«E?», disse Lipani, pensando che non aveva voglia di dover tirare fuori le parole alla Boschi con la pinza.

«La prescrizione per otto flaconi di metadone, per un paziente di nome Rovelli: è stata effettuata il 10 Novembre scorso.»

«Il paziente era ricoverato qui?»

«Sì», rispose Boschi, «per questo non sono sicura che siano i flaconi che lei sta cercando. Tuttavia questa è l'unica prescrizione per otto flaconi che mi risulta nell'ultimo periodo. A dire la verità otto flaconi sono comunque un quantitativo insolito.»

«E ha indicazione di chi ha firmato la ricetta?»

«Sì, uno dei nostri medici, il dottor Martini.»

«Bingo!», pensò Lipani, che già si vedeva a casa per ora di cena, a caso risolto, per poter discutere di compere natalizie con la mamma. Era tempo di tornare in caserma dalla tenente e riferirle tutto.

Si fece lasciare una copia della ricetta elettronica e salutò la Boschi, che uscì dalla stanza per tornare nel suo mondo di prescrizioni, ricette e farmaci. Rimasto solo con la giovane tirocinante le disse: «Piacere, comunque. Marcello Lipani.»

Lei gli strinse la mano vigorosamente, da donna energica,

«Viola, piacere.»

Rimasero un attimo con gli sguardi incrociati, poi Lipani ruppe le righe e decise che era il caso di smettere di fare il cascamorto e di tornare in caserma. Ma Viola, che il fascino del carabiniere e dell'uomo del sud lo sentiva, gli lanciò un: «Ci vediamo, magari», girandosi e – almeno all'apparenza – mettendosi a sistemare delle medicine sullo scaffale.

Padova, 22 dicembre, 14.30

Dopo pranzo, Martini si avviò a piedi verso l'agenzia di Alberto Carbone. La camminata durò poco più di mezz'ora e in quel tempo Martini cercò di fare mente locale. Da Carbone voleva solo sapere se durante la sua permanenza in America aveva portato qualcuno a vedere l'appartamento e, in caso affermativo, quando. Giunto in agenzia, vide che l'agente immobiliare era occupato ad intrattenere una cliente sulla sessantina e si sedette nell'atrio. Non essendoci la segretaria con cui chiacchierare, prese uno dei giornalini con le offerte immobiliari e si mise a sfogliarlo, senza realmente fissare l'attenzione sulle pagine.

A ottobre, l'ultima volta in cui aveva visto Carbone, vi aveva avuto una accesa discussione. L'agente, infatti, aveva portato dei potenziali acquirenti stranieri a visitare casa sua. Marito e moglie si erano subito innamorati dell'appartamento ma, sbadatamente, non avevano considerato di non avere i soldi per comprarlo. Così avevano contattato un broker che li aveva aiutati a scegliere il miglior mutuo. Ma come fai a comprare casa se non hai un soldo e le banche, al massimo, finanziano un mutuo all'80 % del valore dell'immobile?

La risposta l'aveva data il broker, proponendo che Martini dichiarasse davanti al notaio che la casa era stata pagata non 100, il suo valore reale, ma 125, in modo che la banca potesse concedere un mutuo da 100. Martini aveva sentito puzza di bruciato. Se avesse dichiarato davanti al notaio di aver ricevuto 125 incassando solo 100, dove sarebbero finiti i 25 rimanenti? Semplice, a detta del broker: si sarebbe firmato un assegno falso (e scoperto, dal momento che gli acquirenti non avevano un euro), che sarebbe stato mostrato al notaio per fargli vedere che il pagamento era avvenuto. E poi, conclusa la compravendita, questo assegno sarebbe stato distrutto, con buona pace di acquirenti e broker.

Ma Martini si era informato e aveva visto in questa procedura il rischio di due comodi reati penali: falso in atto pubblico (dal momento che dichiarava al notaio di aver ricevuto una somma, avendo in realtà ricevuto di meno) e truffa ai danni della banca (dal momento che si sarebbe convinta la banca ad erogare il mutuo per una somma non corrispondente al valore reale dell'immobile).

Martini, che problemi nel penale non voleva averne, aveva fatto saltare la compravendita, con incazzatura degli acquirenti. La signora si era messa a piangere in agenzia e, di conseguenza, il marito nerboruto aveva inveito contro Martini con frasi fraterne tipo «Io ti rovino», «Questa non me la dovevi fare», «Tu hai chiuso». Quelle frasi, dette con accento dell'Europa dell'est, erano suonate molto minacciose. Carbone aveva finto di comprendere le ragioni di Martini, ma si capiva lontano un miglio che lo considerava un imbecille per aver rinunciato a una compravendita sicura per la paura di problemi legali. E tra i due c'era stata una accesa discussione, che poi fortunatamente si era conclusa con una tregua del tipo: «Ok, io provo a vendere l'appartamento, ma se mi metti i bastoni tra le ruote in questo modo non posso garantirti niente.»

E se fosse stato Carbone, con gli acquirenti, a mettere la droga per vendicarsi della compravendita andata a monte? «Ma no, dai, impossibile» pensò Martini, proprio nel momento in cui la signora che stava parlando con l'agente immobiliare si alzava per uscire dall'agenzia.

«Vieni», gli disse Carbone, «accomodati pure qui», e gli indicò una sedia di pelle di fronte alla sua scrivania. Ci sono tre cose che ti insegnano quando diventi un agente immobiliare: primo, camicia e cravatta anche ad agosto, se no non sei nessuno. Secondo, devi guidare una macchina da almeno cinquantamila euro, altrimenti non sei credibile. Terzo, prendi un caffè con ogni cliente, per creare un rapporto di fiducia. Cravatta e macchina Martini le aveva già viste, quindi Carbone si limitò ad offrirgli un caffè, per rompere il ghiaccio.

«Dimmi tutto», disse, dopo aver posato la tazzina.

«Volevo sapere se hai portato persone in casa mia nell'ultimo periodo, diciamo da metà novembre. È tanto che non ci vediamo e volevo fare il punto con te.»

«Tre clienti, ho portato. Prima una coppia, poi una ragazza single che si trasferisce a Padova per lavoro e cerca casa già da marzo, e alla fine un signore, da solo.»

«E hai avuto un feedback? Possono essere interessati?»

«A dire la verità sto ancora aspettando di sapere, ma sai come sono i clienti. Durante la visita sembrano sempre entusiasti, ma poi vedono altre case e prendono altre strade.»

«Senti, devo chiederti una cosa. Che tu abbia notato, c'è la possibilità che uno di questi abbia portato via qualcosa dal garage? O lasciato qualcosa in garage? Entrando, ho avuto la sensazione che ci fosse qualcosa fuori posto.»

Martini aveva deciso di rimanere molto generico con Carbone, per evitare di sputtanarsi con la storia della droga. Carbone lo guardò, come sorpreso della domanda, che prese in seria considerazione. Dopo quasi un minuto di silenzio, l'agente rispose: «No, direi di no, non ho ricordi che qualcuno abbia messo le mani. Di solito, durante le visite, i clienti sono sempre con noi ed è quasi impossibile che riescano a toccare qualcosa senza che ce ne accorgiamo.»

«Mi dai le date delle visite?»

«Ma certo», guardò sull'agenda, «ecco… 4, 12 Novembre, e 11 Dicembre.»

Martini prese nota e decise che queste domande erano sufficienti. Di sicuro la prima visita poteva essere esclusa. Mentre la seconda e la terza erano successive al furto del metadone e quindi erano papabili.

«Mi puoi dare i contatti delle persone che hai portato?»

«No», rispose Carbone, «sai che noi immobiliaristi vogliamo che i rapporti tra venditori e acquirenti siano sempre mediati da noi, altrimenti rischiamo di perdere la nostra provvigione. I contatti non te li do, se vuoi vediamo se sono disponibili ad un incontro».

«Dai, per il momento non serve. Intanto grazie mille. E' una katana giapponese questa?», chiese Martini per cambiare discorso e distendere la tensione che lo attanagliava. Nell'ufficio di Carbone c'era un astuccio che sembrava contenere una delle celebri spade giapponesi.

«Sì, guarda pure, me l'ha portata un cliente di ritorno dal Giappone. Sai, a questo ho venduto due case e un magazzino, facendogli un bello sconto sulla provvigione. Si è sentito in debito e mi ha portato quella spada, penso valga tanto, ma non ho idea di cosa farmene!»

Martini, che aveva sempre avuto un debole per la cultura giapponese, estrasse la lama e fece scorrere le dita. L'impugnatura, in legno, era ricoperta di pelle e rivestita da una fettuccia, per migliorare l'aderenza. Sulla lama, caratteri incomprensibili ne impreziosivano l'aspetto. «Bellissima, la tieni qua per cacciare i clienti fastidiosi?»

«No, me l'hanno portata due giorni fa e devo ancora riuscire a portarla a casa. Avendo una lama così lunga, non sono nemmeno sicuro che sia legale; voglio farla sparire da qua, prima che la notino in troppi.»

«Direi che è una buona idea» rispose Martini, «grazie mille delle informazioni e a presto».

«A presto», rispose Carbone mentre Martini varcava la porta. Quando l'amico fu uscito, Carbone si sedette e si mise a pensare. Al mattino lo avevano chiamato i carabinieri, chiedendogli di passare in caserma per alcune domande. Gli avevano detto che la discussione avrebbe riguardato uno degli appartamenti che aveva in vendita, ma non gli avevano dato dettagli. Ora Martini gli aveva fatto alcune domande insolite: dei clienti potevano aver portato o rubato degli oggetti? Che le cose fossero collegate?

Gli sembrava di ricordare qualcosa, successo durante l'ultima visita. Forse era vero che il cliente aveva mosso le mani in garage, mentre lui aveva ricevuto una telefonata e si era spostato verso l'esterno per poter avere più segnale? O forse si era sbagliato? Decise che valeva la pena di appurare, non aveva il numero di telefono del cliente, solo l'indirizzo email: mandò un breve messaggio, chiedendo di essere ricontattato per discutere dell'appartamento in via Manzoni.

Padova, 22 dicembre, 15.30

La tenente Pelino dedicò venti minuti ad ascoltare il resoconto puntuale di Lipani, che le raccontò con dovizia di particolari il suo pellegrinaggio per le farmacie e i dispensari padovani. A dire il vero non riferì proprio tutto, tralasciò di aver conosciuto Viola e di essere riuscito a farsi lasciare il numero di telefono: per darglielo, lei l'aveva inseguito in corridoio, dopo che si erano già salutati. Era una cosa incredibile, Lipani. In un modo o nell'altro riusciva sempre a fare colpo, anche quando non si impegnava e soprattutto con ragazze carine. Ma non era necessario che la tenente sapesse di questa sua nuova conoscenza. Nel suo resoconto citò la dottoressa Boschi e il fatto che la prescrizione degli otto flaconi era stata fatta proprio da Martini, il 10 Novembre.

«Questo chiude il cerchio», disse Pelino. Se da un lato era strano pensare che un medico affermato come Martini potesse ridursi a spacciare marijuana e metadone, a questo punto gli indizi che fosse stato proprio lui a procurare la droga erano schiaccianti.

Pelino chiese a Lipani di mettere per iscritto il suo rapporto e gli disse che, finito il lavoro, avrebbe potuto prendersi pomeriggio e serata libera. Lipani ringraziò e si mise a scrivere immediatamente, in modo da poter raggiungere la cara mammina al più presto. La tenente Pelino a sua volta uscì dall'ufficio per fare rapporto al suo superiore, il capitano Cacciabuoi. Questi era arrivato alla stazione di Padova cinque anni prima e, grazie all'esperienza maturata a Milano contrastando lo spaccio di cocaina, gli era stato immediatamente assegnato il comando dell'unità antidroga. Alto circa un metro e settantacinque, sulla cinquantina, il capitano portava con orgoglio una pancetta da buongustaio. La moglie, toscana come lui, pareva tenerlo 'in forma' a suon di ribollita, lardo e caciucco. Si era guadagnato subito il favore di quasi tutta la caserma, perché ogni volta che rientrava ad Arezzo per trovare i genitori tornava con due damigiane da 54 litri cariche di Chianti, che poi smerciava ai colleghi e superiori.

Dal giorno in cui era arrivato a Padova si era guadagnato il soprannome di Bruce Willis, per la vaga somiglianza con l'attore americano. Ma anche per i metodi diretti che usava quando trattava con i delinquenti. Nell'arma, si sa, c'è una forte gerarchia: per questo, i superiori lo chiamavano Bruce (e mai Arturo, il suo vero nome), mentre ai subordinati era severamente vietato usare il soprannome per riferirsi a lui.

Pelino bussò alla porta del capitano che le fece segno di entrare e sedersi; era al telefono, come sempre, e Pelino dovette attendere la fine della conversazione. A quanto riuscì a capire, si doveva organizzare il servizio d'ordine per la messa di Natale. Alcuni missionari ogni anno organizzavano la celebrazione serale nella stazione dei treni. Volevano creare un'occasione in cui tutta la cittadinanza, incluse le persone senza fissa dimora, potesse festeggiare il Natale insieme. Ma recentemente, in seguito agli attentati terroristici, le stazioni erano diventate obiettivi sensibili. Per questo il tenente colonnello aveva richiesto a Cacciabuoi di fornirgli almeno otto persone per sorvegliare la zona la sera di Natale. Cosa che il capitano stava cercando educatamente di rifiutare, per non costringere tutti i suoi ragazzi a lavorare anche il 24.

Finita la telefonata, il capitano chiese: «Novità, allora, sul caso del medico?»

Già da quando era a Milano, Cacciabuoi si era fatto la fama di castigatore dell'alta società. Non gli piaceva andare a caccia dei piccoli delinquenti e spacciatori, e preferiva colpire avvocati, medici e professionisti sorpresi ad abusare di sostanze stupefacenti. A pensarci bene, era un ottimo metodo per finire sulla stampa locale, molto più interessata al gossip sui professionisti che agli spacciatori di strada. Di racconti di medici che utilizzavano sostanze erano pieni la stampa e il web: dal chirurgo che per reggere i ritmi in sala operatoria assumeva cocaina, all'anestesista che per ridurre l'adrenalina una volta rientrato a casa abusava di alcol, fino al medico di pronto soccorso che prendeva stimolanti per stare al passo nelle notti più critiche.

Non vi erano prove né notizie che fatti di questo genere stessero avvenendo a Padova. Tuttavia, il capitano mostrava un accanimento fuor di misura. Per questo confidava che il caso Martini si trasformasse in un'operazione di vasta scala, e sperava di poter procedere a un arresto al più presto. Finire in prima pagina nella settimana di Natale sarebbe stato un risultato eccezionale: la sua immagine di paladino della giustizia si sarebbe rafforzata, in vista della prossima promozione.

Pelino riassunse i fatti avvenuti durante la notte, inclusi il colloquio con Martini e il fatto che questi negasse categoricamente di aver messo egli stesso la droga in garage. E, conoscendo l'atteggiamento del capitano, specificò con enfasi che Martini si era dichiarato disponibile a sottoporsi al test antidroga del capello. Elencò poi tutte le anomalie del caso: il fatto che la droga non fosse nascosta, ma riposta in bella vista sul primo scaffale all'ingresso del garage. Il fatto che non fossero state rilevate impronte di alcun tipo su droga e flaconi di metadone. In aggiunta, perché un medico affermato avrebbe dovuto rischiare carriera e libertà per un ricavo di qualche migliaio di euro? Infine, c'era un'altra circostanza strana: il cane del signor Maresca aveva cominciato ad abbaiare diversi giorni prima del rientro di Martini dagli Stati Uniti. Martini era stato in USA un mese: se la droga fosse stata in garage tutto quel tempo, il cane non avrebbe cominciato ad abbaiare già da prima? Ma questa era una supposizione, dal momento che – come fece rilevare Cacciabuoi – i cani non sono considerati testimoni attendibili in tribunale. Aggiunse anche: «Nonostante spesso molti cani siedano sul banco della difesa», riferendosi agli avvocati che, in alcune occasioni, erano riusciti a scagionare le prede della sua lotta alla droga.

Fino a questo punto, il capitano Cacciabuoi era effettivamente convinto del fatto che non si potesse procedere all'arresto immediato di Martini, dal momento che mancavano delle prove schiaccianti della sua colpevolezza. Arrivò però il momento in cui Pelino riassunse la visita del maresciallo Lipani alla farmacia ospedaliera, concludendo con: «Alla farmacista risulta siano stati prescritti, in data 10 Novembre (ovvero prima che Martini partisse per gli Stati Uniti) otto flaconi di metadone. La prescrizione è firmata da Martini. La farmacista, la dottoressa Boschi, ha specificato che questa era una richiesta insolita e non le risultano ordinativi simili negli ultimi mesi. Quindi, con buona probabilità, gli otto flaconi di metadone trovati a casa di Martini vengono dalla farmacia del policlinico, ed è stato proprio lui a sottrarli».

Bruce, il capitano Cacciabuoi, non volle sentire altro: «Allora è colpevole, non ci sono santi! Procediamo all'arresto entro sera».

Pelino riuscì a fatica a farlo ragionare sul fatto che forse era ancora presto per procedere. La giornata successiva avrebbero sentito i due agenti immobiliari; raccogliere le loro deposizioni avrebbe permesso di capire se altre persone fossero passate da casa di Martini mentre lui era in America. Parlare con gli agenti avrebbe consentito di rafforzare la tesi sulla colpevolezza, nel caso questi avessero dichiarato di non essere mai passati in via Manzoni durante quel periodo. Cacciabuoi rifletté per qualche minuto; alla fine accettò la proposta di Pelino: «Domani sera, al massimo, voglio la sua testa su un piatto d'argento, a meno che non emergano altre circostanze. Tieni allertato il PM, che poi non succeda che è a spasso a fare regali di Natale, ok?»

«Sì, signore», rispose Pelino, ancora comunque dubbiosa. Ma il capitano era così, viveva in una bolla manichea in cui tutto era bianco o nero, luce o tenebre, innocente o colpevole. E, con buona probabilità, Martini era già stato etichettato come colpevole.

«Buon pomeriggio, Pelino, e vada a riposarsi, ha l'aria stravolta.»

«Bene», pensò la tenente, «dopo aver lavorato tutta la notte per lui, mi sento anche dire che sono uno straccio! Mica tutti passiamo la vita in ufficio a dire agli altri cosa devono fare!»

Ma, ovviamente, rispose cordialmente: «Certo, capitano, grazie del pensiero, penso rientrerò un po' prima stasera», e si avviò verso la porta.

Padova, 22 dicembre, 18.30

L'uomo aveva ricevuto una email che non gli era piaciuta per niente: l'agente immobiliare, Carbone, gli aveva scritto solo poche righe, ma già da quel breve messaggio aveva capito che era un rischio che non poteva correre.

'Hai lasciato qualcosa in via Manzoni? Se sì, possiamo accordarci nell'interesse di entrambi. Passa in agenzia in orario di chiusura, se vuoi parlarne.'

Carbone non aveva idea di cosa il suo cliente avesse di nascosto preso o lasciato a casa di Martini; tuttavia era chiaro – sia dall'insistenza di Martini, sia dal fatto che i carabinieri lo avevano chiamato – che qualcosa di losco stava avvenendo. Carbone era pieno di debiti, a causa delle sue imprese commerciali precedenti che non avevano avuto successo, e aveva deciso di vedere se era possibile guadagnare qualcosa da quella vicenda.

Che rischi potevano esserci? L'appuntamento lo aveva dato in agenzia, che si trovava in un luogo di grande passaggio. Chiunque, da fuori, avrebbe potuto vedere, in caso la conversazione con il suo 'cliente' fosse degenerata. 'Cliente', tra virgolette, perché questo era un personaggio particolare: lo aveva contattato solo via email, utilizzando un portale online. E, in seguito alla visita della casa, non si era più fatto sentire. I clienti standard tipicamente davano un ritorno su cosa pensavano dell'immobile e, nel caso questo non fosse piaciuto, chiedevano se erano disponibili case simili, o nella stessa fascia di prezzo.

Che a casa di Martini fosse stata ritrovata della droga? O del materiale di contrabbando? Che magari veniva consegnato o passato di mano in questo modo? In ogni caso, il suo 'cliente' sarebbe stato interessato a mantenere attivo il suo giro di affari e avrebbe volentieri pagato un obolo per comprare il suo silenzio.

Non era la prima volta che Carbone chiedeva un compenso per tenere la bocca chiusa o che – a volerla dire in un altro modo, che però a lui non piaceva – ricattava qualcuno: quando faceva il giardiniere, aveva lavorato in una villa poco fuori città. Giorno dopo giorno aveva cominciato a vedere macchine di lusso, Mercedes, BMW, Audi con i vetri oscurati, entrare nel parcheggio della villa, lasciando scendere degli uomini (sempre un solo uomo per auto) in vestito elegante. Gli stessi uomini uscivano poi dalla villa un'ora, un'ora e mezza dopo e ripartivano velocemente.

Inizialmente aveva pensato che si trattasse di una villa in cui si tenevano incontri d'affari. Molti di questi signori entravano con una valigetta e uscivano sorridenti, come se la riunione fosse andata bene. Fu la vista di uno di questi businessman che usciva con i capelli bagnati a farlo insospettire. Che ci fosse altro, che avveniva dentro alla villa? Un giorno d'estate si era trattenuto a lungo, fino a dopo le otto, per potare la siepe dietro la casa; questa, su richiesta del cliente, doveva essere alta almeno tre metri per impedire a sguardi indiscreti di vedere all'interno. Questa esigenza era abbastanza tipica per le sedi aziendali: non si voleva che da fuori si potessero vedere (o, peggio, fotografare) gli schermi dove venivano proiettate le slides delle riunioni, contenenti segreti industriali.

I rumori che sentì potando la siepe si potevano però ricondurre solo a una professione: non quella dell'imprenditore o dell'avvocato, ma la sana e vecchia prostituzione. Evidentemente la villa rendeva più come sede di incontri galanti, che come luogo di riunioni d'affari. Tanto meglio per loro, pensò Carbone. Egli stesso non disdegnava un passaggio in zona industriale, un paio di sere all'anno. Non di più, perché coltivava il sogno romantico di avere una vita familiare regolare. Con un'eccezione, una volta ogni tanto: '*semel in anno*', lo dicevano anche i romani, '*licet insanire*'.

Ma da quel giro di prostituzione d'alta classe avrebbe potuto guadagnare qualcosa, no? I proprietari della villa avrebbero sempre avuto bisogno di un giardiniere. Meglio a questo punto averne uno già 'informato' che – in cambio di un opportuno incentivo economico – avrebbe tenuto la bocca chiusa. Il padrone della villa la vide allo stesso modo e gli accordò un 50 % in più in busta paga, come riconoscimento alla sua professionale omertà.

Tutto filò liscio per più di un anno, Carbone aveva trovato la gallina dalle uova d'oro e, per la prima volta da tempo, si sentiva sereno. Ma poi successe il patatrac. Una sera di ottobre stava rifinendo le piante di fronte all'ingresso principale, erano circa le 17. Quel pomeriggio c'era stato un viavai continuo di persone e, al momento, c'erano due macchine parcheggiate. Se le ricordava ancora: una Maserati Ghibli SS degli anni '70 che – sapeva – poteva valere più di 300'000 euro, e una Porsche Cayman S tamarrissima, in tinta militare. Lui, che di macchine era sempre stato appassionato, aveva dedicato 10 minuti del suo orario lavorativo a un'ispezione accurata dei veicoli.

Ad un tratto, aveva visto dei lampeggianti fuori dal cancello: tre auto dei carabinieri e un'auto blu avevano fatto ingresso raggiungendo la villetta. Carbone, sentita puzza di bruciato, aveva preso il suo scooter ed era tornato a casa. Meglio non farsi vedere: tanto più che nessuno avrebbe potuto rintracciarlo, dal momento che percepiva il suo stipendio cash, in nero, fin dal primo giorno. La mattina successiva aveva scoperto l'accaduto: la villa non veniva usata solo per incontri galanti, ma anche per organizzare droga-party per professionisti, con cocaina e ragazze. La cocaina era già di per sé un problema, ma il pubblico ministero – stranamente – aveva avuto da ridire anche sul fatto che le ragazze fossero minorenni, straniere e senza documenti. Spaccio, sfruttamento della prostituzione, immigrazione clandestina: reati da passare una o due vite in carcere. L'indagine era stata condotta da un tale Cacciabuoi, un carabiniere appena arrivato a Padova, che aveva tenuto un'altisonante conferenza stampa, tronfio per aver castigato ancora una volta il malcostume dell'alta società.

Se il ricatto aveva funzionato quella volta, perché non avrebbe dovuto funzionare adesso? Tra l'altro, di sicuro il suo 'cliente' non aveva un giro di affari importante, come quello del padrone della villa: quello aveva tre buttafuori, volendo avrebbe potuto mandarlo a quel paese, ma aveva preferito non rinunciare ad un giardiniere discreto.

Il 'cliente', invece, probabilmente era da solo e avrebbe volentieri evitato che lui parlasse con chicchessia, a fronte di un piccolo incentivo economico. Non voleva chiedere più di 2000 euro, una tantum ovviamente.

Il 'cliente' fece ingresso verso le 19 in agenzia. In strada, moltissime persone: chi tornava dal lavoro, chi da un giro di compere natalizie. Un po' di nebbia cominciava a scendere sulla città, creando un alone luminoso intorno ai lampioni gialli.

Il 'cliente' era incazzato: cosa aveva in mente l'immobiliare? Perché lo aveva contattato? Per come lui aveva organizzato la cosa, Carbone non poteva averlo visto lasciare la droga a casa di Martini. Ci era voluto un attimo, appena l'agente era uscito dal garage per telefonare. Era impossibile che l'avesse visto, lo aveva tenuto d'occhio tutto il tempo. Quindi o stava bluffando, oppure la polizia aveva capito che la droga non era di Martini e aveva cominciato a fare domande. Essendo sicuro del fatto che Carbone non lo avesse visto, si risolse a pensare che la polizia avesse per qualche motivo capito che Martini non era colpevole, e avesse fatto delle domande a Carbone. Cosa potevano aver trovato, che scagionasse Martini? Che avessero trovato impronte sulla droga? Anche questo era impossibile, le aveva cancellate tutte e durante la visita alla casa di Martini aveva sempre tenuto i guanti.

Non era così che sarebbe dovuto andare: nel piano del 'cliente', Martini avrebbe dovuto essere incriminato immediatamente per il possesso di droga, dal momento che non avrebbe potuto dimostrare di essere innocente. E il fatto che il metadone fosse stato trafugato proprio a nome di Martini avrebbe dovuto fugare ogni dubbio. Il piano era perfetto: primo, droga trovata a casa di Martini. Secondo, metadone trafugato da Martini. Terzo, 1+1=2: senza bisogno di ulteriori indagini, la polizia arresta Martini. Perché fare indagini più accurate, con evidenze così schiaccianti?

Ma a quel punto, nella paranoia più completa, si convinse che la polizia avesse scoperto qualcosa, che avesse pensato che la droga fosse stata portata da altri e che avesse deciso di interrogare l'agente immobiliare circa le sue visite.

'Possiamo accordarci nell'interesse di entrambi', aveva scritto nella email. Lo voleva ricattare? E lui, il 'cliente', sarebbe stato disponibile a sborsare dei soldi per comprare il suo silenzio? E se poi avesse parlato? Valeva la pena di correre questo rischio? Uno scienziato e politico americano, Benjamin Franklin, aveva detto: «Due persone possono tenere un segreto solo se una di loro è morta».

Che fosse quella la strada da prendere? Quando aveva deciso di far incriminare Martini, non aveva avuto la minima idea di uccidere. Un conto era procurarsi a nome suo del metadone e comprare della marijuana (in un'altra città, in modo che non lo riconoscessero). E un altro conto era pensare di uccidere una persona. Passare attraverso Carbone era stato necessario, dal momento che voleva lasciare la droga a casa di Martini, in modo che lui potesse essere accusato di detenzione di sostanze. Ed era sicuro di non poter essere rintracciato: non aveva avuto alcun contatto telefonico e aveva usato solo un indirizzo email farlocco.

Tuttavia, quando Carbone l'aveva contattato lo aveva assalito la paranoia di poter essere scoperto: meglio una vittima collaterale che un danno potenziale. Non era disposto ad accettare il rischio di essere smascherato: meglio mettere a tacere l'immobiliare subito e non pensarci più. Carbone lo aveva convocato in orario di chiusura: con un po' di fortuna, non ci sarebbe stato nessuno intorno e avrebbe potuto concludere quella sera stessa. Altrimenti, avrebbe potuto seguirlo fino a casa e completare l'opera poco dopo.

In fatto di omicidi, non aveva nessuna esperienza pratica. Ma la teoria la conosceva a pennello. E in tasca aveva l'arma necessaria, già carica. Carbone gli fece cenno di entrare e accomodarsi: lui si sedette sulla sedia di fronte alla scrivania. «Ottimo», considerò tra sé e sé, «la segretaria non c'è, quindi si potrebbe fare anche qua». Comunque valeva la pena di capire cosa sapeva Carbone, prima di agire. Disse: «Buonasera, mi dica tutto».

Carbone si era preparato un discorsetto: da buon venditore, aveva cercato il modo migliore per indorare la pillola. Ma non aveva in realtà idea di cosa il 'cliente' nascondesse, quindi il discorso avrebbe dovuto necessariamente essere vago. Cominciò: «L'ho chiamata questa sera per dialogare nell'interesse di entrambi. Volevo discutere del caso, assolutamente ipotetico si intende, che lei abbia lasciato qualcosa a casa del mio cliente Martini, in via Manzoni. Come lei sa, ho una reputazione da salvaguardare, e non posso permettere che si dica in giro che miei clienti, come lei, gestiscono degli scambi di denaro, o droga, all'interno degli appartamenti sfitti. Non ho chiaro il motivo per cui lei abbia lasciato del materiale in via Manzoni, ma immagino si sia trattato di un modo semplice, e senza testimoni, per passare di mano materiale illecito».

Il 'cliente' lo fissava, senza parlare. Non si era tolto giacca e berretto, quindi probabilmente pensava di andarsene alla svelta. Carbone continuò, vedendo che aveva la sua completa attenzione: «A me sta a cuore l'interesse di tutti i clienti, incluso lei. Per me, lei non è mai entrato nel garage di via Manzoni, può stare tranquillo».

Il 'cliente' lo lasciò continuare. «Certo, anche io ho bisogno di un incentivo e credo che discutendo insieme potremo trovare la soluzione, o la cifra, a garanzia del mio silenzio.»

«E' fatta», pensò il 'cliente', «mi tocca farlo fuori. Non è concepibile che ci sia una persona che sa, troppo rischioso!»

«Di che cifra parliamo, se posso chiedere?», rispose, per prendere tempo. Si guardò intorno: in strada le persone passavano, erano tante, ma nessuna prestava realmente attenzione. Troppi stimoli e troppo stress, le sere prima di Natale. Il suo piano non era ancora definito, ma bastarono pochi secondi per decidere cosa fare: sulla scrivania c'era una katana giapponese, incredibile, perfino un'arma a disposizione!

Ma decise di non usare quella: una katana, anche la più grande, pesava meno di un chilo e mezzo, fodero incluso. Usò invece le dita: unì indice e medio, tenendo mignolo e anulare in basso col pollice. Contrasse i muscoli della mano, preparandosi a colpire. L'obiettivo era la gola di Carbone, o meglio l'incavo tra le clavicole e la base del collo. Conosceva bene questo punto debole, lo aveva studiato nel dettaglio, anche grazie alla passione per le arti marziali. Con uno slancio rapido, alzò le cosce dalla sedia e usò le dita per colpire la gola dell'agente immobiliare. Spinse verso la pelle e con un colpo secco la faringe collassò verso l'interno, impedendo a Carbone di respirare.

Lo colpì mentre sbatteva le palpebre, una frazione di secondo di distrazione che gli permise di mettere a segno la mossa. Il colpo alla gola non fece perdere i sensi a Carbone, ma lo stordì a sufficienza, facendolo cadere dalla sedia. Il 'cliente' girò intorno alla scrivania, mise una mano intorno al collo dell'agente immobiliare ed estrasse la sua arma dalla tasca del giaccone: una siringa carica di cloruro di potassio, in dose letale.

La stessa sostanza che in alcuni stati americani era utilizzata per le condanne a morte. In pochi secondi, iniettò la dose in vena a Carbone; usò la giugulare e iniettò in un punto dove Carbone si era tagliato facendosi la barba. «La polizia ci metterà qualche giorno a trovare la causa della morte», pensò, sicuro di sé; il foro della siringa si sarebbe confuso con il piccolo taglio provocato dal rasoio, e identificarlo non sarebbe stato immediato. Il cloruro di potassio avrebbe provocato la morte per arresto cardiaco, in breve tempo; sarebbe servito un esame tossicologico approfondito per rivelarne la presenza. «Ottimo lavoro», pensò: ora bisognava solo che Carbone non riuscisse ad alzarsi per chiamare i soccorsi; il cuore infatti può continuare a battere qualche minuto dopo l'iniezione. Per essere sicuro che rimanesse incosciente abbastanza a lungo da morire gli assestò un calcio sulla tempia, dal lato sinistro. L'impatto tra cranio e cervello causò lo svenimento dell'agente immobiliare, che rimase fermo al suolo.

«Sistemato», pensò il 'cliente'. «E senza lasciare traccia». Non si era tolto né guanti, né berretto, e la probabilità che avesse lasciato materiale biologico in giro era pari a zero. In aggiunta, le agenzie immobiliari sono porti di mare: riconoscere il segno del suo passaggio sarebbe stato impossibile, con tutte le persone che erano passate in quei giorni.

Guardò la scena: Carbone giaceva dietro la scrivania e dall'esterno il suo corpo era invisibile. Rimise la siringa in tasca e si avviò verso l'uscita. Aprendo la porta disse «Arrivederci» ad alta voce, e si inserì nel flusso di passanti diretti a casa. Dopo alcuni isolati, buttò la siringa dentro ad un cestino delle immondizie e proseguì verso casa.

Venezia, 23 dicembre, 08.20

Lorenzo Chemelli era atterrato a Venezia alle 08.20, dopo un volo rapido con poco più di un'ora di scalo ad Istanbul. Non avrebbe mai più prenotato un volo con una coincidenza così tirata: aveva dovuto attraversare l'aeroporto correndo come un disperato per riuscire a prendere il volo diretto a Venezia. Ma ce l'aveva fatta, questo contava, e di primo mattino stava già bevendo un espresso aspettando la navetta per Padova. Preoccupato dalla chiacchierata della sera precedente con il suo amico, aveva deciso che sarebbe andato a casa, avrebbe fatto una doccia, si sarebbe cambiato e avrebbe raggiunto Martini già in mattinata a casa sua. Mandò un messaggio veloce al collega e si avviò fiducioso verso Padova.

Questa proprio non ci voleva, erano ad un passo dal poter inviare i loro dati alla International Conference on Brain Computer Interfaces (ICBCI), il più prestigioso evento in cui esperti da tutto il mondo si incontravano per discutere gli ultimi risultati in tema di interfacce cervello-computer. La scadenza per inviare gli articoli era il 7 gennaio e, con i dati raccolti da Martini in America e le elaborazioni realizzate da Chemelli, ce l'avrebbero fatta senza complicazioni. Certo, con il solito problema di dover passare le vacanze di Natale a lavorare: ma questo agli universitari succedeva quasi sempre. Scadenze ed esami all'inizio dell'anno erano la regola, e così mentre chi lavorava in azienda si poteva rilassare a suon di pandori e spumante, gli accademici avevano sempre la spada di Damocle del progetto da sottomettere, o dell'articolo da preparare.

Cosa avrebbe comportato la sospensione dal lavoro di Martini? Avrebbe comunque potuto continuare a lavorare al progetto, magari in modo non ufficiale? Martini era sicuramente il più brillante nel suo campo, sarebbe stato difficile completare il lavoro senza di lui. Sulla tangenziale di Mestre, in navetta, appoggiò la testa allo schienale e si addormentò per qualche minuto, soppesando nel dormiveglia le varie alternative.

Giunse a casa per le 9.30, si sparò un doppio espresso e cercò di lavarsi la stanchezza di dosso con una doccia formato Niagara. Ripresosi, almeno in maniera sommaria, prese la bici e uscì, diretto a casa di Martini.

Arrivò dal suo amico con un po' di anticipo; Martini era a casa e lo fece entrare immediatamente. «Cosa succede?», chiese subito Lorenzo.

«Ti spiego ora, con calma. Servirà tempo, vuoi qualcosa da bere?»

«Ho il viaggio sul groppone, sono atterrato a Venezia stamattina alle otto e venti, se hai una Coca Cola, un caffè, o anche solo dell'acqua frizzante, molto volentieri!»

Martini aprì due lattine di Coca e si sedettero sul divano. «La questione è relativamente semplice, ma te la racconto con calma, perché così forse riesco a capirci qualcosa anch'io.»

Gli raccontò della visita dei carabinieri, del colloquio notturno con la tenente Pelino, del ritrovamento della droga e del fatto che in ospedale risultava che fosse stato proprio lui a prendere il metadone in farmacia. Aggiunse che era stato sospeso dal lavoro, sia clinico sia di ricerca.

«E come faremo col progetto?», chiese Chemelli.

«Il primario dice che assegnerà il lavoro a Baldacci. Ottima persona, per carità, ma non sa un cazzo di quello che ho fatto nel progetto. Dovremo spendere 3-4 settimane per spiegargli i rudimenti, e questo ci rallenterà parecchio. Di sicuro non potremo preparare l'articolo per la ICBCI, che speravo segnasse il culmine della nostra carriera. Quello che abbiamo inventato, quello che abbiamo scoperto in questi tre anni di lavoro è sensazionale: speravo che saremmo stati io e te a presentarlo al mondo scientifico.»

«Eh, in effetti la vedo dura. Tu nelle prossime due settimane dovrai trovare il modo di difenderti e di non finire in gabbia. In aggiunta, se ti sta a cuore il progetto, dovrai riuscire a ragguagliare Baldacci in modo che possa proseguire il lavoro. Al di là di tutto, a fine marzo avremo il meeting con i revisori dell'Unione Europea, quelli che hanno finanziato la nostra ricerca; loro domanderanno di vedere i risultati. Non vorrai mica che ci chiedano i soldi indietro!»

«Certo, certo, ho già deciso di cominciare a lavorarci da domani, se Baldacci è disponibile. Di sicuro a lui farà piacere, anche se so che ha un milione di cose da fare.»

«Senti, Martini, ma tu ti fidi di questo Baldacci?»

«La persona è in gamba. Però sembra evidente che se il metadone è stato preso effettivamente a nome mio, questo è stato fatto sfruttando la mia chip-card, mentre mi sono allontanato dalla mia postazione. Quindi è ragionevole pensare che ci sia una persona in ospedale interessata ad incastrarmi, per qualche motivo.»

«Potrebbe essere Baldacci?»

«Mmm, non direi. Intanto non mi sembra il tipo; in aggiunta cosa gliene verrebbe in tasca? Coordinare il mio progetto per gli ultimi tre mesi? Con l'incontro con i revisori a fine marzo?»

«In effetti hai ragione. Sai che sbattimento è preparare tutte le relazioni conclusive? Sapendo che, comunque vada, il merito sarà tuo, dal momento che hai ideato, condotto e concluso la maggior parte del lavoro scientifico.»

«In questi casi penso sempre alla logica del 'cui prodest?'. Lui di sicuro non ci guadagna, anzi ci perde moltissimo tempo, senza poter avere niente in cambio.»

«Ti ho chiesto se ti fidi perché a lui dovrai rivelare molti dettagli del nostro progetto, anche particolari che al momento conosciamo solo io e te.»

«Eh, ci ho pensato. Avrei anche un'idea per capire se ci possiamo fidare. La prescrizione del metadone è datata 10 Novembre. E' evidente che chiunque l'abbia fatta utilizzando le mie credenziali, doveva essere di turno con me quel giorno ed essere in ospedale. Oggi pomeriggio pensavo di passare dal primario e di chiedergli chi c'era in turno quel giorno. Se scoprirò che Baldacci era di turno, continuerò a considerarlo un possibile sospetto, anche se non mi viene in mente un motivo per cui potrebbe averlo fatto. Se invece era a casa – o perché aveva fatto la notte, o perché non era di turno quel giorno – direi che possiamo escluderlo dai sospetti e fidarci di lui.»

«Buona idea», rispose Chemelli. «Fammi sapere come va, così so anche io come comportarmi. Ad ogni modo, fino ad adesso abbiamo seguito la ricerca principalmente io, te ed Anna, la biologa. Per questo ti proporrei di non divulgare, se non assolutamente necessario, il dettaglio sul trattamento superficiale dell'elettrodo, quello necessario a far sì che, una volta inserito nel cervello, il sistema riesca a rilevare il segnale con alta sensibilità.»

«Mi sembra ragionevole. In effetti, senza quel dettaglio il sistema non funziona, o funziona male. Ed è quel trattamento che ha costituito una svolta, quello che ci permetterà di pubblicare, forse perfino su Science. Dopo, quando vado in ospedale, evito di passare questi dati a Baldacci.»

«Perfetto! Poi, quando avremo capito se possiamo fidarci, faremo presto a dargli il pezzo mancante del puzzle. È solo per cautela, ma con tutte le energie che abbiamo speso su questo progetto preferisco procedere con i piedi di piombo.»

«Certo, è ragionevole.»

«Senti, Martini, noi non siamo amici di vecchia data ma in questi anni abbiamo lavorato molto insieme, e non mi sembri il tipo da tenere della droga in casa. A che pro lo faresti? Tra l'altro, una quantità abbastanza ridicola, da cui potresti guadagnare al massimo qualche migliaio di euro? Ti voglio chiedere: sei stato veramente tu? Hai veramente rubato il metadone, preso la droga, e messo tutto nel tuo vecchio garage?»

«So che non ti fiderai della risposta», rispose Martini, «perché non ho modo di provarla, ma no, non sono stato io e non so cosa stia succedendo. Sono nella paranoia più completa per le conseguenze di questi fatti. A me pare evidente che qualcuno mi vuole incastrare, ma non saprei dire chi. E la prospettiva è quella del carcere, sai cosa vuole dire? Sono stato in carcere, sai, una volta? Ci sono stato per volontariato: dentro al carcere c'è una scuola, un istituto superiore per dare ai carcerati la possibilità di costruirsi le basi per un'esperienza onesta, una volta usciti. Per dare speranza alle persone. Quando entri al Due Palazzi, il carcere di Padova, devi lasciare tutti gli effetti personali, incluso il telefono, alle guardie. E poi, per entrare attraversi una serie di corridoi, ciascuno separato dagli altri da un enorme cancello rosso a scorrimento, che viene attivato solo quando la guardia ha riconosciuto che puoi passare».

«Minchia, che opprimente!»

«Esatto. A mano a mano che entri ti senti mancare il fiato e capisci che le persone che vivono dentro, guardie e detenuti, hanno ogni giorno un coraggio incredibile a svegliarsi e andare avanti.»

«Fortuna vuole che lì dentro ci siano, oltre alla scuola, altre possibilità per vivere con dignità: una pasticceria che fa prodotti venduti in tutta Italia, un giornale scritto da una redazione di detenuti e altre occasioni per dare speranza agli ospiti del carcere. La prima volta, quando sono uscito, mi sono reso conto che ho trattenuto il fiato mentre il cancello si richiudeva alle mie spalle. Finalmente ero 'libero' di nuovo. Ed ero stato lì solo una mattina! Ora, se penso a quello per cui mi stanno incriminando, vivo nel terrore di finire dentro. Ieri sera ho contattato uno degli avvocati che mi ha consigliato Gustavo Beretti, un mio amico matrimonialista. Nel tardo pomeriggio lo incontro e facciamo il punto, per capire come comportarmi con i carabinieri. Non posso rischiare di finire dentro!»

Padova, 23 dicembre, 10.30

L'ispettore di polizia Antonio Volpato entrò nell'agenzia immobiliare per primo, insieme ai colleghi Filippi e Bonetti. La chiamata era arrivata mezz'ora prima: un cliente dell'agenzia aveva appuntamento alle 10.00. Avendo trovato la porta aperta, era entrato e inizialmente aveva pensato che non ci fosse nessuno. Atteso qualche minuto, si era avvicinato alla scrivania di Carbone e lo aveva visto sdraiato, senza sensi. Subito aveva pensato che avesse avuto uno svenimento e aveva tentato di rianimarlo con qualche sberla sulla faccia, ma non era successo niente. Aveva cercato il polso, assente, e si era accorto che l'agente immobiliare non respirava. A quel punto aveva realizzato due cose: la prima, Carbone era morto ed era già freddo. La seconda, da appassionato di serie TV poliziesche, aveva compromesso in modo determinante la scena del crimine.

Era arretrato, si era lasciato cadere su una sedia e aveva vomitato. Ciliegina sulla torta, per una scena già abbastanza complessa.

Volpato entrò nel momento in cui l'ambulanza stava parcheggiando a sirene spente. Vide anche lui il cadavere e ordinò a Bonetti di mettere subito un nastro all'ingresso per evitare che entrassero altre persone. Si misero i copriscarpe e, analizzata la scena, cominciarono a scattare delle foto, sia a Carbone, sia all'ambiente. Notarono immediatamente i segni sul collo e capirono che la morte doveva essere stata il risultato di una colluttazione. Nessun segno di sangue e nessuna carta fuori posto. Probabilmente non si trattava di un tentativo di furto finito male: anche perché nelle agenzie immobiliari di solito non vi è denaro, dal momento che – stando alle regole – la provvigione deve essere sempre pagata con metodi tracciabili, assegni o bonifici. Sempre che questa non venisse pagata in nero. In tal caso sarebbe stato possibile che nell'agenzia vi fossero alcune migliaia di euro, se una trattativa di questo tipo si fosse appena conclusa.

Vide una cassaforte a muro, a destra della scrivania e invisibile da dove si sedevano i clienti. La cassaforte non mostrava segni di scasso; trovò la chiave attaccata ad un moschettone, agganciato a un passante della cintura dei pantaloni di Carbone. Aprì la cassaforte e la trovò vuota. Che fosse stata veramente una rapina?

Che si trattasse di omicidio era chiaro: chiamò i colleghi della scientifica per i rilievi del caso. La scrivania era abbastanza sgombra, solo un fermacarte in murrina di Murano, un portapenne, un MacBook ancora acceso e quella che sembrava una katana giapponese. Che significasse qualcosa? Sapeva che in alcuni casi la mafia utilizzava un simbolismo per far capire il motivo dell'omicidio. Un esempio era la mano tagliata, che significava che il morto aveva osato rubare, anche quando non avrebbe potuto. Oppure un fazzoletto o un sasso in bocca, che significavano che l'uomo avrebbe dovuto tacere.

Significava qualcosa quella katana lasciata nel bel mezzo alla scrivania? Troppo visibile, considerato che di sicuro era illegale, vista la dimensione della lama. Chi lascerebbe un'arma da taglio illegale in bella vista? Di sicuro non il titolare di un'attività. Doveva essere un segno, ma Volpato non capiva cosa potesse significare. La fece riporre in una busta per le prove, un sacco zip-lock sufficientemente grande da contenerla.

Il medico legale arrivò pochi minuti dopo e cominciò ad effettuare i rilievi. Temperatura corporea, posizione, rigor mortis. La prima informazione da ottenere per cominciare le indagini era l'ora della morte. Il medico, effettuate le analisi, dichiarò che il decesso doveva essere avvenuto all'incirca alle 19 della sera precedente.

«In orario di chiusura, quindi», disse Volpato, «per questo il ritrovamento è avvenuto solo questa mattina».

Il furgone della scientifica arrivò quasi subito e tre operatori cominciarono a vestirsi: tuta bianca, copriscarpe, mascherine. Volpato chiese che i rilievi fossero ultimati entro sera e che tutte le impronte trovate fossero trasmesse appena possibile. Si sarebbe occupata la sua unità di inserirle nell'AFIS (Automated Fingerprint Identification System), il sistema automatico di identificazione di impronte digitali. Sarebbe stato possibile in breve tempo determinare se alcune delle impronte corrispondevano a quelle di persone già note alla polizia.

Purtroppo il database non conteneva le impronte di tutti i cittadini, ma solo quelle delle persone che per qualche ragione erano già state fermate per accertamenti o crimini. Le impronte venivano raccolte anche per il rilascio del passaporto, quindi potenzialmente si sarebbe potuto avere un archivio di quasi tutti i cittadini.

Ma per la privacy, o per qualche altro motivo demenziale agli occhi di Volpato, le impronte del passaporto non venivano archiviate, ma soltanto memorizzate sul documento in formato elettronico. E così lo stato perdeva un'occasione di assicurare malfattori alla giustizia. «Le solite cose all'italiana», pensò Volpato, irritato da tanto garantismo.

Volpato sperava di riuscire in poco tempo a scoprire l'identità del killer: un tentativo di estorsione o una rapina potevano con buona probabilità essere commessi da pregiudicati e questo, sperava, gli avrebbe facilitato le cose. Diede ordine ai suoi collaboratori di assicurarsi che gli oggetti sulla scrivania fossero tutti conservati come potenziali prove; fatto questo, tornò in questura per far rapporto al suo commissario.

Padova, 23 dicembre, 13.00

Martini aveva concordato con il primario un incontro per le 13.00 nel suo ufficio. L'obiettivo era cercare di avere alcune informazioni che gli sarebbero state utili per organizzare la sua difesa. Ma voleva anche condurre una piccola indagine personale, per rispondere ad alcune domande: chi era di turno il 10 Novembre, quando era stata fatta a suo nome la prescrizione del metadone? La farmacista si ricordava chi avesse preso il farmaco? Di chi poteva fidarsi al momento?

«Buongiorno primario», disse entrando nell'ufficio di Ricci. Come al solito il capo non lo degnò di uno sguardo, stava mangiando un'insalata direttamente dal recipiente di plastica del bar, mentre rispondeva ad alcune email dal computer. Aveva stima del primario, ma pensava che fosse inguardabile, quando masticava a bocca aperta. E l'unto delle dita sulla tastiera non aiutava a creare un'immagine civile. «Mi ha convocato a ora di pranzo perché ha deciso che non vuole perdere tempo con me», pensò Martini già depresso.

«Siediti. Ti ho fatto venire a ora di pranzo perché non volevo che passasse nessuno mentre parliamo. Ci tengo a darti una mano, per quello che posso, a mantenere questa storia confidenziale.»

«Grazie, primario», disse Martini, felice di aver pensato male.

«Senti», continuò Ricci, «ho sempre avuto fiducia in te e davvero non riesco a capire perché tu abbia sottratto il metadone dalla farmacia. Da una ricerca di strada – mio figlio ha delle compagnie non proprio raccomandabili – ho scoperto che un flacone di metadone si rivende a poche decine di euro al mercato nero. Perché lo hai rubato? Ci sono cose ben più costose, a meno che tu non abbia una dipendenza. Con il test del capello potresti tranquillamente dimostrare di non assumere sostanze».

Martini lo sapeva bene, anzi, non vedeva l'ora che uscissero i risultati del test, per poter almeno dimostrare di essere pulito.

«Lo so, ci ho già pensato. Primario, senta, la situazione è anche più critica di quanto lei immagini. L'altra sera sono stato prelevato e portato in caserma dei carabinieri. Per farla breve, è stata trovata della droga nel mio appartamento di via Manzoni; insieme alla droga c'erano anche gli otto flaconi di metadone.»

Al primario cadde un pezzo di insalata dalla bocca, sulla tastiera del computer. Se fosse successo in mensa e in altre circostanze, Martini e i colleghi avrebbero riso per ore. Ma, in quel momento, il fatto non fece che rendere più grottesca la vicenda. «Cosa? Me lo dici così? L'altra sera? Quindi lo sapevi già, quando sei passato qui ieri?»

«Sì, capo, ma cerchi di capire», cercò di difendersi Martini, «nel giro di poche ore sono stato accusato dai carabinieri di tenere droga e metadone in casa e poi – quando speravo di poter comunque in qualche modo dimostrare la mia innocenza – ho scoperto che risulta che sia stato proprio io a sottrarre il metadone in ospedale. Praticamente non c'è possibilità che io possa evitare una condanna. Per questo, non sono riuscito a raccontarle tutto. Sa la classica frase americana dei Miranda Rights? 'Qualsiasi cosa dirà potrà essere usata contro di lei'. Be', ho paura perfino di parlare, per timore che ciò che dico mi si rivolti contro».

Non si era accorto di aver gradualmente alzato il tono della voce, probabilmente a questo punto era anche rosso in viso. Ricci si limitò ad annuire, pensieroso. «Martini, ho deciso di condurre una piccola indagine interna. Per prima cosa, ho voluto vedere di persona la prescrizione, ed effettivamente riporta la tua firma digitale. Data e ora sono 10 Novembre, 08.24. Quel giorno eri reperibile la notte, il tuo turno del giorno cominciava alle 08.30 e probabilmente stavi sbrigando le ultime faccende in vista della giornata lavorativa.»

Martini cominciò a pensare: era vero, il 9 Novembre era stato di reperibilità notturna e aveva avuto una notte disastrosa. Il turno di reperibilità, o pronta disponibilità nel linguaggio aulico della direzione sanitaria, prevedeva che il medico passasse la notte a casa (o entro 30 minuti dall'ospedale) e potesse essere chiamato in caso pazienti critici entrassero in pronto soccorso. La situazione più comune era quella dei pazienti che entravano per ictus e avevano bisogno di una valutazione neurologica immediata. Nella notte del 9 Novembre, Martini era stato chiamato tre volte: una verso le 21.00, per una trombolisi; una intorno all'una di notte, per una valutazione di ictus; una alle 04.30, per trauma cranico.

Le quattro di mattina sono l'orario peggiore. È l'ora in cui, anche volendo o dovendo stare sveglio, il nostro corpo ci ricorda in tutti i modi che ha bisogno di riposare. Dalle quattro alle sei, mantenere la concentrazione richiede uno sforzo titanico e i movimenti stessi diventano più impacciati. Solo l'adrenalina della notte di guardia riesce a tenerti sveglio. Il prezzo lo paghi più tardi quando, passata l'eccitazione dell'emergenza, comincia la giornata lavorativa. Il trauma cranico delle 04.30 era un ragazzo, che aveva fatto un incidente in scooter tornando dal lavoro. Le condizioni erano così critiche che Martini aveva dovuto lavorare tre ore per riuscire a definire la strategia di intervento. Il fatto che il paziente fosse giovane gli aveva dato ulteriore motivazione a condurre il lavoro nel modo migliore. Verso le 07.30 aveva finito e aveva cominciato a scrivere l'enorme mole di carte che accompagna un intervento come quello. Era stravolto e aveva avuto difficoltà a completare i documenti necessari. Ma cosa era successo alle 08.24? Forse era uscito per andare in bagno? Forse era stato chiamato da qualcuno ed era uscito dalla stanza del medico di guardia? In quel momento non se lo ricordava, ma decise che più tardi ci avrebbe ragionato.

«E' vero, ora che ci penso» disse, mentre questi ricordi gli passavano, confusi, in mente. «Primario, chi era di turno quel giorno?»

«Ho già verificato, perché voglio avere sotto controllo tutto quello che succede nel mio reparto, nel bene e nel male. Qualcuno dice che sono 'control-freak', maniaco del controllo, o che vi tratto come marionette. Ma il modo migliore per coordinare un reparto è prendersi la responsabilità di ciò che vi succede. E questo prevede anche dare delle direttive e seguire l'attività del mio personale molto da vicino. Non accetto che nel mio reparto vengano sottratti dei farmaci. Il 10 novembre c'erano molte persone, perché era il momento in cui cominciava la giornata lavorativa. Di medici c'erano Pomella, Abate, Franzon e Baccini. Solo loro hanno timbrato il cartellino e acceduto alle porte con badge. Baldacci e Bellon erano invece fuori: Baldacci aveva la giornata libera, doveva tenere una lezione a Ferrara, mentre Bellon era andato a Verona per un congresso. Di loro due non risulta nessun accesso per tutta la giornata. Non ho per il momento considerato gli infermieri, per ovvie ragioni».

Il primario non disse altro, ma Martini capì al volo. In qualche modo, nonostante l'evidenza, doveva essere convinto che lui potesse essere innocente e aveva raccolto qualche informazione. Si era concentrato sui medici, perché era difficile pensare che un infermiere, per quanto bravo, riuscisse in un breve istante a completare una ricetta elettronica, senza avere esperienza sulle procedure informatiche. Pomella, Abate, Franzon, Baccini. Quattro medici in totale. Che nella mente di Martini, che sapeva di essere innocente, potevano essere quattro potenziali colpevoli.

Il primario gli aveva dato un'altra informazione importante: Baldacci e Bellon non c'erano, erano fuori sede, non erano nemmeno entrati in ospedale. Questo era un fatto positivo, considerato quanto aveva deciso con Lorenzo Chemelli la sera prima. Non era di sicuro stato Baldacci a usare il suo account per prescrivere il metadone; poteva fidarsi di lui per la ricerca, pensò con parziale sollievo.

Ma, tra i quattro medici, ce ne era uno che lo aveva incastrato. E Martini avrebbe fatto di tutto per scoprire chi fosse e perché lo avesse fatto.

«La farmacista si ricorda a chi ha dato il farmaco?», chiese Martini.

«No, ho chiamato giù. La Boschi, farmacista titolare, era fuori quel giorno e c'era un sostituto, aiutato da una studentessa tirocinante. Non si ricordano nemmeno di aver dato fuori del metadone, figurarsi se si ricordano a chi.»

«Be', se non altro non possono dire di averlo dato a me, è già un fatto positivo. L'opposto sarebbe stato un disastro. Vede, primario, fino ad adesso vi sono una serie di indizi contro di me che potrebbero mandarmi in galera diretto. Ma, se non altro, non c'è nessuna persona che può affermare di avermi visto con il metadone. E' già qualcosa, per il momento.»

Erano ormai arrivate le 13.30 e Martini si congedò dal primario, per andare in sala medici. Aveva infatti appuntamento con Baldacci per un primo passaggio di consegne relativo al progetto. Entrò in sala medici e si rese conto che erano tutti lì, ciascuno al suo computer a completare i referti o ad approfittare della pausa pranzo per leggere qualche notizia in internet o cazzeggiare sui social. Quando entrò, la maggior parte dei medici fece un cenno o un sommesso saluto. Nessuno si lanciò nei soliti «Ehilà», «Bella lì», o «Mitico!», con cui lo salutavano in tempi non sospetti. «Ecco», pensò Martini, «sono passati due giorni e mi devo già sentire come un appestato. Speriamo almeno Baldacci mi dia corda».

In effetti, Baldacci lo guardò negli occhi (l'unico) e gli disse: «Vieni, sediamoci al tuo computer e cominciamo a fare il punto».

Martini si sedette e con calma si mise a spiegare al collega l'evoluzione del suo progetto. Il primo passo era stato la richiesta di finanziamento all'Unione Europea. Il progetto era rivoluzionario e non era stato facile convincere i revisori europei del fatto che sarebbe riuscito a portarlo a termine con successo. In un certo senso, ci aveva scommesso la carriera e aveva dovuto lavorare sodo per dimostrare ai revisori – esperti di fama mondiale – di essere all'altezza.

L'idea era stata quella di creare un'interfaccia computer-cervello in grado di leggere i segnali cerebrali con alta risoluzione. Non si usavano pochi elettrodi, come nei classici sistemi per mitigare gli effetti di Parkinson, epilessia e altre malattie degenerative. Quei sistemi erano troppo invasivi e potevano essere utilizzati solo su un numero limitato di pazienti. L'idea di Martini era stata quella di creare una schiera di micro-elettrodi che potessero interfacciarsi facilmente con il cervello, dopo essere stati impiantati mediante una semplice operazione chirurgica. Un milione di elettrodi di questo tipo permettevano di poter registrare e trasmettere i segnali della corteccia motoria, allo scopo di comandare dispositivi esterni, per esempio delle protesi. Allo stesso modo, l'idea era anche quella di poter interfacciare dei sensori (visivi, uditivi) direttamente al cervello, in modo da far recuperare udito e vista a pazienti che li avevano persi.

Baldacci era uno specialista nel trattamento dell'ictus, quindi quello delle brain-computer interfaces non era il suo campo. Per questo Martini fece del suo meglio per spiegargli i dettagli degli esperimenti. I neuroni del cervello generano un debole segnale elettrico. I microelettrodi studiati da Martini permettevano di leggere il segnale di ciascun neurone e di trasmetterlo all'esterno. Ma il cervello gestisce una notevole mole di informazioni e per questo servivano non centinaia, ma milioni di elettrodi. Con le immagini delle fotocamere si parla di mega-pixel, milioni di pixel; per gestire i segnali visivi servivano quindi milioni di elettrodi. La domanda era stata: come ottenere quel livello di miniaturizzazione?

Il passaggio innovativo nella ricerca di Martini era arrivato dalla collaborazione con Lorenzo Chemelli, ricercatore in ingegneria elettronica e specialista in semiconduttori. Chemelli aveva trovato il modo di usare la più moderna tecnologia utilizzata per i processori, la tecnologia CMOS, per realizzare elettrodi microscopici ed efficienti. I chip, assemblati su un supporto flessibile, potevano conformarsi alla superficie del cervello ed essere sufficientemente elastici da muoversi con il tessuto. Sempre Chemelli aveva progettato il sistema per leggere i dati rilevati dagli elettrodi e trasmetterli all'esterno mediante una connessione wireless. Martini si era occupato di definire forma, dimensioni e struttura degli elettrodi, e di fare tutte le prove su cavie e i test preliminari su pazienti, questi ultimi negli Stati Uniti. Tutto aveva funzionato alla perfezione e, a breve, avrebbero potuto preparare un contributo per la International Conference on Brain Computer Interfaces (ICBCI). Per farlo, avrebbero dovuto scrivere un articolo entro il 7 gennaio. Ma, durante la conversazione con Baldacci, Martini si rese conto che quest'obiettivo sarebbe sfumato. In quel periodo, infatti, Martini avrebbe dovuto organizzare la sua difesa, dal momento che non vi era un modo semplice per uscire dalla situazione in cui suo malgrado si trovava.

Baldacci diede l'impressione di capire quasi tutto quello che Martini gli stava spiegando. Fece moltissime domande e prese appunti in modo preciso e dettagliato. Martini era sicuro che Baldacci fosse una persona intelligente, ma nessuno nel suo reparto aveva esperienza nel campo di frontiera delle interfacce computer-cervello. Si ricordò di quanto aveva discusso con Chemelli, ovvero di non rivelare i dettagli sul trattamento superficiale degli elettrodi, un passaggio fondamentale perché la tecnica funzionasse. Gli elettrodi, impiantati nel cervello, non funzionavano se prima non veniva effettuato un trattamento chimico che Martini aveva messo a punto lavorando con una dottoranda di biologia, Anna Selmi. Anna aveva garantito a Martini la massima riservatezza sui dettagli del processo chimico; Martini si fidava di lei, anche perché lavorandoci insieme aveva sviluppato un'ottima affinità. Baldacci non era in ospedale il 10 Novembre, quindi Martini aveva un elemento per fidarsi di lui. Ma al momento era certo che qualcuno stesse cercando di incastrarlo per qualche motivo, e non voleva rischiare di rimetterci anche sul fronte dei risultati scientifici.

Quando ebbe finito di spiegare a Baldacci la maggior parte dei dettagli disse: «Davide, ora se ti va mi prenderei una mezz'oretta per mettere in ordine i file sul pc. Vedo che qualche collega comincia a prepararsi per tornare in reparto e immagino che anche tu abbia da cominciare il turno. Una volta sistemati i dati li metto sul disco Z:, la cartella condivisa che usiamo tra medici per scambiarci i file. Quando torni salvali sul tuo pc e, per favore, toglili dallo spazio condiviso: sono file molto ingombranti, con tutte le immagini radiografiche dei cervelli che ho raccolto in America.»

«Ok, sarà fatto», rispose Baldacci, «ci sentiamo nei prossimi giorni per altri dettagli su come continuare le prove, intanto in bocca al lupo per tutto».

«Grazie, avrò bisogno di una buona dose di fortuna. A presto.»

Quando ebbe finito, salutò i colleghi rimasti a lavorare in studio medici e, messa la giacca, si avviò verso l'uscita dell'ospedale, pensando a come si sarebbe svolto l'incontro con l'avvocato.

Padova, 23 dicembre, 14.00

La tenente Pelino chiamò Lipani per fare il punto della situazione. Uno degli agenti immobiliari che aveva l'appartamento in vendita, tale Carbone, non si era presentato all'appuntamento del mattino. Pelino sperava di poterlo interrogare per capire se avesse portato dei clienti a visitare l'appartamento di Martini mentre questi era in America e di avere altri eventuali dettagli sui clienti portati in quel periodo. Non solo Carbone non si era presentato, ma non rispondeva né al numero dell'agenzia né al cellulare. «Lipani, se non risponde entro un'ora ti chiedo di andare a cercarlo in ufficio e a casa.»

«Va bene, nessun problema. Mi metto subito a cercare i dettagli online.»

Lipani accese il computer: aveva appena pranzato e non aveva ancora fatto i cinque minuti di svago online prima di mettersi a lavorare. Aveva un percorso predefinito, partiva dalle prime pagine dei giornali nazionali e locali, poi qualche minuto sui social e per finire la Gazzetta, in preparazione delle prossime giornate di campionato. Ma si fermò sulla home page del quotidiano cittadino. Vide il titolo e sbiancò: 'Agente immobiliare trovato morto in ufficio'.

«Porca puttana!», esclamò, facendo sobbalzare Pelino sulla sedia.

«Per favore, Lipani, moderi i toni, c'è anche il capitano in giro», lo sgridò col tono da maestrina arrabbiata.

«Venga qua, venga per favore.»

Pelino si alzò e si avvicinò al computer di Lipani per leggere l'articolo.

'Alle 10.30 di stamattina, nell'agenzia immobiliare di via Sanmicheli, è stato trovato il corpo senza vita di Alberto Carbone, di 38 anni. Le cause della morte sono ancora ignote, ma voci interne alle forze di polizia indicano che si tratterebbe di un omicidio. L'agente immobiliare era noto in tutto il quartiere, perché sponsorizzava la squadra di calcio della parrocchia e frequentava assiduamente il bar a fianco dell'agenzia. «Era un ottimo ragazzo», ha dichiarato Maria Servanti, 82 anni, ai nostri giornalisti. «Sempre gentile. Mi ha aiutato a vendere la casa del mio defunto marito e a gestire tutta la burocrazia. Spero che li prendano, i colpevoli, e li mettano in galera. Da quando hanno cominciato ad arrivare questi immigrati, Padova non è più sicura. Ormai non siamo più padroni della nostra città.» L'omicidio di Carbone riporta all'attualità il tema della sicurezza: tutte le forze politiche hanno espresso dolore e solidarietà rispetto ai fatti avvenuti, …'.

L'articolo continuava con il carosello delle opinioni di sindaco, vicesindaco, assessori, maggioranza, minoranza e ogni altra persona che avesse una responsabilità di qualche tipo in comune. Era un'occasione troppo ghiotta per finire sul giornale all'antivigilia di Natale e tutti ne stavano approfittando.

Ma Pelino era sconvolta. «Come cazzo è possibile che io debba venire a sapere che è morto uno dei testimoni della mia inchiesta dal giornale? Chi minchia è che sta svolgendo le indagini? Dimmi almeno che non è uno dei nostri, se no lo attacco per le palle al palo della bandiera della caserma!»

Lipani la guardò, allibito. Un metro e sessanta, ma incazzata come una iena. Non aveva mai visto la sua superiore in quello stato e, se da un lato gli veniva da ridere, dall'altro ne era intimorito. Nulla è più temibile di una donna sinceramente arrabbiata, specie se la donna in questione è piccolina e sempre gentile.

«Cerco subito di capire di chi si tratta», rispose, e si mise a cercare l'informazione in internet. Dopo qualche minuto, fu il sito di un altro quotidiano a dargli la risposta.

'Il primo ad arrivare sul posto è stato l'ispettore Antonio Volpato della Squadra Mobile di Padova. L'ispettore ha cortesemente risposto ai nostri colleghi che ancora non è nota la causa del decesso e che probabilmente la morte è stata violenta. «Condurremo le indagini nel modo più accurato, per assicurare il colpevole alla giustizia. In questi casi, le prime ore di indagine sono le più critiche per trovare il responsabile. Per questo motivo le squadre della scientifica sono già al lavoro per analizzare la scena dell'omicidio.»'

«Volpato? Non lo conosco. Tu hai idea di chi sia?»

«Mai sentito, tenente, ma cerco subito il contatto suo e quello del suo commissario.»

L'efficienza di Lipani fu tale che in pochi minuti Pelino stava già parlando con il commissario di Volpato. Poche parole, ma decise: lei stava indagando su un caso di droga che coinvolgeva un cliente di Carbone. L'agente immobiliare avrebbe dovuto essere da lei al mattino per un interrogatorio, ma non si era fatto vedere. Lei esigeva che ogni nuova informazione, prova o circostanza che fosse connessa a Martini le venisse riferita istantaneamente. Il commissario all'altro capo del telefono riuscì a ribattere solo perché lei, ad un certo punto, bevve un sorso d'acqua. E, visto l'atteggiamento della tenente, non poté che essere d'accordo e offrire la massima disponibilità. Risolto questo passaggio tra superiori, la palla passò al maresciallo Lipani e all'ispettore Volpato. In quanto pari grado, i due si sarebbero rapportati tra loro per aggiornarsi l'un l'altro sul procedere delle indagini. Pelino mise giù il telefono, ben conscia di essersi scaldata troppo. Ma un superiore difficilmente ammette le sue debolezze con i sottoposti. Si limitò a dire: «Queste cose mi fanno incazzare, Lipani. E' vero che il nostro nucleo investigativo e la squadra mobile hanno compiti simili in certi campi. Ma non è possibile che il sistema sia tale che io venga a sapere che un mio possibile testimone è morto dalla stampa locale!»

Lipani annuì, divertito di vedere il capo aver perso il tradizionale aplomb. Chiamò subito Volpato e venne aggiornato sui risultati delle prime analisi. L'autopsia era programmata per il pomeriggio stesso, dal momento che poi l'anatomopatologo aveva in programma di partire per le ferie. La scientifica aveva raccolto impronte digitali e diversi oggetti da studiare, tra cui un pesante fermacarte in murrina di Murano e una katana giapponese. «Una katana?», chiese Lipani, «Arma del delitto?»

«A dire la verità direi di no, non c'era sangue, solo evidenza di qualche botta a collo e testa. Al più la katana può essere stata usata per questo. Stasera dovrei avere una prima risposta circa le impronte trovate sul luogo sebbene, col grande numero di persone che passano per l'agenzia, sarà difficile attribuirne una al colpevole.»

Lipani aggiornò Volpato sul loro caso e richiese che Carbone fosse sottoposto ad un test antidroga. Rimasero d'accordo che si sarebbero sentiti la sera stessa, per le 19, per un aggiornamento sull'autopsia e sulle impronte digitali.

Singapore, 23 dicembre, 08.00

Cathy, la ragazza che aveva passato la serata a ballare con Chemelli, era arrivata in aeroporto, pronta per tornare in America. In realtà si chiamava Jane Keller. Aveva 31 anni, era effettivamente americana, ma non veniva dal Montana, come aveva raccontato a Lorenzo. Era nata e cresciuta nel New England, vicino a Boston, e aveva studiato biotecnologie ad Harvard. In seguito aveva preso un dottorato al MIT, studiando sistemi medicali elettronici. Era poi stata assunta da una start-up farmaceutica, la Lifetronics, che era già valutata due miliardi di dollari. In quella start-up avevano investito diverse industrie e alcune case farmaceutiche: la mission della società era sviluppare sistemi elettronici per la cura delle malattie, con focus sulle interfacce neurali. Lei era stata assunta come technology scout: si occupava di trovare nuove tecnologie, attraverso interazioni con clienti e partner scientifici. Una volta identificate nuove idee potenzialmente brevettabili, le presentava all'azienda che – a quel punto – definiva se valeva la pena di fare un investimento in quel determinato settore.

L'azienda, come molte start-up, accresceva il suo valore depositando brevetti su invenzioni innovative; una volta depositato il brevetto, cercava di realizzare al più presto un prodotto, in modo da trarne il massimo profitto. In quel periodo Jane si stava occupando di interfacce cervello-computer. Era un settore in grande crescita e la sua azienda stava inseguendo la chimera di poter essere la prima con un prodotto commerciale di qualità in quel settore. Il suo management sperava di poter vendere la prima interfaccia ad alta sensibilità, per poter connettere sensori e protesi direttamente al cervello. Il mercato sarebbe stato incredibile e i prodotti avrebbero rivoluzionato la vita di diverse persone con disabilità.

Ma c'era poi un altro mercato ancora più redditizio: quello militare. Le interfacce cervello-computer potevano essere usate per la realizzazione di sistemi mai visti fino a quel momento. Leggendo i segnali cerebrali e allenando opportunamente gli utenti, si sarebbero potuti realizzare i brain-actuated robot, dei robot comandati direttamente dai segnali cerebrali. Questi potevano essere mandati a disinnescare bombe o, ancora meglio, a combattere al posto dei soldati in carne ed ossa. Alcuni esperimenti erano già stati fatti, ma con un numero di elettrodi ancora abbastanza ridotto. Avere milioni di elettrodi avrebbe aperto nuove frontiere e permesso livelli di manovrabilità impensabili fino a quel momento. Altri progetti di interesse militare riguardavano la possibilità di comunicare in modo rapidissimo sul campo di battaglia. Il DARPA (Defence Advanced Research Project Agency, l'agenzia della difesa americana per i progetti avanzati) aveva finanziato un progetto chiamato 'Silent talk', la cui idea di base era creare un elmetto costellato di elettrodi che permettesse ai soldati di comunicare i loro pensieri, ancora prima di doverli esprimere. Anche questo obiettivo richiedeva l'uso di elettrodi ultra-avanzati, ancora non disponibili sul mercato. Ulteriore ambito di interesse militare era quello della 'Lie Detection', l'identificazione di bugie. Il classico poligrafo, la macchina della verità, era ormai superata; poter leggere la reazione di un prigioniero direttamente dai segnali cerebrali era una prospettiva allettante anche come alternativa alla tortura, condannata dalla comunità internazionale per le atroci conseguenze. La stimolazione mediante elettrodi avrebbe potuto permettere anche di modificare i sentimenti dei soldati sul campo di battaglia, favorendo coraggio, aggressività e resistenza al dolore rispetto a paura, realismo e tristezza. Infine, i militari pensavano di usare gli elettrodi per connettere sensori innovativi al cervello, dando così dei super-sensi ai soldati, utilissimi nel campo di battaglia.

Secondo molte persone, questo tipo di ricerche ponevano enormi problemi etici. Jane pensava che porsi problemi etici non le avrebbe dato lo stesso stipendio mensile che le passava la Lifetronics; per questo era interessata a lavorare perché il mercato di queste nuove tecnologie crescesse il più possibile.

A livello scientifico, il problema delle brain-computer interfaces era molto complesso: computer e cervello erano come due super-calcolatori; purtroppo, le interfacce allo stato dell'arte permettevano connessioni più lente dei modem a 56 kbps degli anni '90. Impossibile realizzare un cambiamento senza degli elettrodi in grado di leggere milioni di segnali contemporaneamente.

Quando era stata assunta come technology scout, non avrebbe mai pensato di dover applicare anche tecniche 'non convenzionali' per la ricerca di nuove tecnologie. Il suo capo a Boston, Jeff Panizza, l'aveva contattata dicendole che alla conferenza dove si trovava a Singapore c'era un ricercatore italiano, Lorenzo Chemelli. Questi, a quanto si diceva, era in possesso di una nuova tecnologia, ancora segretissima, per realizzare interfacce computer-cervello ad altissima risoluzione.

Avevano saputo questo attraverso il passaparola: un collega di Chemelli, un tale Martini, aveva condotto dei test in USA, e in ambito universitario anche i muri hanno orecchie. Il lavoro di Martini era pagato dall'Unione Europea attraverso un progetto di ricerca. Il problema era che l'Unione Europea – per favorire la crescita scientifica e culturale – richiedeva che tutti i risultati della ricerca finanziata fossero pubblicati su giornali scientifici in modalità open-access, ovvero ad accesso libero, gratuito per tutti.

Se era vero che Chemelli, insieme ad un medico, era riuscito a progettare l'elettrodo perfetto, la Lifetronics non poteva accettare che i dettagli venissero pubblicati online. Se questo fosse successo, sarebbe stato impossibile per l'azienda brevettare il prodotto, con danni economici incalcolabili. La normativa dei brevetti, infatti, prevede che possa essere brevettata qualsiasi invenzione che abbia sufficiente originalità, altezza inventiva e, soprattutto, che non sia già di pubblico dominio. Una pubblicazione scientifica sull'elettrodo di Chemelli ne avrebbe impedito la brevettazione, causando perdite per milioni di dollari. La Lifetronics non era disponibile ad accettare questo rischio e aveva deciso di procedere su due fronti. Era necessario, alla svelta, impedire a Chemelli e Martini di pubblicare i loro dati; in aggiunta, bisognava procurare tutti i dettagli sull'invenzione e cercare il più presto possibile di realizzare un prototipo e brevettarlo.

A Singapore, quindi, Jane aveva dovuto fare uno scouting di tecnologie non proprio ortodosso. Questa volta non si trattava di interagire con clienti e partner per definire una linea di sviluppo comune, ma di trovare il modo di carpire le informazioni a Chemelli in modo rapido e senza lasciare traccia. Fortuna voleva che Jane fosse di bell'aspetto, e non era stato difficile per lei attaccare bottone. Anche perché Chemelli, nonostante fosse un po' sfigato come tutti gli ingegneri, non le dispiaceva, al punto che per un momento aveva anche pensato di portarselo a letto. In fondo meritava anche lei una gratifica.

Ma c'erano due fattori da considerare: il primo era che lo aveva fatto bere e probabilmente a letto non sarebbe stato uno stallone. E poi, avrebbe sicuramente compromesso la sua missione. Il problema era che Chemelli aveva il portatile con accesso protetto mediante impronta digitale. Non c'era modo per lei di intrufolarsi in camera e copiare tutti i file, le serviva un approccio più invasivo. Droghe a Singapore non se ne possono portare: c'è la pena di morte per traffico di droga e Jane, per quanto dedita al lavoro, non voleva rischiare le penne. Aveva deciso allora per una strada più semplice, anche se forse più rischiosa. Si era procurata una boccetta di Roipnol, una benzodiazepina ad azione ipnotica. Tipicamente veniva utilizzato per il trattamento a breve termine dell'insonnia; essendo molto forte, poteva creare anche problemi di astinenza tra una dose e l'altra. In aggiunta, il farmaco poteva provocare amnesia in seguito all'assunzione. Per questo veniva anche chiamato la droga dello stupro, dal momento che alcune ragazze erano state violentate dopo esser state drogate a loro insaputa.

L'unico problema di questo piano era che il Roipnol non doveva essere assunto insieme a grandi dosi di alcolici. Per questo, Jane si era assicurata di essere lei a procurare i cocktail, specificando al barista di mettere poco alcol. Lei sarebbe rimasta lucida e Chemelli non ci sarebbe rimasto secco. Nell'ultimo bicchiere, una volta giunti in camera, aveva sciolto alcune gocce di Roipnol mentre Chemelli sistemava velocemente le sue cose. Poi, aveva cominciato lentamente a spogliarsi e a spogliarlo. Non aveva fatto in tempo nemmeno a togliersi il reggiseno che Chemelli già dormiva come un sasso. Da lì in poi era stato facile: aveva appoggiato il dito di Chemelli sul sensore di impronta del portatile e aveva fatto il backup dell'intero hard disk su un pen-drive grande come un'unghia, dedicando qualche minuto a esplorare le varie cartelle. Aveva poi rimesso il computer al suo posto, cancellato le impronte (nel caso Chemelli fosse morto per arresto cardiorespiratorio per via della combinazione Roipnol/alcol) e dato un'ultima occhiata all'ingegnere che ronfava come un ghiro in mutande. Uscendo, aveva ri-abbassato la gonnellina del vestito, scosso la testa e sorriso soddisfatta. Missione compiuta, il capo sarebbe stato contento della sua technology scout anche questa volta.

Padova, 23 dicembre, 19.00

Martini uscì dallo studio dell'avvocato, un tale Roberto Siviero. La conversazione era durata quasi tre ore, in un ufficio in centro vicino a piazza Garibaldi. L'avvocato aveva ascoltato attento il racconto del suo cliente, facendo domande e prendendo appunti su un taccuino con la copertina di pelle. Non gli aveva chiesto se era innocente, era stato Martini stesso a specificarlo varie volte nel suo racconto. L'avvocato aveva commentato positivamente il fatto che il suo cliente avesse accettato di lasciare un campione di capelli e le impronte digitali ai carabinieri del nucleo investigativo. Aver dimostrato un atteggiamento collaborativo sarebbe stato visto in modo positivo dagli inquirenti.

L'avvocato era specializzato in reati penali, sia contro la persona (omicidi, violenze, ecc.), sia relativi al traffico di stupefacenti. Era rimasto quindi sorpreso dalle ridotte quantità di droga ritrovate nel garage di Martini e lo aveva rassicurato, specificando che avrebbe avuto diversi elementi per costruire la sua difesa. Le prove erano, per il momento, solamente indiziarie: vi erano diversi indizi che portavano a supporre che Martini fosse colpevole, come il ritrovamento della droga dentro al suo garage e la firma di Martini sulla prescrizione del metadone. Ma, fortunatamente, nessuno poteva testimoniare di aver visto Martini portare la droga di persona, o ritirare il metadone in farmacia. Sarebbe stato difficile condannare Martini al di là di ogni ragionevole dubbio, anche se tutti gli elementi a disposizione puntavano a lui. Ma una condanna era comunque possibile: la detenzione di droga era un reato punito dalla legge. La marijuana rientrava tra le droghe leggere, quindi le pene non erano pesantissime, ma la quantità non era tale da giustificare l'uso personale. Il possesso di marijuana in dose personale era tollerato dalla legge, tant'è che era considerato illecito amministrativo e non reato penale. Il possesso ai fini di spaccio invece era punito in modo più severo. La legge utilizzava come indicatore di una finalità criminosa (lo spaccio) il superamento del livello soglia per uso personale. La cassazione aveva di recente asserito che la quantità di sostanza stupefacente rinvenuta costituisce solo un indizio della possibile cessione a terzi, che può assurgere a rango di prova solo quando le dosi ricavabili siano talmente tante da escluderne l'uso personale. 200 g era una dose elevata, si potevano ricavare più di un centinaio di dosi. Quindi la spada di Damocle del reato di spaccio pendeva sulla testa di Martini. Le condanne potevano arrivare a diversi anni di reclusione, a seconda della gravità ravvisata dal giudice.

Un brivido era sceso sulla schiena di Martini, il pensiero era tornato alle volte in cui aveva visitato il carcere. Martini comunque era incensurato e la quantità di droga era abbastanza limitata. La speranza era che, giocando opportunamente le carte, Martini avrebbe dovuto scontare al massimo qualche anno agli arresti domiciliari. Riguardo alla sottrazione illecita di metadone dalla farmacia dell'ospedale, ancora una volta le prove erano di tipo indiziario. Nessuno in farmacia ricordava di aver dato il metadone proprio a lui; tuttavia la prescrizione era stata fatta con le sue credenziali elettroniche e sarebbe stato molto difficile convincere il giudice che non era stato Martini a preparare la ricetta. Per il momento, l'avvocato non aveva elementi per poter richiedere il ripristino della posizione lavorativa di Martini: la sanzione era stata deliberata dall'ospedale in accordo con un avvocato e il contratto di lavoro di Martini prevedeva la sospensione in caso fossero commessi illeciti di quel tipo. L'avvocato aveva suggerito a Martini di evitare di rilasciare dichiarazioni senza prima averlo consultato; inoltre si era reso disponibile a fissare un ulteriore incontro subito dopo Natale, per organizzare una linea difensiva nel caso ve ne fosse stato bisogno.

Uscendo dallo studio, Martini ripensò alla reazione dei suoi colleghi, quando lo avevano visto in sala medici. Tutti avevano abbassato lo sguardo, l'imbarazzo che permeava l'aria. Baldacci però era stato comprensivo e questo lo aveva rassicurato. E anche il primario, a modo suo, aveva dimostrato di volerlo ascoltare ed aiutare. Uscendo sulle scale aveva incontrato Bellon, l'altro collega che era stato assente il 10 Novembre, e di cui quindi sentiva di potersi fidare. Avevano chiacchierato due minuti sulle scale; non si conoscevano tantissimo, Bellon era arrivato da un paio di anni, prima aveva lavorato a Nizza, in Francia, e poi al San Raffaele di Milano. Poi aveva deciso di tornare a Padova, città da cui era partito il suo percorso di studi. Da quando era tornato, Martini e Bellon si erano qualche volta frequentati fuori dal lavoro, per delle partite di squash e qualche serata al pub. Bellon era di buona compagnia e le serate erano state piacevoli. Aver chiacchierato brevemente con Bellon gli aveva dato un senso di normalità: se qualche collega ancora lo considerava, forse non tutto era perduto. Una volta che quella vicenda si fosse risolta, avrebbe potuto forse tornare ad essere quello di sempre. O no? Era comunque evidente che c'era qualcuno che voleva incastrarlo e aveva deciso che l'indomani avrebbe contattato la tenente Pelino per discuterne.

La serata era particolarmente fredda: per non mangiare da solo un'altra volta, e anche per sentirsi un po' rincuorato, quella sera aveva scritto ad Anna Selmi, la dottoranda di biologia con cui aveva lavorato per definire il trattamento degli elettrodi per la brain-computer interface. Dopo la laurea, Anna aveva lavorato per alcuni anni per una casa farmaceutica. L'avevano però messa a gestire alcuni esperimenti di routine e per questo aveva perso entusiasmo. Di una cosa era certa: non avrebbe voluto fare quel lavoro tutta la vita. Per questo aveva lasciato il posto a tempo indeterminato e a trent'anni si era iscritta al dottorato in università. Era un personaggio particolare e Martini – lavorandoci fianco a fianco, spesso fino a tardi – si era affezionato al modo con cui lei poteva sdrammatizzare ogni situazione con una battuta, spesso politically incorrect.

Si incontrarono in un ristorante sushi in centro: «Non mi vorrai mica far mangiare micro-dosi da giapponese, vero?», aveva detto Anna, quando lui le aveva proposto il ristorante giapponese più esclusivo. E così, dopo una attenta selezione, avevano deciso di optare per un all-you-can-eat giapponese, da cui avevano la certezza che sarebbero usciti satolli. Sedendosi a tavola, Martini si accorse che era da quattro giorni che non mangiava un pasto decente: un po' l'appetito gli era mancato, un po' non aveva la testa per badare a se stesso. Stare con Anna, sperava, lo avrebbe rasserenato un po'.

«Ehi, doc, come va?» disse lei, legando la bicicletta ad un palo. Era appena uscita dal laboratorio ed era qualche minuto in ritardo: «Scusa se non sono arrivata prima, ho passato il pomeriggio a giocare con i batteri, sai com'è quando ti diverti. Loro sono molto più di compagnia di un neurologo quasi-quarantenne, e puzzano di meno.» Stava studiando dei batteri per la produzione di biogas, che erano noti in laboratorio per emanare un olezzo non trascurabile. Si scambiarono un doppio bacio sulle guance ed entrarono nel ristorante.

Quando si furono seduti al tavolo ed ebbero ordinato due Sapporo, lei lo guardò negli occhi: «Dormi, la notte? Sembri invecchiato di cinquant'anni, sicuro che non sono uscita con tuo nonno?»

Poi si fece seria: «Tutto bene? Non ti ho mai visto così giù, è successo qualcosa in America?»

In effetti non si vedevano da prima che lui partisse per gli USA; si erano sentiti frequentemente mentre lui era là, ma adesso erano circa dieci giorni che non si parlavano. Lui la guardò, non sapendo da dove iniziare. Bevve un lungo sorso di birra, quasi mezzo bicchiere, e cominciò a raccontarle tutto, per filo e per segno. Partì raccontandole come era andata in America, spiegandole che avevano tutti i risultati per concludere il progetto e per presentare i dati alla conferenza ICBCI. Questo sarebbe stato un grande risultato sia per lui, che ambiva alla posizione di professore associato, sia per lei, che sperava di poter trovare in futuro un lavoro in università. Le dovette però spiegare che non sarebbe stato possibile completare il lavoro entro il 7 gennaio e inviarlo alla conferenza. Le spiegò i motivi per cui era stato sospeso sia dall'attività clinica sia dal lavoro di ricerca. Le raccontò che Baldacci, ora incaricato di proseguire il lavoro, era una persona capace, ma avrebbe comunque avuto bisogno di qualche mese per ritrovarsi nel mare di dati raccolti da lui. Di Baldacci si poteva fidare, non era in ospedale il giorno della prescrizione, ma insieme a Chemelli avevano deciso di non passargli i dettagli sul trattamento superficiale degli elettrodi sviluppato da Anna.

«Ben fatto!», disse lei, «almeno così manterremo la paternità su questa parte del lavoro».

Martini lo aveva fatto non solo per proteggere se stesso, ma anche per rispetto nei confronti di Anna. Con tutto l'impegno che vi aveva dedicato, meritava di poter essere lei a pubblicare i risultati, al momento opportuno. Parlarono quasi due ore, mangiando in continuazione sashimi, sushi e tempura, grazie alla formula all-you-can-eat. Dopo la seconda birra, Martini cominciò finalmente a sentirsi rilassato. Gli occhi vivaci di Anna gli avevano sempre messo allegria, ma quel giorno gli trasmettevano speranza e determinazione. E, quando lei si alzò per andare in bagno, la osservò allontanarsi: guardando il suo fisico minuto ma perfetto si rese conto di quanto gli piaceva quella ragazza, con cui aveva avuto solo rapporti di tipo lavorativo.

Quando lei tornò, gli chiese: «Senti, ma i quattro medici che erano dentro il 10 Novembre, che tipi sono? Non è che uno di loro ha interesse a farti fuori?»

«Forse alcuni li hai già conosciuti, sono Pomella, Abate, Franzon, e

Baccini. Pomella è quello che lavora sulle demenze, ormai vicino alla pensione. Con me è sempre stato molto disponibile, già dai primi anni in cui ero specializzando. Tutti lo considerano come un padre o un nonno, oramai: è di quelli che offrono il caffè agli specializzandi al mattino e si fa raccontare come sta andando la formazione. In sala infermieri confessa chiunque abbia problemi e si prodiga per risolvere eventuali liti e controversie. Praticamente è una via di mezzo tra Gesù e Gandhi, in versione anziana. Non ce lo vedo a farmi un tiro di questo tipo.»

«Abate è un tipo silenzioso: adesso è professore associato, lavora principalmente sull'epilessia ed è il tipo che quando non è in reparto con i pazienti o è a qualche congresso, o sta scrivendo un articolo da presentare ad un congresso. Iperattivo, senza troppa vita sociale, workaholic direbbero gli anglosassoni. Dipendente dal lavoro, come da una droga. Per questo è difficile avere contatti con lui, se non ci lavori direttamente. In questi anni si può dire che ho parlato con lui solo per discutere riguardo i turni, o per chiedergli consigli su pazienti epilettici.»

Anna lo seguiva interessatissima. Aveva una mentalità scientifica e il mistero di chi stesse cercando di incastrare Martini la affascinava. Sì, perché lei si fidava ciecamente del suo amico e non aveva dubbi sul fatto che fosse innocente. Ne aveva sempre ammirato lo spirito pragmatico, il senso dell'umorismo e la capacità di ascoltare. Ma ora era lui che aveva bisogno di due orecchie che lo ascoltassero e di una persona che lo aiutasse a fare sintesi di quella situazione paradossale. In tre giorni lui aveva dormito pochissimo e in ogni momento era stato occupato a parlare con qualcuno, o ossessionato dal pensiero catastrofico delle possibili conseguenze. In quel momento lo vedeva rilassato, forse opera anche delle due birre, o forse – lei pensava – della sua presenza. A inizio serata lo aveva visto molto teso, sguardo fisso, in modalità 'automa'; ma col passare del tempo si stava sciogliendo, lo aveva notato due o tre volte abbassare lo sguardo per una rapida occhiata alle sue tette. «Be', se lo fa sentire meglio che male c'è?», aveva pensato, cercando però di cacciare il pensiero per rimanere concentrata sul racconto.

«Giorgia Franzon è un personaggio unico nel suo genere. Sai che il mondo della medicina è ancora governato dai maschi: se da un lato il numero di studentesse iscritte a medicina è di gran lunga superiore a quello degli studenti, dall'altro la governance degli ospedali è in mano agli uomini. I primari sono quasi tutti maschi. Non è raro che i pazienti, vedendo uno specializzando del primo anno e una dottoressa di cinquant'anni, si rivolgano alla dottoressa chiamandola 'signora', e al giovane chiamandolo 'dottore'. A Franzon è successo più di una volta di sentirsi chiedere, dopo che aveva visitato un paziente per mezz'ora: 'Signorina, quando arriva il medico?'. E la cosa le ha fatto girare le palle non poco, tanto più che lei è anche un bel donnone, con un aspetto autorevole. Per questo, ha cominciato ad occuparsi di questioni di genere in ambito ospedaliero ed è diventata sindacalista. Nel tempo in cui non è in corsia, raccoglie dati sul divario di genere nella sanità e nell'università, o partecipa a riunioni sindacali. Essendo sindacalista, tutti hanno un minimo di timore reverenziale nei suoi confronti, perché c'è sempre la sensazione che – se le fai uno sgarro – lei possa trovare un modo per rivoltartelo contro. Lei è in costante polemica col primario che, come sai, ha un atteggiamento da padre padrone, che lei non sopporta. Ricci in verità cerca di evitare lo scontro e, pur di non sentirla lamentarsi, evita di assegnarle i classici turni massacranti che, a causa della mancanza di risorse, noi colleghi dobbiamo sopportare. Nonostante l'età, non è ancora diventata professore ordinario, perché con il sindacato perde un sacco di tempo che potrebbe dedicare alla ricerca. Da sindacalista avrebbe avuto mille modi per incastrarmi senza bisogno di fare la fatica di reperire il metadone, o no? E poi, va detto, mi pare abbastanza impacciata col computer, come del resto molti dei medici della sua età. Mi ha chiesto più di una volta di aiutarla a salvare un allegato, o a stampare un documento fronte e retro. Quando Franzon ha studiato, il computer non si usava e lei non ha mai perso tempo per capire come adoperarlo. Non ce la vedo a fare uno scatto felino, impadronirsi del mio computer e prescrivere otto flaconi di metadone a un paziente in punto di morte. Va decisamente oltre le sue capacità.»

«Mi sto divertendo un sacco, al di là della situazione», disse lei. «Sono venuta molte volte da te in ospedale, le facce di questi medici le conosco tutte, ma non i retroscena.»

«E non la sai tutta! Non c'entra niente, ma una quindicina di anni fa, prima che partisse la deriva sindacalista della Franzon, lei e il primario sono stati insieme per un periodo. Chi c'era, io mi stavo laureando all'epoca, racconta anche che una volta li hanno trovati in atteggiamenti intimi nell'ufficio di lui. Ricci non era primario, al tempo, e condivideva lo studio con un altro, che quel giorno avrebbe dovuto essere in ferie. E che invece, a causa dell'influenza del figlio, aveva deciso di tornare al lavoro anticipatamente. Credo siano ancora là tutti che ridono; di storie su medici che trombano in ospedale se ne sentono tante, ma a me non è mai capitato…di trovare qualcuno, intendo!»

Anna scoppiò in una sonora risata: «Chi vuoi che ci stia con te? Alito di mucca, sguardo vacuo, pancetta da birra, sei sexy come il mio frigo!»

Non era vero niente, Martini aveva sempre avuto un discreto successo col genere femminile, e lei lo sapeva: gli ammiccò, per fargli capire che stava scherzando. «Ma dai, sto prendendoti per il culo, avrai la fila di infermiere ventenni davanti all'ufficio!»

Martini ci pensò un attimo e preferì non commentare; in effetti c'erano un paio di infermiere con cui aveva flirtato, ma sempre più per divertimento che con intenzioni serie. Effetto dei turni notturni!

Ma si rifece serio subito, purtroppo in quei giorni era così, e riprese: «L'ultimo medico è Baccini. Lui ha sei-sette anni più di me e, quando sono stato assunto io, era il preferito di primario e infermieri. Come tutti noi lavora sia da medico sia da universitario ma, probabilmente a causa dell'iniziale favoritismo nei suoi confronti, non si è mai sbattuto molto sul fronte della ricerca. Quando sono entrato in reparto, la sua situazione è cambiata. Non a detta mia, ma a detta degli altri che lo avevano conosciuto prima del mio arrivo. Sai che io sono molto attivo e dinamico, cerco di darmi da fare scrivendo nuovi progetti e pubblicazioni. In pochi anni il mio curriculum è diventato migliore del suo e adesso siamo entrambi in lista per la prossima posizione da professore associato. Se chiedi a Baccini, lui la merita per anzianità, ma se chiedi ad altri – credo anche al primario – sarebbero pronti a firmare che spetti a me, per la mole di lavoro, finanziamenti e articoli che ho portato al gruppo».

«L'anzianità come fattore di merito», disse Anna, «il solito discorso all'italiana. Stanno già cominciando a farlo anche a me, anche se sono ancora in dottorato. Sei l'ultima arrivata, sai, ci sono persone davanti a te che hanno diritto ad avere un posto qui, capisco che sei brava, ma devi aspettare! Cazzate! Se uno è bravo può esserlo anche se è l'ultimo arrivato; e l'anzianità dovrebbe darti un accesso prioritario solo al cimitero!»

«Infatti», rispose Martini ridendo per la battuta. «A causa di questo, non è che tra me e Baccini corra proprio buon sangue. Lui, secondo me, ha dei tratti paranoici e per certi periodi smette di salutarmi quando mi incontra. È già successo che sia andato dal primario a lamentarsi perché io ho turni migliori dei suoi, perché ricevo più finanziamenti per la ricerca, perché ho accesso a più pazienti per i miei studi. Il primario, che prende la maggior parte delle decisioni, trova sempre il modo di metterlo tranquillo. Lo fa per la buona pace del reparto, anche se credo sia convinto di non aver fatto un affare ad aver assunto Baccini. Il prossimo concorso da associato sarà tra marzo e aprile ed entrambi saremo candidati interni. Sono proprio curioso di vedere cosa deciderà la commissione.»

«Sempre che tu possa parteciparvi», lo interruppe Anna.

«In che senso?»

«Se non vado errata, per partecipare ad un concorso pubblico bisogna avere la fedina penale pulita. Nelle domande di partecipazione c'è spesso da indicare se si sono ricevute condanne penali e credo che in diversi casi una risposta positiva possa impedire la partecipazione alla selezione.»

«Non ci avevo pensato, non so se questo valga per i concorsi universitari. Devo verificare con l'avvocato se è vero! Inizialmente pensavo che tutta questa messa in scena servisse per screditarmi agli occhi di tutti in reparto. Non avevo considerato che potesse avere un impatto sulla mia partecipazione al concorso.»

Continuò a riflettere e aggiunse: «Stai suggerendomi che potrebbe essere stato Baccini, con questo movente, a mettere in piedi tutto?»

Anna rimase colpita, lei stessa, delle straordinarie implicazioni che questo avrebbe potuto avere. In effetti vi erano diversi elementi che puntavano in quella direzione: il metadone era stato sottratto in ospedale e doveva essere stato uno dei colleghi di Martini a rubargli l'accesso al computer durante il turno del 10 Novembre. Baccini il 10 Novembre era al lavoro, quindi era plausibile che potesse essere implicato. E, soprattutto, Baccini aveva un movente grande come una casa: entro pochi mesi ci sarebbe stato un concorso in cui Martini – nonostante la più giovane età – era favorito.

«Non sto suggerendo niente», rispose Anna, preoccupata di aver scatenato un inferno di pensieri in Martini, «ma vi sono diversi elementi che puntano in quella direzione. Prendiamo un'ultima birra e continuiamo a parlarne?»

«Ok», disse Martini, e chiamarono il cameriere.

«Cerco di darti un'opinione spassionata, io vedo la storia con maggiore distacco. Abbiamo quattro possibili colpevoli, giusto? Il vecchietto, il lupo solitario, la femminista e il paranoico. Ragioniamo alla ricerca del 'cui prodest?', per capire a chi giova riuscire a incastrarti. Il vecchietto amico di Gandhi direi che non è il nostro uomo. In pensione a breve, ha buoni rapporti con tutti e una prospettiva di vecchiaia serena e con un buono stipendio. A che pro dovrebbe rovinarti la vita?»

«Il lupo solitario», riprese, «è troppo concentrato sul suo lavoro, che sembra avere successo. Non hai mai incrociato la sua strada, né intralciato il suo percorso. Da workaholic, l'unica cosa che non tollererebbe è un'interferenza con la sua tabella di marcia, con il suo ritmo ossessivo verso il successo. Se tu non ci hai mai avuto a che fare, dubito che lui possa nutrire interesse verso di te, saresti solo una perdita di tempo».

«La femminista faccio fatica a inquadrarla, ma mi sembrate incanalati su percorsi diversi. A meno che tu, arrapato, non le abbia messo le mani addosso nei bagni della corsia.»

«Ma vai a cagare! Ma ce l'hai presente? A me, ancora per un po', piacciono più sui trenta che sui cinquanta», rispose Martini, divertito. Possibile che Anna trovasse sempre il modo di tirargli su il morale?

«Oppure, la questione è che tu non ci hai mai provato, lei si è sentita offesa e ha deciso di fartela pagare in questo modo. Così impari a non apprezzare la sua bellezza sfumata da prugna secca», rispose lei rincarando la dose.

«Il nostro amico paranoico ha invece tutti i tratti di un potenziale colpevole. Una storia di successo e favoritismo, interrotta bruscamente dal tuo arrivo. Tu non ne hai colpa, ma lui non lo sa, perché vive in un delirio cronico. È perennemente convinto che sia in atto una persecuzione nei suoi confronti, tant'è che se ne lamenta col primario. Concentrato com'è sul suo delirio, smette di dedicarsi alla ricerca perché, secondo lui, il posto da associato gli spetta per diritto, essendo più anziano. Ma si avvicina la data del concorso e si rende conto che le sue chances si stanno riducendo. Che fare per rimediare? Si inventa la messa in scena del metadone, conosce i pazienti e trova il modo di prescrivere il farmaco a nome tuo. Tu sei un pirla, visto che non controlli mai se lasci il tuo account attivo nel computer quando ti allontani. Riguardo alla marijuana a casa tua, potrebbe averla procurata in stazione. La dose ridotta potrebbe spiegarsi così: ne ha presa abbastanza per far dubitare un uso personale, ma non spendendo più di 1500-2000 euro. Soldi ben investiti, se gli permettono di passare un concorso che gli dà lo stipendio per altri 30 anni.»

Martini si rese conto che la sua amica era riuscita a leggere con chiarezza i fatti che lui, negli ultimi tre giorni, non era riuscito nemmeno a riordinare nella sua mente. Che avesse una mente brillante lo sapeva, ma fino a quel punto…

«Ti è andata bene che il tuo progetto è stato assegnato a Baldacci. Fosse stato dato a Baccini, sicuramente avrebbe trovato il modo di affossarlo negli ultimi tre mesi prima dell'incontro con i revisori europei.»

Bevendo la birra, Martini rifletté su queste parole. Era vero, in questo era stato fortunato. O forse il primario aveva di proposito scelto uno dei medici che non erano in ospedale il 10 Novembre per affidargli il progetto?

«Domani ne parlerò con la tenente dei carabinieri. Voglio metterle una pulce nell'orecchio, in modo che almeno sentano altre persone, prima di incastrare me.»

«Mi sembra una buona idea. Ma stai attento a quello che ti ha detto l'avvocato, alle dichiarazioni che rilasci.»

«Certo, starò attento, grazie della premura.»

«Dai, ti accompagno verso casa», gli disse lei.

Si incamminarono, lei portando la bici e lui a piedi, verso casa di Martini. La temperatura era scesa ulteriormente e, quando arrivarono sotto casa, lui le propose di entrare per bere l'ultimo bicchiere, un limoncino o un amaro. Lei lo guardò, stupita dalla richiesta, e disse di sì. Entrati in casa, lei si guardò intorno.

«Ehi, un'ispezione del genere non la fa nemmeno mia madre la volta al mese che viene a trovarmi!», disse Martini.

Per fortuna un po' aveva sistemato, non sembrava la casa di un single, disperato e depresso, ma solo la casa di un single. C'erano perfino dei bicchieri puliti e si sedettero sul divano per bere l'amaro. Era stata una serata densa di emozioni e pensieri, e le parole ad un certo punto cedettero il posto al silenzio. Lei sorrise e gli si avvicinò, fino a sedersi sulle sue ginocchia. Fu spontaneo, anche se sicuramente qualche ora prima nessuno dei due avrebbe pensato che la serata, l'invito a cena, sarebbero finiti così. Fu tenero, come se ciascuno dei due si prendesse cura dell'altro; ma fu anche passionale, come se entrambi non avessero aspettato altro, lavorando assieme per mesi e nascondendo il desiderio all'altro. E fu un'esplosione di emozioni, scatenata un po' dal mese di lontananza, un po' dalla voglia di rivedersi, un po' anche dalla situazione precaria di Martini. Il primo a finire senza vestiti fu lui, perché fu lei a prendere l'iniziativa, iniziando a spogliarlo e ad accarezzarlo. Ma Martini non si fece desiderare e la trascinò in camera, senza toglierle le mani di dosso, spogliandola, tra brividi e emozioni.

Padova, 23 dicembre, 19.30

La tenente Pelino stava cominciando a spazientirsi. Mancavano due giorni a Natale, non era ancora riuscita a comprare un regalo, aveva mille commissioni da sbrigare. Tuttavia era stata costretta a rimanere in caserma fino a tardi, in attesa che il telefono squillasse; aspettava la chiamata dell'ispettore Volpato per avere un'indicazione sull'esito dell'autopsia. Anche Lipani, per senso del dovere, aveva chiamato la mamma a casa avvisando che non sapeva quando sarebbe tornato. Mamma incazzata, Lipani incazzato, Pelino sotto stress. L'antivigilia non avrebbe potuto concludersi peggio.

La telefonata alla fine arrivò. Si era occupato dell'autopsia il dottor Frezza, un anatomopatologo molto giovane, probabilmente appena specializzato. Aveva riscontrato l'esito di un forte colpo alla gola, tale da interrompere in maniera temporanea la respirazione. Un forte ematoma era stato trovato nel sito dove Carbone era stato colpito alla testa; il colpo probabilmente era stato inferto con una scarpa. L'anatomopatologo aveva assicurato che entrambi i colpi erano stati assestati da mano esperta: erano stati solo due, ma sufficienti a stendere l'agente immobiliare e – probabilmente – a fargli perdere i sensi. Ma nessuno dei due colpi era stato la causa del decesso. La morte era sopraggiunta per arresto cardiaco.

«Mi lasci capire», chiese Pelino, «mi sta dicendo che ha preso due colpi, uno alla gola e uno alla tempia, e poi è morto di crepacuore?»

Volpato non si scompose e continuò: «Anche il medico legale ha avuto lo stesso dubbio. E' convinto che un arresto cardiaco in paziente sano sia abbastanza improbabile, a seguito di due forti colpi alla gola e alla testa. Per questo ha sospettato una morte per avvelenamento».

«Avvelenamento? Ha trovato tracce di veleno in bocca? O fori di iniezione?»

«E' questo il punto, non ha trovato né l'uno né l'altro. La bocca era pulita, a parte la presenza di sangue, probabilmente la rottura delle mucose a seguito del colpo alla testa. Fori di iniezione non ce ne sono, a dimostrazione che il nostro Carbone non faceva uso di droghe endovenose. L'unico punto in cui un veleno avrebbe potuto essere iniettato è una piccola ferita sul collo, probabilmente dovuta al rasoio da barba. L'anatomopatologo non è riuscito ad identificare il foro della puntura, ma ha detto che la piccola ferita, fatalità, si trova in corrispondenza del passaggio della giugulare, sotto la mandibola sinistra.»

Pelino ragionò un attimo e disse: «Senta, Volpato, a me serve anche sapere se Carbone faceva uso di droghe; è possibile richiedere un esame tossicologico che permetta di evidenziare sia l'uso di droghe, sia la presenza di veleno nel sangue?»

«Certo, tenente», rispose Volpato, contento che adesso lui e Pelino fossero sulla stessa lunghezza d'onda. «Ho fatto presente questa richiesta al medico legale durante l'autopsia. Il dottore ha acconsentito e ha effettuato i prelievi necessari. I risultati saranno disponibili entro il 26 mattina. Potrebbero arrivare anche prima, ma con Natale di mezzo è difficile».

«Ottimo lavoro, ispettore. Novità sulle impronte?»

«Questo è il vero problema. Probabilmente nella metropolitana di Milano ci sono meno impronte digitali che nell'agenzia di Carbone. Pare che pulisse di rado la scrivania e sia il piano, sia la sedia, sia le suppellettili sono pieni di tracce. In aggiunta, sembra che l'agente immobiliare fosse molto popolare e che molte persone del quartiere passassero a trovarlo in ufficio, anche solo per fare due chiacchiere. La scientifica ha cominciato a passarmi i file delle impronte e ora noi stiamo mettendo i dati nell'AFIS, per consultare il database a nostra disposizione. Come sa, possiamo identificare persone già precedentemente schedate per qualche motivo; speriamo di avere fortuna, che il colpevole sia un pregiudicato.»

«Speriamo», rispose Pelino, che vedeva ormai sfumare la possibilità di un Natale tranquillo. Di Natale ce ne era uno all'anno: lei stava per giocarselo dovendo stare in caserma a fare le pulci a Martini e alla sua misera dose di droga.

«Senta Tenente, ora io la devo lasciare. Le garantisco che sia noi sia i colleghi della scientifica lavoreremo tutta la notte alle impronte, in modo da avere delle risposte speriamo già da domani mattina. Ora la lascio, se non ha altre domande.»

Pelino lo salutò e lo ringraziò. Rimase un attimo pensierosa: chi poteva aver avvelenato Carbone? Martini stesso? Perché non parlasse della droga? O questo omicidio non c'entrava niente con la sua indagine? L'indomani avrebbe continuato a lavorarci, ma adesso era finalmente il momento di andare ad allenamento di Krav Maga, aveva bisogno di sfogarsi. Lasciato libero Lipani, si cambiò e andò dritta in palestra, per pensare ad altro almeno per due ore.

Boston, 23 dicembre, 16.00

Jeff Panizza, il capo di Jane, era appena rientrato da una riunione con alcuni tra i suoi più grandi finanziatori, le aziende di sistemi e armamenti tattici dell'esercito. Li aveva assicurati che la sua azienda, la Lifetronics, stava facendo passi da gigante nella ricerca sulle brain-computer interfaces. Non aveva ancora dei dati da presentare, anche per questioni di confidenzialità, ma aveva assicurato che erano vicini a brevettare un'invenzione sensazionale. Una tecnologia per la lettura e l'analisi dei segnali cerebrali, che avrebbe permesso lo sviluppo di sistemi mai visti fino a quel momento.

I finanziatori lo tenevano per le palle ormai da un anno. La Lifetronics stava crescendo bene ma, nonostante il grande capitale iniziale, non era ancora riuscita nel suo intento: essere la prima azienda al mondo a vendere interfacce brain-computer ad alta risoluzione. I ricercatori lavoravano a pieno ritmo e diversi brevetti erano stati già depositati. Ma l'invenzione definitiva, l'interfaccia robusta e affidabile, doveva ancora essere scoperta.

Due settimane prima era a un passo dalla disperazione. Viveva in una villa da quattro milioni di dollari in Boylston street, una delle vie più centrali ed esclusive della città. Con il suo stipendio da manager doveva mantenere il mutuo, la moglie e i suoi numerosi hobby (ma non avrebbe potuto lavorare anche lei, così almeno avrebbe avuto meno tempo per spendere i suoi soldi?), e la suocera, che si era trasferita da sei mesi a casa loro. In aggiunta, a suo carico c'erano un fottuto barboncino, che a quanto pareva aveva bisogno perfino del maglioncino per affrontare il clima rigido di Boston, e un gatto pelosissimo che doveva dormire nel letto matrimoniale insieme a lui e sua moglie, perché altrimenti il barboncino di cui sopra lo avrebbe morso.

Ma il vero problema era che i finanziatori avevano minacciato di licenziarlo entro marzo, se non fosse riuscito a depositare il brevetto del secolo. Il solo pensiero di perdere lo status e lo stile di vita a cui si era abituato lo avevano fatto rabbrividire. L'uscita di casa della suocera, del barboncino e del gattaccio non sarebbero stati di consolazione, nel momento in cui si fosse trovato cacciato di casa anche lui, sulla strada e senza lavoro.

Era sempre in contatto con diversi ricercatori, soprattutto all'interno delle principali università americane. Con alcuni, i più pignoli, intratteneva scambi scientifici. Altri, i più spregiudicati, li usava come 'technology scout' non ufficiali. Aveva concordato con questi scienziati che lo avrebbero contattato non appena avessero avuto sentore di una nuova invenzione significativa nel campo delle brain-computer interfaces. Se necessario, sotto incentivo economico, i ricercatori avrebbero fornito a Jeff le informazioni necessarie per replicare l'invenzione in Lifetronics. L'azienda aveva messo a disposizione di Jeff un portafoglio ufficiale di tutto rispetto per la ricerca. In aggiunta a questo, per le operazioni non ufficiali, poteva accedere ad un fondo alle Cayman con venti milioni di dollari. Questi fondi servivano a comprare tutte le informazioni a cui altrimenti la Lifetronics non avrebbe potuto accedere.

Due settimane prima era stato chiamato da uno dei suoi contatti a Stanford. Questa università la stava tenendo d'occhio da tempo per vari motivi. Innanzitutto aveva una delle scuole di medicina più importanti degli Stati Uniti, che ogni anno conseguiva risultati eccezionali in diversi campi della ricerca. Ma, soprattutto, Stanford si trovava in Silicon Valley, ad un passo dalle maggiori aziende di elettronica a livello mondiale. Per queste ragioni Jeff si aspettava che Stanford fosse una delle sedi papabili per il grande passo, l'invenzione di un elettrodo con milioni di sensori per interfacce cerebrali. Non più centinaia di elettrodi che, nel campo della visione, avrebbero permesso di vedere solo immagini a bassissima risoluzione. Ma milioni di elettrodi, per trasmettere e ricevere segnali ad altissima definizione. Recentemente i ricercatori di Stanford avevano dimostrato un metodo per permettere a persone con paralisi di controllare il computer utilizzando i segnali cerebrali. Ai pazienti erano state impiantate delle schiere di elettrodi grandi come pastiglie di aspirina, per registrare segnali dalla corteccia motoria, la regione del cervello che controlla i movimenti dei muscoli. Questi segnali erano poi stati trasmessi a un computer via cavo e tradotti da algoritmi. In questo modo i pazienti potevano guidare il cursore di una tastiera a schermo. La prova aveva dato risultati eccezionali, sia in termini di velocità, sia in termini di accuratezza. Un risultato promettente, che lasciava ben sperare per gli sviluppi futuri.

Fu stupito, inizialmente. Il contatto di Stanford gli aveva detto che la paternità dell'invenzione non era di un ricercatore dell'Università

Californiana, ma di un medico di un'università italiana.

«In Italy? Padova? Where the fuck is it?», aveva chiesto. Aveva poi scoperto che l'Università in questione era stata fondata nel 1222 e da sempre era stata un punto di riferimento per la medicina in Europa. Il suo uomo gli aveva spiegato che l'invenzione era stata possibile anche grazie al contributo di un ingegnere elettronico, che aveva contatti con diverse industrie di semiconduttori. Erano riusciti ad utilizzare la tecnologia CMOS, la stessa dei processori dei computer, per creare delle schiere di milioni di elettrodi impiantabili. In quei giorni Martini, uno dei due inventori, si trovava a Stanford per condurre alcuni esperimenti. E i risultati erano eccezionali.

Jeff aveva chiesto al suo contatto: «Riesci a passarmi i dettagli del sistema? Al solito, possiamo prevedere un compenso».

«No, purtroppo. Il sistema è impiantato nella testa di un paziente, impossibile accedervi. E so che quando Martini torna in Italia ha in programma di riportarselo a casa, perché è praticamente l'unico prototipo. Ha probabilmente diversi dettagli nel suo computer, ma lo tiene sempre con sé.»

«Merda», rispose Jeff, «niente da fare? Guarda che potrei trovare il modo di pagare bene!»

«Un'idea ce l'avrei», gli aveva risposto il suo uomo. «Conosco un tizio, a Padova, e secondo me sarebbe il tipo che ti aiuterebbe, se hai soldi da spendere.»

«Per un progetto come questo, ho soldi da spendere. Dammi il contatto e se puoi sentilo tu per metterlo sul chi va là. C'è una fetta di torta anche per te, ma digli che per lui – se farà quello che gli chiedo – ci sono pure il bis e la panna montata.»

Ora, due settimane dopo, Jeff stava guardando lo schermo del computer con soddisfazione. «Abbiamo i dati», gli aveva scritto il suo uomo a Padova, «versa metà del denaro sul mio conto cifrato e te li spedisco entro sera».

Jeff gongolava. Tutti i suoi problemi, dai finanziatori incazzati fino alla suocera e al barboncino, si sarebbero risolti a breve, se i dati ricevuti dall'Italia gli avessero garantito il brevetto del secolo.

Padova, 24 dicembre, 08.30

L'allenamento di Krav Maga le aveva fatto bene. Per due ore Silvia Pelino aveva potuto finalmente pensare ad altro, mentre si sfogava fisicamente. Nonostante fosse piccolina, riusciva spesso ad avere la meglio grazie alla sua velocità e agilità. Ora sedeva nel suo ufficio, in attesa di cominciare le indagini della giornata. La sensazione di perdere tempo non la abbandonava, quando pensava al caso di Martini con i suoi miseri 200 grammi di marijuana. Ma non riusciva a liberarsi nemmeno dell'impressione che qualcosa non quadrasse. Alle 9 aveva appuntamento con il primario di Martini per discutere del furto del metadone. Si spostò a piedi, dalla caserma all'ospedale, insieme all'inseparabile maresciallo Lipani. Il primario li attendeva in ufficio: quando i due carabinieri entrarono, lui fece cenno ad entrambi di accomodarsi sulle sedie di fronte alla sua scrivania.

«Buongiorno, grazie di averci ricevuti», disse Pelino, «abbiamo diverse domande da farle».

«Prego, ditemi pure. Spero che questa faccenda si risolva presto, il clima nel mio reparto non è dei migliori in questo periodo, tutti parlano alle spalle di Martini, affermano che io lo sto proteggendo. E, in aggiunta, i medici si guardano con diffidenza tra loro, dal momento che qualcuno sostiene che Martini sia stato incastrato.»

«Una prima cosa che ho bisogno di sapere è da quanto tempo conosce Martini.»

«Martini è stato mio laureando, ormai quasi quindici anni fa. Dal momento che era uno studente brillante, gli proposi da subito di iniziare la scuola di specialità nel nostro reparto. All'inizio collaborava con me, da specializzando era il mio braccio destro. Quando però finì la specialità ebbi una discussione con lui. Martini mi aveva chiesto se aveva possibilità di essere assunto nella mia unità. Io gli dissi che non era impossibile, si stava per aprire una posizione da ricercatore universitario e stavamo cercando candidati interessati. Ma gli spiegai che, se avesse vinto lui il posto, non avrei voluto che lavorasse con me. Lui all'inizio non capì, la visse come una mancanza di fiducia nei suoi confronti: 'Ma come', mi disse, 'ho sempre lavorato con te, dimostrandoti di essere capace e affidabile, e adesso mi scarichi così? Non è servito a niente il mazzo che mi sono fatto in questi anni?'»

«Il suo disappunto era comprensibile, aveva la sensazione che volessi scaricarlo. La verità era un'altra e gliela spiegai: io mi occupavo di ictus ormai da diversi anni e lui, lavorando con me, aveva una profonda conoscenza della tematica. Di sicuro, continuando a fare il mio braccio destro avrebbe avuto una carriera brillante, ma avrebbe sempre vissuto alla mia ombra. I colleghi avrebbero sempre pensato a lui come il mio più valido collaboratore, e non come uno scienziato brillante. E lui, a mio avviso, meritava di più. Avevo quindi deciso che avrei fatto di tutto per avviarlo verso una carriera indipendente; questo mi costò moltissimo perché ebbi da cominciare da capo, formare un nuovo collaboratore in modo che potesse lavorare con me.»

«Lo convinsi che per il suo bene, per la sua carriera, avrebbe dovuto scegliere una linea di ricerca innovativa e di respiro internazionale. Quando lui capì le mie intenzioni mi fu grato, e passammo diverse serate a discutere su quale avrebbe potuto essere il suo nuovo ambito di lavoro.»

«La scelta ricadde su una tematica tanto innovativa quanto rischiosa, per un ricercatore neo-assunto. Decidemmo che avrebbe lavorato sulle brain-computer interfaces, le interfacce computer-cervello. Parlando da profani, si tratta di sistemi elettronici in grado di connettersi al cervello per leggere o trasmettere segnali. Un esempio di applicazione è quello dei pazienti senza un arto: l'idea è che essi possano comandare una protesi direttamente mediante i segnali cerebrali, grazie a degli elettrodi posti nel cervello.»

Pelino e Lipani lo seguivano, curiosi. Avevano solo chiesto a Ricci da quanto tempo conosceva Martini, ma questi stava raccontando loro la storia completa della sua carriera. L'aveva presa un po' larga, il primario. Per fortuna non aveva cominciato il racconto da quando la mamma e il papà di Martini l'avevano concepito!

«Questo era un campo particolarmente inesplorato. Da giovane ricercatore, Martini avrebbe potuto o avere un successo incredibile, o trovarsi con un pugno di mosche. Ma l'uomo era in gamba e in un paio di anni riuscì a concepire alcune idee interessanti. Il problema era che, da neurologo, non sapeva come realizzare gli elettrodi indispensabili per la sua ricerca. Conobbe quindi un ricercatore di elettronica, un certo Lorenzo Chemelli.»

Pelino si segnò il nome, avrebbe potuto essere utile sentire anche un altro conoscente di Martini, esterno all'ambito ospedaliero.

«Con Chemelli nacque subito un'amicizia, ma anche un sodalizio accademico. In quattro e quattr'otto riuscirono a dimostrare l'efficacia di un nuovo tipo di elettrodo e cominciarono a pubblicare un lavoro scientifico dietro l'altro. Martini era attivo e instancabile ma, ad un certo punto, si rese conto che gli sarebbero serviti dei finanziamenti ingenti per continuare quel lavoro. Ottenne i fondi grazie a un bando competitivo dell'Unione Europea, per ricerche originali e innovative. Poco meno di tre anni fa, la UE gli ha messo a disposizione 3.5 milioni di euro per svolgere la sua ricerca; il progetto ora è quasi giunto al termine e so che Martini dovrebbe avere in programma di presentare un lavoro alla conferenza più autorevole del settore, la ICBCI.»

«Grazie della spiegazione molto completa» disse Pelino, da un lato colpita dalla disponibilità del primario, dall'altro preoccupata di dover fare il pranzo di Natale con lui, nel caso la conversazione fosse durata troppo. «Ho bisogno ora che lei mi spieghi le circostanze relative al furto del metadone.»

«Innanzitutto ci tengo a specificare che il metadone non è stato rubato, ma è stato prelevato in farmacia attraverso una prescrizione correttamente inserita nel sistema», cominciò il primario. E proseguì, spiegando gli stessi dettagli che aveva già illustrato a Martini. Pelino rimase molto colpita dal fatto che la prescrizione richiedesse l'uso di una chip card e chiese: «Quindi questo ci dà la certezza che la prescrizione sia stata fatta da Martini?»

Il primario le spiegò che non erano pochi i casi in cui i medici erano costretti ad abbandonare la postazione lasciando la chip-card inserita per rispondere a delle urgenze; per questo motivo non poteva esservi la certezza matematica che a prescrivere il metadone fosse stato Martini.

In aggiunta in farmacia nessuno si ricordava chi lo avesse effettivamente ritirato. Ricci aveva fatto indagini ed era emerso che nessun infermiere era andato a prendere i flaconi su ordine di uno dei medici. Per questo l'ipotesi era che fosse stato proprio uno dei dottori a recarsi in farmacia, prescrizione alla mano. Questo avveniva talvolta, quando gli infermieri erano troppo occupati per ritirare i medicinali.

Quando Ricci ebbe finito di rispondere alle loro domande, Pelino e Lipani si guardarono pensierosi. Avevano sperato di rientrare dall'ospedale con le prove della colpevolezza di Martini. Invece si erano ritrovati con una serie di interrogativi ancora più consistente: era stato Martini a prelevare il metadone? O poteva essere stato un suo collega che, per qualche ragione, voleva incastrarlo?

«Ho fatto qualche indagine interna», disse loro il primario, «ho pensato che fosse importante sapere quali erano i medici presenti in ospedale al momento della prescrizione. Se qualcuno avesse indebitamente usato l'account di Martini, quella persona avrebbe dovuto essere in ospedale il 10 Novembre. Dalla lettura dei badge, a me risulta fossero presenti quattro medici, Pomella, Abate, Franzon, Baccini».

«Qualcuno di questi avrebbe potuto avere un motivo per voler incastrare Martini?»

«Ci ho pensato a lungo», rispose il primario, e diede ai due carabinieri un profilo di massima dei quattro medici. «L'unico che potrebbe avere un motivo sarebbe Baccini. Lui e Martini competono per un concorso da professore associato che si svolgerà tra pochi mesi. Baccini è sempre sembrato un po' geloso dei successi di Martini, più giovane di lui di sei anni, e più di una volta mi ha accusato di favoritismi nei suoi confronti. Ma non saprei dire se questi siano elementi tali da giustificare un'azione di questo tipo. Incastrare un collega e farlo quasi licenziare, se non finire in carcere, per la gelosia lavorativa? O per il desiderio di una promozione sul lavoro? Può essere successo davvero questo?»

Pelino e Lipani soppesarono queste parole, silenziosi. «Abbiamo bisogno di parlare con questi quattro medici», dissero. «Ci può aiutare ad organizzare un incontro?»

«Senz'altro, vediamo se si può fare già in mattinata, con quelli che sono di turno.»

Padova, 24 dicembre, 09.00

Anna si svegliò verso le 9, era la vigilia di Natale, aveva in programma di passare comunque in laboratorio per ultimare alcuni test, ma aveva deciso che se la sarebbe presa comoda, viste le circostanze. La sera prima lo avevano fatto prima una volta, vogliosi e frenetici, poi – dopo aver continuato a parlare – una seconda, spontanea e tranquilla. Ed entrambe le erano piaciute: in quei mesi aveva lavorato fianco a fianco con Martini e si era accorta che, oltre ad ammirarlo professionalmente, aveva cominciato a guardarlo con occhi diversi, di tanto in tanto. E, in alcune occasioni, si era trovata a fantasticare di avere una storia con lui. Certo, non si sarebbe aspettata qualcosa del genere, una situazione del tipo: 'Sai, sono appena tornato dall'America, hanno trovato della droga a casa mia, mi hanno sospeso dal lavoro, per un pelo non mi arrestano… vuoi uscire a cena e fare sesso con me?'. No, quello non se lo sarebbe mai aspettata ma, una volta che le cose erano successe, per lei era stato spontaneo assecondare il suo desiderio.

«Ehi, non mi era mai successo di farlo con un fuorilegge!», disse quando lo vide entrare con l'asciugamano in vita, appena uscito dalla doccia. «Però, da un narcotrafficante mi sarei aspettato almeno un tatuaggio a tutta schiena e qualche ferita da taglio sulla pancia», continuò a scherzare.

«Ah, ci sei stata solo perché sono un narcos? Questo non fa bene alla mia autostima! Anche noi tossici abbiamo un'anima», ribatté Martini, abbassandosi sul letto per baciarla. Era la prima volta che riusciva a scherzare sulla sua situazione, questo lo fece sentire meglio. Decisamente meglio, merito di Anna.

«Senti, mentre tu dormivi ho lavorato per te: sono sceso in pasticceria e ho preso due brioches. Anche perché l'alternativa sarebbe stata mangiare dei biscotti scaduti a settembre che conservavo gelosamente in dispensa.»

«Be', grazie per le brioches. Però se hai ancora qualcuno di quei biscotti, potrei portarlo in laboratorio. Sai che in questo periodo sono a caccia di batteri esotici: magari riesco a trovare quello che cambierà la mia carriera!»

Fecero colazione, continuando a parlare. Ora fu il turno di lei, che gli raccontò di cosa si era occupata mentre lui era in America. Aveva condotto ulteriori test sul trattamento superficiale degli elettrodi e aveva trovato un metodo per rendere ancora più efficace il contatto elettrico tra il sensore e i neuroni. Poi il suo capo le aveva chiesto di cominciare a studiare un tipo particolare di batteri per la produzione di gas e questo aveva preso le sue ultime settimane. Siccome i batteri avevano bisogno di un certo tempo per moltiplicarsi, ogni giorno faceva partire una nuova colonia e studiava quelle già cresciute nei giorni precedenti. Questo era il motivo per cui, nonostante fosse la vigilia di Natale, aveva tutta l'intenzione di passare anche quel giorno al dipartimento di biologia, per stare in compagnia dei suoi batteri. Poi la sera sarebbe stata di nuovo libera, e avrebbe potuto rivedersi con Martini.

«Ho anche intenzione di passare da te in ospedale», disse Anna. Non era raro che lei passasse in reparto a neurologia. Aveva una postazione, una scrivania con un pc, per lavorare ai dati. Spesso si recava là, perché era molto più tranquillo dell'ufficio dottorandi di biologia. Lì poteva analizzare la letteratura, studiare i dati raccolti da Martini sul funzionamento degli elettrodi ed eventualmente pensare a soluzioni più efficienti. Martini considerò la cosa: «E' una buona idea, che tu vada. Anche perché io non posso più accedere da solo, su ordine del primario. Evita però di salvare dati sui computer dell'ospedale. Come ti dicevo, preferisco mantenere la massima riservatezza, fino a che non capiamo di chi possiamo fidarci».

«Ovvio; misterioso e oscuro, il mio spacciatore», rispose lei. Uscendo, gli diede un veloce bacio sulla guancia, del tipo 'ci vediamo più tardi e continuiamo', e sparì.

Martini rimase qualche minuto sul divano. Era stata una nottata eccezionale e non gli sembrava vero che – nel mare di guai in cui era finito – ci fosse stato spazio per un'avventura come quella. Al momento, non aveva nessuna intenzione di pensare a come sarebbe andata avanti con Anna. Non aveva idea se sarebbe ancora stato un uomo libero per il pranzo di Natale. Ma gli faceva piacere aver trovato qualcuno con cui confidarsi ed era contento della spontaneità con cui tutto era successo.

Si mise la giacca e uscì. Aveva appuntamento con Chemelli a metà mattinata, per un aggiornamento. Lorenzo lo aveva chiamato dicendogli che voleva parlargli, così si erano dati appuntamento per un caffè in centro alle 11.00.

In strada, girò a sinistra verso il centro, passando davanti all'edicola. Ogni mattina guardava la locandina del giornale: titoli esagerati, quando andava bene, o idioti, quando andava male, si susseguivano mattina dopo mattina, al solo scopo di attirare l'attenzione dei lettori. Una volta, i giornalisti scrivevano pensando alle cinque 'W' (who, what, when, where, why), le cinque domande da porsi ogni volta che si prepara un articolo, per far sì che questo sia completo e accurato.

Nel tempo, quella buona pratica era stata soppiantata dalla regola delle cinque 'S' (soldi, sangue, sesso, salute, successo): se volevi vendere notizie, queste dovevano avere almeno uno di questi elementi al loro interno. Per questo, le locandine del giornale ogni mattina urlavano titoli come: 'Sesso in canonica, il prete confessa', 'Badante rumena uccide anziano cardiopatico', 'Sul giornale tutti i redditi degli avvocati padovani', 'Spacciatore vende droga a poliziotto', 'Quattro medici indagati per malasanità'. Mai un giorno che le cose andassero bene. Ma anche l'occhio più critico finiva sempre per cadere sulle locandine, per quanto grottesche esse fossero.

E, anche quella mattina, Martini svoltò l'angolo e lesse il titolo: 'Agente immobiliare assassinato: problemi di droga?' Uno, due, tre, quattro passi, e Martini si bloccò di colpo. Non poteva essere possibile: le due parole, 'droga' e 'immobiliare', nella stessa frase? Poteva esserci un legame? Chiamò Carbone, e partì la segreteria telefonica. A metà mattina teneva il telefono spento? Impossibile. Allora entrò in edicola e prese il giornale. Due minuti dopo era seduto su una panchina, con la testa tra le mani.

Boston, 23 dicembre, 17.25

Jane atterrò a Boston alle 17.25. Il volo di ritorno da Singapore non era stato breve, aveva fatto uno scalo a Tokyo-Narita e poi proseguito per gli Stati Uniti. Per fortuna Jeff le aveva permesso di viaggiare in business class e lei aveva potuto rilassarsi in aereo. Per dormire aveva dovuto prendere tre gin tonic belli potenti, non come quelli bevuti la notte prima con Chemelli.

Atterrata al Boston-Logan International Airport, si mise in coda per il taxi e in un quarto d'ora raggiunse la sede della Lifetronics. Non si può dire che fosse fresca e riposata, ma comunque era in ottima forma, considerato che aveva passato più di venti ore in aereo. Aveva appuntamento con un tecnico informatico che l'avrebbe aiutata a recuperare i dati contenuti nell'hard disk di Chemelli. Fortunatamente, le spiegò il tecnico, Chemelli aveva sì protetto il pc con impronta digitale, ma non aveva crittografato i dati sul disco. Per questo motivo, era possibile recuperare le informazioni salvate in pochi minuti. Per la posta elettronica era una questione diversa: il client di posta utilizzava una password per proteggere il testo e gli allegati delle email. Niente di impossibile, ad ogni modo, ma avrebbero dovuto aspettare un paio di giorni per poter accedere ai file.

Il tecnico informatico diede a Jane un hard disk esterno in cui aveva salvato le cartelle principali del computer di Chemelli, e lei andò nel suo ufficio al quattordicesimo piano per cominciare la ricerca. Aveva appuntamento alle 20.00 con Jeff e non voleva arrivare a mani vuote. Avrebbe potuto riposarsi quella notte, se possibile, o anche mai. Jeff le aveva chiaramente fatto capire che il suo lavoro aveva massima priorità e che non c'era tempo per tergiversare.

Da bravo nerd, Chemelli era molto ordinato e catalogava i suoi file in cartelle separate, ciascuna con un titolo chiaro. Jane dovette usare spesso Google Translator per riordinare i vari documenti. Trovò in particolare una cartella intitolata 'Elettrodi', che al suo interno conteneva sotto-cartelle intitolate: 'Design' (dati di progettazione), 'Fabbricazione' (tutte le informazioni per la costruzione degli elettrodi), 'Test' (le prove preliminari), 'Stabilità' (forse dei risultati su prove di durata). La cartella 'Design' conteneva una moltitudine di immagini relative alla struttura degli elettrodi. Lei non si intendeva di tecnologia CMOS, ma poté riconoscere alcuni termini come drogaggio, spessore, conducibilità, interfaccia.

La cartella 'Fabbricazione' aveva al suo interno informazioni sul workflow di processo, ovvero la procedura che – passo a passo – doveva essere seguita per fabbricare gli elettrodi. «Fantastico», pensò, «Jeff non aspetta altro». Confidava in un 'premio di produzione', ovvero una bella somma di denaro per ricompensare il lavoro svolto a Singapore. Sapeva di essere preziosa per l'azienda: di fatto, si occupava di spionaggio industriale ed era in possesso di informazioni tali da mettere in serio pericolo la Lifetronics, se queste fossero diventate pubbliche. Per questo, il suo rapporto con Jeff era ambivalente. Da un lato, lui era il suo capo e lei doveva scattare ogni volta che lui lo richiedeva. Ma dall'altro, lui – e la stessa Lifetronics – dipendevano da lei, dalle sue abilità di spionaggio e dalla sua capacità di tenere la bocca chiusa. Per questo Jeff un po' la temeva, come spesso si temono le donne senza remore. Per rincarare la dose, lei aveva cominciato a flirtare con lui e avevano anche passato qualche notte insieme, in viaggio di lavoro. Ma solo quando a lei andava bene e se erano certi che non li vedesse nessuno. Questo era un altro modo con cui lei gli faceva capire chi aveva il controllo della situazione.

Salì al ventesimo piano e aprì la porta dell'ufficio di Jeff, senza salutare la sua segretaria. Lui si illuminò: «Entra, e dammi solo buone notizie».

Lei entrò, si sedette, e gli passò l'hard disk esterno. «Attaccalo al computer, penso che abbiamo tutto quello che ci serve.»

Padova, 24 dicembre, 11.00

Martini entrò nel bar puntuale, nonostante lo sconforto lo avesse costretto a una sosta di venti minuti, in cui aveva pensato a tutte le possibili implicazioni dell'omicidio di Carbone. Certo, lui non c'entrava niente, ma quanto ci avrebbe messo la tenente Pelino a pensare che lui fosse collegato? Molto poco, dal momento che era già convinta del fatto che fosse stato lui a mettere la droga in garage.

Chemelli lo stava già aspettando seduto. Il bar dove avevano appuntamento era specializzato in tramezzini, e arrivarci alle 11.00 la vigilia di Natale significava solo una cosa: aperitivo. Per questo, diverse persone erano già attive, prosecco in una mano e tramezzino nell'altra.

Chemelli e Martini rimasero convinti di bere un caffè per meno di venti secondi. Cambiarono idea subito, a favore di tramezzini con porchetta e radicchio e calice di prosecco. Per Chemelli era il primo giorno delle vacanze di Natale; a Martini, il prosecco serviva per ripigliarsi dopo lo shock della morte di Carbone. «Hai visto questo?», chiese a Lorenzo mostrandogli il giornale.

«Chi è?», rispose l'altro, ma capì subito. «E' il tuo agente immobiliare, quello che aveva le chiavi di casa tua?»

«Sì, è lui.»

«Merda, diranno che c'entri tu! Dice che è stato ucciso l'altra sera, ma l'hanno trovato solo ieri. Dove eri tu il 22 sera?»

«A casa. Da solo, ovviamente. E non ho modo di dimostrarlo!»

«Speriamo allora che abbiano trovato un altro movente e un altro colpevole. Altrimenti i carabinieri penseranno per prima cosa che sia stato tu, per azzittirlo rispetto alla questione della droga.»

«Credi che non ci stia pensando? Sono nella paranoia più completa. Dai, fammi pensare ad altro, se no scoppio. Raccontami di Singapore.»

«Una figata! Il congresso è andato da Dio. Credo che le persone si aspettassero una rivelazione dal mio intervento, quindi sono venuti in massa. C'era la gente in piedi, anche se la stanza teneva 500 persone. Ma io non ho dato nessun dettaglio sul nuovo elettrodo e mi sono limitato a presentare una rassegna dei nostri dati più recenti.»

«Ottimo, ma mi fa piacere sapere che ci sia interesse. Altri lavori sulla falsa riga del nostro?»

«No, a quanto pare gli altri gruppi, anche quelli delle università più famose, stanno concentrandosi su approcci diversi. Per questo hanno dei risultati molto buoni, ma non paragonabili a quelli che riusciamo ad ottenere noi. Per darti un'idea, impiantano 100-1000 elettrodi al massimo: quello che riescono a fare è muovere un pallino sullo schermo leggendo un segnale cerebrale.»

«Utile, se devi giocare a flipper.»

«Esatto. Potrebbero al massimo vendere il primo videogioco a controllo cerebrale, ma non avvicinarsi a quello che hai fatto tu in America.»

«Eh no, per trasmettere segnali complessi, come gli stimoli visivi, devi avere un elettrodo come il nostro.»

«Comunque, ragazzo mio», continuò Chemelli, «gran pacchia al congresso. Gli organizzatori mi hanno pagato una stanza al Marina Bay Sands, sai l'hotel-grattacielo che si vede sullo sfondo del gran premio di Singapore? Ti dico solo che il bagno della stanza era grande come il mio soggiorno. E non sai cosa mi è successo l'ultima sera: ho rimorchiato una hostess americana, che ha passato la sera a offrirmi cocktail a bordo piscina. Sai che c'è una piscina enorme sul tetto dell'hotel, vero?»

«Rimorchiato? Tu? Cosa aveva, sessant'anni?»

«No, era sulla trentina, figa incredibile. Ha passato la serata a chiedermi del mio lavoro, cosa faccio, eccetera. E il bello è che era veramente affascinata. Poi abbiamo ballato, che sembravamo Travolta e la tizia in Grease, solo che io ero goffo come un pinguino, ma per via dell'alcol mi pareva di essere figo. E poi, è scesa in camera con me.»

«In camera? Per rimboccarti le coperte perché eri ubriaco?»

«No, idiota! Per scopare, no?»

Chemelli non ebbe il coraggio di ammettere che il racconto era tutto veritiero, ma non si ricordava niente della scopata, forse perché era troppo ubriaco. Ad ogni modo, lo scopo di distrarre il suo amico dai suoi pensieri l'aveva raggiunto e questo per lui bastava. Martini aveva ritrovato il suo colorito, stava pure sorridendo al pensiero dell'amico che rimorchiava a un congresso di ingegneri. La stessa probabilità di pescare un gambero in una pentola di minestrone, probabilmente. Ma ci era riuscito, a dimostrazione che non aveva perso il suo tradizionale smalto.

«Cosa pensi di fare, adesso?», chiese Lorenzo.

«Ho parlato con l'avvocato, dice che per il momento le prove sono solo indiziarie. Per questo, la pena – se ci sarà – non sarà particolarmente aspra. Ma io sono innocente e ogni pena sarà comunque smisurata per me. E vedrai, mi chiameranno per via di Carbone, l'agente immobiliare morto. Io non c'entro, ma si inventeranno qualcosa anche per quella vicenda. Domani il pranzo di Natale vado a farlo da mia madre e credo che – a confronto – l'interrogatorio dei carabinieri sarà più soft. Ma glielo avevo promesso, sai 'Natale con i tuoi' e tutto il resto.»

«Dai, capiscila, ora che scopre che ha un figlio che spaccia droga un minimo di domande ha il diritto di fartele, no?»

«Ma vai a cagare», rispose Martini, ancora con un po' di buonumore.

Per il momento non raccontò niente a Chemelli della notte passata con Anna, era ancora tutto troppo prematuro. E poi, lavorativamente loro erano un terzetto affiatato. Non aveva nessuna intenzione di farlo sentire il terzo incomodo, nel caso la storia fosse continuata. Ad ogni modo, al momento la sua condizione era troppo precaria: il programma a più lungo termine che poteva fare era decidere dove mangiare a pranzo. E decise di mangiare a casa, dopo essere passato a fare – finalmente – la spesa.

Chemelli e Martini si salutarono e ciascuno prese la strada di casa.

Padova, 24 dicembre, 11.00

Ricci era riuscito ad organizzare un giro di interrogatori per i quattro medici che erano in ospedale il 10 Novembre, in modo che Pelino e Lipani potessero procedere spediti con le indagini. La speranza del primario era che il suo reparto potesse finalmente uscire dalla situazione di stallo in cui si trovava, con medici e infermieri che si guardavano con fare sospettoso e sfiduciato. O forse Ricci sperava in cuor suo di poter scagionare Martini.

La situazione paradossale di questo caso era che non vi era certezza dell'effettiva colpevolezza del suo pupillo, ma non vi era nemmeno uno straccio di prova che qualcun altro potesse essere il colpevole. In quei giorni i medici vivevano in una zona grigia, nella quale ciascuno era sospettato. E questa zona grigia, come una coltre di nebbia, impediva a Ricci di manovrare il reparto come avrebbe voluto, dal momento che non sapeva di chi poteva fidarsi. Aveva provato lui stesso ad interrogare i medici, ma senza successo: non aveva né l'autorevolezza né l'autorità per farlo. Confidava che, messi alle strette dalla tenente, si lasciassero sfuggire qualche informazione.

Gli interrogatori furono organizzati nella stanza del medico di guardia, la stanza dove il dottore in turno la notte poteva lavorare e stendersi a riposare, se possibile. Per questo la stanza aveva un lettino, un piccolo bagno e una scrivania con una sedia. Due ulteriori sedie furono portate, in modo che Pelino e Lipani potessero sedersi di fronte al loro interlocutore.

Il primo ad entrare fu Abate e la sostanza del suo discorso fu la seguente: era al corrente del fatto che si sospettava che Martini avesse indebitamente sottratto del metadone dalla farmacia dell'ospedale. Non conosceva il paziente per cui il metadone era stato prescritto e, in tutta onestà, non poteva dire di conoscere bene nemmeno Martini. Non avevano grandi rapporti, interagivano solo se necessario. Questo non era dovuto a problemi di carattere personale: Abate, che lavorava molto nel campo dell'epilessia, aveva ottima stima di Martini dal punto di vista professionale, dal momento che questi aveva conseguito dei risultati di rilievo e stava dimostrando grande abilità. Il fatto era che sia Abate sia Martini erano molto attivi e non avevano tempo per chiacchierare quando erano al lavoro. Ad essere onesti, aveva aggiunto Abate, lui e Martini erano gli unici che lì dentro lavoravano seriamente:

si aspettava che da lì a poco Martini avrebbe potuto ambire anche ad una promozione. Gli sembrava quindi paradossale che il collega avesse messo a rischio la sua carriera per sottrarre il metadone, ma questo pareva essere successo. Abate non era un tipo di molte parole e Pelino, dopo aver preso nota delle sue dichiarazioni, lo lasciò tornare a lavorare, dal momento che questo sembrava il suo unico interesse.

Fu poi il turno della dottoressa Franzon: si presentò una signora oltre la cinquantina, con capello corto bianco, orecchini di artigianato etnico, maglione aderente di cashmere, jeans stretti e All Stars. Un look piuttosto particolare, per un medico della sua età. Era una donna alta e doveva essere stata formosa a vent'anni. Adesso, aveva un seno molto prominente, ma cadente, che lasciava intravvedere indossando uno scollo a V. Pelino provò ad interrogarla con domande precise e puntuali: «Conosceva Martini? Che rapporto aveva con lui? Era al corrente che avesse sottratto del metadone? Secondo lei, perché poteva averlo fatto? Che idea aveva di Martini?»

La risposta di Franzon a tutte queste domande fu una specie di monologo dal tono seguente (qui sintetizzato, come del resto nel taccuino della tenente Pelino): «I medici non sono sufficientemente tutelati nel loro lavoro. Rischiano ogni giorno, sia professionalmente sia personalmente. Il caso di Martini è un esempio significativo: non è pensabile che i lavoratori siano costretti a turni massacranti, reperibilità notturne e guardie di 24 ore. L'azienda ospedaliera non ha fatto niente per impedire questa escalation, che costituisce un serio rischio sia per la salute dei pazienti, sia per i diritti dei lavoratori, già comunque vessati nell'ultimo periodo. Il fatto che sia possibile prescrivere un farmaco per un paziente ormai in coma è indicativo di una cattiva gestione da parte della direzione sanitaria, che è unica responsabile di fatti come quello successo in questo reparto.»

Il comizio sindacale continuò per una buona mezz'ora, culminando in una frase che Pelino dovette annotare nel suo taccuino, anche solo per dovere di cronaca: «In sostanza, tenente, ritengo che Martini, anche fosse colpevole, sarebbe comunque la vittima di un sistema, quello sanitario, che impadronendosi delle vite dei medici mette a repentaglio quotidianamente la salute dei pazienti. Sono il primario, la direzione sanitaria e la politica quelli che dovrebbero essere interrogati per spiegare l'origine – e pagare le conseguenze – di questo chiaro esempio di malasanità».

Pelino e Lipani si guardarono e decisero di congedare Franzon. Era logorroica, forse un po' fuori di testa, ma probabilmente non collegata ai fatti di Martini.

Il terzo ad arrivare fu Baccini. Doveva avere sui quarantacinque anni e portava una forte stempiatura, con capelli tagliati molto corti. Era di statura importante, almeno un metro e ottantacinque, e nonostante il periodo invernale era molto abbronzato. Il portamento era giovanile ed era vestito in jeans, camicia a righe e maglioncino. Entrato, si guardò intorno e chiese se avrebbe potuto parlare liberamente, o se sarebbe stato meglio che si rivolgesse al suo consulente legale.

«Per il momento lei – come tutti i colleghi che abbiamo sentito stamattina – non è indagato. Quindi quelle che rilascerà sono dichiarazioni spontanee, di cui prenderò nota solo qui (indicò il taccuino) per costituire una memoria sulle indagini», rispose Pelino. Baccini, apparentemente rassicurato, chiese che cosa volessero sapere. Pelino partì con la solita serie di domande. Baccini aveva conosciuto Martini al tempo in cui questi era specializzando, ovvero pochi anni dopo essere stato assunto in reparto. Aveva sempre avuto la sensazione che Martini fosse un tipo sveglio, ma che avesse avuto la vita facile. Per qualche motivo, i progetti più interessanti venivano sempre assegnati a lui, senza che avesse dovuto faticare per guadagnarsi quei lavori. A detta di tutti era il favorito del primario, e per questo si dava già per scontato l'esito del concorso da professore associato a cui anche Baccini avrebbe partecipato.

Martini non era uno che seguiva le procedure: era abbastanza comune che ordinasse farmaci anche in contrasto con le linee guida, o che li richiedesse via telefono alla farmacia senza seguire la procedura della ricetta elettronica via computer. Per questo non gli sembrava strano che avesse richiesto del metadone per un paziente in coma; vi erano altri medici che non si facevano problemi a farsi fare i prelievi del sangue dall'infermiera del reparto; questi, per non pagare gli esami, attaccavano sulle provette il nome di qualche paziente in stato semi-vegetativo, che non si sarebbe mai reso conto della cosa. Sosteneva che il primario sapesse di queste procedure non convenzionali ma, nel caso di Martini, lo avesse sempre coperto per evitare di rovinargli la carriera. Nessun riconoscimento invece per Baccini, che seguiva sempre le regole in modo scrupoloso. Negava in ogni modo di essere coinvolto nel furto di metadone, anche se il 10 Novembre si trovava a due passi da Martini.

L'ultimo ad arrivare fu Pomella, un medico sui sessanta-sessantacinque con una folta barba bianca. L'impressione non era quella di un medico ma, piuttosto, del nonno che tutti avrebbero voluto avere. Con fare gentile, spiegò che Martini gli era sempre sembrato un'ottima persona, pacata e di grande intelligenza. Fin dal primo momento si era inserito positivamente in reparto e aveva lavorato sodo per raggiungere i suoi obiettivi professionali. Aveva messo in piedi una nuova linea di ricerca riguardante i sistemi di interfaccia cervello-computer su cui lui, che si occupava di demenze, sapeva poco. Fece anche la battuta che, per via dell'età, lui era ormai più demente dei suoi pazienti e per questo stava per andare in pensione. Non sapeva perché Martini avesse prescritto il metadone, e nutriva effettivamente il dubbio che qualcuno l'avesse fatto a nome suo. Vedeva plausibile che Martini si fosse alzato dalla scrivania lasciando la chip-card nel computer, nel caso fosse stato chiamato per un'urgenza. Era una cosa che aveva fatto spesso anche lui stesso e, in un ambiente sereno come quello del loro reparto, non ci aveva mai visto nessun rischio. Di sicuro lui, che era persona garbata e gentile, non si sarebbe mai permesso di fare ipotesi su chi potesse essere stato l'eventuale altro colpevole. Suggeriva però ai carabinieri di formulare ipotesi in base alla potenziale convenienza. Era dispiaciutissimo, perché aveva visto Martini affranto, spento, privo della solita luce che gli brillava negli occhi. E sperava con tutto il cuore che questa vicenda potesse concludersi al più presto, dal momento che stava minando il clima del reparto. Sperava, insomma, che gli ultimi mesi di lavoro prima della pensione potessero essere più sereni.

Erano passate quasi due ore dall'inizio degli interrogatori. Pelino e Lipani avevano interrogato tutti e quattro i medici che erano di turno il 10 Novembre; in aggiunta avevano sentito il primario, che aveva fornito diverse informazioni utili. Gli unici altri due medici del reparto erano Bellon e Baldacci, che però non erano in ospedale il giorno della prescrizione del metadone. Pelino decise di fissare comunque un appuntamento anche con loro. Baldacci si era trovato a gestire tutto il lavoro di Martini: che potesse comunque esserci un interesse da parte sua? E parlare con Bellon avrebbe potuto aiutare a interpretare i rapporti tra i medici del reparto.

Uscirono dall'ospedale e con Lipani si fermarono a mangiare nel bar di fronte al policlinico. Pelino prese un'insalata, mentre Lipani optò per una pasta alla carbonara. «L'hanno convinta questi medici?», chiese il maresciallo a Pelino.

«A dire la verità, sono rimasta abbastanza stupita. Abbiamo interrogato quattro persone e ciascuna di loro mi ha dato da pensare. Il primo, Abate, mi è sembrato troppo concentrato sul suo lavoro per potersi focalizzare sul collega Martini. Mi sembra la persona che si interessa di te solo quando ti inciampa addosso. I suoi obiettivi lavorativi sono l'unica priorità e rispetta Martini proprio perché lavora tanto. La mia sensazione è che se Martini non gli ha creato intralcio, lui non abbia avuto motivo di causargli danno. Te lo vedi uno così a perdere una giornata lavorativa per recuperare metadone e marijuana e portarli a casa di Martini? Avrebbe di sicuro preferito utilizzare il tempo per i suoi studi, piuttosto.»

«Concordo, almeno stando alla prima impressione.»

«La sindacalista era al limite della parodia: o ha qualcosa da nascondere ed è molto brava a recitare, oppure è così calata nella parte del difensore dei lavoratori che non è riuscita a cogliere il nocciolo della questione. Dal suo interrogatorio non sono riuscita a capire se sia convinta della colpevolezza di Martini; ciò che mi sembra chiaro è che la cosa apparentemente non la interessa. Da brava politica, è già riuscita a crearsi una sua retorica per incasellare quanto è accaduto nella tradizionale lotta tra padroni e lavoratori. Retorica da anni settanta, periodo in cui – tra l'altro - la nostra Franzon è cresciuta.»

«E che idea si è fatta di Pomella?»

«Ah, quello», riprese gli appunti in mano, «difficile pensare che abbia collegamenti di qualche tipo. Ogni sano delitto ha un movente, e questo medico anziano mi sembra quanto di più lontano ci possa essere. Nel mio modo di pensare, quando sei a un passo dalla pensione dovresti aver raggiunto una specie di sentimento Zen, per il quale qualsiasi cosa succeda intorno a te non può turbarti: tu hai un solo obiettivo, la pensione. A quel punto, immagino, sei disponibile a mandare giù tutti i rospi che non hai digerito durante i quarant'anni in cui hai lavorato, purché nessuno si metta in mezzo tra te e l'agognato traguardo. Quindi, perché andare ad interferire con la carriera di un medico giovane, con cui hai anche poco a che fare? In aggiunta Pomella ha la fama di essere una specie di samaritano. Ti si rompe la ruota della macchina? Ci pensa Pomella! Hai un'unghia incarnita? Ci pensa Pomella! Vuoi un macchiato con poco latte, tanta schiuma, mezzo cucchiaino di zucchero e lo sbuffo di cioccolata? Ci pensa Pomella! A chi può far male uno così? Se anche solo pensassi che fosse coinvolto, avresti mezzo ospedale disposto a giurare che è più innocente della Madonna.»

«In effetti è la stessa sensazione che ho avuto anch'io, è un team di medici molto eterogenei. Così diversi tra loro che capisco perché il primario deve esercitare una solida azione di controllo. Personaggi del genere, lasciati in libertà, potrebbero far deragliare il reparto in pochi mesi, concentrati come sono ciascuno sui suoi obiettivi.»

«Il quarto, Baccini, mi è sembrato differente. Aveva diversi atteggiamenti che lasciavano trasparire un senso di colpevolezza: all'inizio del colloquio ha chiesto se gli conveniva contattare il suo consulente legale. Perché un medico sui quaranta-quarantacinque dovrebbe avere un consulente legale? Che abbia precedenti di qualche tipo? O semplicemente era un'espressione per farci credere che lui abbia le spalle coperte da un ipotetico 'consulente', in grado di difenderlo da noi carabinieri?»

«Difficile a dirsi», rispose Lipani mentre Pelino sfogliava i suoi appunti.

«Un secondo fattore, magari insignificante, è che durante tutta la discussione è sembrato che Baccini viva in un senso di eterna competizione con Martini. Succede in tutti i posti di lavoro: ti ricordi la reazione del nostro maresciallo maggiore Corbetta quando sono stata promossa a tenente? Non solo non mi ha rivolto la parola per tre mesi, ma ha passato il tempo a tenere dei comizi sul fatto che fosse fuori dal mondo che una donna gli avesse rubato il posto da tenente. Tuttavia non credo che Corbetta nasconderà della droga nel mio camerino per l'invidia.»

«Sì, me lo ricordo ancora. Credo che stia ancora prendendo Maalox tre volte al giorno, dalle ulcere che gli sono venute!»

«Ciò che però è strano è che Baccini abbia sentito il bisogno di specificare con noi che Martini talvolta scavalca le procedure, usa metodi non convenzionali per raggiungere i suoi obiettivi. Non ha specificato cosa esattamente abbia fatto, a parte l'aver ogni tanto prescritto farmaci senza seguire le linee guida. Perché dirlo a noi? Martini è già nei guai, ma questa non è la nostra materia. Saranno eventualmente commissioni di medici a doversi occupare dell'adeguatezza delle sue prescrizioni. La mia sensazione è che volesse dirci che Martini non è irreprensibile, e che sia tutto sommato corretto indagare sulle sue azioni.»

«E' come se avesse approfittato del colloquio con noi per togliersi diversi sassolini dalle scarpe, per farci sapere di tutte le cose che Martini ha fatto in contrasto con le procedure. E che forse, nella testa di Baccini, lui non avrebbe mai potuto fare.»

«Ma la cosa che mi fa più pensare è sicuramente il fatto che tra qualche mese Martini e Baccini debbano partecipare entrambi a un concorso. Con la scarsità di risorse in cui versa l'università, sicuramente non ci saranno concorsi di questo tipo per altri 4-5 anni. E, a quanto pare, Martini merita di passare il concorso più di Baccini. Questa cosa a Baccini potrebbe non andare giù. Ma fino al punto di volerlo far arrestare? Il primario stesso, se non ricordo male, sembrava convinto che Baccini fosse l'unico con un potenziale movente, ma altrettanto dubbioso sul fatto che il movente giustificasse un'azione di questo tipo.»

Il caso stava cominciando ad appassionare Pelino. Non perché fosse una di quelle investigazioni che ti cambiano la carriera, con grandi partite di droga, il coinvolgimento della mafia e operazioni notturne mozzafiato. No, questo era un caso di minor impatto, ma carico di enigmi di cui – per il momento – lei e Lipani non riuscivano a venire a capo.

«Lipani», continuò, «ci sono due cose che possiamo fare. La prima è mostrare le foto di Martini, Baccini e gli altri colleghi alle persone della farmacia che hanno consegnato il metadone. Ovviamente bisogna fare un pannello e mescolare le loro immagini con altre 6-7 foto di medici dell'ospedale. So che in farmacia c'erano un sostituto e una tirocinante che non ricordano niente, ma c'è comunque una possibilità che opportunamente aiutati riescano a fare mente locale.»

«Bene, tenente, questa è una cosa di cui mi posso occupare io.»

Lo disse un po' troppo velocemente, se ne rese conto, forse perché non gli andava così male l'idea di rivedere Viola. Anche se avrebbe sperato di incontrarla fuori dalla caserma, dal momento che lei gli aveva lasciato il numero di telefono.

«D'accordo, Lipani, facciamoli venire in caserma insieme, ma interroghiamoli separatamente. Voglio esserci anch'io, così possiamo vedere le reazioni in due.»

Ecco, queste erano le occasioni in cui Lipani avrebbe preferito avere un tenente maschio, che lo avrebbe magari supportato quando si trattava di fare il figo con le ragazze. Poco male, di Viola aveva ancora il numero e avrebbe potuto vederla in abiti civili quando tutto fosse finito.

«La seconda cosa che possiamo fare», continuò Pelino ignorando i pensieri del suo maresciallo, «è verificare se in agenda di Carbone vi è indicazione sui clienti che ha portato in via Manzoni mentre Martini era in America.»

«Tenente, con il dovuto rispetto, dubito che uno che vuole nascondere della droga in un appartamento lasci nome e cognome all'agente immobiliare.»

«Sì, lo so, ma vale la pena di provare. In aggiunta, magari c'è un'indicazione delle date. Vorrei confrontare gli orari delle visite con i turni dei nostri quattro medici, non si sa mai che troviamo che solo uno di loro era libero a quell'ora.»

«Anche di questo mi posso occupare io. Volpato mi ha detto che Carbone aveva una segretaria che, quando ha saputo cosa era successo al suo capo, è scoppiata in lacrime per ore. Posso capirla, oltre allo shock ha anche perso il lavoro! Cerco di rintracciarla già oggi pomeriggio, altrimenti con il Natale di mezzo rischiamo di perderla per un po'.»

Boston, 24 dicembre, 06.30

Jane si svegliò in una camera dello Sheraton, al 39 di Dalton Street. Si trovavano nella zona più centrale della città, a un passo da Copley Square, una delle piazze più caratteristiche di Boston. Di fianco a lei era steso Jeff, ancora addormentato. La sera prima avevano analizzato il materiale recuperato dall'hard disk di Chemelli e i file inviati a Jeff dal suo contatto a Padova. Cartella dopo cartella, file dopo file, si erano resi conto che avevano tutto quello che sarebbe servito per scrivere un brevetto. Non avevano conoscenze approfondite nell'elettronica dei sensori, ma una verifica accurata lasciava supporre che non mancasse praticamente niente. Avevano trovato i dati sulla geometria e la forma degli elettrodi, le schede dei materiali utilizzati, informazioni sugli spessori e i drogaggi degli strati di silicio e una serie di tabelle che riportavano le tensioni da utilizzare per la lettura dei segnali. In aggiunta, erano riassunti i dati dei primi esperimenti svolti, ed erano specificate le posizioni in cui erano stati impiantati gli elettrodi per massimizzare l'ampiezza del segnale letto.

Avevano anche realizzato che Chemelli aveva creato un protocollo di comunicazione che permetteva di trasmettere il segnale di milioni di elettrodi utilizzando un sistema simile a quello dello streaming video. Ogni passaggio era documentato, con tanto di riferimenti agli schemi dei circuiti integrati utilizzati. Quel Chemelli doveva essere un genio, se era riuscito a fare tutto da solo. E i dati sulle dimensioni e la forma degli elettrodi dimostravano che aveva lavorato fianco a fianco con Martini, che aveva ottimizzato ogni parametro in modo che il sistema si adattasse perfettamente al cervello umano.

Un dettaglio importante era che Chemelli aveva previsto che gli elettrodi, una volta impiantati all'interno del cranio, potessero essere alimentati mediante un sistema di trasmissione wireless dell'energia, simile a quelli utilizzati per caricare gli smartphone di ultima generazione. Una specie di copricapo veniva indossato dal paziente per due ore: all'interno del copricapo, delle bobine a radiofrequenza trasmettevano ad una batteria ultrapiatta collocata sottopelle l'energia sufficiente per garantire due-tre giornate di funzionamento. In questo modo Chemelli aveva eliminato completamente i cavi e aveva reso il sistema a misura di paziente. O, come Jeff e Jane speravano, a misura di soldato, visto che loro avevano in mente applicazioni più redditizie e di frontiera.

Verso le 22 avevano concluso che doveva esserci tutto il materiale necessario per il brevetto e si erano recati a festeggiare, bevendo due cocktail in uno dei lounge bar più esclusivi della città. Jane era stanchissima, dopo il volo intercontinentale, ma era contenta di vedere Jeff entusiasta del suo lavoro. Il capo le aveva promesso una lauta ricompensa, 60000 dollari nel suo conto privato offshore; a quel punto lei aveva deciso che valeva la pena di ricordare a Jeff che erano uniti da un doppio legame di interessi e aveva cominciato a flirtare con lui: il sesso insieme era un ulteriore termine di ricatto, in fondo, dal momento che lui era sposato. A Jane comunque Jeff piaceva, quindi dal suo punto di vista si trattava semplicemente di unire utile e dilettevole. La carta di credito aziendale aveva pagato sia il conto dei cocktail, sia la Junior Suite allo Sheraton, dove dopo una doccia insieme avevano avuto modo di sperimentare lenzuola e letto.

Al mattino Jane si alzò per prima e si infilò in doccia, cercando di ripercorrere quelle ultime 48 ore frenetiche, dalla serata a Singapore, all'arrivo a Boston, fino alla notte con Jeff. Come tutti i viaggiatori con jet-lag, viveva in una specie di limbo in cui il tempo perdeva dimensione e gli avvenimenti si accavallavano nella memoria. Servivano pazienza e determinazione per riuscire a porre ordine a tutto quello che era successo. Jane aveva con sé ancora la valigia e quando anche Jeff si alzò era già pronta per una giornata in ufficio.

Arrivarono al lavoro con due taxi separati, nessuno dei due aveva interesse a far capire che avevano passato la notte insieme. Jeff aveva convocato una riunione del team BCI (brain-computer interfaces) per le 11.30, in cui si sarebbe discusso come procedere in merito al brevetto. Entro quell'ora, Jane avrebbe preparato una presentazione di circa venti slide per spiegare i dettagli del sistema ai colleghi, in modo da organizzare la stesura dei brevetti.

Per brevettare non è necessario un prototipo: tuttavia, è fondamentale includere nel testo del brevetto i parametri di progetto necessari per la realizzazione del sistema. La ricerca, fino a quel punto, era stata condotta fuori da Lifetronics e gli ingegneri dell'azienda non erano in possesso dei dettagli di progetto. Per questo era necessario fare dei test che permettessero di ottenere i dati necessari alla brevettazione. Tre gruppi di ricercatori avrebbero lavorato a tre brevetti contemporaneamente: quello sull'interfaccia wireless, quello sul sistema di carica remota, e quello – più importante – sull'elettrodo.

L'obiettivo era scrivere documenti inattaccabili, in modo che la Lifetronics avesse garanzia di essere la prima sul mercato, e anche l'unica, con questo tipo di prodotto. I brevetti hanno una struttura ben precisa, servono un titolo, un riassunto, una descrizione dell'invenzione, una serie di rivendicazioni e dei disegni. Le parti più importanti sono la descrizione dell'invenzione, che spiega scopo e funzionamento del sistema proposto, e le rivendicazioni. Queste ultime descrivono quali sono le caratteristiche tecniche dell'invenzione che devono essere protette dal brevetto. Di fatto, un brevetto è tanto più inattaccabile quanto più precise sono le rivendicazioni

Decisero quindi di utilizzare dei consulenti legali per la redazione di questa parte. Si diedero tre settimane di tempo: come prima cosa, tecnici e ingegneri avrebbero effettuato dei test di laboratorio, che avrebbero richiesto alcuni giorni, per assicurarsi che il sistema effettivamente funzionasse e definire i parametri di progetto. Poi, avrebbero lavorato alla descrizione dell'invenzione, preparando testi e disegni. Dopo circa dieci giorni, avrebbero organizzato una riunione con i consulenti legali, dove i tecnici avrebbero spiegato agli avvocati il senso delle rivendicazioni, ovvero quali erano gli aspetti dell'invenzione che dovevano essere protetti da copia. Gli avvocati avrebbero quindi lavorato per una settimana per redigere le rivendicazioni. Gli ultimi giorni sarebbero stati dedicati ai lavori di finitura: tecnici e avvocati avrebbero lavorato insieme per fare le pulci ai brevetti, trovare punti deboli e definire possibili migliorie. Infine, si sarebbe proceduto alla sottomissione della domanda. Data prevista: 14 Gennaio.

Perché l'operazione funzionasse, non avrebbero dovuto essere presentati pubblicamente dati relativi a queste invenzioni prima del 14 gennaio, in nessuna forma. Il contatto di Jeff a Padova aveva assicurato che Martini, il medico responsabile del lavoro di ricerca, era fuori gioco, sospeso dal lavoro a tempo indeterminato per una seria infrazione alle regole dell'ospedale. Era altamente improbabile che riuscisse a lavorare a un eventuale articolo scientifico; senza Martini, Chemelli non avrebbe avuto tutti i dati a disposizione, quindi non avrebbe potuto completare una pubblicazione. Considerando poi la presenza delle vacanze invernali, che in Europa spesso rallentavano l'attività lavorativa, si poteva considerare improbabile una pubblicazione prima del 14 Gennaio. Ad ogni modo, la sicurezza non era mai troppa, e Jeff si preoccupò di segnalare al suo contatto a

Padova di tenere gli occhi aperti rispetto a possibili pubblicazioni. In particolare, alcuni membri del team tecnico erano preoccupati dal fatto che il 7 gennaio ci sarebbe stata la scadenza per presentare lavori alla conferenza ICBCI. I tecnici avevano garantito che sarebbe stato impossibile per loro, anche lavorando giorno e notte, riuscire a completare i brevetti entro il 7 gennaio. Quindi Jeff aveva promesso che, se il contatto a Padova avesse segnalato un effettivo rischio sul fronte pubblicazioni, avrebbe messo in campo ogni risorsa per risolvere il problema. Finita la riunione, ognuno corse a lavorare nel suo ufficio per fare in modo di rispettare le scadenze. Ogni due giorni, alle 18.30, si sarebbe tenuta una riunione di aggiornamento, per verificare il progresso del lavoro svolto.

Padova, 24 dicembre, 17.30

Con la sua proverbiale efficienza, Lipani era riuscito nell'impossibile. Aveva contattato sia Carlo Peruzzi, il sostituto della farmacista dell'ospedale il 10 Novembre, sia Viola Scampi, la tirocinante che nei mesi di Novembre e Dicembre prestava servizio nella farmacia dell'ospedale. Peruzzi era riuscito a contattarlo attraverso i canali ufficiali, ovvero utilizzando il servizio di centralino dell'ospedale. Viola, invece, in ospedale nessuno la conosceva, essendo lì solo a titolo temporaneo. Ad un uomo normale sarebbe stato impossibile recuperare i suoi contatti, ma Lipani aveva l'asso nella manica, essendo riuscito a farsi dare il numero di telefono della ragazza per altre ragioni.

«Maresciallo, finalmente! Aspettavo che mi chiamasse», rispose lei con fare frivolo. Lipani fu costretto a concentrarsi, per evitare di dare corda alla ragazza e per mantenere la conversazione sul piano professionale.

«Viola, salve, avrei preferito chiamarla per gli auguri di Natale o per proporle di uscire per un aperitivo, ma sono costretto a fare questa mia prima telefonata per motivi di servizio.»

«Be', ha detto 'prima telefonata', questo mi lascia ben sperare», rispose Viola sorridendo.

«Certo, e l'ho fatto di proposito. Ma ora le devo chiedere se può cortesemente passare in caserma: la mia superiore, la tenente Pelino, vuole interrogarla per capire se si ricorda qualcosa della persona a cui è stato consegnato il metadone il 10 Novembre.»

«Ma io non mi ricordo niente e, maresciallo, la sua presenza lì non farà che distrarmi ancor di più.»

«Questa ragazza è incredibile», pensò Lipani, «non perde mai occasione! Forse vale veramente la pena di uscirci una sera, almeno per capire se fa sul serio».

«Abbiamo comunque bisogno che ci rilasci una dichiarazione, le mostreremo alcune foto e ci dirà cosa si ricorda.»

Alle 17.30, sia Peruzzi sia Viola erano seduti sulle rigide sedie in plastica del corridoio davanti all'ufficio della tenente Pelino. Uscì Lipani e chiamò dentro Peruzzi. «Buongiorno, dottor Peruzzi, si vuole accomodare?»

Peruzzi entrò: come in ospedale, anche qui Pelino e Lipani avevano preparato una scrivania con due sedie da un lato per loro e una dall'altro per Peruzzi. La stanza era piuttosto buia, perché Pelino aveva tenuto accesa solo la luce della scrivania. Questo creava un'atmosfera raccolta, come se i tre interlocutori si fossero radunati intorno all'unica fonte di luce, simili a falene. Di conseguenza venne spontaneo parlare con voce sommessa: «Buongiorno, sono la tenente Pelino e questo è il maresciallo Lipani. Lo scopo del nostro incontro è discutere con lei riguardo i fatti del 10 Novembre, quando otto flaconi di metadone sono stati da voi consegnati ad un medico della neurologia. La prescrizione è stata firmata dal dottor Martini e ci interessa capire se è stato effettivamente lui a ritirare il farmaco di persona».

Non specificò che vi erano fondati dubbi sulla sua colpevolezza, perché non voleva far capire che ancora brancolavano nel buio in un'investigazione così semplice. Da Peruzzi ebbero grande disponibilità: gli fecero vedere un collage di 10 fotografie, volti maschili simili – Peruzzi non ricordava di aver dato farmaci a personale femminile – tutti appartenenti a medici dell'ospedale. Tra queste foto c'erano anche quelle di Martini, Baccini, Abate e Pomella, i medici che erano di turno il 10 Novembre. Peruzzi dichiarò di non ricordarsi e disse: «Forse uno di questi due», indicando le foto di Martini e Baccini.

Venne poi il turno di Viola: la ragazza, sottoposta alle stesse domande, disse che anche a lei sembrava che non fossero passate dottoresse, ma solo medici maschi. Quando Pelino la incalzò, chiedendole di sforzarsi di riconoscere uno dei medici riprodotti nelle fotografie, lei scoppiò a piangere e disse che non se la sentiva di dire niente, perché temeva di accusare un uomo ingiustamente. Era passato un mese e mezzo e lei, disse, proprio non riusciva a ricordare.

Lipani prese la parola per tranquillizzarla e apparentemente ci riuscì. Pelino lo lasciò fare, rendendosi conto che il collega doveva avere un qualche ascendente sulla signorina.

Dopo pochi minuti, tenente e maresciallo erano di nuovo da soli: il primo tentativo era andato male, mostrare delle fotografie a distanza di un mese e mezzo non era in effetti un'idea tanto buona. Lipani era anche riuscito ad ottenere dalla segretaria di Carbone una copia dell'agenda dell'immobiliare ucciso. Questo era stato facile: Carbone e la sua segretaria condividevano un calendario online, quindi lei non aveva dovuto fare altro che stamparne una copia per il carabiniere. Dall'agenda risultava che Carbone avesse portato in via Manzoni una coppia (si leggeva 'Luca e Serena Marini'), una signora (Letizia Marzi), e un signore (Gianluca Rossato). Quest'ultimo pareva l'unico che potesse aver lasciato la droga a casa di Martini, sempre che fosse veramente stato lui. L'appuntamento era stato l'11 Dicembre, ovvero circa una settimana prima che Martini tornasse dall'America.

Pelino guardò Lipani: «Una settimana?»

«Così c'è scritto nell'agenda.»

«Ti ricordi di Maresca?», la tenente cominciò a scorrere i suoi appunti. «Ci ha chiamati il 18 Dicembre, dicendo che il suo cane ormai da una settimana abbaiava quando passava davanti al garage di Martini. Facendo i conti viene fuori esattamente l'11 Dicembre.»

«Quindi sarebbe plausibile che sia stato qualcun altro a portare la droga da Martini. La data torna! Perché il cane di Maresca avrebbe dovuto abbaiare solo dall'11 in poi? Maresca, da bravo pensionato, percorreva la stessa strada ogni mattina, probabilmente alla stessa ora. Se la droga fosse già stata lì, il cane avrebbe abbaiato prima, giusto?»

«Giusto. A proposito, tenente, se mai dovessi diventare uno di quei pensionati che ogni giorno fanno esattamente sempre le stesse cose, per favore mi spari con la mia pistola e scriva a rapporto che mi sono suicidato.»

«Maresciallo, per favore! Sto cercando di ragionare!»

Ogni tanto il maresciallo abbandonava il suo proverbiale aplomb e faceva dei commenti che non c'entravano niente con la discussione. Succedeva sempre quando a Pelino sembrava di cominciare a capire qualcosa, e la cosa la faceva incazzare non poco. Cominciava ad avere perfino il sospetto che lo facesse apposta, per vedere la sua reazione.

«Il problema», continuò Pelino fingendo che l'interruzione non fosse mai esistita, «è che questo non è un elemento che Martini potrebbe usare per difendersi in tribunale. Ma, a mio avviso, è sufficiente per instillare un dubbio in noi inquirenti. Hai l'organigramma dei turni di Dicembre della neurologia?»

«Sì, l'ho recuperato da Ricci, che me l'ha spedito via email poco fa.

La visita era programmata per le 18.00. A quell'ora erano di turno solo Abate in stroke unit e Pomella, in pronta disponibilità.»

«Pronta disponibilità vuol dire che era reperibile a chiamata, giusto? Ma avrebbe potuto essere anche a casa, volendo.»

«Sì, Ricci diceva che i medici devono stare entro mezz'ora dall'ospedale.»

«Quindi a quanto pare, possiamo escludere Abate. Antipatico, concentrato su se stesso, ma sicuramente non responsabile di aver portato droga e metadone a casa di Martini.»

«E' già un inizio», rispose Lipani. «Ho provato anche a verificare chi era di turno la sera che Carbone è stato ucciso. Era di turno la Franzon, mentre Bellon era di pronta disponibilità.»

«Bene, quindi la Franzon non ha ucciso Carbone, possiamo cominciare a escludere anche lei. E riguardo a Bellon, sapevamo già che non era in ospedale il 10 Novembre, il giorno della prescrizione, quindi dovrebbe essere pulito.»

«Infatti», replicò Lipani. «Io comunque suggerirei di sentire anche lui e Baldacci: anche se il 10 Novembre erano fuori potrebbero comunque aver visto o sentito qualcosa, cosa ne dice?»

«Ci avevo già pensato, organizzi tu al più presto?»

«Certo, tenente.»

«Ora, maresciallo, abbiamo un problema. Come sai, Bruce vorrebbe tanto avere sul tavolo la testa di un medico, per finire sul giornale nella settimana di Natale. Ha chiesto che faccia rapporto quanto prima confermando, se possibile, la colpevolezza di Martini. Dalle verifiche che hai fatto, comincio a dubitare che sia lui il colpevole e vorrei continuare con le indagini. A questo punto devo prendere tempo con Bruce, uno o due giorni extra non dovrebbero essere un problema, considerando che ci sono Natale e Santo Stefano. Ma ho bisogno che facciamo le cose alla svelta. Non è possibile che abbiamo fatto furori con l'operazione Tritone e ora ci perdiamo un bicchier d'acqua dietro a quattro medici.»

«Messaggio ricevuto, tenente. Cerco di organizzare questi ultimi due colloqui entro Santo Stefano. Grazie a Volpato, ho anche verificato i tabulati telefonici di Carbone. Il giorno che è stato ucciso ha ricevuto una breve chiamata da Martini e non ha avuto contatti con nessun altro medico dell'ospedale. E, a quanto risulta dall'agenda, Martini è stato da Carbone il pomeriggio in cui è avvenuto l'omicidio, alle 15.00. Ma questo, immagino, non ci dice niente, perché Martini era cliente di Carbone. Potrà sempre dire che lo ha sentito per sapere se aveva effettuato visite durante la sua assenza, o per avvisarlo del fatto che avremmo chiamato. Martini era con noi la sera prima, no?»

«Sì, esattamente. E, se è stato là solo alle 15.00, non è stato lui ad ucciderlo, dal momento che il medico legale ha detto che l'omicidio è avvenuto intorno alle 19.00. Ovviamente andrà comunque verificato dove si trovasse Martini all'ora del decesso.»

Padova, 24 dicembre, 18.00

Uscita dal dipartimento di biologia, Anna era soddisfatta. I suoi batteri avevano prodotto (o, come diceva lei, 'scoreggiato') abbondantemente, e gli esperimenti sul biogas funzionavano a meraviglia. L'indomani non avrebbe avuto bisogno di passare al lavoro, e avrebbe potuto godersi il Natale in tranquillità. Prese la bici e si diresse verso l'ospedale. Come aveva promesso a Martini, voleva fare un salto là e vedere che aria tirava, fingendo di lavorare un po' alla sua postazione. E, soprattutto, aveva una mezza idea.

Giunta alla palazzina di neuroscienze, entrò con il suo badge e raggiunse lo studio medici. Come sperava, c'era solo uno dei neurologi, Renzo Bellon. Era un uomo sui quarantacinque-cinquanta, alto e slanciato; si era già tolto il camice ed era rimasto con un maglioncino a V grigio, una camicia azzurra e un paio di pantaloni beige. A neurologia tutti i medici conoscevano Anna, molti solo di vista, perché spesso passava il pomeriggio ad elaborare dati o a discutere con Martini. Bellon la vide entrare e disse: «Ciao, come va?»

«Bene, grazie, di fretta come al solito. Ho appena finito in laboratorio a biologia e sono passata di qua a prendere dei dati su cui vorrei lavorare durante le vacanze.»

Era una mezza verità, dal momento che effettivamente aveva in programma di fare un backup di tutte le sue cartelle del pc di neurologia.

«Sempre a lavorare, voi dottorandi? È la sera della vigilia e sei ancora a fare le corse.»

«Eh, non ho vita facile in questo periodo. Il mio supervisore a biologia mi sta spremendo perché riesca a risolvere alcuni problemi relativi alla crescita di batteri per produrre biogas. I test danno risultati positivi, ma secondo il capo devo sempre essere là a fare la guardia, probabilmente ha paura che i batteri se la diano a gambe», sorrise, «E poi, dopo quello che è successo a Martini, sto cercando di fare il punto della situazione e di concludere le cose in sospeso. In questo modo quando ci troveremo a lavorare con Baldacci avrò le idee chiare e – spero – pochi dubbi.»

«Come sta Martini?»

Martini le aveva detto che Bellon era una persona tranquilla ed equilibrata; ma, soprattutto, le aveva raccontato che lui non era in ospedale il 10 Novembre, e questo risultava anche dalle timbrature. Si sentì quindi tranquilla a parlare con lui liberamente.

«L'ho incontrato ieri», disse (ovviamente non specificò che l''incontro' era durato una notte intera). «L'ho visto molto scosso. A quanto dice, lui non sa niente del metadone, né di come questo possa essere stato prescritto a nome suo. Il primario però lo ha messo alle strette e gli ha detto che, dal momento che risulta il suo nome sulla ricetta elettronica, lui non può che sospenderlo dall'attività lavorativa e di ricerca.»

«Sì, ho sentito. Per fortuna hanno assegnato il progetto a Baldacci, che è uno molto in gamba.»

«Sì, anche se a quanto ho capito non ha esperienza nel campo delle brain-computer interfaces. È per questo che sto impegnandomi al massimo per raccogliere tutti i dati possibili, in modo da poter mandare avanti lo studio. Sai che il progetto di Martini finirà tra tre mesi e che dovremo preparare le presentazioni per i revisori dell'Unione Europea.»

«E Martini ci sta ancora lavorando?»

«Macché, non ha tempo nemmeno per respirare. Vive tra carabinieri, avvocato, incontri con il primario, chi più ne ha più ne metta.»

«Mi dispiace moltissimo. Se lo vedi, digli che lo saluto e gli auguro che la questione si risolva per il meglio. So che i carabinieri sono stati qui in ospedale per parlare con primario e alcuni medici, penso stiano raccogliendo testimonianze. Magari scoprono qualcosa che lo scagiona.»

«Speriamo, è veramente in crisi.»

«Dai, ti lascio lavorare, non voglio che tu rischi di rimanere qui fino a capodanno.»

«Grazie, e buon Natale, per domani.»

La conversazione si chiuse e, nonostante ad Anna avesse fatto piacere sentire che non tutti i medici erano contro Martini, ora lei doveva concentrarsi sul suo lavoro. Per prima cosa entrò nel suo computer, protetto da password, e aprì le cartelle in cui aveva salvato i file. Prese un drive USB dalla borsetta e lo collegò al computer. Salvò i file relativi alla forma e alle specifiche degli elettrodi; in aggiunta, copiò tutti i dati sul trattamento superficiale, quel processo chimico senza il quale il dispositivo di Chemelli non poteva connettersi ai neuroni.

Quando fu sicura di aver copiato i file, cancellò tutti i dati dal computer e si assicurò che non ne rimanesse traccia né nel cestino, né nella cronologia dei file recenti. Bellon nel frattempo era andato via, e Anna si ritrovò da sola nello studio medici. La luce fredda delle lampade fluorescenti riflessa sulle scrivanie bianche creava un'atmosfera sterile, in cui ogni dettaglio, inclusi i granelli di polvere sulla scrivania, appariva nitido e definito. Questo contrastava con l'immagine trasmessa dal vetro della finestra. Al di fuori, una nebbia umida aveva penetrato l'aria. Piccole gocce d'acqua danzavano nervosamente davanti ai lampioni LED, dando l'idea che qualsiasi persona si fosse avventurata al di fuori si sarebbe trovata ricoperta da uno strato d'acqua in pochi secondi. L'immagine stessa fece rabbrividire Anna: perché dovevano esistere dei posti freddi e umidi come la Pianura Padana?

Dopo l'uscita di Bellon, rimase alcuni minuti alla sua scrivania, cazzeggiando in internet e guardando lo smartphone. Quando si fu assicurata di non sentire più nessun rumore in corridoio, si spostò rapidamente alla scrivania di Baccini. Era abbastanza improbabile che qualche medico entrasse a quell'ora del 24 Dicembre, ma comunque era necessario muoversi rapidamente. Martini le aveva spiegato che i medici non avevano una grande confidenza con l'informatica. Nonostante passassero la vita ad utilizzare marchingegni e strumentazione elettronica, i dottori erano ancora molto legati alla carta e utilizzavano il computer solo per il software di refertazione e prescrizione online degli esami. L'uso di quel software era protetto da chip-card, ma l'accesso ai computer di norma non richiedeva password. Ovviamente non tutti i medici erano uguali, ma col computer di Baccini Anna fu fortunata. Bastò premere il tasto di avvio per accedere alla schermata iniziale di Windows, senza che venisse richiesta una password. Anna non sapeva esattamente cosa cercare, quindi decise di muoversi per step. Prima di tutto, aprì il browser di internet e diede un'occhiata generale alla cronologia degli ultimi giorni. Non trovò niente di strano, alcuni siti di riviste mediche, Facebook, la gazzetta dello sport (tutti così prevedibili, gli uomini?), alcuni quotidiani on-line, un sito di previsioni meteo, Amazon. Trovò che il giorno prima erano state visitate alcune pagine di cronaca locale, tra cui le notizie relative all'omicidio di un agente immobiliare, un tale Carbone. Ci mise alcuni secondi a realizzare che si trattava dell'agente di Martini e prese un appunto mentale di approfondire la vicenda in seguito. A parte questo, niente di particolare sul fronte cronologia web. Decise comunque di esportare la cronologia su chiavetta USB, avrebbe finito di guardare i link a casa.

Vide che il medico utilizzava un programma di posta elettronica, Thunderbird. Aprì rapidamente, e scorse le email ricevute nell'ultimo paio di settimane. Proposte di trial clinici, email di promozione farmaceutica, inviti a congressi di neurologia, questionari online, notizie e direttive per la gestione dei pazienti. «Niente neanche qui», pensò Anna. Sembrava tutto a posto, ma decise comunque di clonare la cartella della posta sulla sua chiavetta USB, per guardare con calma tutto il contenuto.

Avviata la copia, che avrebbe richiesto qualche minuto, aprì 'Esplora Risorse' e cominciò a guardare l'elenco dei file recenti. Qui qualcosa attirò la sua attenzione: quel pomeriggio, Baccini aveva aperto diversi documenti relativi al progetto di Martini, scaricando i file dal disco Z:, l'unità di rete condivisa che i medici utilizzavano per passarsi i file. Aveva letto diversi file e alcuni li aveva anche copiati in locale sul suo pc. Si trattava principalmente dei dati relativi al funzionamento degli elettrodi, ai risultati degli esperimenti svolti da Martini negli Stati Uniti e ai protocolli di analisi utilizzati. «Eureka!», pensò Anna.

Ma ebbe solo il tempo di pensarlo, perché due secondi dopo sentì un rumore che la fece sobbalzare. Velocemente premette Alt+F4, la combinazione di tasti che chiude i programmi, e rimase ferma ad osservare lo schermo del computer mentre la copia dei file di posta avanzava. Dalla porta entrò Baldacci, la giacca bagnata e gli occhiali ancora appannati dalla condensa. «Ehi, buonasera, che ci fai qui?»

«Buonasera, stavo lavorando, per finire alcune cose prima di Natale.»

«Perché al computer di Baccini?»

Con questa domanda Anna perse un anno di vita, ma riuscì a dissimulare innocenza: «Avevo bisogno di salvare dei file di Martini dal disco Z: sulla mia chiavetta USB, ma il mio computer non si connetteva alla rete. Così ho guardato se ce ne era uno acceso e mi sono fermata qui.»

Tutto questo mentre pensava: «Se legge i nomi dei file che sto copiando sono fottuta».

Fece una domanda, allora, per distrarre il medico e costringerlo a pensare ad altro. «Ho sentito che ora faremo capo a te. Come te la stai cavando con lo studio del materiale di Martini?»

«Eh, non è facile. Abbiamo avuto un primo incontro ieri e ha cominciato a spiegarmi alcuni dettagli. Ma per me è molto complicato, dal momento che mi occupo di tutt'altro. Il primario mi ha dato una bella gatta da pelare, con questo incarico. E non è che avessi tempo da vendere! Ad ogni modo farò del mio meglio e comincio a farmela sotto a pensare all'incontro con i revisori europei. Se a te e Chemelli va bene, vorrei organizzare un incontro anche con voi, per capire qual è il modo più spedito di procedere. Ufficialmente Martini non può più lavorare, ma può sempre rispondere alle mie domande, nel caso io trovi difficoltà. Se hai modo di sentirlo, parlagli di un possibile incontro a quattro subito dopo Natale, per fare il punto della situazione.»

«Mi sembra un'ottima idea. E tu, invece, qui dentro fino a tardi anche sotto Natale?»

Baldacci sembrò pensarci un attimo. Poi disse: «Anche io ho delle cose da finire e devo prendere alcune cartelle cliniche su cui lavorare nei pochi giorni di ferie. Che poi non ci saranno, dal momento che è stato richiesto a noi medici di non allontanarci fino a che non si sono concluse le indagini su Martini. A proposito, hai novità?»

«No, non so niente. Ho visto Martini solo rapidamente», mentì, «e non ho nessun dettaglio. Spero solo che le indagini si sblocchino, perché Martini è distrutto».

«Lo spero anch'io. Dai, intanto buon Natale, ci sentiamo prestissimo per il progetto.»

«Te la butto lì, anche se dobbiamo ancora parlarne con Martini. Il 7 Gennaio c'è la scadenza per inviare contributi alla ICBCI. Secondo te sarebbe fuori di testa inviare qualcosa sui dati raccolti da Martini?»

L'aveva detto! Era una follia, dal momento che Baldacci aveva appena avuto il tempo di farsi un'idea dell'incredibile lavoro svolto da Martini. Come aveva potuto pensare di proporgli di scrivere già un articolo? Ad ogni modo, buttare il sasso andava sempre bene. Almeno adesso Baldacci avrebbe avuto la scusa per pensarci e non sarebbe arrivato impreparato se gli fosse stato chiesto da Martini dopo Natale.

«Ne possiamo parlare. Ma ora ho io la responsabilità di coordinare il progetto, quindi preferisco risponderti a ragion veduta, lasciatemi almeno il tempo per studiare a grandi linee la letteratura e capire in cosa il vostro lavoro si differenzia dagli altri, ok?»

«Ok, benissimo, ne parliamo dopo Natale allora. Buone feste, e a presto», disse Anna, togliendo la chiavetta dal computer di Baccini e dirigendosi verso la porta.

«Buone feste a te», rispose Baldacci. Anna si avviò verso l'uscita e tirò un sospiro di sollievo. Non era stata colta a copiare tutta la posta elettronica di Baccini sulla sua chiavetta USB, per fortuna. Ora avrebbe avuto un bel po' di lavoro da fare, a leggere tutta la corrispondenza. Si avviò verso la bici, e aprì il lucchetto. Mentre lo faceva, Baldacci la guardò dalla finestra dall'ufficio, annuendo impercettibilmente. Anna si sentì osservata, ma fu solo una sensazione: guardandosi intorno non riuscì a vedere nessuno.

Padova, 25 dicembre, 12.00

Martini aveva deciso di accennare a sua madre della cosa. Se avesse scoperto tutto dai giornali, l'avrebbe presa un infarto. Così avrebbe avuto sulla coscienza anche lei, oltre al caro Carbone, che giaceva all'obitorio in attesa che passassero le feste e ci fosse un prete libero per il funerale. Ma il problema era come spiegarle tutta la questione. Aveva deciso che si sarebbe limitato a parlarle del metadone, del fatto che qualcuno aveva prescritto la medicina a nome suo e del fatto che lui era finito nei casini.

Ci aveva pensato bene: a sua madre non si potevano dire bugie. Già all'età dei 16 anni era meglio dirle che eri stato a fare sesso da un'amica, piuttosto che mentire dicendo che eri stato a vedere la partita di pallanuoto a casa di un amico. Se avesse scoperto che raccontavi bugie, ti avrebbe impalato vivo. Per tutti gli altri reati, compreso il sesso con l'amica, la pena sarebbe stata meno severa, tipo non uscire il prossimo sabato, o dover pulire il bagno entro tre giorni.

Ad ogni modo, niente giocava a suo favore. Da quando suo padre era mancato, sua madre era molto ansiosa. E poi, il giorno di Natale è il peggiore al mondo per dare brutte notizie. Per indorare la pillola, Martini aveva pensato di presentarsi con un'orchidea, la pianta preferita dalla signora, in una meravigliosa confezione natalizia.

La tecnica non aveva funzionato, 60 euro di pianta buttati nel cesso. Appena la madre l'aveva visto, gli aveva detto: «Che c'è che non va? Hai combinato qualcosa?»

Sua madre lo sapeva benissimo, a casa Martini i regali di Natale avevano sempre seguito la legge di gravità: scendevano dall'alto verso il basso, dal parente anziano al parente giovane (da mamma a figlio, per esempio), ma mai e poi mai si era visto che i figli regalassero qualcosa ai genitori. Per questo, la pianta era stata vista come un regalo per espiare chissà quale peccato mortale.

«Ciao mamma, buon Natale a te», rispose Martini. «Fammi entrare, che ti racconto come mi va.» Ecco, non aveva negato, questa era un'ammissione di colpevolezza bella e buona. Se mai Martini avesse dovuto partecipare come imputato al processo, non avrebbe voluto sua madre a meno di 100 km dall'aula del tribunale. Perché, con lei intorno, le sue chance di essere trovato colpevole sarebbero salite del 200 %.

La madre sfoggiò un sorriso forzato e uno sguardo preoccupato. Martini aveva due sorelle più grandi, che avrebbero passato il Natale con le famiglie dei rispettivi suoceri. Il suo Natale quindi sarebbe stato un tête-à-tête con la sua mammina, e non avrebbe avuto scampo da lei per le successive due-tre ore. Cosa positiva, lei aveva cucinato le sue famosissime lasagne al salmone e già si vedeva in forno il rombo con le patate. Come antipasto aveva preparato capesante e gamberetti gratinati, innaffiati con una buona ribolla. La mamma era un'ottima cuoca e Martini aveva deciso di gonfiarsi come un otre, anche solo per smettere di pensare, almeno per un giorno, a tutti i suoi problemi.

Si sedettero a tavola: era Natale ed entrambi tacitamente concordarono che, qualunque fosse il problema di Martini, ne avrebbero parlato dopo pranzo. La signora Martini cucinava lo stesso pranzo di Natale da quando lui ne aveva memoria: colpa del fatto che ai tre figli piaceva tantissimo il salmone, e il Natale diventava un'occasione per mangiarlo tutti insieme. Al primo boccone, Martini fu catapultato indietro di trent'anni, quando in quel soggiorno vi erano più di venti persone riunite a pranzo. La sua famiglia, i quattro nonni, e le due famiglie dei cugini. Erano giornate spensierate, con suo padre che si travestiva da Babbo Natale e tutti i bambini che aprivano i regali, uno dopo l'altro. Per un attimo rimase a pensare a quei tempi: non c'era nostalgia, a Martini piaceva essere diventato adulto, ma era molto legato ai ricordi piacevoli del periodo della sua vita in cui tutto era semplice e perfetto. Mangiando, si trovò a riflettere su questo: «Essere adulto è sicuramente più divertente: hai autonomia, puoi scegliere come gestire la tua vita, chi frequentare e quanto mangiare. Ma non hai il libretto di istruzioni, non c'è un manuale che ogni giorno ti dice cosa è giusto e cosa è da evitare. Scoprirai se le tue scelte erano giuste o sbagliate solo quando, più avanti, avrai la possibilità e il tempo di guardare indietro. E questo è vero per tutte le grandi scelte della vita: inutile pensare troppo se cambiare lavoro, se sposarsi, o se fare un figlio, se non si ha idea a priori di come saranno il nuovo lavoro, la vita matrimoniale, o diventare padre. La vita è così: serve un po' di coraggio, un po' di incoscienza, e tanta fortuna».

E Martini, ormai al penultimo boccone di lasagne, considerò che di fortuna ne aveva avuta molta. Era nato in una famiglia serena, dove papà e mamma avevano avuto il tempo di stare con lui, farlo crescere, e insegnargli come cavarsela nella vita. Aveva scelto l'università in 20 minuti, tra una partita di basket e l'altra, un'estate di tanti anni prima. Non aveva chiaro cosa volesse fare da grande e così aveva optato per una delle varie discipline che lo interessavano. Aveva superato il test di ammissione a medicina al primo colpo, laureandosi con ottimi voti. Poi, aveva avuto la fortuna di appassionarsi a quello che faceva e di trovare un lavoro che lo entusiasmava ogni giorno. Aveva molte persone che gli volevano bene, forse più di quante sentisse di meritare, tra parenti e amici. Uno spettacolo di vita. Fino a pochi giorni prima, quando improvvisamente tutto era sembrato rovesciarsi.

Mangiando il secondo aveva cominciato a spiegare a sua mamma le vicende successe in ospedale. Usò toni morbidi e limitò i dettagli, ma vide l'espressione di sua madre corrucciarsi sempre di più. Ebbe la sensazione che se sua mamma avesse potuto, avrebbe dichiarato pubblicamente di essere stata lei a prendere il metadone, chiedendo di poter essere processata per direttissima. «Sono stata io, mio figlio non c'entra, incarceratemi e buttate via la chiave, ma lasciate tranquillo il mio pargoletto.»

Fu molto dispiaciuto, ma non avrebbe potuto evitare di dirglielo. Tra una lacrima e una risata – sì, riuscirono anche a sdrammatizzare, miracolo di Natale – mangiarono il dolce dopo le 16.30, quando era già buio. E dopo il caffè, rigorosamente di moka, si abbracciarono, cosa che non facevano dal funerale di suo padre.

Martini la rassicurò, le disse che aveva parlato con un avvocato e non sembravano esserci elementi per conseguenze legali pesanti. Le spiegò anche che aveva in programma di parlare con la tenente dei carabinieri, per discutere con lei la possibilità che qualcuno avesse cercato di incastrarlo. Non aveva idea di come dimostrarlo, ma voleva comunque suggerire che si svolgessero indagini in tal senso. Quando si salutarono la signora Martini parve più tranquilla e guardò suo figlio andarsene con un sorriso speranzoso, con la stessa luce di un timido raggio di sole dopo due giorni di pioggia.

Padova, 25 dicembre, 19.30

Anna e Martini si incontrarono per un aperitivo in serata. Non si erano più visti dalla mattina precedente, quando si erano svegliati insieme a casa di lui. Un'ora dopo sarebbe arrivato anche Chemelli ma loro, senza dire niente a Lorenzo, avevano deciso di vedersi un po' prima per stare insieme. Entrambi avevano negli occhi l'imbarazzo di due ragazzini sedicenni che si sono baciati a una festa e si rivedono il giorno dopo: «Ma siamo insieme? O è stata una cosa di una sera? Uscirà con me anche oggi? O ha già in mente un altro?»

Nonostante fossero ben più avanti con l'età, i sentimenti erano esattamente quelli. Nessuno dei due aveva fame né voglia di mangiare, quindi ordinarono due spritz al Campari. «Allora, come sei stato?», chiese lei.

«Be', se intendi ieri notte, benissimo! Per tutto ieri sono rimasto convinto che non fosse successo veramente. Tra i molti avvenimenti di questi giorni non pensavo di riuscire a provare ancora delle emozioni; e invece d'un tratto tutto era sparito, e c'eravamo solo io e te.»

«Ehi, te la sei preparata questa? Dai, scherzi a parte, anche io sono stata molto felice. L'ho vissuta spontaneamente, io da questo punto di vista l'ho sempre pensata così: se hai voglia di una cosa, se due persone hanno voglia di baciarsi, fare l'amore, scopare, non c'è niente di male. E se la cosa fa stare bene entrambi, allora è il caso che lo rifacciano.»

Martini quasi tossì nello spritz: la ragazza era molto diretta, questo lo sapeva, ma non si aspettava che ci mettesse meno di un minuto a fargli capire che aveva intenzione di uscire con lui di nuovo, di prendere la cosa come veniva, ma seriamente. «Sono perfettamente d'accordo! Ci hai messo poco a mettere le cose in chiaro, eh?»

«A dire la verità è da ieri mattina che ci penso. E sì, volevo mettere le cose in chiaro. Se una cosa mi piace, non vedo perché dovrei tirarmi indietro o andare a rilento. Nella vita ci sono già abbastanza ostacoli, per mettersi a crearsene da soli.»

«Sei spettacolare! Ma ti devo dire una cosa: anche io la penso così, o la penserei così se le circostanze fossero diverse. Da ieri mattina sono come Jekyll e Hyde. Un minuto, sdolcinato come una quattordicenne, penso che non vedo l'ora di vederti. Ma un minuto dopo penso che non ti voglio più vedere: la mia vita potrebbe essere rovinata da un momento all'altro e non voglio trascinarti in questo baratro.»

«Ehi, ragazzo! Non fare il salto più lungo della gamba! Non ti ho mica chiesto di sposarmi io, eh? Siamo chiari: abbiamo passato una notte insieme, bello, bellissimo, ma…con calma! Ho solo detto che se la cosa ci è piaciuta, possiamo uscire ancora, passare ancora tempo insieme e collaudare tutti i letti della provincia. Ma io e te ci conosciamo appena: con calma usciamo insieme. Se poi stiamo bene, se poi non ti arrestano, se non ti condannano a morte (qui fece un occhiolino), si può continuare. Se invece vediamo che è difficile o ci fa star male: bye bye, amici come prima e alla prossima.»

«Insomma, come quei programmi per cui puoi tenere una macchina qualche anno e poi decidere se comprarla o no?»

«Esatto! Vedo che hai colto il succo del mio discorso. Ovviamente sei una Panda, al massimo una Smart, non di certo una Porsche. Ma a me, si dà il caso, piacciono le cose piccole, quindi hai trovato la persona giusta!»

Ancora una volta Martini considerò quanto gli piaceva stare con Anna: erano insieme da mezz'ora e già si sentiva più leggero e sereno. Si raccontarono cosa avevano fatto a Natale: Anna era andata a un pranzo di famiglia con i suoi genitori e i nipotini. Era l'unica zia e si era divertita tantissimo a giocare con i bambini, mentre tutti i suoi parenti erano contenti di aver trovato una babysitter che permettesse loro di riuscire a pranzare in pace. I piccoli in questione erano dei mezzi selvaggi e per tutto il giorno l'avevano fatta correre di qua e di là, «Un vero spettacolo», commentò finendo il racconto.

«Ehi, ragazzi, ma avete già bevuto senza aspettarmi?», chiese Lorenzo quando entrò nel locale e vide davanti a loro i due bicchieri vuoti.

«Eh, siamo arrivati un po' prima e abbiamo deciso di ingannare il tempo», rispose Martini, «comunque stai tranquillo, abbiamo detto alla cameriera che paghi tu».

Chemelli lo guardò come se gli avessero chiesto di togliersi un rene e darlo come merenda al cane della signora del tavolo a fianco. Era un noto tirchio e tipicamente offriva da bere solo al compleanno, e solo ad anni alterni. E per questo gli amici inscenavano le situazioni più assurde, come fingere di aver dimenticato il portafoglio a casa quando uscivano al ristorante, o dire al cameriere che portasse un conto maggiorato per vederlo saltare sulla sedia, preda di un mezzo attacco di panico. «Essere tirchi è una virtù», ripeteva spesso. «Perché altrimenti vi sarebbero una decina di parole per esprimere questa caratteristica personale?» E partiva a recitare: «Tirchio, avaro, taccagno, gretto, spilorcio, pidocchioso, parsimonioso, oculato, frugale, economo, parco, sobrio, e chi più ne ha più ne metta».

«Dai dai, che potrebbe essere l'ultimo che offri prima di entrare in carcere. Paga tu, tanto quando sei dentro i soldi a cosa ti servono?»

Chemelli gli aveva reso pan per focaccia e Martini si trovò costretto a ordinare un altro giro di spritz.

«Qualcosa da mangiare?» chiese il cameriere. E, nonostante tutti avessero detto di essere ripieni come delle faraone, ordinarono dei tramezzini e delle patatine.

Chemelli chiese a Martini come stava andando e discussero brevemente degli sviluppi della vicenda. Dopo che ebbero chiacchierato del più e del meno, Martini disse: «Sentite, mi dispiace farvi parlare di lavoro la sera di Natale, ma io ho bisogno di pensarci, perché mi dà un senso di normalità. Fondamentalmente negli ultimi cinque giorni non ho lavorato, sono stato inerte. Mi sono sentito come un sasso sull'autostrada, ogni macchina che passa mi prende sotto e mi spinge un po' più lontano. L'unico mio desiderio è raggiungere il ciglio della strada, dove nessuno più mi potrà calpestare, e lì starò fermo per sempre».

«In questi giorni la mia sensazione è stata quella di non essere più padrone del mio destino, i problemi che mi cascano addosso senza che io possa farci niente. Ora sto cercando di reagire: un primo passo l'ho fatto, andando dall'avvocato. Vorrei però riprendere in mano anche la questione del lavoro. So che ufficialmente non posso lavorare, ma posso aiutarvi dietro le quinte a preparare l'articolo per la ICBCI. Cosa ne pensate?»

«Penso che sarebbe molto difficile», rispose Lorenzo. «Hai i riflettori puntati contro, ti ha detto il primario che la direzione sanitaria sta seguendo la vicenda da vicino, perché non vuole cattiva pubblicità.

Hanno deciso che devi essere sospeso per quello che credono tu abbia fatto; si rovinerebbe l'immagine dell'ospedale se si venisse a sapere che lavori dietro le quinte. È evidente a tutti che Baldacci è in gamba ma non sa niente della nostra ricerca. Quindi se uscisse un articolo adesso tutti capirebbero che ci sei dietro tu: Baldacci e il primario finirebbero nei casini, per averti lasciato lavorare anche quando eri sospeso.»

«Secondo me queste sono cazzate. Si può sempre dire che il lavoro l'avete fatto voi e Baldacci si occupava solo di supervisionare, no?», replicò Martini.

«Sai benissimo che tutta la parte di dati raccolti da te in America è determinante per l'articolo, e tu devi ancora cominciare a elaborarla. E solo tu puoi farlo, dal momento che hai svolto le analisi di persona. Io e Anna dobbiamo ancora vedere i risultati!»

Anna li stava osservando, durante questa discussione. Lei era l'ultima arrivata, e la più giovane, quindi stava cercando ancora di capire cosa fosse più opportuno fare. Certo era che lei aveva sempre avuto qualche problema con l'autorità, e bastava solo dirle che non poteva fare qualcosa per farle venire immediato desiderio di farlo. Ed esattamente questo stava succedendo: improvvisamente, l'idea di non poter scrivere l'articolo la fece andare fuori di testa.

Continuò ad ascoltare gli scambi di battute tra Martini e Chemelli e dopo qualche minuto disse: «Sentite, ragazzi: io credo che non dobbiamo essere noi a dire cosa Baldacci o il primario abbiano intenzione di fare. Se c'è anche una remota probabilità che l'articolo si possa scrivere, io sarei per provarci. Ora ci sono le vacanze: Lorenzo, tu sei a casa, perché il tuo dipartimento di fannulloni chiude per due settimane. Io ho da lavorare, ma sono cose di routine e posso organizzarmi con i tempi. E il qui presente Martini, non avendo da stare in ospedale, ha probabilmente più tempo adesso di quando lavorava in corsia. Abbiamo due settimane, se lavoriamo in squadra ce la possiamo fare. Ovviamente dobbiamo avere l'ok di Baldacci, quindi io proporrei di fare un piano di battaglia e presentarglielo già il 27. Cosa dite?»

Chemelli e Martini la guardarono sbalorditi. Non l'avevano mai vista nella versione pasionaria, accalorata e irrefrenabile. Probabilmente Anna non aveva nemmeno respirato durante tutto il suo discorso. Chemelli era passato in minoranza, dal momento che Martini e Anna sembravano convinti di provare a preparare l'articolo. E a Chemelli l'idea di Anna piaceva: non farlo nell'ombra, ma proporlo a Baldacci, facendolo solo se lui avesse dato l'ok. Ordinarono un terzo giro di spritz e decisero di continuare su questa strada, tutti e tre d'accordo.

Il locale si stava svuotando, la gente in strada si dirigeva verso casa con il passo barcollante di chi ha mangiato in modo esagerato e ha lo stomaco che cerca requie. Mentre stavano finendo di bere, Chemelli disse, quasi sottovoce: «Mi è successa una cosa strana, di quelle che per un momento ti fanno credere di essere pazzo».

«Che c'è, Chemelli, hai fatto il tuo primo sogno erotico?», chiese Anna.

«Sì, e c'era Martini con le calze a rete, sulle gambe pelose, che faceva la lapdance», rispose Lorenzo con una smorfia.

L'immagine di Martini che ballava attorno al palo aleggiò nell'aria per qualche secondo, prima che tutti e tre scoppiassero in una sonora risata. Avevano bevuto e avevano voglia di sdrammatizzare. E Anna aveva sempre una battuta trash pronta per l'occasione.

«Ieri ho pensato di fare il punto della situazione sullo sviluppo degli elettrodi. Mi è venuto in mente di riguardare tutti i file relativi alle vecchie versioni degli elettrodi, per ripercorrere le varie fasi dello sviluppo e capire eventualmente come migliorare il dispositivo attuale. Nel mio computer tengo i file delle varie versioni divisi in cartelle, e ho cominciato ad aprirle una ad una per consultarle. In alcuni casi erano file che non aprivo da due anni, da quando abbiamo sviluppato i primi sistemi, ancora poco avanzati. All'inizio non me ne sono accorto, ero preso a guardare il contenuto dei file, più che i dettagli relativi. Ad un certo punto, però, ho notato che in diverse cartelle i file non avevano la data di uno-due anni fa: la data di ultima modifica era il 21 dicembre sera. Io il 21 ero a Singapore, al congresso. Sono praticamente sicuro di non aver aperto i file, non ne avrei avuto il tempo. Tanto più che la sera ero fuori.»

«Sì, eri fuori con la tipa giusto? Ma esisteva veramente questa ragazza? O è lei il vero frutto della tua immaginazione?»

«No no, esisteva eccome, in carne ed ossa. Ad ogni modo, l'accesso al mio computer è protetto da impronta digitale, quindi vedo abbastanza improbabile che qualcuno sia riuscito ad entrare nel mio portatile. Evidentemente sono io che non mi ricordo di aver aperto i file: molti dei documenti relativi agli elettrodi sono fatti con un programma che aggiorna tutti i calcoli ogni volta che vengono aperti i file, ri-salvando i cambiamenti ogni volta che questi vengono chiusi. Probabilmente ho fatto qualcosa di cui non mi ricordo. Anche se non mi era mai successo!»

«Ma almeno ti ricordi di aver scopato con la tipa?», chiese Anna, divertita.

«Ehm», rispose Chemelli farfugliando, «in verità non molto. Mi ricordo che si spogliava, ma forse ero troppo ubriaco per ricordarmi i dettagli».

«Ma sì, è tutto chiaro», disse Anna ridendo, «da bravo ingegnere, quando lei ha cominciato a spogliarsi tu l'hai ignorata e ti sei messo a lavorare al computer, aprendo file a casaccio per non dover ammettere che non sapevi come fare con lei. A quel punto, lei se ne è andata e tanti saluti alla tua scopata!»

«Ma va a quel paese! Tutto questo per dirvi che, nella paranoia più totale, mi ero chiesto se qualcuno fosse entrato nel mio computer.»

«Figurati, è protetto con l'impronta. È praticamente impossibile, a meno di non toglierti il dito», rispose Martini

«A dire la verità no. Mi sono informato, dipende molto dai sensori e non tutti sono sicuri come si crede. Una delle debolezze principali è legata al fatto che spesso i sensori sono molto piccoli, considerate per esempio quelli degli smartphone. Lo si fa per ridurre l'ingombro, ma un sensore piccolo funziona solo con una parte dell'impronta digitale. Quindi usa relativamente pochi dati, per identificare il dito del proprietario. Alcuni ricercatori hanno dimostrato recentemente che in molti casi queste porzioni di impronta sono riconducibili a delle impronte 'master', con delle caratteristiche standard. In parole povere, le mie e le tue impronte sono diverse, se prese nella loro interezza. Ma se prendi solo una piccola parte della tua impronta, ci può essere una possibilità che questa sia simile a una piccola parte della mia. Se considerate che questi sensori devono essere molto veloci e riconoscere l'impronta anche quando questa è leggermente ruotata, capite che il livello di accuratezza non può essere troppo elevato. Morale della favola: una persona in gamba potrebbe riuscire ad entrare anche in un computer o un telefono protetti da impronta. Ma, per riuscirci in breve tempo, dovrebbe avere a disposizione l'impronta di partenza, almeno in fotografia. Poi una riproduzione in materiale plastico potrebbe fare il resto, fornendo un calco sufficientemente adeguato da essere riconosciuto.»

«Ehi, grazie del trattato sulla sicurezza del mio smartphone. Bei tempi, quelli in cui bastava un pin di 4 cifre a bloccare un telefono», rispose Anna.

«Infatti. Ad ogni modo, mi sono chiesto a lungo se la tizia che ho rimorchiato potesse aver fatto qualcosa col mio computer. Io ero lì tutto il tempo, anche se rovesciato dall'alcol, e in aggiunta era una hostess abbastanza svampita di una azienda americana.»

«E se veramente questa tua fiamma fosse entrata nel tuo computer mentre tu eri sotto i fumi dell'alcol?»

«Non lo so, in questi giorni dopo quello che è successo a Martini mi sento molto paranoico. Quindi probabilmente è tutto frutto della mia fantasia. Ad ogni modo, adesso ho criptato tutto con una password di 25 caratteri, per rendere la vita più difficile a chi cercasse di vedere i miei file.»

«Ben fatto», disse Martini, «Anna, dovresti fare lo stesso con i file del trattamento. È sicuramente paranoia, ma non si sa mai».

Anna si era fatta seria, improvvisamente. «Certo, certo, a questo punto lo farò.»

Uscirono e, prima di salutarsi, si diedero appuntamento per il 27. L'idea era di contattare Baldacci, organizzare un incontro e capire se avrebbero potuto lavorare all'articolo. Si rinnovarono gli auguri di Natale e ognuno prese la strada di casa. Due minuti dopo che si erano lasciati, il telefono di Anna squillò.

«Anna», era Martini, «dormi da sola stanotte, o passi da me?»

Il giorno dopo era Santo Stefano e nessuno dei due aveva molto da fare. Mezz'ora dopo erano sotto le lenzuola di Martini, a cercare di capire se la terza volta sarebbe stata meglio della seconda.

Padova, 26 dicembre, 09.00

La tenente Pelino era di nuovo in caserma. A Natale aveva avuto una giornata di relativa tranquillità, ma non era riuscita a vedere la sua famiglia, dal momento che molti parenti vivevano a Torino, dove era nata. Quel giorno si era vista con degli amici che aveva conosciuto alle lezioni di Krav Maga, gente particolare e interessante: l'appuntamento era stato alle 8 di mattina, molto presto per essere Natale. Finalmente era uscito il sole, tant'è che sembrava quasi un giorno di primavera, piuttosto che l'inizio dell'inverno. Per quel giorno avevano deciso di fare una gita sui Colli Euganei, le colline vulcaniche a sud di Padova. L'idea era di fare un percorso di circa 20 km, una parte dell'Alta Via n. 1. A metà percorso circa, sarebbero passati vicino a Passo Fiorine, una grande distesa erbosa con diversi tavoli da picnic e alcuni barbecue per cucinare sul fuoco. Lì avrebbero preparato il pranzo di Natale, mettendo insieme quello che avevano portato negli zaini. Il Natale ideale per Pelino, che aveva bisogno di staccare da tutto e da tutti almeno per un giorno.

Parlare con persone che conosceva solo superficialmente le aveva dato nuova vitalità. «Quando ti rapporti con persone che conosci, in qualche modo le dinamiche relazionali sono pre-costituite, hanno una struttura ormai consolidata, nel bene e nel male. Sai come devi comportarti e, di conseguenza, non osi mai metterti in gioco più del necessario se non è la tua giornata. Quando sei con persone che conosci poco, invece, tutto è una scoperta. Mettendoti in gioco, esponendoti in prima persona, puoi scoprire cose sugli altri e su te stesso che altrimenti rimarrebbero nascoste. E, se stai vivendo un periodo intenso, forse è proprio di questo che hai bisogno.» Pensando a questo, Pelino aveva deciso di passare la giornata di Natale camminando, parlando e mangiando in un ambiente più semplice di quello in cui passava la maggior parte delle sue giornate. Il pranzo era stato portentoso, tra salsicce cucinate sul fuoco, bottiglie di rosso e pane scaldato alla piastra. Quando tornò a casa, i vestiti puzzavano di fumo, cenere e barbecue, ma lo spirito era più leggero e pronto per ricominciare.

Arrivata in caserma, fu colpita dal silenzio surreale. La caserma dei carabinieri era un posto presidiato 24 ore su 24, 7 giorni su 7, 365 giorni all'anno. Ma a Santo Stefano erano a lavorare solo le persone che erano rimaste invischiate nella rete dei turni natalizi. E il corridoio della caserma era pressoché vuoto, non c'era nemmeno il prode Lipani, che si era fermato a casa con la madre. Ebbe finalmente il tempo di iniziare quello che avrebbe dovuto fare molto prima: prendere carta e penna e fare il punto sull'inchiesta Martini.

Organizzare i pensieri graficamente era sempre stato il suo modo di affrontare problemi complicati; tuttavia in quei giorni non aveva mai avuto un attimo tranquillo per dedicarsi a questo. Cominciò a scrivere, prendendo intanto nota degli eventi che si erano susseguiti nell'ultima settimana, dal ritrovamento della droga a casa di Martini fino ai colloqui con i medici potenzialmente coinvolti. Venne il momento di fissare sulla carta le domande ancora senza risposta: 'Perché Martini ha preso il metadone? Ha portato lui la droga? Data visita Carbone = cane che abbaia. Droga portata da altri? Ruolo colleghi Martini? Baccini architetta tutto per escludere Martini da concorso? Chi ha ucciso Carbone?'.

Mentre scriveva queste domande, fu interrotta dal telefono che suonava: «Pronto, Pelino», rispose un po' seccata per essere stata interrotta. Era il 26 dicembre, chi poteva disturbarla così in ufficio?

«Buongiorno, sono l'ispettore Volpato della squadra mobile.»

«Buongiorno ispettore, vedo che anche lei passa le feste in questura.»

«Certo, tenente. 'Natale con i tuoi', si dice, ma io ormai vivo qui. Spero non mi senta mia moglie, altrimenti mi fucila. Senta, la chiamavo perché ho avuto delle risposte circa l'omicidio di Carbone. Ci sono due cose importanti che credo lei voglia sapere. La prima è che mi è arrivato l'esito dell'esame tossicologico. Si ricorda che il medico legale aveva detto che la morte è avvenuta per arresto cardiaco? E che non capiva come due colpi alla gola e alla testa potessero aver causato un arresto? Be', la risposta è semplice e arriva dalle analisi del sangue. Carbone, dopo essere stato atterrato con un colpo alla gola e uno alla tempia, è stato avvelenato con il cloruro di potassio. Probabilmente questo è stato iniettato in giugulare, il foro della siringa è stato fatto su un taglio che Carbone si era procurato facendosi la barba. Il corpo di Carbone è stato ritrovato dietro la scrivania del suo ufficio e non – per esempio – vicino alla porta. Quindi a colpirlo deve essere stata una persona con cui Carbone stava parlando da dietro la scrivania, probabilmente un cliente. Ricostruendo l'accaduto, si può pensare che Carbone abbia ricevuto un cliente e l'abbia fatto accomodare sulla sedia davanti alla scrivania. Per qualche motivo, durante la conversazione questo 'cliente' ha colpito Carbone alla gola e alla tempia, facendolo cadere senza sensi. Lo scopo non doveva essere di derubarlo, altrimenti il 'cliente' si sarebbe accontentato di lasciare l'agente immobiliare sul pavimento e fare rapidamente quello per cui era venuto. Invece, il 'cliente' ha girato intorno alla scrivania e ha iniettato la soluzione in vena, per garantirsi che Carbone morisse.»

«Cristo santo», disse Pelino, «quindi è veramente un omicidio premeditato. Non credo siano molti quelli che girano con una fiala di cloruro di potassio in tasca».

«Direi anch'io», commentò Volpato.

«Il cloruro di potassio viene utilizzato per vari motivi, dalla produzione di fertilizzanti, al trattamento dell'ipokaliemia, ovvero la diminuzione del livello di potassio nel plasma. Viene impiegato anche in ambito medico, per curare alcune patologie. Tuttavia, in dosi esagerate può provocare aritmia cardiaca, fibrillazione e arresto cardiaco. Viene utilizzato anche per le iniezioni letali dei condannati a morte. È un farmaco, ma leggendo la scheda tecnica è chiaro che per evitare intossicazioni da potassio l'infusione deve essere lenta. Per procurarsi una dose sufficiente per uccidere è richiesta una ricetta medica: le linee guida del ministero parlano chiaro. Soluzioni ad alta concentrazione devono essere mantenute solo in farmacia e nelle aree critiche in cui è richiesto l'uso urgente del farmaco. E, per dare un'idea della pericolosità, il ministero richiede che negli armadi dove è contenuto il cloruro di potassio sia scritto 'Diluire prima della somministrazione: mortale se infuso non diluito'.»

«Quindi questo farmaco non è facile da reperire, a quanto capisco.»

«Precisamente. Stiamo facendo gli approfondimenti del caso, ma il ministero vuole che le soluzioni concentrate di potassio siano fornite solo attraverso una procedura accurata, che richiede una appropriata prescrizione medica. E non tutti i reparti ospedalieri lo hanno a disposizione.»

«Questo suggerirebbe che la persona che ha ucciso Carbone sia un medico, o abbia comunque accesso a dispensari medici ad alta sicurezza.»

«Esatto, e questo si collega al secondo motivo per cui l'ho chiamata.»

«E sarebbe?»

«Le avevo promesso che avremmo confrontato ogni impronta digitale ritrovata sulla scena del delitto con quelle disponibili nel database AFIS. Bene, la cosa ha preso tempo e ha anche portato all'incazzatura di diverse mogli dei tecnici della scientifica, rimasti a lavorare sotto le feste. Grazie a questo sforzo immane ora possiamo dire che abbiamo controllato tutte le impronte digitali disponibili. Analizzando le impronte rinvenute nell'ufficio di Carbone abbiamo trovato un'unica corrispondenza: si tratta di alcune impronte recuperate su una katana, una specie di spada giapponese che era sulla scrivania di Carbone. Le tracce sono quelle del suo indagato, il dottor Martini.»

«Merda», pensò Pelino, a cui non piaceva dire parolacce, ma che era convinta che il turpiloquio ogni tanto servisse ad allentare la tensione. «Proprio adesso che mi stavo convincendo che Martini fosse innocente, devo ricominciare a guardare in quella direzione.»

Rispose: «La katana è stata usata per colpire Carbone?»

«Di questo non siamo sicuri: il colpo alla tempia è stato sicuramente inferto con il piede. Riguardo il colpo alla gola, non abbiamo certezze. Il medico legale parla di qualcosa di rigido e appuntito: potrebbe essere il manico della katana, ma potrebbe essere anche qualcos'altro, al limite anche una mano, di taglio, un pugno, o due dita unite. Va anche detto che quella katana sembra l'abbiano presa in mano in molti. Aveva diverse impronte, più di quindici in buono stato. Ma le più recenti sembrano essere state proprio quelle di Martini.»

«Noi sappiamo che Martini è stato in agenzia il giorno dell'omicidio: aveva un appuntamento alle tre del pomeriggio.»

«E l'omicidio è avvenuto più tardi, verso le sette di sera.»

«Esatto. L'idea che ci siamo fatti noi», continuò Pelino, «è che Martini sia passato nel pomeriggio, per chiedere a Carbone se questi avesse portato clienti in visita durante il suo soggiorno negli Stati Uniti. Una katana giapponese è qualcosa che non si vede tutti i giorni e, se Carbone la teneva sulla scrivania, sicuramente molti clienti incuriositi l'avranno presa in mano. Anche Martini, che poteva avere le mani sudate, magari per l'agitazione. Quindi di per sé direi che le impronte non provano che sia stato lui a ucciderlo, giusto?»

«Corretto. La chiamavo perché abbiamo deciso di convocare Martini in questura per un interrogatorio. Vogliamo capire se ha un alibi per quella sera e sapere se sa qualcosa. Considerato che anche voi avete un'indagine su Martini, il commissario mi ha suggerito di chiamarla per chiederle se vuole assistere all'interrogatorio. Ah, il commissario si scusa di non averla chiamata di persona, ma oggi non è in sede.»

«Nessun problema, capisco. Quando volevate sentirlo?»

«Stamattina, se possibile verso le 11.»

«Perfetto, posso esserci. Se non le dispiace lo convocherei io, visto che siamo già in contatto.»

«Va bene», rispose Volpato, «non è la normale procedura ma non ci vedo niente di male. Mi dia conferma quando sa se è libero.»

Dopo aver ringraziato Volpato, Pelino passò da Bruce per riassumergli la situazione. Gli occhi di Cacciabuoi si illuminarono: «Abbiamo un colpevole, a quanto pare. Droga e omicidio, il binomio perfetto».

Pelino a quel punto spese cinque minuti a spiegare che si trattava solo di prove indiziarie e di peso ridotto. Nessun giudice, in base a quelle prove, avrebbe proceduto rapidamente a una condanna di Martini. Riuscì ancora una volta a tenere a freno Cacciabuoi, sebbene il capitano volesse a tutti i costi procedere ad un fermo. «Lo interroghiamo questa mattina in questura», aggiunse Pelino.

A sentire nominare la questura, Bruce mostrò i denti. Era infastidito di dover dividere il merito con la squadra mobile anche se, in effetti, il reato più grave era l'omicidio, non la detenzione o lo spaccio di marijuana. Con buona probabilità, se avessero fatto un arresto sarebbe finito in prima pagina il commissario capo, e non lui. «Va bene, tienimi aggiornato», disse Cacciabuoi. «Voglio avere tutte le novità.»

Padova, 26 dicembre, 09.00

Martini si svegliò per primo e si guardò intorno. La luce filtrava dagli scuri ancora chiusi e la schiena nuda di Anna fu la prima cosa che vide. Si girò a baciarla sul collo, lei per un momento continuò a dormire. La sera prima erano andati a letto tardissimo: prima avevano fatto l'amore, poi avevano discusso a lungo di come organizzare l'articolo e la parte rimanente della ricerca, ora che Martini era fuori gioco. Erano crollati, uno tra le braccia dell'altra, dopo aver bevuto l'ultimo amaro.

Alzati, fecero una doccia insieme: Martini era contento di avere trovato una persona con cui condividere quel momento, ma soprattutto di aver scoperto qualcuno con cui poter parlare liberamente, sfogarsi quando ce ne era il bisogno e ridere di gusto quando veniva spontaneo. Anna si era svegliata sorridente e bastava questo a fargli sperare che la giornata andasse bene.

Per colazione scesero al bar, perché sulla bottiglia del latte nel frigorifero c'era scritto 22/12. «Potresti darmi quella bottiglia», aveva detto Anna, «di sicuro ci trovo qualche batterio interessante per i miei studi sui biogas!»

Mentre facevano colazione, suonò il telefono di Martini. Numero locale, non in memoria: «Pronto?»

«Buongiorno dottore, sono la tenente Pelino dei carabinieri, si ricorda di me?»

«Certo, purtroppo. Volevo dire, sì mi ricordo di lei, il 'purtroppo' era riferito alle circostanze in cui ci siamo conosciuti.»

«Nessun problema, ci mancherebbe. La chiamo per avvisarla che vogliamo convocarla in questura per discutere delle circostanze relative alla morte del signor Carbone, il suo agente immobiliare. Sarebbe libero oggi verso le 11?»

«Sì. Posso venire, sì. Ma perché in questura?»

«L'indagine sull'omicidio è in mano alla squadra mobile, mentre noi ci occupiamo del ritrovamento della droga e del furto del metadone.»

«Ok, nessun problema, spero di potervi essere d'aiuto.»

Concordarono di trovarsi davanti all'ingresso della questura alle 11:

Pelino avrebbe accompagnato Martini direttamente nell'ufficio di Volpato. Quando Martini ebbe salutato la tenente, Anna lo squadrò in volto: «Spiegami tutto! In due minuti ti è venuta una faccia da morto che spaventerebbe anche un vampiro!»

Padova, 26 dicembre, 10.00

L'uomo stava osservando la coppia dall'altra parte della strada. Martini era di spalle, quindi non avrebbe potuto riconoscerlo. E Anna era così presa dalla conversazione che non gli toglieva mai gli occhi di dosso. Ad ogni modo lui si era vestito in modo irriconoscibile, aveva recuperato alcuni vestiti che aveva tenuto da parte da quando faceva teatro. In uno spettacolo aveva recitato la parte di un uomo d'affari. Del travestimento aveva recuperato il parrucchino grigio da uomo di mezz'età e il pizzetto abbinato. Indossava un completo blu scuro su cui aveva messo un cappotto nero, e sulla testa aveva una coppola in tweed grigio. Occhiali da sole a montatura spessa gli coprivano occhi e zigomi, completando il travestimento in modo efficace. Aveva seguito Martini e Anna da quando erano usciti di casa, e nel momento in cui erano entrati nel bar si era seduto su una panchina fingendo di leggere il giornale. Vestito in quel modo era sicuro che Martini non lo avrebbe riconosciuto.

Erano due giorni che seguiva la ragazza: da quando aveva ricevuto l'incarico dagli americani non si era minimamente curato di lei. La richiesta che aveva avuto era di rendere inattivo Martini per qualche tempo, in modo che non si potesse occupare del progetto e – soprattutto – che non potesse scrivere articoli o documenti pubblici. In aggiunta gli era stato richiesto di procurare tutti i file di lavoro di Martini e di inviarli in America il più presto possibile. Sapeva che la ricerca era coordinata da Martini, quindi era sicuro che lui fosse in possesso di tutti i dati più rilevanti. Certo, sapeva di Chemelli, il suo alter-ego ingegneristico, ma gli americani gli avevano garantito che dei dati in suo possesso si sarebbero occupati loro stessi. Non aveva considerato la ragazza, in nessun modo: l'aveva vista più volte lavorare in studio medici, certo, ma non era convinto che potesse avere un ruolo determinante nella ricerca, in fondo era solo una studentessa di dottorato a cui probabilmente Martini assegnava dei compiti di routine.

Ma ora più ci pensava, più capiva di aver fatto un grosso errore di valutazione. Se lo ricordava da quando aveva fatto il dottorato lui stesso: la ricerca, nell'università, non era tenuta in piedi dai baroni, dai professori con i grandi nomi e la fama internazionale. Al contrario, gli studi più avanzati erano in mano di un esercito di precari, persone determinate e intelligenti che con il loro lavoro garantivano il progresso della ricerca nei vari campi. Quindi la ragazza doveva avere un ruolo fondamentale nel lavoro di Martini, se lui le aveva addirittura procurato una scrivania a neurologia per lavorarci fianco a fianco.

La domanda aveva cominciato ad assillarlo: «I dati che aveva recuperato da Martini erano tutti quelli di cui gli americani avevano bisogno? O c'erano delle informazioni in possesso della ragazza senza cui gli americani non sarebbero riusciti nel loro intento di registrare il brevetto? E, soprattutto, perché la ragazza ancora lavorava se le attività del progetto erano bloccate?»

Ma la domanda più importante era questa: «Se gli americani si fossero accorti che mancavano dei dati, lo avrebbero pagato lo stesso?» Questo era il vero problema, dal momento che lui di quei soldi aveva assoluto bisogno, un bisogno che – già una volta – lo aveva spinto ad uccidere, pur di raggiungere il suo scopo senza essere scoperto.

Questi pensieri avevano cominciato ad assillarlo in modo ossessivo e, dal 24 sera, aveva preso a seguire la ragazza ovunque andasse. Non sapeva esattamente cosa cercare, ma era sicuro che – in qualche modo – seguire la ragazza gli avrebbe dato informazioni, o permesso di guadagnare più soldi. Per adesso però aveva scoperto una cosa sola: tra Martini e la ragazza c'era una storia, i due si vedevano e lei aveva dormito da lui già due notti. E, a guardarli adesso nel bar, sembravano molto concentrati a parlare di qualcosa, forse di lavoro?

Per il momento, decise di continuare a tenere d'occhio la ragazza. Gli americani gli avevano chiesto di farsi sentire immediatamente nel caso avesse avuto anche il minimo sentore che Martini volesse pubblicare qualche dato; e lui aveva ferma intenzione di obbedire ciecamente, anche solo per dimostrare la massima serietà nel lavoro svolto e guadagnarsi la ricompensa. Ma adesso i due stavano uscendo dal bar e per lui era giunto il momento di diventare invisibile. Si alzò e si diresse verso l'incrocio, in modo da essere visto solo di spalle. Si fermò, e fingendo di allacciarsi la scarpa ebbe la possibilità di guardare indietro: li vide separarsi, Martini che si dirigeva verso il centro, e la ragazza che – presa la bici – andava contromano in direzione della zona universitaria.

Padova, 26 dicembre, 11.00

Dopo aver salutato Anna, Martini si diresse verso la zona delle Riviere, strade che un tempo costeggiavano i canali cittadini e ora attraversavano il centro in direzione nord-sud, dalla stazione fino alla grande piazza di Prato della Valle. Giunto in questura, trovò la tenente Pelino ad attenderlo all'ingresso principale. Dopo un veloce saluto – la tenente non doveva essere una di molte parole – lei lo accompagnò all'interno della zona riservata al personale, fino all'ufficio di Volpato. Avevano organizzato un incontro a tre, Martini da un lato di una scrivania e i due membri delle forze dell'ordine dall'altro. Volpato gli spiegò che aveva il diritto di contattare un avvocato, nel caso avesse voluto, o avrebbe potuto decidere di muoversi da solo. Martini, come aveva fatto da Pelino, disse che per il momento non sentiva di aver bisogno di un avvocato.

«L'abbiamo convocata per farle alcune domande relative al giorno in cui il suo agente immobiliare, il signor Carbone, è stato ucciso.»

Volpato riassunse brevemente le circostanze del ritrovamento del cadavere, limitandosi a descrivere solo i particolari già riportati dalla stampa. Quando ebbe completato disse: «La prima cosa che ci interessa sapere è se lei ha visto Carbone il 22 dicembre, il giorno in cui è avvenuto l'omicidio.»

Martini rispose immediatamente: «Sì, sono stato da lui in agenzia nel primo pomeriggio, credo verso le 15.00. Ero stato un periodo in America per lavoro e volevo sapere se aveva portato qualcuno a vedere il mio appartamento. Ero interessato soprattutto perché la sera prima ero stato convocato dai carabinieri, perché era stata trovata della droga nel mio garage. Siccome la droga non l'ho messa io, e visto che Carbone era in possesso delle chiavi, volevo riuscire a fare chiarezza su questo aspetto.»

«Cosa le ha detto Carbone, in merito?»

«Che aveva accompagnato tre clienti, se non ricordo male una coppia, una ragazza, e un signore single. Era sicuro del fatto che nessuno potesse aver lasciato oggetti nel mio garage, dal momento che quando lui accompagnava i clienti li teneva sempre bene in vista. Gli chiesi i contatti dei clienti, ma non volle darmeli. Disse che se avessi voluto avrebbe potuto organizzare un incontro, ma che i contatti non me li avrebbe dati, dal momento che il suo era un ruolo di intermediazione e voleva essere sempre presente quando cliente e venditore si incontravano.»

«Le disse altro?»

«Che mi ricordi no», rispose Martini. «Parlammo del più e del meno, ricordo che mi mostrò una katana giapponese, una spada che gli era stata regalata da un cliente e che teneva sulla scrivania.»

«Toccò quella spada?»

«Sì, me la mostrò. Mi disse che aveva intenzione di portarla a casa, dal momento che non era nemmeno convinto che un oggetto del genere fosse legale. Poi ci salutammo, e io rientrai.»

«Rivide ancora Carbone, dopo quella conversazione?»

«No, non lo rividi.»

«Rientrò di nuovo in agenzia nel corso della giornata?»

«No, non avevo altro da discutere con Carbone. Ed ero molto confuso, quindi rientrai a casa per fare un po' di mente locale.»

«La segretaria di Carbone ci ha riferito che tra voi c'è stata un'accesa discussione, qualche tempo fa. Da cosa scaturì?»

«Fu un problema relativo ad un potenziale cliente. Carbone mi propose di concludere la trattativa in modo poco ortodosso, modificando l'atto notarile per far sembrare che il costo dell'immobile fosse più alto di quello effettivamente pagato, per raggirare la banca e ottenere un mutuo più alto.»

«A seguito della discussione, riusciste a rappacificarvi?»

«Sì, tranquillizzammo gli animi. Lui era particolarmente infastidito dal fatto che avessi fatto saltare la trattativa, disse che mi facevo troppi problemi e che nessuno si sarebbe mai accorto del raggiro. Ma alla fine ebbi l'impressione che in qualche modo si fosse rassegnato: ero uno di quei clienti stolti che, pur di fare le cose in modo legale, si buttava la zappa sui piedi, scegliendo di non vendere l'appartamento.»

«Quindi lei non serbò astio nei suoi confronti?»

«Guardi, ispettore: se lei sta chiedendomi se ho fatto fuori Carbone perché lui voleva farmi vendere la casa in modo truffaldino, la risposta è no. Non so per chi mi ha preso, ma c'è un limite a tutto.»

Volpato lo guardò, colpito da questa reazione improvvisa.

«Lei sa come è morto Carbone?», gli chiese.

«Non ne ho idea, ho solo letto sui giornali che si è trattato di un pestaggio.»

«In realtà la situazione è più complessa. Il signor Carbone è stato prima colpito due volte, perdendo probabilmente i sensi. Ma in seguito è morto per avvelenamento.»

«Avvelenamento?»

«Sì, da cloruro di potassio, iniettato in vena.»

«Ma per riuscire ad uccidere una persona col potassio serve una soluzione non diluita, praticamente impossibile da procurare. Lo hanno solo in ospedale, e solo in alcuni reparti.»

«E' esattamente per quello che stiamo cercando un colpevole in ambito medico. Lei è o è stato in possesso di fiale di cloruro di potassio recentemente?»

«Assolutamente no, non saprei neanche esattamente come procurarmele», rispose Martini, a metà tra lo scosso e l'agitato.

«Lei capisce che vi sono diversi elementi che sembrano collegare lei a questo omicidio. Primo tra tutti, il fatto che lei sospettasse che Carbone potesse aver portato della droga nel garage di casa sua. Secondo, il fatto che lei abbia visto l'agente immobiliare poche ore prima che questi morisse. Terzo, il fatto che lei recentemente abbia avuto un acceso diverbio con Carbone relativo alle condizioni di vendita del suo immobile. Quarto, il fatto che l'arma del delitto sia stata una fiala di cloruro di potassio non diluito, che è accessibile solo a personale ospedaliero o di farmacia. E infine, il fatto che le sue impronte digitali siano state trovate su una katana giapponese appoggiata sulla scrivania di Carbone; la stessa katana potrebbe essere stata usata per rendere privo di sensi l'agente immobiliare, prima di iniettargli la dose fatale di cloruro.»

«Porca puttana, le impronte!», pensò Martini, e si stramaledì per aver preso in mano la katana, un po' per nervosismo, un po' per alleggerire l'atmosfera durante il colloquio con Carbone. «E questi credono che se avessi dovuto uccidere una persona avrei lasciato le mie impronte sull'arma del delitto? Tanto valeva autodenunciarsi chiamando il 112, postare su Instagram un selfie con il morto e – già che c'ero – fare una firma con il sangue sul muro!»

Decise di uscire dalla fase di passiva rassegnazione e cercare di discutere con i due agenti: «E lei pensa che siccome c'erano le mie impronte sulla katana, allora sia stato io ad ucciderlo? Anche noi civili guardiamo i telefilm, se avessi dovuto farlo avrei come minimo ripulito le impronte, no? E avrei magari evitato di ucciderlo proprio il giorno in cui avevo un appuntamento con lui, no?»

«Guardi, non tutti gli omicidi sono premeditati, in alcuni casi si arriva all'uccisione a seguito di una reazione impulsiva, un raptus di rabbia. Vi sono anche i cosiddetti omicidi preterintenzionali, che avvengono quando si vuole mettere in atto un'azione violenta, per esempio delle percosse, e come conseguenza si arriva alla morte, senza averlo inizialmente voluto», rispose Volpato. «In questi casi, il colpevole è così agitato che spesso non pensa a ripulire adeguatamente la scena del delitto.»

Pelino guardò Volpato con aria sorpresa: possibile che avesse detto una cosa così stupida? Rincarò la dose Martini: «Senta, capisco quello che mi dice e la penserei allo stesso modo se fossi dalla sua parte. Ma non mi parli di preterintenzionalità: sarebbe abbastanza improbabile che girassi con una siringa di cloruro di potassio in tasca, giusto nel caso mi trovassi a dover uccidere una persona dopo che, impulsivamente, l'ho picchiata».

Martini si pentì immediatamente di averlo detto: da un lato aveva cercato di far ragionare l'ispettore, ma dall'altra gli aveva dato un assist incredibile. Gli aveva confermato l'impressione che l'omicidio fosse premeditato.

Volpato, dal canto suo, sapeva benissimo che c'era premeditazione, ma voleva vedere come reagiva Martini sotto pressione. Era stupito, Martini non aveva perso la lucidità e stava cercando di ragionare con loro. C'erano due possibilità, diametralmente opposte: o era colpevole e stava recitando un copione imparato a memoria, o era innocente e riusciva ad avere la freddezza di ragionare sul suo caso con distacco.

«Martini, lei capisce che abbiamo bisogno di sapere cosa ha fatto dopo che è uscito dall'agenzia di Carbone il 22 pomeriggio. E ci serve anche sapere se Carbone le ha detto cosa avrebbe fatto lui il giorno stesso.»

«Carbone non mi disse niente; quando finimmo la conversazione, lo salutai e uscii, per andare a fare una passeggiata. In due giorni mi erano successe moltissime cose, e io sono una persona che per rimettere in ordine i pensieri ha bisogno di camminare, ragionando. Uscii credo per le 15.30, e girai per il centro un paio di ore, prima di tornare a casa. Tornato a casa, forse per le 17.30-18.00, mi stesi sul letto: ero tornato dagli Stati Uniti da due giorni e avevo moltissimo sonno. Dormii credo un paio di ore, poi cenai e passai la serata davanti alla televisione, per cercare di svegliarmi un po'.»

«C'era qualcuno con lei?», chiese Pelino.

«No, nessuno. Se volete sapere se ho un alibi la risposta è no, non ce l'ho.»

«Le faccio una domanda a titolo informativo», continuò Pelino. «Lei è a conoscenza di persone o gruppi di persone che potessero volere Carbone morto?»

«Non conoscevo Carbone così bene da sapere dettagli sulla sua vita privata. Ci eravamo conosciuti a scuola, alle medie, e da allora eravamo stati in contatto a distanza. Intendo che ci incrociavamo di tanto in tanto e ci seguivamo rispettivamente su Facebook. So che aveva avuto delle disavventure professionali, aveva dovuto cambiare due o tre lavori, e avevo sentito dire che aveva chiuso la sua attività precedente a causa di debiti. Ma so che l'agenzia funzionava bene, aveva un buon giro di affari. Quindi immagino che i problemi economici fossero più o meno risolti. A parte questo, non so niente.»

Esitò un attimo, prima di continuare. «C'è altro?», lo incalzò Volpato.

«No, sono solo pensieri, al momento senza una base razionale. Ho detto chiaramente che io non ho nessun legame né con la droga ritrovata a casa mia, né con l'omicidio. Voi siete liberi di credermi o non credermi ma, visto che siamo tutti e tre allo stesso tavolo, ci tengo a discuterne con voi. Da quando la tenente mi ha detto che la droga era stata ritrovata a casa mia, ho cominciato a pensare che qualcuno volesse incastrarmi. Non ne capisco il motivo, non trovo un movente sufficiente a spiegare quello che è successo. Però dal mio punto di vista è successo questo: qualcuno ha prescritto a nome mio del metadone e ha procurato della marijuana. Ha poi fissato una visita al mio appartamento e ha lasciato la droga a casa mia, in modo che venissi accusato di detenzione di sostanze. Poi, per far sparire l'unico testimone della vicenda, ha fatto fuori Carbone. Se questo è il quadro, è molto facile che il colpevole sia un medico, sufficientemente vicino a me da sapere dove abitavo, che stavo vendendo casa, e da accedere con chip-card al mio computer. Un mio collega, insomma.»

Pelino e Volpato lo guardarono, senza parlare. Spesso non parlare è il metodo migliore che i poliziotti utilizzano per invogliare il loro interlocutore, impaurito dal silenzio, a continuare. E un imputato che continua a parlare ha un'ottima probabilità di incastrarsi da solo, ora della fine.

«Ho pensato a lungo a chi dei miei colleghi può essere stato, anche perché so dal primario che solo in quattro erano presenti in reparto il 10 Novembre, quando è stata fatta la prescrizione del metadone a mio nome. I colleghi sono Abate, Pomella, Franzon e Baccini. Vi consiglio di sentire anche loro, se non lo avete già fatto. Va detto che Baccini ha sempre avuto una certa invidia nei miei confronti, e che entrambi siamo in lizza per un posto da professore associato, per un concorso che si terrà tra marzo e aprile. Credo che mettermi fuori gioco avrebbe avvantaggiato solo lui.»

Pelino lo guardò: «E' un'accusa piuttosto pesante quella che lei sta facendo».

«Sì, lo è. Ma è anche chiaro a voi, e ne ho discusso con il mio avvocato, che contro di me non avete che prove indiziarie, nessuna sufficientemente forte da convincere un giudice. Quindi, o trovate altre prove contro di me, o è meglio che cominciate a guardare anche in altre direzioni.»

Martini si fermò un attimo e li guardò. Aveva trovato un coraggio che non si aspettava di avere, ma d'altro canto temeva che chiunque stesse cercando di incastrarlo avesse la capacità di creare delle altre prove in grado di comprometterlo ulteriormente. Ma a quel punto si era reso necessario far capire ai due poliziotti che c'erano altre persone da considerare.

Martini aveva finito, non aveva altro da aggiungere, e Pelino e Volpato lo accompagnarono alla porta; gli raccomandarono di non allontanarsi in quei giorni. Gli dissero che avrebbero potuto chiedere al pubblico ministero lo stato di fermo, ma dal momento che non ravvisavano un rischio concreto che lui scappasse, avevano deciso di tenerlo in libertà. Ma aggiunsero che se fosse scomparso dagli schermi, questo gesto sarebbe stato interpretato come un tentativo di fuga, come una dichiarazione di colpevolezza. Martini, che dal canto suo voleva stare a Padova per lavorare all'articolo, garantì loro che sarebbe stato sempre raggiungibile. A quel punto, si salutarono.

Pelino e Volpato tornarono in questura per finire di discutere. «Senti, hai avuto altre novità dall'esame tossicologico di Carbone? Faceva uso di droghe?»

«Abbiamo fatto un test del capello, quello che abbiamo visto è presenza di THC, assunto a dosi moderate negli ultimi mesi.»

«Quindi era un consumatore di marijuana?»

«Sì, ma a piccole dosi e sporadicamente. Qualche canna ogni tanto. Credo che una persona del genere avrebbe potuto avere qualche grammo di droga in casa, ma non di certo 200 grammi.»

«A meno che non si occupasse dello spaccio lui stesso. Aveva avuto problemi economici e spacciare droghe è un modo comodo per arrotondare. E se lui e Martini fossero stati complici? Martini procurava il metadone, Carbone la marijuana, e per qualche motivo in quel periodo avevano deciso di lasciare la droga in via Manzoni?»

«Ci ho pensato, ma perché un medico dovrebbe mettersi nei guai per qualche fiala di metadone? Avete fatto un test del capello anche a lui?»

«Sì, ho avuto i risultati ieri sera e sono negativi. Abbiamo la certezza, al 100 %, che lui non abbia usato droghe nell'ultimo anno. E, dalla mia esperienza, spacciatori di marijuana ne fanno sempre uso, almeno di tanto in tanto. Per questo comincio ad avere seri dubbi sul fatto che Martini sia colpevole, anche se tutto punta a lui.»

«Avete cominciato a sentire gli altri medici?»

«Sì, i quattro che ha nominato lui li abbiamo già sentiti. E devo dire che l'opinione che mi sono fatta insieme al mio maresciallo è che l'unico papabile sia quel Baccini, che avrebbe potuto volerlo eliminare per la questione del concorso. Ci rimangono da sentire gli altri due, quelli che non c'erano il 10 novembre, giusto per capire se sanno qualcosa; confido di sentirli domani. Ma ho intenzione di fare un giro con i cani antidroga sia nella casa nuova di Martini, sia a casa di Baccini. I cani riescono a identificare anche la presenza di minimi quantitativi: a valle dei colloqui di domani ho tutta l'intenzione di fare una visita domiciliare a entrambi.»

«Mi sembra un'ottima idea. Noi nel frattempo continuiamo con le indagini, stiamo verificando se le telecamere del traffico possono aver visto qualcosa intorno all'agenzia. Ma non c'è nessuna telecamera puntata verso l'ingresso, e quella sera c'erano moltissime persone in giro.»

«Benissimo, per favore tenetemi aggiornata.»

Concordarono di sentirsi al più presto, non appena avessero avuto novità, e si salutarono.

Padova, 26 dicembre, 11.30

Anna era arrivata in laboratorio da mezz'ora. Non aveva voglia di tornare a casa, voleva la tranquillità che solo il grande laboratorio vuoto poteva darle. Il dipartimento di biologia si trova su un viale pedonale alberato che costeggia un canale, un tempo navigabile, che collega Padova a Venezia. Durante l'anno il viale è ogni giorno attraversato da migliaia di studenti, che vanno o tornano dalle lezioni universitarie. Ma, essendo zona universitaria, nel momento in cui le lezioni si interrompono tutto il quartiere si svuota e il viale alberato è deserto; durante la pausa natalizia può succedere di non vedere anima viva anche in pieno giorno. Il dipartimento è un edificio imponente che quando è vuoto assume un'aria spettrale.

Quando Anna entrò, aprendo la porta con il badge, i suoi passi risuonarono nel grande atrio. Dirigendosi verso gli ascensori rifletté: «Se rimango bloccata negli ascensori, mi ritrovano l'anno prossimo congelata come l'uomo di Similaun». In effetti, con il riscaldamento spento la temperatura dell'edificio era probabilmente sotto i 10 gradi. Per fortuna, il laboratorio di Anna aveva una temperatura costante di 20 °C, per permettere la continuazione dei test sulle colture. Giunta in laboratorio, controllò i suoi batteri: si erano dati da fare, anche durante il giorno di Natale, riproducendosi e generando gas alacremente. «Bravi, ragazzi miei. Continuate così, domani metto su una nuova coltura.»

Si sedette al computer: non voleva lavorare, aveva solo qualche ora e voleva spenderla bene, per capire se poteva aiutare Martini in qualche modo. Usò il portatile, che era nello zainetto che in ogni momento portava con sé, perfino al supermercato, quando usciva con gli amici, e quando andava a trovare la famiglia. Per prima cosa, prese la piccolissima chiavetta USB su cui aveva copiato i dati recuperati dal computer dell'ospedale. Purtroppo i file erano troppo ingombranti per l'hard disk del suo portatile, quindi decise che i dati più recenti avrebbero dovuto rimanere sulla memoria USB. Ma quelle chiavette piccole sono estremamente facili da perdere e da rubare, quindi usò un programma di crittografia che le aveva consigliato Chemelli per proteggere i file. Scelse una password di 20 caratteri, sufficientemente lunga da prevenire – almeno in tempi brevi – un accesso con il metodo a forza bruta, ovvero tentando tutte le possibili combinazioni di caratteri una dopo l'altra.

I dati erano però troppo preziosi per poterli lasciare solo in chiavetta: decise di metterli anche nel cloud, sempre crittografati nello stesso modo. A quel punto, pensò, i dati erano al sicuro: erano salvati sia sulla chiavetta sia nel cloud, quindi non avrebbe potuto perderli. E nessuno avrebbe potuto accedervi in modo semplice, grazie alla crittografia. Finita questa operazione, agganciò la chiavetta USB alla catenina che portava al collo e la nascose sotto la maglietta. Cancellò i link al cloud dalla cronologia e chiuse il browser. Ancora non riusciva a capire cosa stesse succedendo a lei e a Martini, ma gli eventi di quei giorni la stavano rendendo paranoica. In aggiunta il racconto di Chemelli, che aveva trovato dei file modificati nel suo computer, l'aveva messa in agitazione. I file di Chemelli, anche fossero stati rubati, non avrebbero permesso a nessuno di replicare i loro esperimenti. Il pezzo del puzzle mancante era a questo punto in possesso solo di Anna, ora protetto in maniera quasi inattaccabile.

La seconda cosa che si era prefissa di fare quella mattina era un'analisi accurata dei file di Baccini. Aprì la posta elettronica e la cronologia web del medico dal suo computer, dove li aveva copiati la sera precedente. Lesse tutte le email degli ultimi quattro mesi: se qualcosa era successo, ne avrebbe trovato traccia in quel lasso temporale, andare più indietro non avrebbe probabilmente fornito informazioni utili. La cartella di posta conteneva sia messaggi lavorativi, sia messaggi personali. Probabilmente Baccini aveva impostato la sua casella Gmail in modo che inviasse all'indirizzo lavorativo tutti i messaggi personali ricevuti. In questo modo, anche dal lavoro avrebbe potuto ricevere la posta in ogni momento.

Dopo un'ora aveva fatto uno screening di quasi tutti i messaggi senza trovare niente di significativo. L'unica cosa che aveva scoperto era un messaggio nella posta inviata, in cui Baccini si lamentava con il primario del trattamento preferenziale riservato a Martini in diverse occasioni. In particolare, Baccini si riferiva a un episodio in cui Martini aveva prescritto una dose apparentemente sbagliata di farmaco a un paziente che, di conseguenza, aveva rischiato la vita. La prescrizione era stata contraria alle linee guida, e Baccini sosteneva che fosse necessario che il primario facesse degli approfondimenti sul caso.

Seguiva la risposta del primario, che specificava che Martini aveva fatto la prescrizione in pieno accordo con lui. La scelta era stata motivata dal fatto che il paziente era intollerante al farmaco in questione. Iniettare la dose prescritta dalle linee guida avrebbe portato a una severa insufficienza renale, non somministrarlo avrebbe probabilmente portato alla morte del paziente, e quindi si era scelto di rischiare la via di mezzo, ovvero la somministrazione in dose ridotta. Il fatto che il paziente a distanza di tempo fosse ancora vivo dimostrava che la scelta, per quanto azzardata, era stata quella giusta. Anna scoprì anche che Baccini utilizzava dei siti di dating online e probabilmente frequentava alcune persone conosciute in quel modo. Non sembrava avere una relazione fissa, ma gli appuntamenti erano con partner che cambiavano sempre, almeno a giudicare dai nickname. Foto non ce ne erano, Anna sarebbe stata curiosa di capire chi avesse il coraggio di fare sesso con uno così. Ad ogni modo gli appuntamenti erano abbastanza frequenti, uno ogni 7-10 giorni. A parte questo, nessuna email sospetta o degna di nota.

Anna passò allora ad analizzare la cronologia web di Baccini. L'uomo, a quanto pareva, passava tanto tempo su internet durante il lavoro. Baccini aveva un pattern di navigazione abbastanza periodico: ogni giorno consultava alcune pagine web ben definite, quotidiani online, siti meteo, siti di e-commerce. Ogni tanto accedeva a documenti online condivisi, faceva qualche questionario e si informava su forum di sport: pallavolo, rugby e arti marziali. Vi erano alcuni accessi al sito di dating, ma questi si contavano sulle dita di una mano, probabilmente era imbarazzato ad aprire quelle pagine sul computer del lavoro, il cui schermo poteva essere visto da diversi colleghi. Su internet negli ultimi quattro mesi aveva comprato una lavatrice, una bicicletta nuova, una cassaforte e tre vinili di Elton John. Aveva organizzato una vacanza di una settimana negli Stati Uniti, per l'inizio del nuovo anno; sarebbe partito il 2 gennaio, dal momento che la notte di capodanno sarebbe stato di turno.

Aveva fatto diversi accessi a Google Maps, per organizzare il viaggio in USA o per cercare luoghi in provincia di Padova; si trattava probabilmente di posti per uscire a cena o da visitare nel week end. Ad un tratto, Anna vide due cose che la fecero drizzare sulla sedia: il 7 dicembre aveva visitato il sito dell'agenzia immobiliare di Carbone, vedendo le foto dell'appartamento di Martini. Di tutto il sito dell'agenzia, aveva visto solo l'annuncio di quell'appartamento e nessun altro. E il 9 dicembre aveva cercato su Google Maps l'indirizzo della casa di via Manzoni. «Porca miseria, porca puttana, porca troia», cominciò a ripetere all'impazzata, e continuò a cercare.

Non c'erano altri siti di rilievo, ma quello che aveva visto era già sufficiente a spostare i sospetti da Martini a Baccini. Finì velocemente la sua ricerca, poi chiuse il portatile e si mise a pensare. Cosa avrebbe dovuto fare? Andare dai carabinieri e dire che aveva spiato il computer di Baccini? Non era un'esperta: avrebbero potuto accusarla di aver modificato lei stessa la cronologia per far scagionare il suo amico? Non sapeva come funzionasse, ma era abbastanza sicura che i sistemi informatici dell'ospedale mantenessero traccia dei siti visitati al di là della cronologia del singolo computer. Probabilmente un server, da qualche parte nell'ospedale, teneva memoria di tutti i siti visitati dai dipendenti. Se fosse stato così, nessuno avrebbe potuto accusarla di niente. Decise comunque di verificare la sera stessa con Chemelli, che di queste cose si intendeva molto più di lei. Chiuse la porta del laboratorio e scese le scale. Ancora una volta i suoi passi rimbombarono nell'edificio vuoto. Si voltò un paio di volte per guardare dietro di sé, sorridendo per essere così suggestionabile. Ma anche quando fu uscita nel viale alberato deserto continuò ad avere la sensazione di essere osservata. Erano ormai le 14.00, lo stomaco reclamava cibo e lei, in aggiunta, voleva sapere come fosse andata a Martini in questura. Pedalando, lo chiamò.

Padova, 26 dicembre, 18.00

L'appuntamento era in un locale in centro per l'aperitivo. Più precisamente avevano deciso di trovarsi nella zona del ghetto. A sud di Piazza delle Erbe, che è il centro della città, si trova un labirinto di strade strette che un tempo formavano il ghetto ebraico. Già dal 1300 la comunità ebraica di Padova era cresciuta anche grazie alla presenza dell'Università che – a differenza di altre in Italia e in Europa – accoglieva studenti di ogni religione e credo. Nel 1600 in molte città italiane gli ebrei erano rinchiusi nei ghetti, e a Padova questa zona di confino si trovava al centro della città. Si trattava di un dedalo di stradine da cui gli ebrei, all'epoca, potevano uscire solo se portavano il caratteristico segno. Il ghetto fu tale per quasi duecento anni: ci volle la rivoluzione francese, che dichiarò tutti liberi, uguali e fratelli, per arrivare alla sua abolizione.

Oggi il ghetto è un insieme di stradine molto strette, di fatto pedonali, anche se alcune auto dotate di permesso possono transitarvi. Quasi tutte le vie hanno dei portici, che nelle sere di inverno proteggono dalla pioggia e riparano dalla nebbia. La zona è molto frequentata dagli studenti durante i periodi delle lezioni ma, nonostante sia in centro, può risultare molto tranquilla, quasi deserta, nelle sere più fredde. Questo avviene anche perché il ghetto è separato dalle principali strade dello shopping e vi sono solo alcuni locali, hotel e piccoli negozi.

Questo carattere particolare aveva sempre affascinato Martini, che frequentava spesso una delle piccole osterie che rimanevano aperte fino a tardi, l'Osteria del Ghetto. Il titolare era un personaggio particolare: sessantenne, divorziato da vent'anni, faceva del locale il suo orgoglio. Collezionava oggetti a sua detta di antiquariato, di fatto chincaglieria di nessun valore, che continuava ad aggiungere alle pareti del locale. Non si occupava di spolverare alcunché: nell'illuminazione fioca della sera, una spessa patina di polvere conferiva al locale un'atmosfera d'altri tempi. Il pavimento in legno e i tavoli rovinati dal tempo davano l'impressione di essere in un antico casolare rimasto chiuso per vent'anni.

Martini arrivò per primo e ordinò un calice di Lugana, sedendosi a un tavolo da quattro lontano dalla finestra. Dalla sua sedia avrebbe potuto vedere chi entrava e segnalare la sua posizione. Preso il quotidiano locale, cominciò a sfogliarlo con interesse alla ricerca di qualche notizia sui casi che lo coinvolgevano. Trovò solo un piccolo trafiletto sull'omicidio di Carbone: 'Omicidio dell'agenzia: si brancola nel buio', citava il titolo. A Martini piaceva trovare gli errori di ortografia negli articoli di quello specifico giornale: giovani cronisti, probabilmente sottopagati, correvano da una parte all'altra della città per cercare di raccogliere i pochi dettagli sui fatti avvenuti ogni giorno. In base a pochissime informazioni, scrivevano un trafiletto che poi, nella fretta, molto spesso conteneva qualche strafalcione. Nei quotidiani, i correttori di bozze sembravano essere andati tutti in pensione anticipata.

'Ancora nessuna novità è emersa dalle indagini sull'omicidio di Alberto Carbone, l'agente immobiliare trovato morto il 22 dicembre scorso. Gli inquirenti non hanno rilasciato alcuna dichiarazione, ma hanno garantito che stanno facendo tutto il possibile per assicurare il colpevole alla giustizia. Dai pochi dati in nostro possesso possiamo supporre che Carbone sia morto a seguito di percosse, probabilmente durante un tentativo di rapina finito male. La popolazione del centro è terrorizzata dal fatto che eventi di questo tipo si possano ripetere. L'assessore alla sicurezza, Mario Lamberti, ha assicurato che la polizia locale sta svolgendo turni di sorveglianza nelle zone del centro, al fine di garantire la massima sicurezza ai cittadini. L'associazione 'Padova ai padovani' ha inoltre organizzato delle ronde autonome, come ha specificato il coordinatore Luca Mozzi: «Ciò che è successo è indicativo dello stato in cui si trova il nostro paese. Quando un professionista serio, uno di noi, viene assassinato nel suo negozio, è la fine. Anni fa queste cose non succedevano, chiaramente è necessario tenere d'occhio gli immigrati che stanno invadendo le nostre strade».'

L'articolo continuava con altre supposizioni dell'autore, utili solo a riempire la pagina e affidabili quanto le previsioni meteo a 15 giorni. «Be', dai, nessuno strafalcione, in questo articolo», pensò Martini. Ma pensò anche che gli investigatori non avevano voluto rivelare ai giornalisti come era stato ucciso Carbone: a lui avevano detto chiaramente che era morto per avvelenamento e che sospettavano che il colpevole fosse un medico. Se i giornalisti lo avessero saputo, sarebbe stato scritto chiaro e tondo. Questo, pensò Martini, era un buon segno. Indicava che gli inquirenti stavano ancora lavorando per cercare un colpevole. Forse – sperò – ancora non erano convinti che fosse lui il responsabile.

Chemelli e Anna arrivarono insieme: Lorenzo, che aveva le guance rosse dal freddo, si tolse il piumino sedendosi di fronte a Martini. Anna sembrava trafelata, probabilmente aveva corso in bicicletta, e si tolse guanti, sciarpa e zainetto, infilandosi nella sedia vicino a Martini.

«Hai cominciato senza di noi? Spero almeno che quello sia il primo bicchiere», commentò Chemelli, vedendo che Martini si era portato avanti.

«No, no: ho appena finito la seconda bottiglia, e la cameriera l'ha portata via. Se foste entrati due minuti prima mi avreste trovato che ballavo sul tavolo con la figlia del proprietario, ma siete arrivati in ritardo, avete perso lo spettacolo.»

Ad ogni modo, il bicchiere di Martini era vuoto, e tutti e tre decisero di ordinare una bottiglia di Prosecco.

«Com'è andata oggi?», chiese Anna.

«Cosa è successo oggi?», domandò Lorenzo.

«Ehi, tranquilli ragazzi. Sono dovuto andare in questura per rispondere ad alcune domande sull'omicidio di Carbone. Dov'ero, se ce l'avevo con lui, insomma quelle domande che si fanno per capire se hai un collegamento con l'accaduto.»

Riassunse il colloquio ai due amici, cercando di non dimenticare i dettagli. E concluse, «Insomma, per adesso non hanno cavato un ragno da un buco. Certo è che sono convinti che dietro ci sia un medico, per il discorso del potassio, ma credo che non abbiano abbastanza elementi per incastrarmi. Ho accennato loro che l'unico collega che potrebbe avere qualcosa contro di me è Baccini, per via del concorso.»

A sentir nominare Baccini, Anna si rizzò sulla sedia: «C'è una cosa di cui dobbiamo discutere, ragazzi».

I due la guardarono, mentre lei tirava fuori dallo zaino il portatile. «Vieni di qua con la sedia, Lorenzo», disse poi, per fare in modo che tutti sedessero con il muro alle spalle. In quel modo, nessuno avrebbe potuto vedere il monitor, a parte loro tre.

«Ho fatto una cosa illegale, volevo capire se potevo rendermi utile in qualche modo.»

«Peggio che nascondere droga in garage e ammazzare la gente?», chiese Martini, divertito da quell'ammissione di colpevolezza.

«No, no. Sai, io non vado in giro con il cloruro di potassio. Al massimo ho qualche batterio scoreggione, ma quelli sono praticamente innocui, anche se inoculati nel sangue. Sentite qua, la sera della vigilia sono andata in studio medici alla palazzina di neuroscienze. Volevo fare due cose: la prima era eliminare tutti i file sull'elettrodo dal mio computer in quell'ufficio. Li ho presi, salvati su una chiavetta, eliminati dal pc fisso, e ora sono crittografati con una password che so solo io.»

«Ben fatto», disse Chemelli, «hai usato il mio software?»

«Ovvio che sì, caro il mio nerd. Senza di te non avrei saputo da dove cominciare!»

La bottiglia arrivò, si versarono un calice a testa, brindarono silenziosamente, e ripresero la conversazione dove l'avevano lasciata.

«La seconda cosa a cui mi volevo dedicare era farmi un po' gli affari di Baccini. Parlando con Martini mi ero convinta che fosse l'unico che poteva avere un motivo per volerlo incastrare: così ho copiato sulla mia chiavetta tutta la sua posta elettronica e tutta la cronologia web.»

«Ehi, è pericoloso», replicò Martini, «Ti ha visto qualcuno?»

«All'inizio ero da sola, poi è entrato Baldacci. Gli ho detto che stavo usando il pc di Baccini perché sul mio c'erano problemi con la rete. Penso se la sia bevuta.»

«E perché non me l'hai detto?», chiese Martini, sorpreso dall'iniziativa dell'amica.

«Perché non volevo finire nei casini, se non avessi trovato niente.»

«Quindi hai trovato qualcosa?»

«Guardate qua», rispose, cominciando a far vedere loro la cronologia web recuperata dal computer del neurologo.

«Merda, questo scotta», disse Chemelli.

«Sì, ma cosa posso fare? Se vado dai carabinieri, quelli possono accusarmi di aver piantato io queste prove nel computer di Baccini?»

«Teoricamente no. Della navigazione online resta sempre traccia. Il datore di lavoro può sempre fare un log dei siti visitati, e lo stesso provider web – sotto richiesta dell'autorità giudiziaria – dovrebbe poter fornire quelle informazioni. Tu potresti anche aver alterato la cronologia web del pc di Baccini, ma non ti vedo ad entrare alla Telecom per cambiare i dati nei loro server.»

«Sai che Baldacci mi ha visto smanettare col pc di Baccini? Temevo che i carabinieri potessero dire che sono stata io a inserire quelle informazioni nella cronologia. Ma se tu mi dici così, significa che io posso andare dai carabinieri e denunciarlo liberamente. Saranno poi le autorità, eventualmente, a chiedere conferma al provider, se non si fidano di me.»

«Esatto. Ma ti metti in pericolo, facendo così.»

«E' vero, ma se il colpevole è Baccini e va dentro, direi che non devo temere più di tanto.»

«Se è lui, ha già ucciso una volta. Vuoi essere la prossima?»

«Mmm, pensavo di arrivare viva almeno fino a Pasqua, ho un debole per l'agnello e le uova di cioccolato. Domani andrei dalla tua amica tenente, hai ancora il numero?»

«Sì, non so se accompagnarti», rispose Martini.

«Direi di no, non è una buona idea. Potrei andare con Lorenzo, se non ha di meglio da fare.»

A quel punto, spesero l'ultima mezz'ora insieme per discutere come comportarsi con i carabinieri. Era venuto il momento di reagire.

Boston, 26 dicembre, 18.00

Jeff si era svegliato male: aveva dovuto dormire a casa con sua moglie, perché la sera prima Jane non aveva voluto concedersi, nonostante le sue avances. Aveva detto che era stanca e che voleva stare a casa sua. Lui le aveva proposto di accompagnarla, ma lei aveva rifiutato sfoderando un repertorio fatto di mal di testa, lavoro arretrato, casa in disordine. Mancavano solo le piaghe d'Egitto ad impedire a Jeff di avere una sana notte di sesso con Jane. E così aveva fatto ritorno a casa, con la coda tra le gambe e la moglie incazzata perché lui nel periodo natalizio si era fatto vedere pochissimo. «Ad ogni modo», aveva rilevato Jeff, «a lei ha fatto comodo che io non fossi in circolazione. Ha speso una cifra pari al PIL della Grecia in scarpe, borse, guanti e perfino un collare luminoso per il fottutissimo cane. Non voglio nemmeno sapere cosa ha regalato a sua madre!»

In aggiunta, a infastidirlo c'era il fatto che aveva dovuto passare la giornata al lavoro. Il 26 dicembre era tradizionalmente il momento in cui, insieme ad alcuni amici di infanzia, andava a sciare sul Mount Sunapee, a un paio d'ore da Boston. Lì da bambino aveva imparato a sciare e a quell'appuntamento annuale teneva probabilmente di più che all'anniversario di matrimonio. Ma il lavoro chiamava e in quel momento per la sua carriera era meglio dedicare anima e corpo al brevetto sulle brain-computer interfaces.

Si presentò al meeting delle 18.30 puntuale e prese la posizione di comando al tavolo ovale, di fronte al grande schermo piatto su cui venivano presentate le slide. Era presente un gruppo ristretto di collaboratori: Jane, seduta lontano da lui, vicino allo schermo, non lo degnò di uno sguardo quando entrò nella stanza. Oltre a lei erano già presenti i tre leader dei team di lavoro, quello sull'interfaccia wireless, quello sul sistema di carica remota e quello sull'elettrodo. Tutti gli altri tecnici erano rimasti a lavorare: in quella situazione anche un'ora faceva la differenza, e il management della Lifetronics aveva deciso di ottimizzare al massimo l'uso delle risorse.

«Allora, cosa abbiamo?» chiese Jeff appena si fu seduto, senza nemmeno salutare.

Cominciò a parlare Martinez, il responsabile del gruppo che stava lavorando sull'interfaccia wireless. Messicano di origine, alto circa un metro e sessantacinque, era tarchiato e robusto, la versione compatta di un buttafuori sudamericano. Proiettò alcune slide per supportare la sua presentazione: «Abbiamo studiato il sistema, che è progettato in modo molto intelligente. Chemelli ha studiato un circuito integrato che permette di trasmettere le informazioni a breve distanza, utilizzando una codifica simile a quella utilizzata per i video online e un protocollo di comunicazione paragonabile al Bluetooth. La particolarità del suo sistema è che riesce ad ottimizzare il trasferimento di dati in modo da trasmettere solo quando effettivamente è necessario. Se la lettura dei sensori non varia, non viene trasmesso niente e il sistema rimane in standby. Nuovi dati sono inviati solo quando i sensori hanno una variazione significativa rispetto agli ultimi valori registrati. Questo è fondamentale soprattutto quando si vuole trasmettere al cervello uno stimolo visivo, che richiede normalmente una gran quantità di energia. Nel caso l'immagine rimanga invariata, si trasmettono solo alcuni bit di informazione, per informare il cervello che nulla è cambiato rispetto a prima. Se invece le immagini sono in movimento e cambiano di continuo, si può arrivare a trasmettere fino a diversi Mbit/s. In queste condizioni di utilizzo la batteria può durare anche più di due giornate: questo è ideale per qualsiasi paziente che, comunque, alla sera deve stendersi per riposare».

«Avete già realizzato il circuito per provarlo?»

«Jeff, siamo realisti! In due giorni non è possibile arrivare ad avere il circuito in silicio! Ma abbiamo copiato lo schema e abbiamo fatto quello che si chiama il layout del circuito, cioè abbiamo definito come i vari componenti devono essere connessi tra loro. Ora passiamo i dati al laboratorio, per far realizzare un prototipo al più presto. Quello che ti posso dire è che abbiamo usato un simulatore per capire se il circuito funziona.»

«E?», chiese Jeff impaziente.

«Le simulazioni sono perfette, confidiamo che funzioni al primo colpo.»

«Ottimo lavoro, ragazzi. Bob?»

Bob era il leader del team che si stava occupando del sistema di carica remota. La sua carriera era cominciata con un PhD a Berkeley ed era continuata in un'azienda della Silicon Valley, leader nel campo delle schede wireless per pc. Un giorno, mentre usciva dal lavoro, a Bob era stata fatta una proposta che non aveva potuto rifiutare. L'offerta era lavorare per la Lifetronics, con stipendio triplo rispetto a quello che stava percependo nell'azienda per cui lavorava. Inizialmente Bob aveva rifiutato, ma l'offerta di un ulteriore incentivo per il trasferimento a Boston gli aveva fatto dimenticare la differenza tra il piacevole clima della California e il rigido inverno del Massachusetts. Lavorava in Lifetronics ormai da due anni e aveva un buon rapporto con Jeff.

«Abbiamo studiato il sistema di carica remota. In particolare abbiamo analizzato le caratteristiche delle bobine che traferiscono la potenza all'interno del cranio. La progettazione non è banale: i sistemi utilizzati per la carica wireless degli smartphone funzionano a contatto, la bobina di trasmissione e quella di ricezione sono praticamente appoggiate l'una sull'altra. Tuttavia, test sperimentali mostrano che già due-tre centimetri di distanza tra le bobine rendono difficile – se non inefficace – la trasmissione dell'energia. Nel cranio la situazione è complicata da due fattori. Il primo è lo spessore del cranio e dei relativi tessuti, che obbligano a tenere il trasmettitore e il ricevitore a distanza di qualche centimetro. E poi, i tessuti coinvolti non garantiscono un buon accoppiamento elettromagnetico, facendo calare ulteriormente l'efficienza del sistema. Il sistema progettato dagli italiani è geniale: bobine flessibili e di orientamento variabile sono utilizzate per far sì che l'efficienza del sistema rimanga alta indipendentemente da come è orientato il ricevitore posto all'interno. In questo modo si riesce a ricaricare la batteria in poche ore.»

«Ottimo lavoro! Riusciamo a riprodurlo e a fare alcune misure sul sistema reale, in vista del brevetto?»

«Direi di sì, siamo sulla buona strada. Se non saltano fuori ritardi, dovremmo essere messi bene.»

Il terzo a parlare fu Pradeep, un ricercatore indiano che aveva lavorato precedentemente sia a Stanford, sia ad Irvine, due università prestigiose in California: «Abbiamo studiato l'elettrodo a partire dai disegni che ci avete fornito. La struttura è complessa: l'intero elettrodo in realtà è un grande circuito integrato CMOS, che comprende dei micro-contatti elettrici per la lettura del segnale del cervello, e i circuiti necessari per amplificare i segnali. In aggiunta, ogni elettrodo contiene un sistema per convertire il segnale generato dal cervello, che è analogico, in forma digitale. Alcuni componenti sono ultra-scalati, ovvero hanno dimensione piccolissima, dell'ordine delle decine di nanometri. Ma, nonostante questo, saranno necessarie diverse schiere di elettrodi per investigare una regione significativa della corteccia.»

«Siete già in fase di fabbricazione?», chiese Jeff.

«Assolutamente no, è impossibile. Quello che abbiamo pensato è fare un modulo base, un microelettrodo sperimentale. Per ragioni di tempo, lo alimenteremo mediante un cavo. Fare questo elettrodo di test ci permetterà di sperimentare la fase di trasmissione e ricezione su topi. Dimostrato il funzionamento, potremo brevettare senza problemi, e tenere i test sugli umani e la realizzazione del maxi-elettrodo per una seconda fase.»

«Bene, che tempi abbiamo?»

«Entro domani dovremo avere il primo microelettrodo sperimentale. Di cavie ne abbiamo già, quindi se definiamo i protocolli di analisi in questi giorni, potremo partire al più presto con i test.»

«Mi sembra ottimo!»

La parte successiva della riunione fu dedicata all'analisi dei dettagli tecnici; inoltre si discusse dell'opportunità di coinvolgere i legali già dall'indomani, per dare loro le informazioni per scrivere il brevetto. Tuttavia Pradeep si oppose, dal momento che voleva essere sicuro che gli elettrodi si interfacciassero correttamente con il materiale cerebrale.

«Ti do al massimo due giorni, Pradeep», disse Jeff, un po' alterato. «Non voglio prenderlo nel culo, con tutte le risorse che stiamo sperperando in questo progetto!»

Pradeep, con la pace interiore di un fachiro indiano, lo guardò, sbatté gli occhi due volte, e disse: «Understood, sir».

Padova, 27 dicembre, 10:00

Quella mattina Martini era stato invitato per un brunch a casa di Bellon, l'altro collega che insieme a Baldacci non era in ospedale il 10 Novembre. Martini aveva accettato, un po' perché erano giorni che faticava a mangiare un pranzo decente, un po' perché il collega gli stava simpatico e aveva voglia di distrarsi un po', una volta tanto. Bellon quel giorno era di riposo, perché aveva lavorato la notte prima. Per questo il brunch era stato programmato per le 10, più vicino all'ora di colazione che all'ora di pranzo. Martini si era svegliato più sereno dei giorni precedenti: la sera precedente Anna aveva promesso che, una volta svegliatasi, avrebbe chiamato la tenente Pelino per chiedere un appuntamento per il giorno stesso. Con un po' di fortuna, entro sera Anna e Pelino si sarebbero parlate e avrebbero potuto dare una svolta a questa impasse che ormai durava da una settimana. Nel pallido sole mattutino, Martini riuscì a sorridere al pensiero che forse entro la fine dell'anno la sua vita avrebbe potuto tornare alla normalità.

Arrivò a casa di Bellon con qualche minuto di anticipo: Bellon abitava a Città Giardino, una zona residenziale relativamente vicina all'ospedale, ricca di viali alberati e lontana dalla confusione e dal traffico del centro. Il quartiere, sorto negli anni venti, era per la maggior parte costituito da edifici signorili di due o tre piani. Martini cercò la casa di Bellon, che sorgeva in una delle vie principali del quartiere.

Bellon stava in un piccolo condominio che stonava con il resto delle case della zona. L'edificio, di colore beige, aveva tre piani; la struttura era quella dei condomini costruiti durante il boom edilizio degli anni sessanta, un periodo caratterizzato dalla mancanza di una legislazione urbanistica organica. Si presentava come un parallelepipedo massiccio, con sei terrazzi stretti e quattro garage sulla facciata principale. Un portoncino di legno permetteva di accedere alle scale dove, pensò, quasi sicuramente non c'era l'ascensore. Le dimensioni dell'edificio lasciavano supporre che gli appartamenti fossero molto piccoli, probabilmente più adatti a un single che a una famiglia di tre persone come quella di Bellon.

Martini sapeva che il collega si era trasferito da Milano un paio di anni prima: probabilmente quando era arrivato aveva scelto quell'appartamento in attesa di capire quali sarebbero state le sue esigenze e di trovare quindi una soluzione diversa. Suonò il campanello e il collega gli disse di salire al secondo piano, e di entrare dal portoncino sulla destra. Salì le scale che avevano il pavimento in graniglia, un impasto di cemento, ghiaia e pezzi di marmo. Intatto e un po' consumato, il pavimento confermava la datazione dell'edificio: anni sessanta. «Entra pure», gli disse Bellon quando fu arrivato al secondo piano, «accomodati».

Martini si tolse la giacca e l'appese su un attaccapanni in legno posto alla destra della porta. «Piacere, Grazia», disse una signora sulla quarantina, alta probabilmente un metro e settanta, con capelli biondi mossi lunghi fino alle spalle. Relativamente magra, la moglie di Bellon sorrideva, anche se aveva due occhiaie abbastanza evidenti, forse risultato dello stress delle feste di Natale.

«E questa è Lucia», continuò, indicando una bambina di sette-otto anni, che stava guardando la televisione. «Su Lucia, saluta il signor Martini», disse Grazia, e la bambina si girò con fare distratto dicendo solo un laconico «Ciao». Martini ricambiò il saluto, «Ehi, ciao!», mentre Grazia si scusava per il fatto che sua figlia diventasse maleducata e schiva ogni volta che stava davanti alla televisione.

«Eh, certo mia cara», pensò Martini, «se magari tu evitassi di tenerla davanti alla TV alle 10 di mattina, forse lei si comporterebbe meglio, no?»

Ma si limitò ad annuire, «Grazie dell'invito, mi ha detto Renzo che è stata una tua idea. Sono contento che finalmente ci incontriamo, se fosse stato per tuo marito probabilmente non ci saremmo mai conosciuti», disse ammiccando, per far capire che scherzava.

«Il piacere è mio, e poi comunque un brunch l'avrei preparato lo stesso per il medico di famiglia: quando smonta dalla notte vuole sempre ingerire due-tremila calorie prima di andare a dormire.»

«Be', non si direbbe che gli faccia male», commentò Martini, osservando il fisico del collega.

«Dai, basta chiacchiere voi due», disse Bellon, «se non volete che io mi addormenti sulla tavola, è meglio che cominciamo a mangiare».

Per come Grazia aveva organizzato il brunch, di fatto si trattava di un vero e proprio pranzo. La differenza stava nel fatto che nel brunch si prendeva il caffè all'inizio, mentre in un pasto il caffè veniva alla fine.

Aveva preparato tartine al salmone, pizzette di pasta sfoglia, delle crocchette di patate, una caponata di melanzane, del prosciutto crudo e della burrata. In aggiunta, c'erano una terrina di insalata, del formaggio spalmabile, una piccola quiche alle verdure e delle zucchine grigliate. Come dolce aveva preparato dei lava cake, tortine di cioccolato con cuore fondente, che aveva guarnito con panna montata. Martini e il suo stomaco si commossero, e i tre cominciarono a dare fondo alle delizie preparate dalla donna di casa. «Ma tu dove trovi il tempo per cucinare così bene? Lavori?», chiese Martini a Grazia.

«Sì, lavoro come amministrativa in uno studio di commercialista. Sai che ci siamo trasferiti qui a Padova da circa due anni: quando siamo arrivati ho cercato subito un lavoro; sono laureata in economia ed è stato relativamente facile entrare in questo studio. Mi occupo prevalentemente di contabilità per piccole aziende, dichiarazioni dei redditi, eccetera. Riguardo la cucina, è la mia passione da sempre. E' il modo con cui mi rilasso e faccio pace con il mondo. Sai, spesso mi alzo molto presto al mattino, invece di rigirarmi nel letto o vagare per casa preferisco preparare qualcosa di buono per Lucia e Renzo, così quando si svegliano la loro giornata comincia bene.»

«Un ottimo pensiero! Posso venire anch'io a colazione qua, da domani?»

«Ehi, finiscila di corteggiare mia moglie», intervenne Bellon con tono scherzoso. «Dimmi cosa è successo, piuttosto.»

Martini non aveva mai avuto tanta confidenza con Bellon, non perché questi gli stesse antipatico, semplicemente perché non si conoscevano molto. Ma la situazione in cui si trovava e il fatto che Bellon non fosse stato in ospedale il 10 Novembre gli fecero venire voglia di parlare con il collega. Gli riassunse tutto quello che gli era capitato, dalla chiamata dei carabinieri alla conversazione con il primario, dalla sospensione dal lavoro all'interrogatorio per l'omicidio di Carbone. Lucia era rimasta a guardare la televisione, quindi i tre adulti poterono parlare con libertà anche degli aspetti più critici della questione.

Durante il racconto, Grazia e Bellon rimasero concentrati ad ascoltarlo, senza dare cenno di voler commentare o giudicare. Stettero a tavola quasi due ore, alla fine delle quali Martini era sazio e – un po' per necessità, un po' nella speranza di cambiare discorso – chiese di poter usare il bagno. Bellon gli mostrò la strada, e Martini si alzò ed ebbe modo di vedere il resto dell'appartamento. In linea con lo stile dell'edificio, l'arredamento era minimalista, non vi erano suppellettili di rilievo e il mobilio era limitato a quanto era necessario. Vi erano un tavolo e una credenza in zona giorno, un letto e un armadio nella camera; in corridoio c'era una scaffalatura che conteneva diversi oggetti di uso quotidiano. Anche il bagno, pulito e profumato, era ancora quello originale degli anni sessanta. Sul lavandino, vicino al sapone, vide alcuni farmaci tra cui una boccetta di Xanax, probabilmente usato da Grazia per la sua insonnia. Stette in bagno un paio di minuti più del necessario per riprendere fiato, grato dell'opportunità di spendere del tempo in compagnia di persone che non lo giudicavano, e felice di avere almeno un collega dalla sua parte.

«E tu, come stai?», chiese Bellon quando Martini rientrò dal bagno.

«Eh, come vuoi che vada? È stato tutto così improvviso che non ho avuto tempo di pensarci più di tanto, soprattutto nei primi giorni. Poi è arrivato Natale, una giornata in cui tutto si ferma: anche solo per raccontare a mia madre cosa è successo sono stato costretto a ragionarci, forse troppo. Il risultato è che sono molto ansioso, preoccupato. Mi sveglio la notte con gli incubi e poi faccio fatica a dormire. Mi è stato tolto tutto, il mio lavoro, la mia dignità, la mia autostima. Anche se, per fortuna, al momento non c'è nessuna azione formale nei miei confronti da parte delle forze dell'ordine.»

«Nessuna azione? Pensavo fossi indagato.»

«Non ancora in modo formale, a quanto pare ci sono solo prove indiziarie nei miei confronti e, se la situazione rimane così, per qualche tempo potrei essere tranquillo. Ma questo per me vuol dire rimanere in un limbo, senza sapere cosa sarà di me. Da un certo punto di vista sarebbe meglio che le cose procedessero, in una direzione o nell'altra»

«E col tuo progetto, hai dovuto abbandonare tutto?»

«Formalmente sì, purtroppo. Nemmeno Ricci si fida a tenermi coinvolto, l'Università è sotto osservazione da più lati, l'amministrazione sanitaria da una parte, i candidati a rettore dall'altra. E il primario non vuole un capello fuori posto, nessuna ombra in questo delicato momento di transizione. Il risultato è che non posso più lavorare. Ma più tardi passerò da Baldacci per capire se almeno mi permette di partecipare alla scrittura di un articolo sui risultati. Questo, spero, me lo lasceranno fare, posso lavorarci da casa con i miei collaboratori.»

Bellon ci rifletté un attimo: «Non è facile, la posizione di Baldacci. Immagino abbia tutto l'interesse a lasciarti lavorare, questo significherebbe anche un minor impegno per lui. Ma d'altro canto, forse non vuole mettere in difficoltà il primario. Sono curioso di vedere cosa ti dirà.»

«Dai, speriamo bene. Ne ho bisogno anche solo per pensare ad altro.»

«Se non altro, ora che sei a casa non sarai costretto ad avere gli orari di Renzo in questo periodo», aggiunse Grazia, forse per sdrammatizzare.

«Hai orari così proibitivi?», chiese Martini curioso.

«Be', sai come funziona sotto le feste. Tutti i turni festivi sono capitati a me, perché ero l'unico che non aveva in programma di andare in vacanza sotto Natale. Poi, in realtà, siamo tutti a Padova per via dell'inchiesta in corso, ma ormai i colleghi sono contenti di avermi rifilato tutti i turni. In aggiunta, abbiamo un medico in meno e questo ci costringe a più reperibilità e più notti. Belle vacanze, mi faccio. Speravo di avere un po' di tempo per stare in famiglia, ma appena torno a casa crollo sempre dal sonno!»

«Dai, spero che passi presto», disse Martini, capendo la stanchezza del collega e invidiandola. «Almeno lui ha un lavoro e una famiglia con cui stare», ragionò in silenzio. Grazia li guardava, con aria preoccupata: era stata molto colpita dal racconto di Martini e sembrava che i ritmi del marito e la solitudine durante le vacanze la stressassero parecchio.

Parlarono ancora, bevendo caffè e grappa, e finalmente cambiarono discorso. «Senti», chiese Martini a Bellon, «ho sempre avuto una curiosità. Tu hai lavorato in ospedale a Nizza, uno dei centri di riferimento per la neurologia in Francia. Tra l'altro, a Nizza svolgono diverse ricerche simili alle mie, sulle interfacce computer-cervello. Poi sei stato al San Raffaele, un istituto di ricerca dalle caratteristiche uniche in Italia. Solo l'anno scorso, i ricercatori di quell'ospedale hanno prodotto più di 1400 pubblicazioni scientifiche, un record nel nostro settore. E poi sei venuto a Padova: la nostra è un'ottima scuola medica, ma non ho mai capito perché hai sentito bisogno di spostarti proprio nel momento in cui stavi ambientandoti al San Raffaele, un centro d'eccellenza nel nostro campo.»

Renzo e Grazia si guardarono, poi Bellon rispose: «In effetti il mio è stato un percorso un po' atipico: da studente ho frequentato l'università a Padova, poi sono partito in cerca di fortuna all'estero. L'ho trovata, a Nizza, ma dopo un po' di tempo ho sentito il desiderio di tornare in Italia, e ho trovato il posto a Milano. La vita a Milano era troppo competitiva, non sono tagliato per quel tipo di esperienza. E così, forse spinto dalla nostalgia dei tempi dell'Università, forse dalla voglia di vivere in una città più piccola, ho proposto a Grazia di tornare in Veneto. Ed eccoci qua, dopo due anni, con la casa ancora da arredare, ma già in parte ri-ambientati. Ora spererei di non dovermi muovere più, è difficile adattarsi ogni volta ad un posto nuovo, specialmente per la mia famiglia.»

Parlarono ancora un po', poi Martini disse che per lui era il momento di andare in ospedale per incontrare Baldacci e si salutarono. Bellon sembrava pronto per dormire, in effetti i turni di Natale dovevano averlo stancato considerevolmente. Martini ringraziò calorosamente Grazia per il pranzo, e i tre si diedero appuntamento per l'anno nuovo, momento in cui tutti speravano le cose sarebbero andate meglio. Scese le scale, Martini si avviò a piedi verso l'ospedale: era una passeggiata di una mezz'oretta, l'ideale per smaltire il pranzo. Ragionò sulla sua situazione mentre si dirigeva verso Prato della Valle, la basilica di S. Antonio e l'ospedale vecchio. Lo aspettava una riunione importante, e voleva arrivarci il più lucido possibile.

Padova, 27 dicembre, 14.00

Martini, Anna e Chemelli si incontrarono al bar dell'ospedale: erano d'accordo di ripassare ancora una volta le cose da dire a Baldacci, in modo da avere una linea comune. Bevendo un caffè, Martini raccontò del suo pranzo con Bellon, mentre Anna aggiornò i due colleghi sulla sua conversazione telefonica con la tenente Pelino.

«Ho sentito la carabiniera», disse. «Un po' rigida, la ragazza: sul chi va là, cose del tipo 'ma lei chi è? Che rapporto ha con Martini? Perché vuole incontrarmi?'. Ma rilassati, dico io! Fammi venire lì, dammi udienza e ti spiego tutto quello che vuoi. E così, insistendo un po', stasera sono convocata da lei alle 18.30. Speriamo non mantenga questo atteggiamento da paloinculo, che già mi sta indisponendo».

«Dai», rispose Martini, «hai sempre questi problemi con l'autorità. Cerca invece di stare tranquilla, ok? Così ti darà più retta. E portati dietro Lorenzo, che ti fa da zavorra ed evita che tu parta per la tangente».

«Agli ordini capitano!», disse Anna abbozzando un saluto militare. A Chemelli veniva male alla sola idea di dover andare dai carabinieri, ma per il suo amico questo e altro. L'ultima volta che era entrato nella caserma dei carabinieri, era stato perché aveva perso la patente e doveva fare denuncia. Solerte, il carabiniere gli aveva chiesto: «Dov'è che ha perso la patente?»

Per poco Chemelli non lo aveva strozzato: «Se lo sapessi, pensa che sarei qui a sporgere denuncia?»

Ma Martini gli aveva parlato bene di questa tenente, pareva pure che fosse carina, quindi aveva deciso di andare a incontrarla. Salirono in studio medici e trovarono quasi tutti seduti alla loro scrivania: Baccini stava scrivendo lettere di dimissione, la Franzon preparava un comunicato stampa sulle attività sindacali, mentre Pomella e Abate discutevano sul trattamento di un paziente ricoverato la sera prima, che sembrava sull'orlo di lasciarci le penne. A quanto si capiva, Pomella era convinto che il paziente non avesse speranza, che non ci fosse modo di salvarlo; al contrario, Abate sembrava voler sperimentare un qualche approccio che – se efficace – avrebbe potuto allungarne la vita di due-tre settimane al massimo.

Baldacci aspettava Martini e i suoi colleghi alla sua scrivania: li fece accomodare e cominciarono la discussione. Martini aveva ricevuto dagli Stati Uniti un ultimo set di dati, che aveva chiesto ai colleghi di Stanford di elaborare in base ai modelli a loro disposizione. Guardarono insieme i risultati e li discussero, un po' per entrare in argomento, un po' per aiutare Baldacci a prendere confidenza con la nuova tematica di cui avrebbe dovuto occuparsi. Dai risultati appariva evidente che in quest'ultimo test Martini era riuscito ad ottimizzare il posizionamento degli elettrodi in modo da leggere i segnali generati dalla corteccia visiva: quello che vedevano, per ora sotto forma di grafici a falsi colori, altro non era che l'insieme degli stimoli visivi elaborati dal cervello mentre il paziente sotto analisi vedeva uno schermo che cambiava colore dal rosso al blu. I dati raccolti erano la prova che era possibile riconoscere i segnali elettrici corrispondenti a ciascun colore: decodificandoli, sarebbe stato possibile creare una prima stele di Rosetta, un primo vocabolario degli stimoli visivi, da utilizzare in studi successivi. Anche questo era un risultato eccezionale e se ne rese conto perfino Baldacci, che ammirava stupito i colleghi mentre ne discutevano.

L'entusiasmo di Baldacci convinse i tre colleghi a provare ad affrontare il discorso dell'articolo. Martini decise di provare l'approccio diretto: «Senti, Davide, ci abbiamo ragionato tanto e c'è una cosa di cui vorremmo parlarti. I dati che abbiamo raccolto ed elaborato negli ultimi mesi sono unici nel settore; i test che ho condotto negli Stati Uniti sono eccezionali, te ne sei reso conto anche tu. In questo settore c'è una grandissima concorrenza e la mia sensazione è che il nostro vantaggio rispetto agli altri centri sia di pochi mesi. In fondo, in molti cominciano a conoscere il nostro approccio e – sebbene non abbiano dati sul nostro elettrodo – prima o poi riusciranno a costruire un sistema simile a quello proposto da noi. È qualche anno che ci lavoriamo, ci siamo spaccati la schiena, abbiamo passato notti in bianco a studiare e abbiamo rinunciato a tante occasioni pur di giungere a questo risultato. Questo è vero per me, ma anche per Chemelli, che ha sviluppato la parte tecnologica, e per Anna, che ha studiato gli aspetti biologici. Senza i nostri tre contributi non saremmo arrivati a tanto».

Prese fiato, e notò che Baldacci lo stava seguendo con attenzione, mentre i due colleghi annuivano, come a enfatizzare il suo discorso. «Nel nostro settore, il traguardo più importante è riuscire a presentare un articolo alla ICBCI, la conferenza internazionale sulle brain-computer interfaces. I gruppi fanno a gara per avere un articolo accettato dal comitato, che rifiuta più del 90 % dei contributi sottomessi. Avere un lavoro alla ICBCI equivale a vincere l'Oscar per il miglior film, la medaglia d'oro alle olimpiadi, i mondiali di calcio. Ora, io sento che quest'anno è la nostra occasione, che possiamo farcela: i dati sono ottimi, perfettamente supportati dalla teoria. In aggiunta, fra tre mesi saremo, scusa, sarai davanti ai revisori dell'Unione Europea, che dovranno dire se il finanziamento è stato utilizzato correttamente. Bene, io ti garantisco che se potremo mostrare ai revisori che abbiamo un articolo accettato alla ICBCI, loro approveranno tutto il progetto, ci daranno il bacio accademico e vorranno perfino l'autografo.»

Baldacci cominciò a capire dove andava a parare il discorso, ma non volle interromperlo.

«Quello che dobbiamo fare è riuscire a sottomettere un articolo di sei pagine entro il 7 gennaio. L'articolo deve essere il più dettagliato possibile e riportare informazioni sulla struttura degli elettrodi, dettagli sul posizionamento all'interno del cervello, schemi per la connessione elettrica e le analisi dei dati raccolti in America. Abbiamo circa 10 giorni per scriverlo, serviranno tutti i giorni e le notti, ma possiamo ancora farcela.»

«Ma con te fuori gioco per me sarà impossibile riuscire a fare tutta l'analisi dei dati, soprattutto in questo periodo!», rispose preoccupato Baldacci.

«E' questo il punto: io vorrei aiutarti e lavorarci in prima persona. So che molti dati devono essere studiati da dentro l'ospedale, perché solo qui abbiamo i software necessari. E' per quello che io ho bisogno che tu chiuda un occhio, che tu mi lasci lavorare fingendo che io venga qua solo per istruire te.»

Queste ultime frasi le aveva dette a bassa voce, non voleva che i colleghi sapessero che Baldacci lo aiutava di nascosto, nel caso questi avesse deciso di farlo. Ma Baldacci si stava irrigidendo: «Martini, quello che mi chiedi va contro ogni regolamento. Io non posso permettermi di finire nei guai per averti fatto lavorare qua dentro contro il volere del primario e della direzione sanitaria. So che il primario in questi giorni ci sarà poco e questo faciliterebbe le cose dal tuo punto di vista, ma se si sapesse che ti aiuto finirei nei casini anch'io, e in questo momento non posso permettermelo».

«Ma se facciamo le cose in modo discreto forse, ...», provò ad interromperlo Martini, sempre parlando piano.

«Non prenderla sul personale, Martini. So quanto per un ricercatore sia importante pubblicare i suoi dati, so quanto tu ci tenga a questo progetto, e mi rendo conto benissimo della novità e importanza delle tue scoperte. Ma Ricci mi ha chiesto di garantire che tu venga qui solo per darmi le informazioni necessarie per lavorare, specificando che non potevi né vedere pazienti, né condurre attività di ricerca. E averti qui ad elaborare dati equivarrebbe a permetterti di fare la tua ricerca. No, Martini, mi dispiace tanto ma non posso permettertelo. Né permettermelo.»

A Martini stava cadendo il mondo addosso. Forse ingenuamente aveva pensato che Baldacci potesse chiudere un occhio, che fosse dalla sua parte. Chemelli provò ad intervenire: «E se venisse qui ogni giorno, ufficialmente per insegnarti come lavorare sui dati, come condurre le analisi? In questo modo, formalmente saresti tu a fare il lavoro, e Martini parteciperebbe solo per senso di responsabilità verso il progetto, per evitare che a tre mesi dalla conclusione tutto si arrestasse per gli eventi di questi giorni. In fondo, se i revisori non approvassero il lavoro svolto, l'Università dovrebbe restituire gran parte dei fondi ricevuti, e questo sarebbe un disastro in termini di immagine, senza precedenti in Europa».

Baldacci stette in silenzio per un minuto. Effettivamente non aveva pensato a questo aspetto: ora la responsabilità del progetto era sua e – sebbene tutti sapessero che lui era subentrato solo nell'ultimo mese – un eventuale insuccesso sarebbe stato in buona misura a suo carico.

«Non l'avevo vista in questi termini», disse poi, «in effetti quello che mi suggerisci potrebbe salvare capra e cavoli. Sarei io a tenere le redini e mi avvarrei di Martini solo per riuscire a districarmi nella parte più complessa del lavoro. In aggiunta», abbassò la voce, «in questo periodo ci sono poche persone qui in ospedale, quindi se lavoreremo in orari serali forse riusciremo a fare in modo che la cosa passi relativamente inosservata. Preferisco comunque che Martini non sia visto da solo a lavorare al suo computer, ma sia sempre affiancato da me. In questo modo chi lo vedrà penserà che lui sia qui solo per il trapasso delle nozioni e non per lavorare in prima persona».

Martini sospirò, scoraggiato: «Io non ho niente da fare, quindi per me non c'è nessun problema a venire qui alla sera e fermarmi con te. Però trovandoci solo la sera non ce la faremo mai a finire l'articolo in tempo per il 7 gennaio, per inviarlo alla ICBCI! Lavoreremmo solo due-tre ore al giorno».

«Più di così non posso fare, non voglio rischiare posizione e carriera. Spero tu ti renda conto che sto già facendo tanto per venirti incontro.»

Provarono ancora a convincerlo, ma senza risultato. Martini non era del tutto persuaso che non si potesse fare di più, ma non voleva fare arrabbiare Baldacci. Era meglio se lo aveva dalla sua parte, quindi decise di non spingere di più, almeno per il momento. «Spero solo che questo non sia difficile per te e la tua famiglia», disse un po' per stemperare, un po' per far capire a Baldacci che comprendeva l'importanza del suo aiuto, soprattutto considerato il periodo natalizio.

«In realtà, mia moglie e i bambini sono partiti per le vacanze senza di me. Dopo quello che è successo, ci è stato chiesto di rimanere in zona, per poter rispondere a eventuali interrogatori. Ormai avevamo prenotato le vacanze, quindi il risultato è che loro sono sulle piste da sci mentre io sono qua a lavorare. Quindi possiamo pure provare a fare in questo modo. Ma, per favore, non informiamo il primario: se si accorgerà di qualcosa potrò sempre godere del beneficio del dubbio, evitando l'accusa di non aver obbedito alla sua richiesta.»

Martini guardò Chemelli, poi Anna. Ad entrambi brillavano gli occhi, finalmente avevano la sensazione di poter riprendere il lavoro su cui avevano speso forze ed energie negli ultimi tre anni.

«Certo, certo», rispose Martini, «terremo la cosa tra noi». Avevano discusso a bassa voce, e i colleghi in studio medici non sembravano aver sentito la parte finale della loro discussione. Concordarono quando rivedersi e si salutarono cordialmente.

Boston, 27 dicembre, 9.00

Jeff era in ufficio dalle 6.30 del mattino. Se non poteva spendere la notte con Jane, tanto valeva andare a lavorare, per essere sicuro di passare meno tempo possibile con sua moglie e sua suocera. Aveva fatto colazione allo Starbucks sotto gli uffici della Lifetronics, leggendo le email ricevute durante la notte. Lavorare in una multinazionale significava essere connesso la maggior parte del tempo: durante il giorno si collaborava con gli americani, ma durante la notte arrivavano email e richieste di informazioni dai partner asiatici ed europei. Questo significava che al mattino doveva sempre spendere almeno un'ora a rispondere alle email e a programmare la sua giornata di conseguenza. Fortunatamente, quel giorno la maggior parte delle email non aveva richiesto uno sforzo significativo, e lui aveva potuto gustarsi il suo cappuccino 'venti' (la taglia più grande venduta da Starbucks) e una brioche alle mandorle, palesemente scongelata una mezz'ora prima.

Giunto in ufficio, aveva cominciato a leggere la documentazione che aveva ricevuto la sera prima durante il meeting sull'elettrodo. Tutto sembrava filare liscio e il lavoro procedeva senza ritardi. Grazie ai turni di lavoro che aveva organizzato, entro qualche giorno avrebbero avuto tutti i risultati sugli elettrodi di prova e un primo set di dati su cui basare la scrittura del brevetto. Cominciò quindi ad aggiornare il file della timeline, un documento in cui – per ogni giorno – erano fissati compiti e scadenze per le tre squadre che aveva messo al lavoro.

La suoneria del telefono lo distolse dal suo lavoro. Ci mise un attimo a capire quale telefono stesse suonando: non era il fisso sulla sua scrivania e non era lo smartphone che teneva nella tasca della giacca. Si trattava di un telefono ricaricabile che aveva comprato per tenersi in contatto con il suo uomo a Padova, e che teneva nella borsa del portatile. Come ogni volta che conduceva un'azione di scouting illegale, aveva preferito utilizzare un telefono non tracciabile, in modo che non fosse dimostrabile un suo coinvolgimento se mai qualcuno ne avesse avuto sentore. Le grandi aziende e i finanziatori della Lifetronics avevano a cuore la questione della proprietà intellettuale: non si sarebbe potuto sapere che lui stava gestendo un'azione di spionaggio industriale. Se si fosse scoperto, la stessa titolarità del brevetto avrebbe potuto essere messa in discussione, e con questa il suo posto di lavoro. E, individuata questa truffa, non ci sarebbe voluto molto prima che qualcuno indagasse anche la storia degli altri brevetti dell'azienda, facendo finire sotto inchiesta tutti i manager.

«Pronto?», rispose, quando fu riuscito a tirare fuori il telefono.

«Pronto, buongiorno.»

«Spero che mi chiami per qualcosa di importante. Sai che non voglio che si usi questo numero, a meno che non sia questione di vita o di morte.»

«Credo sia importante, ci sono novità.»

«Spara, ma fai in fretta.»

«Credo che Martini stia pensando di mandare un articolo a quella conferenza, la ICBCI.»

«Ma non avevi detto che lo avevi bloccato?»

«Sì, l'ho bloccato. È stato sospeso, non può lavorare. Ma sembra che stia trovando un modo per poter comunque darsi da fare.»

«Non deve succedere! Per nessun motivo. Sai che il tuo compito era duplice: procurarmi i dati, e questo l'hai fatto, e impedirgli di lavorare. Per ora ti ho pagato solo metà; la seconda tranche del pagamento la vedrai solo se alla scadenza non avrà sottomesso quell'articolo.»

«Devo aspettare ancora per avere quei cazzo di soldi?», pensò il contatto padovano.

«Ho capito, certo. Tieni conto che per ora non c'è niente di sicuro, non è nemmeno detto che ce la faccia. Terrò gli occhi aperti, ti farò sapere se ci saranno risvolti ed eventualmente troverò il modo di fermarlo.»

«Ecco, questo discorso mi piace già di più. Devi renderti conto che tu sei solo un cazzo di ingranaggio, non hai neanche un'idea di quanto grande sia il meccanismo in cui sei coinvolto. E non sai cosa può succedere, a noi e a te, se le cose non vanno come abbiamo deciso. Vedi di darti da fare, di non perdere tempo e di tenere a bada quel medico.»

«Certo, certo, non ti preoccupare», rispose l'uomo. Era agitato, per tenere a bada Martini aveva inventato un piano perfetto. Un paio di giorni dopo il suo ritorno dall'America aveva già tutti i suoi dati a disposizione e la storia del metadone era stata sufficiente ad eliminarlo dall'ospedale. Certo, c'era stato il danno collaterale dell'agente immobiliare, ma la cosa non lo preoccupava, né lo faceva sentire in colpa. Lo stronzo lo aveva ricattato e lui lo aveva messo a tacere. In un modo in cui nessuno avrebbe potuto risalire a lui; anzi, uccidere proprio quell'agente avrebbe portato ancora più sospetti su Martini. Allora, perché cazzo non avevano ancora rinchiuso Martini buttando via la chiave?

Jeff, sentendo che il suo uomo era in silenzio, disse: «Ora devo andare. Chiamami solo se hai novità, e vedi di fare il lavoro per cui ti pago profumatamente».

Riagganciarono, entrambi scossi. Jeff fu preso dall'ansia e decise che avrebbe fissato un meeting urgente per far lavorare più velocemente il suo team. Avevano stabilito di presentare domanda di brevetto il 14 gennaio: avrebbe chiesto al suo gruppo di metterci una settimana in meno, finendo entro il 6. Nella merda com'era, Martini non avrebbe certo inviato l'articolo in anticipo rispetto alla scadenza del 7 gennaio. Ma, ora che c'era un rischio concreto, i tre gruppi di ricercatori avrebbero dovuto lavorare giorno e notte, fermandosi solo per pisciare.

L'uomo a Padova aveva ben chiaro il suo obiettivo: incassare quei soldi, per risolvere i suoi problemi e placare il suo tormento. Era determinato a tutto per farlo; temeva solo che l'ossessione che lo guidava potesse fargli fare un passo falso. Decise che per il momento avrebbe solo continuato a tenere d'occhio Martini e la ragazza da vicino. Il 7 gennaio era ancora lontano e allo stato attuale non servivano azioni urgenti.

Padova, 27 dicembre, 16.00

Quella mattina il maresciallo Lipani si era svegliato stanco. La sera prima aveva accompagnato la madre in aeroporto, lei era rientrata a casa per festeggiare il capodanno con la famiglia. Essendo la prima serata libera del periodo natalizio, aveva riflettuto a lungo su come impiegarla. A lungo significava per cinque minuti: il tempo necessario per recuperare il numero di Viola. L'aveva chiamata per vedere se effettivamente lei avesse voglia di uscire. In fondo non c'era niente di male, l'interrogatorio con Pelino lo avevano già fatto e d'ora in poi non avrebbe più avuto necessità di vederla...professionalmente. La ragazza aveva risposto al terzo squillo: «Salve maresciallo! Ho fatto qualcosa di male, che mi chiami a quest'ora?»

«No, no, Viola, tranquilla», aveva risposto Lipani ridendo. «Sai, mi hai lasciato il numero e pensavo che oggi fosse un giorno perfetto per un aperitivo.»

Si erano accordati di vedersi per le 19 in una delle piazze del centro. Padova è una città universitaria, e in centro ci sono ottimi bar per prendere uno spritz. L'aperitivo era stato seguito da una cena in un ristorantino piccolissimo, quasi un'enoteca, dove la specialità erano le lasagne, in tutte le possibili versioni: tradizionali alla carne, ai carciofi, alle seppie, al baccalà, alla zucca, alle melanzane e a ogni altra cosa che la padrona riuscisse a mescolare con besciamella e parmigiano. Avevano bevuto una bottiglia di Cabernet di Breganze e parlato del più e del meno. In verità, aveva parlato soprattutto Viola, che era irrefrenabile e vitale: sembrava nutrirsi di gossip e aneddoti interessanti, nascondendo però anche un lato più serio e riservato. Lipani si era divertito un mondo e verso mezzanotte era già pronto per accompagnarla a casa. Ma Viola, con sguardo tutt'altro che stanco, gli aveva chiesto: «Andiamo a ballare? Conosco un posto qui vicino dove possiamo andare anche a piedi, così i tuoi colleghi non ci arrestano per ubriachezza».

Lipani aveva solo 6 anni più di Viola, ma non era più abituato ai ritmi di vita degli studenti. Ad ogni modo, non voleva fare la figura del nonno, soprattutto considerato che la ragazza gli piaceva. A questo si doveva aggiungere che portava con orgoglio la bandiera del maschio meridionale, galante e di compagnia, che contrapponeva a quella dell'uomo nordico, freddo e introverso. E la sua regola numero uno era: 'Mai scontentare una ragazza'. Per questo aveva accettato l'invito, anche se gli era venuto male a pensare al rientro al lavoro la mattina successiva.

Ma non aveva idea di dove lo volesse portare Viola. L'aveva scoperto subito e aveva passato il resto della serata sulle spine. La ragazza lo aveva portato in una specie di centro sociale, uno stabile dismesso dell'Università che gli studenti avevano occupato alcuni anni prima. C'era di tutto: entrando, si trovavano alcune aule per studiare dove, strano ma vero, c'erano delle persone chine sui libri a quell'ora della notte. C'era poi un'officina per ripararsi la bicicletta in autonomia, dove un tizio sui trent'anni e la barba lunga stava spiegando a due ragazze come cambiare uno pneumatico (Lipani li guardò allibito). Infine, attraversando un lungo corridoio, si arrivava in quella che un tempo doveva essere stata una grande aula universitaria: i banchi erano stati tolti e il grande spazio era diventato una discoteca alternativa.

Ci saranno state almeno duecento persone, di cui la metà a ballare e gli altri a bere sui tavolini ai lati del locale. Il divieto di fumo sembrava che nessuno lo applicasse, ma la cosa che più imbarazzava Lipani era che moltissimi ragazzi fumavano marijuana tranquillamente. Di per sé, a Lipani non interessava più di tanto come quegli studenti volessero passare la serata. Le sue preoccupazioni erano altre: primo, che nessuno lì dentro scoprisse che era un carabiniere (tra le varie cose scritte sui muri c'era anche 'A morte i celerini'). E secondo, che nessuno nel reparto antidroga in cui lavorava venisse mai a sapere che era stato in un posto del genere. Lipani era di mentalità aperta e considerava la marijuana il male minore. Probabilmente se l'avessero legalizzata ci sarebbero stati meno problemi, si sarebbe potuto promuoverne un uso più responsabile e la criminalità avrebbe avuto un'occasione di guadagno in meno. Ma alcuni suoi colleghi, ben più intransigenti, si sarebbero stracciati le vesti a sapere che lui era stato lì, denunciando il fatto fino alle sfere più alte.

Ad ogni modo, Viola era sembrata non vedere il problema. Gli aveva messo in mano un Mojito, lo aveva fatto brindare e poi lo aveva trascinato a ballare per due ore della musica che Lipani non aveva mai sentito. Erano rientrati alle 04.30 ciascuno a casa sua, perché il galante maresciallo tre ore dopo avrebbe dovuto presentarsi, sbarbato e sveglio, in caserma.

Giunto al lavoro, era stato aggiornato dalla tenente sugli avvenimenti del giorno prima: la conversazione con Volpato, i risultati degli esami tossicologici e l'interrogatorio di Martini in questura. Avevano poi fatto il punto della situazione, in vista degli interrogatori con i due medici, Baldacci e Bellon. Gli interrogatori dovevano essere di routine, dal momento che i due non erano in ospedale il giorno in cui era stato prescritto il metadone.

A metà mattina, la tenente aveva ricevuto una chiamata da una certa Anna Selmi, che si era presentata come una collaboratrice di Martini. Aveva detto che era in possesso di alcune informazioni che probabilmente sarebbero state sufficienti a scagionare il neurologo, e aveva chiesto di poter essere ricevuta con urgenza. Pelino aveva cercato di chiedere informazioni aggiuntive al telefono, ma la ragazza si era rifiutata di dire qualsiasi cosa. Così, incrociando le agende di entrambe, avevano concordato di incontrarsi in caserma alle 18.30. Lipani a quel punto aveva contattato Volpato, immaginando che volesse partecipare alla riunione. Questi aveva risposto che sarebbe senz'altro passato, nella speranza che la testimonianza di Selmi potesse aiutare a fare luce su un caso che appariva banale da un lato, ma enigmatico dall'altro.

Alle 16.00 entrò in caserma puntuale Davide Baldacci, il primo dei due medici con cui avevano appuntamento. Pelino lo ricevette nel suo ufficio dove – al solito – avevano preparato una scrivania con tre sedie. Lipani si era offerto di verbalizzare la conversazione, in modo che la tenente potesse svolgere l'interrogatorio in prima persona. «Buon pomeriggio e grazie di essere venuto», cominciò Pelino, guardando il dottore. Era entrato rapidamente e si era seduto senza togliere il cappotto, da cui emergevano dei pantaloni chiari e delle scarpe da ginnastica North Face in Gore-Tex.

«Nessun problema, se posso aiutare», rispose il medico, osservando la figura minuta della tenente e il suo giovane collaboratore.

«L'abbiamo convocata nel contesto delle indagini che stiamo svolgendo circa il suo collega, Martini. Come lei sa, Martini è accusato di aver sottratto indebitamente del metadone dalla farmacia dell'ospedale. Come prima cosa, vorremmo sapere se lei è in possesso di qualche informazione relativa a questo fatto e se ritiene fondate le accuse rivolte al suo collega.»

«Non è che io sappia molto, so che risulta che Martini abbia prescritto il farmaco a un paziente in fin di vita, che quindi non ne aveva bisogno. Come lei sicuramente saprà, io non ero in ospedale il giorno della prescrizione, quindi non c'è nessun collegamento tra me e il fatto avvenuto. So che il primario ha condotto una piccola indagine interna, ma non mi risulta che sia giunto a qualche conclusione. Il nome sulla ricetta indica che il metadone è stato prescritto da Martini; se mi chiede se lo ritengo plausibile, le dico di no. Non vedo motivo per cui un medico possa decidere di rubare mettendo a rischio la sua professione. Anche se, devo dire la verità, non sarebbe la prima volta che accade un fatto del genere: ricordo che un paio di anni fa, un medico era stato interdetto dalla professione perché prescriveva metadone in cambio di denaro o di favori personali. Sono andato a riguardare le notizie dell'epoca, in quel caso il medico si faceva pagare anche 50-80 euro a ricetta, quindi riusciva ad arrotondare bene lo stipendio.»

«E lei ritiene che Martini possa essere il tipo?»

«In tutta franchezza no. Conosco Martini da anni, e so che è un professionista dotato di un'eccellente etica professionale. Certo, talvolta aggira le regole più restrittive, ma questo spesso si rende necessario a causa dell'unicità dei casi che analizziamo. Ma non credo sia il tipo da fare una cosa del genere.»

Discussero ancora, Pelino chiese dettagli sul rapporto tra Baldacci e Martini, e si informò per capire se il medico in quei mesi avesse avuto dei comportamenti strani, anomali. Chiese inoltre se a Baldacci risultasse che Martini avesse problemi economici, tali da giustificare un traffico di stupefacenti. A tutte queste domande Baldacci rispose dicendo che non si considerava un grande osservatore; ad ogni modo, per quanto poteva valere, non aveva notato niente di insolito negli ultimi mesi in merito al comportamento del suo collega.

L'interrogatorio non stava portando a niente di interessante; Pelino però aveva in serbo un'ultima domanda che sperava potesse fornirle qualche informazione in più. «Senta, io so che ora che Martini è stato sospeso dall'esercizio della professione, lei è diventato responsabile del suo lavoro. So anche che il progetto del suo collega è molto promettente, uno dei migliori a livello mondiale. Lei quindi ha guadagnato molto, in termini di visibilità e reputazione, a seguito delle accuse rivolte a Martini. Può convincermi che non è coinvolto in nessun modo?»

«Guardi, tenente, ero fuori dall'ospedale il giorno della prescrizione, non le basta questo?»

«No, in linea di principio. Potrebbe aver avuto un complice, per non attirare sospetti su di sè. In questo modo lei sarebbe stato sempre pulito, non essendo stato in ospedale, e il suo complice non sarebbe mai stato sospettato, non avendo niente da guadagnare a differenza sua.»

Baldacci si mosse sulla sedia e aprì il cappotto, segno che si stava accalorando. «Tenente, non ho nessun legame con questa vicenda. Se vuole saperla tutta, io non guadagnerò niente da questa situazione. Il coordinamento di un progetto prestigioso? Forse è vero, ma tutti sanno che io non sono del settore, che non so niente. Il mio nome su delle pubblicazioni scientifiche di impatto? Certo, senz'altro, ma la mia carriera è già avviata in un'altra direzione e non ne ho gran bisogno. A livello personale questa situazione per me è un disastro: non avevo già prima il tempo di fare bene il mio lavoro, ora che devo farmi carico anche di quello di Martini non mi avanza un minuto nemmeno per respirare. Le dico solo che al momento la mia famiglia è in vacanza senza di me.»

«Gestendo i fondi di ricerca di Martini, lei può sicuramente guadagnarci in termini economici. Magari non direttamente dai finanziamenti dell'Unione Europea, ma da altri fondi derivanti da sponsorizzazioni farmaceutiche.»

«Questo è vero, ma se ci pensa sarebbe comunque un compenso guadagnato, dal momento che mi faccio carico di un lavoro aggiuntivo, che non ho più vita privata e che corro il rischio che in molti pensino di me quello che lei sta insinuando. Glielo ripeto, non ho legami con questa faccenda. Le dico anche che, nel caso lei continui a alludere a un mio potenziale coinvolgimento, la prossima conversazione che avremo sarà con il mio avvocato.»

Baldacci era passato da un tono rassegnato a un tono aggressivo, quasi di sfida. Pelino decise di interrompere la conversazione, per evitare un'escalation. Tanto non stava cavando un ragno da un buco. Ringraziò Baldacci per la disponibilità e concordarono di sentirsi in caso vi fossero ulteriori richieste o aggiornamenti. Baldacci si alzò, chiuse il cappotto e uscì quasi senza salutare.

Pelino e Lipani si guardarono: «Comunque, tenente, l'idea del complice non è da trascurare. Pensavo per esempio alla coppia Baccini e Baldacci. Entrambi hanno un interesse: Baccini vuole passare il concorso e Baldacci vuole assumere la responsabilità di una ricerca di prestigio. Baccini prescrive il metadone senza lasciare traccia, e Baldacci fa la figura del buon samaritano che si fa carico anche del lavoro di Martini».

«E' a questo che stavo pensando anch'io, quando ho cercato di provocarlo. Di sicuro sono riuscita a farlo innervosire, anche se è difficile capire se è innocente o colpevole.»

Mentre ancora stavano discutendo bussò alla porta Bellon, l'altro medico che il 10 Novembre non era in ospedale e che avevano in programma di interrogare quel pomeriggio. «La tenente Pelino?», chiese. Il medico aveva gli occhi visibilmente arrossati, disse che era a causa del fatto che aveva lavorato la notte e durante la giornata non aveva avuto più di un paio d'ore per dormire. «Si accomodi», rispose Pelino indicandogli la sedia libera.

«Grazie, tenente», rispose il medico, togliendosi la giacca e sedendosi. Era venuto vestito comodo, con i jeans e una felpa con cappuccio della Nike che aveva sicuramente visto tempi migliori.

Come aveva fatto con Baldacci, Pelino spiegò a Bellon il motivo per cui l'aveva convocato. Volle inoltre sapere qualcosa sulle generalità di Bellon: di tutti i medici era quello su cui sapeva meno, perché anche il primario era stato parco con le informazioni. Bellon riassunse in pochi minuti la sua vita professionale, dagli studi condotti a Padova al lavoro a Nizza, dal trasferimento al San Raffaele di Milano al ritorno a Padova. Pelino rimase incuriosita e si fece spiegare il perché di questi continui trasferimenti. Sul perché Bellon avesse lasciato Milano, Pelino era molto curiosa: aveva cercato tutti i medici della neurologia nel database delle forze dell'ordine, per vedere se qualcuno aveva dei precedenti. Aveva trovato qualche notizia su ognuno, da una multa per stato di ebbrezza di Baccini, a un'accusa per resistenza a pubblico ufficiale della Franzon, ricevuta durante un'azione sindacale, fino ad una querela per diffamazione nei confronti di Abate.

Su Bellon, aveva trovato che era rimasto coinvolto in una rissa mentre viveva a Milano. Nessun carico pendente, a quanto si leggeva dal rapporto: lui si era solo trovato nel posto sbagliato al momento sbagliato ed era innocente, una vittima in tutti i sensi. Infatti aveva cercato di interrompere un litigio tra due nordafricani e tre nigeriani. Una sera, i cinque stavano litigando furiosamente dietro alla stazione di Lambrate e lui aveva cercato di convincerli a smettere. Il suo intervento era servito allo scopo: i cinque africani avevano temporaneamente smesso di litigare tra loro. Infatti avevano trovato un nuovo obiettivo comune: riempire di botte Bellon, che nel giro di due ore era in ospedale sotto i ferri, con naso, polso e zigomo fratturati. Questo era successo un paio di mesi prima che Bellon si trasferisse a Padova, e Pelino chiese a Bellon se ci fossero dei collegamenti tra la rissa e il suo trasferimento.

«No, tenente, nessun collegamento. Il trasferimento a Padova l'avevo ottenuto due-tre mesi prima della rissa. Ma la rissa è quello che non mi fa rimpiangere Milano, troppo grande ed eterogenea per una persona cresciuta in Veneto, dove le città sono tutte a mezz'ora di macchina una dall'altra, i centri si attraversano da parte a parte in un quarto d'ora, e il tragitto più lungo casa-lavoro nella maggior parte dei casi non richiede più di venti minuti. Ad ogni modo, ha fatto bene a chiedermelo, immagino non siano molti i medici che hanno episodi di questo tipo da raccontare.»

«A dire la verità, ci sono molti episodi interessanti anche a carico dei suoi colleghi e, nel suo caso, è dimostrato che lei non ha nessun legame con la rissa, la mia era una mera curiosità. Mi dica, lei conosce bene Martini?»

«A dire la verità non benissimo, io sono qui solo da un paio d'anni. Abbiamo un buon rapporto, di stima reciproca. In questi anni è capitato che ci fermassimo a parlare qualche volta anche dei problemi personali, e in alcune occasioni ci siamo frequentati anche fuori dal lavoro. Ci siamo visti anche stamattina per un brunch, anche se questa non è l'abitudine. È stata un'idea di mia moglie, che venendo a sapere cosa gli è capitato mi ha proposto di invitarlo. Sa, per permettergli di passare una mattinata normale, in un periodo sicuramente difficile.»

«Ah, vi siete visti oggi? E avete parlato di quello che gli è successo?»

«Sì, ne abbiamo discusso, mi ha spiegato meglio i fatti avvenuti in ospedale, il furto del metadone e le relative indagini. Io ero al corrente della questione, ma non conoscevo tutti i dettagli. Penso gli abbia fatto bene parlarne fuori dal contesto, immagino abbia bisogno di rielaborare quello che gli è successo.»

«Crede che Martini sia realmente il colpevole?»

«Mah, da come lui mi ha parlato, è difficile farsi un'idea. Quello che ho capito è che non vi sono che prove indiziarie nei suoi confronti. Ma mi sembra anche di capire che non vi sono altri indagati, corretto?»

Pelino, a cui non piaceva rivelare dettagli sulle sue indagini, non rispose direttamente alla domanda, ma replicò: «Lei è da poco in neurologia a Padova, uno dei motivi per cui l'ho convocata è anche questo: forse le risulta facile osservare le dinamiche del reparto dall'esterno, forse in questi due anni lei ha notato dissapori, discussioni, litigi che possano aver portato un collega a voler incriminare Martini?»

«A dire la verità no. A quanto so, l'unica persona che ha sempre vissuto in eterna competizione con Martini è Baccini, che un tempo deve essere stato il pupillo del primario. Ma Martini è molto attivo, sia in ambito clinico, sia in ambito di ricerca: per questo motivo la sua carriera è stata fulminante e ora si può dire che lui sia il braccio destro del primario. Anzi, qualche infermiere lo chiama già primario, per scherzare sul fatto che gode di autorità indiscussa in reparto. Il tutto ovviamente all'insaputa di Ricci, che ci tiene ad essere considerato quello con le redini in mano. Sa come sono gli universitari, fino alla pensione – se non anche dopo – vogliono comunque avere voce in capitolo. Per questi motivi – ma questo per me è solo un sentito dire – è successo che Baccini si sia lamentato del trattamento di favore riservato a Martini, anche in circostanze in cui probabilmente questi non lo meritava.»

Pelino rimase in silenzio e Lipani continuò a prendere appunti. Questo spinse Bellon a continuare: «In aggiunta c'è la questione del concorso, a marzo si deciderà chi tra Baccini e Martini vincerà la prossima posizione da professore associato. Guardando il numero di pubblicazioni, lo può fare anche lei usando Google, è evidente anche a un bambino che il posto spetti a Martini, e che Baccini non ha nessuna possibilità di vincere. Che questo abbia spinto Baccini ad architettare questa messa in scena? Me lo sono chiesto a lungo, e se lo sono chiesti in molti in ospedale. Prove a carico di Baccini non ce ne sono, per questo preferisco astenermi dal fare commenti in merito.»

«Grazie, ha altre informazioni o altri fatti che desidera condividere con noi?»

Bellon rispose che non aveva altro da aggiungere e che non aveva visto o sentito niente che potesse a suo avviso essere utile alle indagini. Disse anche che per il periodo natalizio non sarebbe andato in vacanza, sarebbe stato a lavorare in ospedale, avendo anche molta attività in libera professione arretrata. Per questo, sarebbe stato sempre a disposizione, se si fosse reso necessario.

A quel punto, Pelino e Lipani fecero qualche altra domanda di rito e lo congedarono, anche per permettergli di andare a riposare, visto che il medico era visibilmente stanco. Quando fu uscito, Pelino mise la testa tra le mani e si massaggiò il viso. Lipani la guardò, la testa che pulsava dalla stanchezza della notte prima: «Non ne abbiamo ricavato molto eh?»

«Non che ci sperassi molto, maresciallo. Questi due neanche erano in ospedale il 10 Novembre. Ma per essere sicuri di aver guardato in tutte le direzioni era necessario convocarli. Bellon mi da l'idea di essere, tra i medici, quello che è più al di fuori di eventuali conflitti e discussioni. Quindi ritengo molto improbabile che sia coinvolto. Su Baldacci, in tutta onestà, qualche dubbio lo avrei. Ma avrebbe avuto bisogno di un complice, uno degli altri medici che erano in ospedale il giorno della prescrizione. Senti, tra un po' arriva Selmi, sentiamo cosa ha da dire lei e poi decidiamo una linea d'azione. Bruce continua a fare pressing, dobbiamo arrivare a una conclusione alla svelta.»

Padova, 27 dicembre, 18.00

L'uomo, per rendersi irriconoscibile, aveva recuperato un altro dei travestimenti che teneva in garage dai tempi del teatro: si era vestito da frate francescano, con tanto di saio e barba finta. Si era mosso in bicicletta: questo rendeva il travestimento relativamente plausibile in una città come Padova dove, anche a causa della devozione a Sant'Antonio, religiosi e fedeli erano sempre presenti. Negli ultimi giorni, aveva cercato di seguire gli spostamenti della ragazza in ogni momento in cui non era occupato: era appena arrivato sotto alla casa di Anna, sapendo che da quell'ora in poi lei avrebbe potuto fare ritorno dal lavoro. Finse di essere al telefono, mentre camminava avanti e indietro sotto i portici dall'altra parte della strada. Con voce calma, discuteva con un'immaginaria 'sorella' della preparazione di una celebrazione per l'inizio del nuovo anno. Pensò tra sé che nemmeno sua madre avrebbe potuto riconoscerlo, capace com'era di inventare ruoli realistici per i suoi personaggi. Per un attimo, si pentì di aver abbandonato il teatro qualche anno prima. Ma altre passioni avevano cominciato ad interessarlo, richiedendo tutta la sua attenzione e il suo tempo.

Si fermò un attimo, quando vide la ragazza: non stava rientrando a casa, ma ne stava uscendo con la bicicletta. Stava andando da Martini? Aveva altri appuntamenti? Salutò la 'sorella' dall'altro capo del telefono e cominciò a seguire Anna, tenendo una distanza di sicurezza. Non era semplice, perché la ragazza non usava le piste ciclabili e andava spesso in contromano, schivando le macchine che attraversavano le strade del centro storico. La seguì per quasi dieci minuti, passando attraverso strade pedonali, lungo le rotaie del tram («Qua è vietatissimo, per le biciclette», pensò mentre pedalava velocemente), e… ad un tratto rallentò.

«Possibile che stia andando là?», si chiese, mentre cominciava a far crescere la distanza tra lui e la ragazza. La vide guardarsi intorno, rallentare e fermarsi, legando la bicicletta ad una rastrelliera. Dopo aver controllato lo schermo dello smartphone, Anna si diresse verso la porta ed entrò nella caserma dei carabinieri.

«Che cazzo ci fa là?», si chiese l'uomo. Si controllò subito, si era accorto di aver parlato ad alta voce; per fortuna non c'era nessuno intorno, quelle non erano parole che tipicamente uscivano dalla bocca di un pacifico fraticello.

«Che sappia qualcosa? No, probabilmente è stata chiamata, come lo sono stati tutti i medici colleghi di Martini. Vorranno chiederle se ha visto o sentito qualcosa di strano, o se ha informazioni utili alle indagini.»

Rimase ancora un paio di minuti a osservare la porta della caserma, poi si sedette a debita distanza, per vedere quando sarebbe uscita la ragazza. Tirò fuori un breviario e finse di leggerlo alla luce di un lampione, cercando di tranquillizzarsi.

Padova, 27 dicembre, 18:30

Anna entrò nella caserma e si guardò intorno per cercare Chemelli. Lo trovò nell'atrio, alle macchinette del caffè. Stava prendendo una cioccolata calda: «Sono in calo di zuccheri», le disse, «questo è il modo migliore per recuperare un'oretta di autonomia a quest'ora».

Insieme cercarono l'ufficio di Pelino, dopo che il carabiniere in portineria li ebbe lasciati entrare. Trovarono Pelino seduta alla sua scrivania insieme a un collega, il maresciallo Lipani, e un altro tizio in borghese, che venne presentato come l'ispettore Volpato. I tre sembravano stanchi, probabilmente avevano avuto una giornata di lavoro intensa.

«Possiamo entrare?», chiese Anna facendo capolino dalla porta. Lipani li fece accomodare e diede loro un paio di minuti per sistemarsi, mentre Pelino finiva di lavorare al computer. L'accordo con Volpato era che sarebbe stata Pelino, in quanto padrona di casa, a condurre la conversazione. L'ispettore avrebbe avuto un ruolo da osservatore e sarebbe intervenuto se fossero emersi dettagli riguardanti l'omicidio.

La tenente, dopo un'attesa che a loro parve interminabile, finalmente distolse gli occhi dallo schermo e li osservò attentamente. Anna portava dei pantaloni neri, un maglione di lana con il collo alto, due orecchini di perla e i capelli raccolti con un elastico. Chemelli era invece vestito in jeans, con camicia azzurra e maglioncino con scollo a V.

«Buonasera», disse Pelino, «innanzitutto ci terrei che mi spiegaste il motivo della vostra visita e che mi diceste chi siete e che legame avete con la vicenda Martini.»

Anna e Chemelli si guardarono, come per accordarsi su chi dovesse cominciare a parlare. Partì Anna: «Siamo due colleghi di Martini, lavoriamo al progetto di ricerca che lui sta coordinando, finanziato dall'Unione Europea. Il mio nome è Anna Selmi, sono una biologa e al momento sono una studentessa di dottorato qui all'Università. Lui è Lorenzo Chemelli, un ricercatore di ingegneria elettronica. Entrambi abbiamo un ruolo significativo nel progetto di Martini e lavoriamo fianco a fianco con lui da ormai tre anni.»

Lipani prese appunti e segnò sul suo taccuino le generalità dei due. Vedendo che né la tenente né il maresciallo intervenivano, Anna continuò: «Siamo al corrente di quanto è successo al nostro collega, ci ha descritto tutto nel dettaglio. Vorremmo discutere con lei di alcune informazioni di cui siamo venuti a conoscenza in modo, diciamo, accidentale. Come sa, Martini condivide l'ufficio con i suoi colleghi: si tratta di una grande stanza in cui vi sono diverse scrivanie per Baccini, Baldacci, Franzon, Abate, Pomella e Bellon. Nello stesso ufficio ho una scrivania anch'io: vado spesso a lavorare in ospedale, per poter coordinare al meglio il mio lavoro con quello di Martini e discutere con lui gli ultimi dati raccolti. Una sera, credo fosse la vigilia di Natale, sono passata in ospedale a recuperare dei dati che mi servivano. Avevo intenzione di lavorare durante le feste: copiare i dati sul mio computer mi avrebbe permesso di lavorare da casa. Considerato il periodo, questa sarebbe stata una gran comodità».

Anna si interruppe un attimo per prendere fiato e diede una rapida occhiata ai suoi interlocutori. «Quella sera in ospedale non c'era quasi nessuno, essendo ormai tutti i medici usciti per passare la serata di Natale a casa. Quando provai a copiare i dati dal mio computer sulla scheda USB, il mio pc diede un errore: sembrava non leggesse la mia chiavetta, di conseguenza era impossibile copiare il file. Mi spostai allora sulla scrivania a fianco: tutti i computer possono accedere al server dove sono salvati i dati, quindi una postazione vale l'altra. La copia richiedeva moltissimo tempo, così cominciai a navigare in internet. Navigando, per errore aprii la cronologia dei siti visitati, e notai un paio di fatti strani. Ora le faccio vedere cosa intendo: quando vidi che siti erano stati guardati dal quel pc, decisi di fare un backup di tutta la cronologia web e salvarla sul mio computer».

Pelino, Lipani e Volpato, che avevano seguito il racconto di Anna con attenzione, attesero pazientemente mentre lei avviava il suo portatile. La ragazza girò lo schermo verso di loro e continuò: «Ora, quella che vedete nel browser non è la mia cronologia web, è quella che ho copiato dal computer dello studio medici».

«Andando indietro di qualche settimana, ho visto questo.» Scorse rapidamente fino al 7 dicembre e continuò: «Vedete, il 7 dicembre da questo computer è stato visitato il sito dell'agenzia immobiliare di Carbone, e di questo sito è stato visitata solo la pagina relativa all'appartamento di Martini. E due giorni dopo, il 9 dicembre, è stato cercato il link Google Maps della casa di Martini in via Manzoni».

«Lei sa di chi è il computer che stava usando?», chiese Pelino.

«Del dottor Baccini», rispose rapidamente Anna.

A queste parole, Pelino rifletté per quasi un minuto, mentre Lipani era occupato a verbalizzare. Le date tornavano, la visita all'appartamento era avvenuta l'11 dicembre, quindi solo due giorni dopo che il medico aveva cercato l'indirizzo online. Era plausibile che fosse proprio Baccini il colpevole? Per un attimo la tenente considerò con speranza la possibilità di poter chiudere il caso. Poi commentò: «Certo, non vi è prova che sia stato effettivamente lui a visitare quei siti. A quanto capisco dal suo racconto, il pc non è protetto da password e chiunque avrebbe potuto aprire quelle pagine web».

«E' vero, e le dico subito che ho già considerato che lei pensi che io, in quanto amica di Martini, possa aver 'impiantato' queste prove nel computer, in modo da scagionare il mio collega. A questo dubbio, ho già una risposta: potete chiedere ai tecnici informatici dell'ospedale, loro sicuramente tengono traccia di tutti i siti visitati al policlinico e potranno confermare che effettivamente i link sono stati aperti quel giorno, da quel pc. In aggiunta, è noto a tutti l'antagonismo tra Baccini e Martini: non per voler fare il vostro lavoro, ma vi suggerirei di cominciare a guardare anche in altre direzioni.»

«Arrogante questa ragazza», pensò Pelino. Non riusciva a capire se la tizia le piacesse o se le stesse antipatica. Ancora non commentò, per lasciarla continuare.

«Ad ogni modo, quello che ho trovato nel computer indica che uno dei medici è coinvolto. Martini il 7 dicembre non era a Padova, giusto? Quindi lui non può aver visitato il sito dagli Stati Uniti. In aggiunta, i colleghi di Martini erano abbastanza vicini a lui da sapere che vendeva un appartamento in via Manzoni. Voi sapete che il 10 Novembre di medici in ospedale ce ne erano quattro: fate le dovute considerazioni e provate a indagare anche queste persone.»

Pelino si era chiarita le idee, dopo questo ulteriore intervento. La ragazza le stava sulle palle, come si permetteva di dire a lei come doveva comportarsi? Ma, d'altronde, doveva ammettere che era stata in gamba, aveva avuto la prontezza di spirito di salvare la cronologia web del computer, studiarla nel dettaglio e portarle i file. E dal momento che lei e Lipani non stavano cavando un ragno da un buco, meglio incontrare una spaccaballe che ti porta qualche informazione utile, piuttosto di niente.

La tenente quindi decise di non irrigidirsi, anche per capire se la ragazza avesse ulteriori informazioni da condividere. Ma, a quanto risultava, non c'era altro: si fece allora lasciare i file della cronologia web, per poterli consultare in seguito. Disse: «Lei sa che ha violato la privacy del dottor Baccini, se ne rende conto?»

«Certo, lo so. Ma dubito che la cosa possa ritorcersi contro di me. Sarà abbastanza semplice per voi dimostrare che non sono stata io a inserire quei link nella cronologia web. A quel punto, il fatto che io sia entrata nel suo computer sarà il minore dei problemi, dal momento che sarete occupati ad indagare sui colleghi di Martini.»

Ancora una volta, Pelino dovette ammettere che Anna aveva ragione, anche se cominciava ad essere fastidiosa. «La ringrazio per essere passata. Le devo chiedere di mantenersi disponibile, nel caso avessimo bisogno di altre informazioni. Anche lei, Chemelli. Immagino che questa sera sia venuto più per dare supporto alla sua collega che per parlare con noi. Ma potremo avere bisogno di lei in seguito.»

I due dissero che sarebbero rimasti a Padova a lavorare, durante il periodo natalizio. Quindi sarebbero potuti passare in caserma anche con un brevissimo preavviso. Pelino aggiunse: «Vi consiglio di tenere riservato il fatto che avete messo le mani nel computer di Baccini. Se il colpevole non è Martini, non sarà contento di sapere che state contribuendo ad incastrarlo».

«Non si preoccupi, tenente. Per ora lo sappiamo noi due e Martini, e non intendo dirlo ad altri. Farete qualcosa, sulla base di quanto vi abbiamo detto?»

A Pelino non piaceva dare dettagli sulle sue indagini, specie a civili con legami con gli indagati. Per questo rispose in modo evasivo: «Parte del nostro lavoro è verificare le testimonianze ricevute, tipicamente non facciamo nessuna mossa senza ponderare attentamente ogni conseguenza».

«Ho capito, dovete discuterne e poi vedrete. Benissimo, è il vostro lavoro. Ma vi prego di considerare che se non fate niente rischiate di far condannare un innocente. Grazie e buona serata.»

Anna e Chemelli uscirono: Volpato, Lipani e Pelino si guardarono, colpiti dai modi diretti della ragazza. Certo, aveva le idee chiare, ma anche una bella faccia tosta. Di sicuro non mostrava il timore reverenziale che molti avevano durante i colloqui con le forze dell'ordine.

I due ricercatori, dal canto loro, si diressero verso l'uscita della caserma in silenzio. Giunti all'esterno, Lorenzo accompagnò Anna alla bicicletta: «Mi pare te la sia giocata bene», disse, «anche se non si può dire che tu sia stata garbata».

«Non me ne frega un cavolo di essere garbata. Qui Martini sta rischiando le palle, ci tenevo a far capire alla carabiniera che sono determinata ad andare fino in fondo. Credo abbia capito che non ho paura che mi accusino di violazione della privacy, che mi interessa solo di scagionare Martini.»

«Sì, su questo sei stata molto chiara. È la parte in cui hai detto loro cosa dovrebbero fare che sicuramente gli avrà fatto girare le palle.»

Ci ripensarono un attimo e scoppiarono a ridere; poi si salutarono e ciascuno prese la sua strada.

L'uomo, da lontano, li aveva visti uscire insieme. E li aveva visti ridere. Di cosa potevano ridere due persone appena interrogate dai carabinieri? Quei due, e il loro amico Martini, erano da tenere d'occhio. Avevano in mente qualcosa in grado di rovinare i suoi piani?

Nel frattempo, Pelino, Lipani e Volpato si erano seduti nuovamente alla scrivania e stavano guardando il materiale ricevuto da Anna. Effettivamente la cronologia web sembrava autentica: appariva molto strano che fosse stato visitato il sito dell'agenzia e fosse stato aperto solo il link corrispondente all'appartamento di Martini. Se i dati recuperati dalla ragazza erano veritieri, qualcuno in ospedale era colpevole. E non poteva essere Martini stesso, perché nei giorni in cui erano stati visitati i link si trovava negli Stati Uniti. A meno che non vi fosse un modo di utilizzare i computer in remoto: Pelino prese nota di verificare se questo era possibile.

Quando ebbero riflettuto a lungo, decisero che valeva la pena di provare ad entrare in azione, dopo tanti giorni di colloqui e sostanziale inattività. Chiamarono il PM e spiegarono dettagliatamente quanto avevano appena saputo. Chiesero un mandato per verificare tutti i computer dello studio medici e per poter perquisire casa di Martini e di Baccini, alla ricerca di eventuali altre informazioni e di tracce di droga. Il PM non sembrò felice di essere stato chiamato a ora di cena, nella settimana di Natale. Il rumore di sottofondo lasciava capire che doveva essere ad un'occasione pubblica, forse un aperitivo o una cena, dal momento che si sentivano un vociare vivace e il tintinnare di bicchieri e posate. Era di fretta e, forse per questo, decise di approvare le richieste. In fondo, si trattava di perquisire due abitazioni di possibili sospetti e di verificare gli hard disk dei pc in ospedale.

Pelino chiese anche mandato di accedere ai server dell'ospedale, per verificare la cronologia anche attraverso i computer che gestivano la rete. In questo modo sarebbe stata sicura che i link non fossero stati impiantati a posteriori nel browser di Baccini, ma fossero effettivamente stati visitati il 7 e il 9 dicembre. Per questa richiesta avrebbe potuto anche aspettare ma, considerati il periodo e la fretta di Cacciabuoi, era meglio cercare di prendere due piccioni con una fava. Ci riuscì, tutto filò liscio. La mattina successiva, entro le 9, avrebbero avuto tutta la documentazione necessaria per procedere. Pelino contattò i colleghi del reparto telematico, per avere supporto nell'analisi di pc e server. Finalmente, alle 21 uscirono dalla caserma. La palestra di Krav Maga chiudeva alle 23: Pelino era ancora in tempo per un veloce allenamento. Prese la moto e il borsone e andò ad allenarsi un po'.

Boston, 27 dicembre, 18.30

Quel mattino, preoccupato da quanto aveva saputo dal contatto a Padova, Jeff aveva convocato una riunione urgente per le 18.30. Al solito, partecipavano alla riunione i coordinatori dei tre gruppi, Jane e alcuni dei legali che sarebbero stati coinvolti nella stesura dei brevetti.

«Carissimi», cominciò, «come avete visto dalla mia email, ho deciso che d'ora in poi avremo incontri quotidiani, report continui e ritmi serrati. C'è una probabilità, forse remota o forse no, che i medici italiani cerchino di sottomettere i risultati del lavoro dalla ICBCI entro il 7 gennaio. Non abbiamo certezze in merito: questo ci spinge a dover fare di tutto per avere il brevetto presentato entro il 5 o il 6 Gennaio. Non abbiamo speso milioni di euro, impiegato i nostri cervelli migliori e realizzato prototipi che costano come oro per prenderlo nel culo da tre italiani. Casomai, siamo noi che dobbiamo fregare loro sul tempo. Ora voglio che lavoriate giorno e notte. Alla fine di questi dieci giorni, se ci sarà il brevetto saremo tutti ricoperti di premi e denaro. Se invece saremo arrivati in ritardo, saremo coperti di merda. E sapete che la merda scende verso il basso, quindi se io ne prendo un chilo, voi rischiate di prenderne un quintale. Quindi adesso veloci, datemi tutte le novità! Martinez?»

Il messicano cominciò a parlare dei progressi fatti dal suo gruppo, che stava lavorando sull'interfaccia wireless: «Da ieri a oggi abbiamo fatto passi da gigante: ti ricorderai che ieri sera abbiamo confermato che le simulazioni davano ottimi risultati? Ieri sera abbiamo finito di ottimizzare il layout del circuito, se quello che mi hanno promesso si avvera dovremmo avere un prototipo entro una settimana. Un tempo così breve è un miracolo, di solito ci vogliono diverse settimane per fabbricare un circuito integrato: fortunatamente avevamo già in fabbricazione alcuni circuiti simili a quelli di Chemelli e – in aggiunta – abbiamo messo in gioco i migliori laboratori. Non sarà il circuito completo, ma uno dei blocchi fondamentali. Studiarlo ci darà le conferme di cui abbiamo bisogno per partire con il brevetto.»

Mostrò in seguito alcune slide in cui si vedeva lo schema complessivo del circuito e veniva approfondito il funzionamento del sotto-blocco che stavano per realizzare. Quella parte del circuito era quella che si occupava di ottimizzare il consumo energetico, per fare in modo che la trasmissione dei dati richiedesse la minor potenza possibile. Le slide non portavano nessun logo della Lifetronics, contenevano solo alcuni grafici e dei brevi commenti. In questo modo, se qualcuno le avesse trovate si sarebbe sempre potuta negare l'appartenenza all'azienda, evitando – sperabilmente – accuse di plagio.

Prese allora la parola Bob, che riassunse i risultati ottenuti dall'analisi del sistema di carica remota. «Come vi dicevo ieri, il problema di caricare una batteria posta nel cranio in modalità wireless non è semplice. Quando carichiamo il cellulare, lo appoggiamo sempre parallelo alla base di ricarica, quindi l'efficienza con cui trasferiamo l'energia dal caricatore al telefono è massima. Se vogliamo invece caricare una batteria impiantata sottopelle dall'esterno del cranio, è difficile predire l'angolo a cui sarà posto il caricatore e questo complica le cose. Chemelli ha ideato un sistema basato su trasmettitori di orientamento variabile, per fare in modo di poter sempre scegliere l'angolo migliore per trasmettere l'energia nel cranio. Per verificare se il sistema funziona, abbiamo costruito un modello del teschio umano con la stampante 3D, utilizzando dei materiali che abbiano permittività elettrica simile a quelli naturali.»

Jeff lo guardò con sguardo dubbioso e Bob tradusse in linguaggio comprensibile: «In altre parole, abbiamo usato dei materiali che si comportano allo stesso modo delle ossa e dei tessuti del cranio, quando sono sottoposti a un campo elettrico. In questo modo possiamo misurare qual è l'efficienza del circuito che carica la batteria posta nel cranio in un sistema quasi reale; utilizzeremo un trasmettitore indossabile, come un berretto.»

«E i risultati?», chiese Jeff, ansioso di saltare alle conclusioni.

«I risultati per ora sono ottimi. Abbiamo provato a caricare in modalità wireless una batteria al litio a distanza di 2 cm, facendo passare la radiazione attraverso la testa di Harry, questo è il nome che i miei ingegneri hanno dato al teschio stampato in 3D. I risultati hanno mostrato una discreta efficienza, circa il 30 %. Questo valore può aumentare, ottimizzando il sistema: la cosa importante è stata confermare il funzionamento. Noi siamo pronti a passare i dati ai legali per la stesura dei brevetti.»

«Ottimo lavoro, Bob. Fai i complimenti alla tua squadra. Ma nessuno se ne va di qua finché non avrete passato tutte le informazioni agli avvocati. E, anche dopo, rimanete reperibili 24 ore su 24, capodanno incluso.»

«Sì, signore», rispose Bob, mentre i colleghi lo guardavano come si guarda il maledetto secchione che ha completato il compito molto prima degli altri. Bob, che non ne aveva nessuna colpa, si limitò a un timido sorriso e si sedette.

Pradeep, che coordinava il gruppo che lavorava sull'elettrodo, cominciò la sua presentazione. «Quella che vedete sullo schermo è la foto del primo micro-elettrodo che abbiamo realizzato. Come sapete questo è un blocco base, una cella elementare del sistema che poi sarà impiantato nel cervello umano: è ancora privo di tutti i circuiti necessari al funzionamento, l'abbiamo provato utilizzando della strumentazione da laboratorio. In questo grafico vedete alcune misure elettriche che abbiamo condotto per verificare la funzionalità. Il grafico mostra la risposta dell'elettrodo agli stimoli elettrici: come vedete, l'elettrodo riesce a rilevare anche segnali molto deboli, dell'ordine dei microVolt. Allo stesso modo, il sistema è in grado di trasmettere segnali della stessa ampiezza e quindi può essere utilizzato per inviare informazioni al cervello.»

«Molto bene», disse Jeff, «funziona allora! Possiamo passare i dati ai legali?»

«Aspetta, queste erano le buone notizie.»

«Ci sono anche cattive notizie? Spero di no, non vorrei vedere te e i tuoi colleghi sulla strada.»

«La situazione è questa: abbiamo verificato che l'elettrodo funzioni, se noi inviamo segnali con uno strumento, l'elettrodo li legge con ottima sensibilità.»

«Bene, allora cosa c'è che non va?»

«Abbiamo allora provato a interfacciare l'elettrodo con le cellule neuronali di un topo, a cui abbiamo inviato degli stimoli visivi. Una volta a contatto con il cervello del topo, l'elettrodo non rileva nemmeno un microVolt, non legge alcun segnale. Eppure siamo sicuri che il cervello fosse adeguatamente stimolato: è come se cervello ed elettrodo fossero elettricamente disconnessi, anche se i neuroni sono letteralmente appoggiati sull'elettrodo.»

«Ditemi se capisco bene: l'elettrodo è perfettamente funzionante se lo contattate con un filo?»

«Sì, in realtà lo contattiamo con un micro-ago di metallo, e funziona.»

«Ma se poi lo mettete a contatto col cervello non legge niente?»

«Esatto. Ci siamo fatti l'idea che l'elettrodo vada sottoposto a un trattamento di 'attivazione', un qualche processo chimico o biologico per far sì che le cellule del cervello riescano ad aderirvi.»

«Avete capito di che trattamento si tratta?»

«No, ci abbiamo lavorato tutto il giorno, brainstorming dopo brainstorming. Per adesso i tentativi che abbiamo fatto si sono risolti in un nulla di fatto. C'è anche il problema che non possiamo fare troppi tentativi, per evitare di danneggiare i pochi elettrodi in nostro possesso.»

«Capisco. Come volete procedere?»

«Per ora continuiamo a provare. Ma questo, ti avviso, introdurrà un ritardo significativo, una settimana, dieci giorni. E avremo bisogno di un team di biologi e chimici pronti ad aiutarci già da domani mattina. Noi siamo in maggioranza ingegneri e non abbiamo le competenze per ottimizzare un processo del genere.»

«Non possiamo permetterci dieci giorni! Non possiamo permetterci nemmeno un cazzo di giorno di ritardo, lo volete capire? Qui è una lotta contro il tempo, dovete trovarmi una soluzione entro domani, tutto deve essere funzionante entro al massimo due-tre giorni. Altrimenti possiamo brevettare quello che vogliamo, ma se la chiave di tutto è un trattamento chimico, senza di quello non funzionerà nulla! E qualcun altro potrà brevettare quel trattamento al posto nostro!»

Jeff si alzò e uscì, sbattendo la porta di vetro della sala riunioni. Jane lo guardò uscire frustrato e pensò che forse era il caso di farlo ragionare. Non tutto sarebbe stato perduto, se avessero agito in fretta. Tutti i partecipanti alla riunione uscirono dalla stanza, parlando sottovoce e commentando la reazione di Jeff. Jane si alzò per ultima e prese l'ascensore per il ventesimo piano.

La porta dell'ufficio di Jeff era semichiusa, e non c'era traccia della segretaria: considerato l'orario, probabilmente era già tornata a casa.

Jane decise che l'uomo era troppo fuori di testa per agire in modo razionale, troppo agitato per ascoltarla. Pensò quindi che la cosa migliore fosse tranquillizzarlo, meglio investire qualche minuto per essere sicura di avere la sua completa attenzione. Entrò senza dire niente, chiuse la porta a chiave e si diresse verso la sua scrivania. Lo fece alzare dalla sedia e lo portò sul divanetto vicino alla finestra; spense le luci e rimase la vista sui grattacieli della città, nel buio della sera. Jeff respirava ancora affannosamente, era ancora visibilmente agitato per via della riunione. Jane lo guardò negli occhi, gli si sedette a cavalcioni e lo tirò verso di sé. Dopo qualche minuto Jeff respirava ancora affannosamente, ma il ritmo era cambiato drasticamente.

Dopo, Jeff e Jane si separarono, si ricomposero e si sedettero alla scrivania. Lei era tornata concentrata sul lavoro e cominciò a parlare: «Senti Jeff, avevi bisogno di una calmata e sono venuta qui proprio per quello, come sai ho ottimi metodi. Ma ti serve anche un consiglio e ho bisogno che tu mi ascolti bene».

«Stai a vedere che aver scopato con me è stata una missione umanitaria», pensò Jeff, «'avevi bisogno di calmarti?', che minchiata! Ad ogni modo, finalmente si è decisa a scopare, quindi non tutti i mali vengono per nuocere».

Lei continuò: «Il nostro team non ce la farà mai a scoprire il trattamento per l'elettrodo in due-tre giorni, lo sai benissimo. Fare affidamento su di loro è come scommettere su un cavallo bendato e senza una gamba. È un rischio che non possiamo correre, dobbiamo trovare il modo di limitare il danno. È ancora rintracciabile il tuo uomo in Italia?»

«Sì, dovrebbe esserlo. Teoricamente dovrebbe controllare che Martini non si metta a scrivere un articolo, farmi sapere ogni sviluppo.»

«Ok, allora ti proporrei di chiamarlo. Tu devi ancora pagarlo del tutto, giusto? E sappiamo che ha bisogno di soldi, quindi per il momento è la tua puttana.»

«Sì, devo ancora pagarlo.»

«Allora senti: devi dirgli di scavare il più possibile nella vicenda. Martini è un medico, Chemelli è un elettronico, nessuno dei due sa un cazzo di chimica. Ci deve essere un'altra persona che lavora con loro, giusto? Quella persona va trovata e seguita. Con le buone o con le cattive, ci servono i dati al più presto e l'unico che li può recuperare è l'italiano.»

«Non riesco a capire se è affidabile o no, ma in effetti è l'unica nostra risorsa sul campo.»

«Allora chiamalo, strizzagli i coglioni e fagli capire che se non ci tira fuori da questo casino siamo rovinati, e a quel punto distruggiamo lui e la sua carriera.»

«E' quello che farò, speriamo solo che riesca ad aiutarci in fretta.»

«Benissimo. Senti, cosa fai stasera?»

Jeff sentì la voglia montargli dentro: «Non ho programmi, perché?»

«Prenota quella stanza allo Sheraton, penso che dobbiamo distrarci per una sera, se no rovini tutto con la tua ansia.»

Dopo tre ore e due gin tonic erano sotto le lenzuola dell'albergo: Jeff – per la prima volta da giorni – non stava pensando al lavoro. Due cose gli avevano permesso di rilassarsi: scopare con Jane e il fatto che aveva sentito il suo uomo in Italia. Gli aveva detto di fare di tutto per recuperare ogni informazione su un possibile trattamento chimico per attivare l'elettrodo. L'uomo era stato svegliato nel cuore della notte, ma vi era abituato, dal momento che era un medico: gli aveva risposto che da qualche giorno sospettava che ci fosse una terza ricercatrice, una dottoranda di biologia, che lavorava con Martini. Sicuramente se vi era un trattamento per attivare l'elettrodo, era la ragazza che lo aveva studiato. Il contatto padovano stava pedinando la ragazza da qualche giorno: aveva promesso a Jeff che entro uno o due giorni avrebbe recuperato il suo computer e avrebbe caricato il contenuto dell'hard disk su un server sicuro di una sussidiaria della Lifetronics. «Tutto sotto controllo», aveva pensato Jeff, «per questa sera mi posso divertire un po'». Un breve messaggio alla moglie, «Non vengo a cena, troppo lavoro», e aveva chiamato un taxi per lo Sheraton.

Padova, 28 dicembre, 08.30

Nonostante la stanchezza, Pelino era entrata in caserma alle 7.15. La sera precedente, l'allenamento di Krav Maga l'aveva distrutta fisicamente, ma le aveva dato nuova energia sul piano mentale. Dopo colazione era uscita di casa mentre era ancora buio: la affascinava sempre poter vedere l'alba e l'inizio della giornata. I lampioni gialli delle vie del centro, persone mezze addormentate che uscivano di casa o entravano nei pochi bar aperti prima delle sette, il profumo del panificio sotto casa, il camion che puliva la strada, le macchine ghiacciate, le nuvole di respiro. Tutti dormivano, molti erano in vacanza e lei stava lavorando. Ma questa considerazione non la infastidiva: quella mattina era felice di poter finalmente fare qualcosa per risolvere il caso Martini. E così, decisa e scattante, si era recata in caserma ben prima di quanto avesse in programma.

Il fax del PM arrivò più tardi, alle 8.40, mentre la tenente stava bevendo il caffè con Lipani, programmando la giornata. Avevano il mandato per perquisire la casa di Martini e quella di Baccini, e per requisire il computer di Baccini in studio medici. Visto il fax, chiamarono immediatamente i colleghi della cinofila e presero un'auto bianca senza insegne. La prima tappa sarebbe stata la casa di Martini; nonostante Pelino riconoscesse l'atteggiamento collaborativo del medico, preferì non allertarlo per non dargli il tempo di occultare eventuali prove.

A casa di Martini, la perquisizione durò poco: Martini li fece entrare nell'appartamento, che era ancora praticamente senza mobili. I pochi oggetti, un computer, la televisione, un canestro da basket appeso alla porta, la lavatrice, erano in bella vista. Pelino e i colleghi aprirono tutti i cassetti, compresi quelli della cucina, mentre i colleghi della cinofila esploravano sia la casa sia il garage alla ricerca di stupefacenti. Nessun cane abbaiò, nessun sacchetto di droga fu ritrovato; di siringhe, fiale di cloruro o confezioni di metadone non c'era traccia, e Pelino concluse che non vi era nessun oggetto che permettesse di incriminare Martini. Uscirono circa due ore dopo, lasciando la casa nel disordine più totale.

Toccò poi all'abitazione di Baccini, ci vollero circa 20 minuti per coprire la distanza tra i due edifici. Il medico abitava in una delle vie pedonali del centro, nel quartiere Altinate. Questa zona, a est del centro storico, era stata valorizzata dall'amministrazione comunale, diventando uno dei punti più esclusivi della città, a un passo dalle piazze più centrali. Baccini abitava in una piccola casa di due piani, che non doveva essere più grande di 100 mq in tutto. Pelino squadrò l'abitazione per cercare di farsi un'idea: a piano terra vide un portoncino blindato blu e due finestre, probabilmente cucina e soggiorno. Al piano superiore c'erano altre due finestre, allineate a quelle sotto, e una finestrella più piccola con vetro opaco. Il bagno, pensò Pelino. Tutte le imposte erano chiuse, segno che Baccini probabilmente era fuori casa.

Da un furgone dietro l'auto di Pelino scesero i quattro carabinieri incaricati della perquisizione. Indossavano la pettorina e portavano l'arma di ordinanza in fondina. La vista dei militari attirò l'attenzione di diversi passanti, nullafacenti nella settimana dopo Natale. Pelino scambiò due parole con i quattro colleghi e si diresse verso il portone, per suonare il campanello. Nessuno rispose, anche quando la tenente riprovò per quattro volte nell'arco di cinque minuti.

Provarono allora a chiamare Baccini al cellulare, ma l'unica voce che rispose fu quella automatica: «L'utente da lei chiamato non è al momento raggiungibile, la preghiamo di riprovare più tardi».

Pelino decise di fare un ultimo tentativo, chiamando in ospedale: se il medico fosse stato al lavoro, ci avrebbe messo meno di dieci minuti per arrivare. Dalla guardiola dell'ospedale rispose la caposala, che controllò rapidamente i turni: «Il dottor Baccini oggi non è di turno e non si è visto in ospedale».

Pelino discusse un attimo con Lipani. Decisero di chiamare il capitano Cacciabuoi; la tenente l'aveva aggiornato rapidamente la sera prima, ma preferiva avere il suo appoggio prima di sfondare la porta di una casa del centro in pieno giorno. Riferì al capitano che la perquisizione a casa di Martini aveva dato esito negativo e gli disse che aveva provato in ogni modo a contattare Baccini. Bruce, prevedibile come sempre, disse: «Questo Baccini sembra avere 'colpevole' scritto sulla fronte. Manda due dei nostri in ospedale a tenere d'occhio lo studio medici, in modo che nessuno possa manomettere i computer. Appena i due ti dicono che sono in posizione, sfondate la porta e aggiornatemi al più presto. Ti raggiungo comunque tra mezz'ora, voglio essere lì quando uscite».

«Sì, signore», rispose Pelino. Il capo aveva deciso che voleva finire sul giornale. Le probabilità che Baccini fosse colpevole salivano a vista d'occhio, e Bruce probabilmente si stava già facendo bello per le foto.

I quattro uomini si avvicinarono alla porta dell'abitazione. Il portoncino era blindato, quindi per sfondarlo sarebbe stato necessario un ariete. Esaminarono la serratura e rilevarono che era del tipo a 'doppia mappa', relativamente sicura ma non impenetrabile. I denti di trascinamento del catenaccio erano di solito studiati per rompersi in caso di effrazione, in modo da impedire l'apertura della porta. Esistevano però alcuni attrezzi che permettevano di scassinarla in pochi minuti. Uno dei quattro carabinieri era un fabbro, specializzato in scasso. Estrasse dalla sua borsa un grimaldello bulgaro, uno strumento ideato nell'Europa dell'Est. Questo aveva una forma simile a quella di una chiave a doppia mappa, con un lungo stelo e una parte finale quasi rettangolare, formata da pistoncini mobili. Inserì la chiave nella serratura e cominciò ad armeggiare. I pistoncini si mossero, fino ad assumere la forma della chiave; a quel punto, il fabbro cominciò a ruotare dolcemente l'attrezzo intorno al perno e, dopo alcuni tentativi, riuscì a compiere i quattro mezzi giri necessari per sbloccare la serratura. Il tempo totale dell'operazione fu di circa due minuti.

Terminato il lavoro, lasciò la porta accostata e attese istruzioni. Pelino fece segno al maresciallo Lorenzi, che coordinava il gruppo di quattro carabinieri che si sarebbe occupato della perquisizione. In questi casi solitamente non si sa se nell'abitazione si trovino persone: per questo motivo due dei carabinieri – che indossavano giubbotti antiproiettile – presero posizione vicino alla porta. Entrambi avevano a tracolla una Heckler & Koch, modello MP5, in dotazione ai reparti speciali dell'arma: si trattava di una mitragliatrice con canna lunga 22.5 cm che utilizzava munizioni 9 mm Parabellum. Era un'arma maneggevole, con gittata tipica di circa 50-150 m, e quindi ideale per irruzioni e combattimento in ambienti ristretti. Il primo dei due carabinieri diede un calcio alla porta ed entrambi si appostarono nascondendosi dietro gli stipiti. Chiamarono: «Carabinieri, perquisizione con mandato. Se c'è qualcuno in casa, risponda subito».

Nessuna risposta giunse dall'appartamento. I carabinieri chiamarono altre tre volte, a distanza di un minuto l'una dall'altra. Utilizzarono anche un megafono, per essere sicuri di essere sentiti, ma non vi fu alcuna risposta. Coprendosi a vicenda, i due carabinieri fecero ingresso nell'atrio dell'edificio, mantenendo le spalle al muro. Occuparono lati separati della stanza, in modo da non poter essere bersaglio contemporaneamente, e tennero le armi puntate verso gli ingressi di cucina e soggiorno. Non si udì nessun suono. Entrarono allora anche gli altri due colleghi e cominciarono insieme a controllare stanza per stanza la casa. Vi era odore di stantio, probabilmente a causa di alcuni avanzi di cibo lasciati nel lavello. Dopo pochi minuti, uscirono e Lorenzi si avvicinò a Pelino e Lipani: «Nessuno in casa, potete entrare».

Pelino e il maresciallo fecero un giro dell'appartamento e scattarono alcune fotografie. L'appartamento era ordinato e pulito in modo maniacale, diversi quadri orientali – forse indiani – ornavano le pareti. Non vi era un filo di polvere né sugli elettrodomestici né sui mobili. Nulla era fuori posto, il letto era perfettamente rifatto e il bagno era lindo come nelle pubblicità dei prodotti di pulizia. In questo contesto, stonava lo stato della cucina: sembrava che il padrone di casa avesse dovuto uscire di fretta lasciando a metà la colazione. Una fetta di pane mezza mangiata era ancora presente sul tavolo, insieme a una tazzina di caffè ancora da bere. Nel secchiaio vi erano alcuni avanzi, probabilmente dalla sera prima, inclusa della pasta al tonno. Pelino considerò per un istante il forte contrasto con le altre stanze: «E' come se fosse scappato d'improvviso», disse a Lipani. «Fate entrare i cani», continuò poi, rivolgendosi ai colleghi della cinofila.

Due carabinieri entrarono in casa, accompagnando due pastori tedeschi. Cominciarono ad ispezionare la cucina, l'atrio e il soggiorno a piano terra. I cani rimasero tranquilli e non diedero alcun segno. Raggiunto il piano superiore, entrarono in camera da letto e in bagno, anche qui nessun segno di interesse da parte dei cani. Quando entrarono nella camera degli ospiti, i due cani cominciarono ad abbaiare incessantemente verso l'alto, vicino alla finestra. In quella direzione i carabinieri videro solo una mensola, che conteneva alcuni libri e due contenitori di latta, simili a quelli dei biscotti danesi. Fecero annusare ciascun libro ai cani, senza ottenere reazioni di rilievo. Ebbero reazioni positive quando avvicinarono ai cani uno dei contenitori di latta, blu con il coperchio rosso. Ma, ad un'ispezione immediata, il contenitore fu ritrovato vuoto. «Niente?», chiese Pelino.

«Se abbaiano così, vuol dire che della droga qui c'è stata e da poco, qualche settimana probabilmente.»

Il contenitore non era molto grande, ma era sufficiente a tenere 200 g di marijuana . «Che Baccini abbia tenuto lì la droga, prima di nasconderla da Martini?», si chiese Pelino, mentre – osservando Lipani – si rendeva conto che anche lui si stava ponendo la stessa domanda. Fece riporre il contenitore in uno zip-lock, un sacchetto a chiusura ermetica, e rimase in attesa. I cani non rilevarono altro e i carabinieri della cinofila li caricarono nel furgone, dopo aver dato loro alcuni biscotti come premio. Nel frattempo era arrivato Cacciabuoi che, fuori dall'abitazione, stava già parlando con alcuni giornalisti di testate locali. Pelino e Lipani lo aggiornarono e decisero di partire insieme per l'ospedale.

Entrarono dalla sbarra con tre auto e parcheggiarono davanti alla palazzina di neuroscienze. Salite le scale chiesero di parlare con il primario, cui mostrarono il mandato per l'ispezione e il sequestro del computer di Baccini. Il primario offrì la massima collaborazione: in pochi minuti, Pelino e i colleghi del reparto telematico confermarono quanto aveva già segnalato Anna. La cronologia indicava che il pc di Baccini era stato utilizzato per visitare le pagine dell'agenzia di Carbone relative all'appartamento di Martini. Chiesero quindi di poter parlare con i responsabili dei servizi informatici che – visto il mandato – fecero una rapida verifica: «Faremo un'analisi più approfondita di tutti i link visitati da quel pc, per ora possiamo confermare che le pagine web da voi indicate sono state aperte effettivamente dal quel computer. Nessuno ha alterato la cronologia, dal momento che anche ai nostri sistemi risultano collegamenti a quel sito. A questo punto, ci occuperemo di analizzare tutte le pagine aperte negli ultimi due mesi, e vi daremo notizie se troveremo qualcosa di anomalo».

Pelino ringraziò i sistemisti e si ritirò in studio medici, a quel punto vuoto, per discutere con Bruce e Lipani sul da farsi. Decisero di lasciare due carabinieri in borghese in appostamento davanti a casa di Baccini, in un'auto senza insegne. Nel momento in cui il medico fosse arrivato a casa, lo avrebbero preso immediatamente e portato in caserma per un interrogatorio. Vi erano infatti fondati indizi che fosse coinvolto nella vicenda Martini: la cronologia web del computer del lavoro, l'odore di marijuana in un barattolo di latta, il fatto che fosse di turno il giorno della prescrizione del metadone. Bruce spingeva per richiedere un mandato d'arresto, Pelino e Lipani preferivano procedere per gradi, con interrogatorio, verifica di eventuali alibi, e richiesta di fermo al PM. Alla fine, forse per prudenza, forse per stanchezza, prevalse il secondo approccio e i tre rientrarono in caserma, dopo aver dato gli ordini necessari.

Usciti i carabinieri, Baldacci, Bellon e Franzon – che erano di turno quel giorno – tornarono a lavorare, lamentandosi per l'interruzione. Franzon si lanciò in una filippica contro lo stato autoritario che esercitava un'azione di controllo invadente e quasi ossessiva nei confronti dei lavoratori. Questi ultimi non avevano più pace, nemmeno nel posto di lavoro si rispettava il loro spazio. Avrebbe sicuramente fatto un esposto contro la direzione sanitaria: era intollerabile che si permettesse alle forze dell'ordine di fare irruzione in ospedale ostacolando l'attività dei medici, già in difficoltà per i recenti tagli alla sanità. E avrebbe contattato la dirigenza del sindacato a livello nazionale, per far presente la questione fino alle alte sfere. Baldacci e Bellon la ascoltarono, o finsero di farlo, nella speranza di poter riprendere al più presto a lavorare ai loro computer: entrambi avevano diverse cartelle cliniche da chiudere, e non erano stati felici né dell'interruzione dei carabinieri, né dello sproloquio di Franzon.

Padova, 28 dicembre, 17.00

L'uomo sentiva ancora le parole di Jeff, avevano parlato la notte prima al telefono. «C'è una terza persona, probabilmente un chimico o un biologo, che lavora con Martini. Deve aver studiato un trattamento per ottimizzare l'elettrodo, o per attivarlo. Su questo non c'è nessun dato nei file che ci hai spedito, quindi serve che tu ti dia da fare. Abbiamo al massimo 24 ore, ci servono tutti i dati.»

«Penso di sapere di chi si tratta», aveva risposto l'uomo. «In 24 ore è quasi impossibile, però!»

«Ti abbiamo già pagato metà di quanto avevamo pattuito, ma le informazioni che ci hai dato non bastano, se vuoi vedere il resto devi darci tutto entro un giorno. Senza quei dati siamo rovinati, e se ci metti in questa situazione ti faremo affogare nella merda. Non costringerci a doverlo fare.»

Jeff aveva riagganciato e l'uomo non aveva più chiuso occhio. Quando tutto era cominciato, gli era sembrato che con un piccolo stratagemma – il furto del metadone e il ritrovamento della droga – sarebbe riuscito a bloccare Martini e a fornire agli americani i file necessari. Poi era venuto fuori il discorso dell'agente immobiliare che voleva ricattarlo: era stato meglio mettere a tacere lui che finire nella merda. Ora gli stavano chiedendo di cominciare da capo, di riuscire a fermare la ragazza e rubarle i dati.

Insonne, aveva cominciato a preparare un piano che aveva ottima probabilità di funzionare: le avrebbe preso il computer, avrebbe clonato l'hard disk e avrebbe mandato i dati agli americani. Doveva riuscirci, per sistemare una volta per tutte i suoi problemi; non poteva permettersi di fallire, la sua vita sarebbe stata rovinata in un soffio. Sapeva di non poter fare a meno dei soldi degli americani: l'idea ormai era diventata ossessiva, non riusciva a pensare ad altro nemmeno quando scopava.

Alle cinque del mattino era uscito, vestito solo di una felpa. Aveva bisogno di lucidità, sperava di trovarla camminando intorno a casa.

Ora, dodici ore dopo, era seduto su una panchina fuori dal dipartimento di biologia. In quella settimana fortunatamente non c'era nessuno che lavorava in università, nessuno che potesse vederlo o chiedersi cosa stesse facendo. Aveva seguito la ragazza fin lì e stava aspettando che uscisse per entrare in azione. Dovette aspettare poco più di mezz'ora perché la luce del laboratorio si spegnesse, segno che la dottoranda stava per uscire. Indossò il passamontagna: voleva fermarla sulle scale, appena uscita, in modo da poter avere il miglior effetto sorpresa. Ma davanti all'ingresso c'era una telecamera di sorveglianza e non voleva rischiare di poter essere identificato a posteriori.

Nascosto a lato della grande vetrata d'ingresso, vide la porta delle scale aprirsi e la ragazza uscirne con andatura decisa. Sentì i suoi passi avvicinarsi, il rimbombo nel grande atrio vuoto e silenzioso. Il ronzio che aveva nella testa da quella mattina si interruppe, era il momento di agire e l'istinto animale in lui ebbe la meglio. I gesti furono rapidi e spontanei: quando la porta si aprì, balzò in avanti fermandosi su due piedi in modo da avere il massimo equilibrio. Prima ancora che la ragazza potesse reagire, strinse il pugno a martello, fece scivolare il colpo dal basso verso l'alto per colpire l'atlante, la prima vertebra della colonna. Dosò la forza: un colpo ben assestato permetteva di stordire la vittima rapidamente, come si faceva un tempo con i conigli da macellare. Un colpo troppo forte, invece, poteva danneggiare il midollo e portare a paralisi o – peggio – alla morte. Non voleva uccidere la ragazza, voleva solo farla cadere a terra priva di sensi e rubarle computer e portafoglio. Doveva sembrare un furto, sperava che in questo modo nessuno collegasse l'aggressione alle vicende di Martini.

La ragazza si afflosciò immediatamente, segno che il colpo aveva funzionato. Non sentì nessun osso rompersi, nessun rumore che indicasse una frattura delle vertebre. Bloccò la caduta della ragazza e la adagiò al suolo. Dalla tasca della giacca estrasse il telefono e il portafoglio; poi frugò velocemente lo zainetto prendendo il computer e cercando altri eventuali oggetti di valore. Trovò solo un piccolo portagioie con due orecchini di perla. Infilò anche questo in tasca e, dopo una rapida occhiata intorno, si allontanò rapidamente. Nessuno lo aveva visto e la ragazza stessa non poteva averlo identificato, dal momento che l'aveva colpita alle spalle.

Raggiunse l'argine del Piovego, il canale che separava quella zona universitaria dal resto della città. Non c'era nessuno in vista sul viale pedonale, si diresse quindi verso il ponte del Portello, anche quello del tutto deserto. Prima del ponte, discese sull'argine e si portò sul bordo del canale. Qui si tolse il vecchio cappotto che aveva indossato sopra i vestiti per evitare di poter essere identificato. Infilò il cappotto in un sacco delle immondizie e aggiunse due sassi, recuperati sul posto. Chiuse il sacco e lo lanciò nel canale, guardandolo affondare rapidamente.

Salì quindi sulla riva, passò sopra il ponte e sotto la porta di Ognissanti, che tutti chiamavano il Portello. Era una delle porte di ingresso alla città, inaugurata nel cinquecento per permettere un facile accesso alle persone che provenivano da Venezia. Il passaggio sotto la porta gli diede un senso di solennità: «Rientro in città da vincitore», pensò l'uomo. Missione compiuta, aveva recuperato il pc della ragazza ed era andato tutto alla perfezione. La porta, dalla solenne facciata in pietra d'Istria bianca, non si degnò di considerarlo.

Camminò per circa un chilometro fino a giungere alla sua macchina, parcheggiata nella zona universitaria, in quei giorni deserta. Entrato in macchina, tirò fuori il computer della ragazza e – sperando che avesse ancora la batteria un po' carica – lo accese. Guardò rapidamente l'elenco dei file e trovò subito una cartella nominata 'Lavoro'. All'interno, diverse sotto-cartelle, tra cui 'Martini', 'Chemelli', ed 'Elettrodo'. Guardò rapidamente la terza, trovando diversi articoli scientifici sui metodi per interfacciare circuiti elettronici al materiale cerebrale. Doveva spedire i file agli americani, e alla svelta. Decise di non utilizzare né la connessione di casa, né quella del suo cellulare. La cosa migliore era utilizzare il computer della ragazza e la connessione di rete dell'Università. In questo modo nessuno avrebbe potuto risalire a lui. Nello zaino di Anna non c'era un caricatore, e l'indicatore dava ancora 2 ore di autonomia. Con la macchina si spostò di fronte al dipartimento di Fisica, pochi isolati più in là. Lì vide che il computer rilevava la rete Wifi 'Eduroam': la sigla indicava Education Roaming, una rete comune a moltissime università a livello mondiale. Grazie alla presenza di questa rete, gli studiosi in mobilità in altri paesi potevano accedere in modo semplice e sicuro a internet, utilizzando sempre le stesse credenziali. L'uomo cliccò l'icona della rete e attese, respirando affannosamente. Dopo alcuni secondi, il pc si connesse alla rete. Digitò l'indirizzo del server degli americani e inserì nome utente e password. Si aprì un software ad hoc, che aveva tre opzioni: 'Load file', per caricare un singolo file. 'Load folder', per caricare un'intera cartella, e 'Clone hard disk', per effettuare il trasferimento dell'intero contenuto del disco. Scelse questa terza opzione, e il trasferimento partì immediatamente.

L'Università era vuota e nessuno stava usando la connessione. Il trasferimento richiese circa 1 ora e 45 minuti. Alla fine, erano rimasti circa 10 minuti di autonomia della batteria. L'uomo lasciò scaricare il computer e lo ripulì dalle sue impronte. Si avviò verso la zona industriale, altro luogo poco frequentato durante il periodo natalizio. Gettò il computer e il telefono spento della ragazza nei cassonetti di fronte a una fabbrica chiusa, nascondendoli dentro un sacco. Da lì partì, i fari posteriori che sparivano nella nebbia.

Padova, 28 dicembre, 19.00

Pelino sedeva alla sua scrivania, aveva appena finito di scrivere il rapporto sulle tre perquisizioni della giornata. Come sempre, la parte interessante del lavoro durava poche ore, poi ne servivano tre volte tanto per riempire il mare di scartoffie necessario a far funzionare la macchina dello Stato. «Probabilmente», pensò, «dover scrivere tutta questa carta serve a creare almeno altri tre o quattro posti di lavoro, per tutte le persone che dovranno leggere, vidimare e archiviare questo mare di informazioni. Meglio così, almeno quelle persone ne guadagnano uno stipendio e di che mantenere la propria famiglia». Certo, a questo punto avrebbero potuto assumere un ulteriore carabiniere, affiancarlo a lei e dargli l'incarico di scrivere i rapporti. Ma era una battaglia persa, il meccanismo richiedeva questo e lei – da brava militare – non faceva che eseguire gli ordini, anche e soprattutto quando questi le risultavano indigesti.

Di Baccini ancora non si era vista l'ombra, i due carabinieri appostati davanti a casa sua non avevano mai abbandonato la posizione, se non a turno per andare in bagno: nessuno si era avvicinato o fermato vicino all'edificio. Questo fatto, insieme ai ritrovamenti nell'appartamento e nel suo computer, non faceva che aumentare i sospetti.

A quel punto appariva improbabile che fosse stato Martini a rubare il metadone, nascondere la droga in garage e uccidere Carbone. Si alzò, chiese a Lipani di seguirla e bussò alla porta di Cacciabuoi. Bruce li fece entrare e i due si sedettero sulle sedie di plastica di fronte alla scrivania del capitano. «Capitano», esordì la tenente, «la ricerca di Baccini non sta dando risultati. Abbiamo contattato anche i suoi parenti più stretti, la madre e la sorella, e nessuno sa dove si trovi. In ospedale non l'hanno visto, ma d'altro canto oggi e domani è in turno di riposo, quindi non c'è da stupirsi».

«Hai fatto rintracciare il cellulare?», chiese brusco Cacciabuoi.

«Non ancora, volevo sapere cosa ne pensava.»

«Penso che avresti dovuto già farlo, cosa stai aspettando?», rispose Bruce, ora visibilmente alterato. «Domani la storia della perquisizione sarà su tutti i giornali, in strada c'erano una trentina di persone e di sicuro la stampa vorrà ricamarci sopra. E cosa dovrò rispondere io, quando verrà fuori che non abbiamo fatto nessun arresto? Vuoi che diventiamo lo zimbello della città, proprio ora che tutti hanno il tempo per leggere le notizie e guardare i telegiornali?»

«Signor capitano, se lei è d'accordo faccio subito richiesta al PM e alla Vodafone.»

«Certo che sono d'accordo! Ma voi, siete come dei bambini? Vi devo dire passo-passo cosa dovete fare? Cercate di sbrigarvi, domani mattina lo voglio qui in caserma quel Baccini, voglio fare colazione vedendo la sua faccia e voglio pranzare vedendo sui telegiornali il sindaco che ci ringrazia per aver tolto dalla scena un pericoloso criminale.»

«Ok, signore, messaggio ricevuto.»

«Fatelo subito, non andate a casa fino a che non avete sue notizie!»

Pelino era uscita e aveva chiamato subito il PM, riassumendo brevemente gli eventi della giornata. Il PM si era fatto convincere rapidamente e in venti minuti aveva già dato mandato ufficiale di rintracciare il telefono di Baccini e di fornire un elenco di tutte le ultime chiamate.

Lipani, mandato alla mano, aveva contattato la Vodafone, il gestore con cui Baccini aveva un contratto telefonico. Non era stato facile ottenere una risposta, essendo ormai finito l'orario d'ufficio. Ad ogni modo, la signorina che aveva risposto sembrava aver capito l'urgenza della situazione e aveva chiesto al maresciallo di richiamarla dopo un'ora.

Pelino e Lipani uscirono velocemente dalla caserma per cercare di mangiare un boccone. Pelino aveva un metabolismo eccezionale, nonostante mangiasse moltissimo aveva un fisico invidiabile ed era sempre energica e vigorosa: era molto difficile vederla stanca o giù di corda. Tuttavia, il suo corpo per poter funzionare aveva bisogno di zuccheri e calorie, doveva mangiare tanto e spesso. Soprattutto carboidrati, da cui sentiva di avere una specie di dipendenza. L'unico modo per farla arrabbiare era non darle da mangiare, lasciarla in calo di zuccheri per un tempo troppo prolungato. Facendo il carabiniere, aveva orari irregolari. La regola di sopravvivenza era quindi una sola: mangiare ogni volta in cui era possibile, dal momento che non si sapeva mai quando sarebbe stato il prossimo pasto.

Vista la mancanza di tempo, e considerato l'ordine di Cacciabuoi di non allontanarsi, scelsero di mangiare un panino in un bar vicino alla caserma. Entrarono quando il barista stava spegnendo le luci, dopo aver ripulito il bancone. Fortunatamente erano conosciuti e non furono cacciati: chiesero che cosa fosse rimasto a quell'ora della sera. Il barista, senza dire parola, tirò fuori due panini con cotoletta e insalata e li mise a scaldare. Lipani bevve acqua frizzante, mentre Pelino scelse una Coca, nella speranza che un po' di caffeina la aiutasse a mantenere la concentrazione per la serata.

Durante la cena chiamò Volpato per aggiornarlo sui fatti della giornata. L'ispettore era a casa, ma ascoltò attentamente il racconto di Pelino, interrompendola solo per alcune domande. Concordarono un ulteriore appuntamento telefonico per due ore dopo, non appena la tenente avesse avuto novità dalla Vodafone.

I due carabinieri finirono la cena in silenzio, non perché non apprezzassero la compagnia dell'altro, ma perché alla fine di una giornata così intensa avevano bisogno di qualche minuto per fare mente locale, per capire i collegamenti tra i fatti che erano successi, tra le persone che avevano incontrato, tra i punti oscuri di questo caso. Si alzarono e pagarono la cena: Pelino tentò di pagare per entrambi, era superiore in grado e nelle ultime settimane aveva costretto Lipani a orari interminabili. Ma il maresciallo, da uomo galante qual era, non concepiva che una ragazza potesse pagare al posto suo e – nonostante la differenza di grado – oppose resistenza fino a che ciascuno pagò per sé. Pelino, uscendo dal locale, scosse la testa: non era facile abbandonare alcuni luoghi comuni, nemmeno per una persona che stimava come il collega Lipani.

Nei carabinieri Pelino non aveva avuto vita facile: ad ogni promozione c'era stato qualcuno che aveva sospettato che il passaggio di grado fosse stato guadagnato scopando con i superiori, e chi pensava che una donna non dovesse ricoprire certi ruoli nell'arma. Perfino nel ventunesimo secolo avere il pisello nelle mutande era spesso considerato un prerequisito per l'avanzamento di carriera, come se il suddetto genitale fosse utile negli interrogatori, negli inseguimenti o durante gli arresti. Ad ogni modo Pelino ci era abituata, e ormai sorrideva di fronte alle manifestazioni di galanteria ostentata e di machismo.

Rientrati in caserma, presero un caffè alle macchinette: il delizioso aroma di chicchi di caffè stantii, plastica surriscaldata e guarnizione bruciata salirono nelle narici di Pelino, facendola pentire di non aver bevuto un Illy al bar. Tornarono in ufficio esattamente un'ora dopo esserne usciti e chiamarono l'operatrice della Vodafone. La signorina rispose al terzo squillo, aveva già diverse informazioni. Il telefono di Baccini era rimasto acceso quasi sempre negli ultimi giorni, generando traffico voce e dati in modo piuttosto regolare. Diverse erano state le chiamate durante il giorno, e alcune erano state ricevute anche durante le due notti precedenti. Alcune chiamate erano state fatte verso il telefono del primario e quello dei colleghi Franzon, Baldacci e Bellon. Altre telefonate erano state fatte a persone il cui nome non diceva niente a Pelino. Vi era poi una chiamata al giorno, verso sera, alla signora Elena Mattioli, che Lipani con un controllo veloce scoprì essere la madre di Baccini. Infine vi erano tre telefonate a numeri internazionali, con prefissi +32 (Belgio), +49 (Germania) e +1 (Stati Uniti).

La Vodafone era nella situazione di poter fornire informazioni approssimate anche sulla posizione del cellulare di Baccini, grazie alla tecnica della triangolazione. In ambito urbano le antenne dei telefoni sono molto diffuse, e tipicamente un telefono si può collegare a tre-quattro antenne diverse dalla stessa posizione. Ciascuna antenna riceve il segnale del telefono con diversa intensità a seconda della posizione relativa. Sulla base dell'intensità del segnale ricevuto dalle varie antenne, i gestori telefonici possono riuscire a definire la posizione di un utente con precisione di qualche centinaio di metri in città e alcuni chilometri in aperta campagna. Metodi più accurati permettono di ridurre ulteriormente l'incertezza. Analizzando i dati, Vodafone aveva definito che fino alle 7 della mattina il telefono era rimasto nell'abitazione di Baccini. In seguito, il medico doveva essersi mosso frettolosamente verso nord, sempre all'interno del centro di Padova, spegnendo il cellulare intorno alle 7.30. Da allora il telefono non si era più collegato alla rete, quindi era impossibile sapere dove si trovasse al momento Baccini.

Il traffico dati degli ultimi giorni mostrava diversi collegamenti a siti molto frequentati, come Facebook, Instagram, Corriere della Sera, Gazzetta dello Sport, Google. In aggiunta, un traffico significativo era stato generato verso gli IP di Dropbox, un servizio di archiviazione file sul web. Nessun altro sito significativo, almeno a una prima occhiata.

Pelino non era soddisfatta, sperava di poter chiudere in serata. Chiese comunque all'operatrice Vodafone di essere aggiornata immediatamente nel caso il medico accendesse il telefono, e di inviarle entro la mattina successiva i tabulati di chiamate, SMS e traffico dati generato nell'ultimo mese dal telefono di Baccini.

Una volta finita la conversazione, passò ad aggiornare Cacciabuoi: avrebbero dovuto aspettare l'indomani per avere nuove notizie su Baccini. La tenente lasciò detto ai colleghi di turno la notte di chiamarla nel caso fossero arrivate notizie per lei, e si diresse verso casa. Lasciò serata libera anche a Lipani: Pelino preferiva averlo al suo fianco il giorno dopo, piuttosto che farlo lavorare la notte e lasciarlo a dormire mentre poteva aver bisogno di lui.

Lipani parve contento della serata libera e si avviò verso l'uscita della caserma insieme alla tenente. Non appena la sua superiore lo ebbe lasciato, tirò fuori il telefono dalla tasca e scrisse un messaggio a Viola: «Ci vediamo per bere qualcosa?»

La risposta arrivò in meno di venti secondi, appuntamento in un quarto d'ora in uno dei bar vicino alle piazze. Lipani sorrise: Viola gli piaceva, e sentiva che lo stesso valeva per lei. La prima serata Lipani si comportava sempre da galantuomo, ma dalla seconda tutto era concesso.

Padova, 29 dicembre 08.00

Anna aveva un mal di testa lancinante e dei dolori al collo che le rendevano impossibile muovere la testa. Giaceva in un letto di ospedale dalla notte precedente. La sera prima era rimasta senza sensi per quasi due ore sugli scalini del dipartimento di Biologia; vi sarebbe rimasta probabilmente per tutta la notte se non fosse passato Lorenzin, un anziano professore a un passo dalla pensione. Il vegliardo aveva perso la moglie due anni prima e da allora si era rifugiato nel lavoro. Era una presenza continua e costante in dipartimento: lo si vedeva dal mattino all'alba fino a sera inoltrata, e qualcuno aveva sospettato che talvolta dormisse in ufficio. Si occupava di fotosintesi e ancora – nonostante l'età – passava ogni giorno ore in laboratorio a condurre esperimenti in prima persona.

Lorenzin stava uscendo dal dipartimento per rientrare a casa, e aveva rischiato di inciampare sul corpo senza sensi di Anna. Inizialmente convinto che la ragazza fosse morta, aveva chiamato il 112 e – avvertito di non alterare in nessun modo la scena del crimine – si era seduto diligentemente su un gradino e aveva atteso l'ambulanza. Quando erano arrivati i medici, questi avevano sentito il polso, verificando che la ragazza era ancora in vita. Avevano subito identificato il motivo dello svenimento: essendo Anna coricata di lato, era ben visibile il livido sul collo, un grande ematoma violaceo che non doveva avere più di un paio di ore. Muovendola con calma erano riusciti a farla rinvenire: fortunatamente la ragazza riusciva a muovere mani e piedi, la botta non era stata così forte da danneggiare la colonna vertebrale. Rimanevano da verificare le conseguenze del trauma e l'eventuale presenza di un ematoma cerebrale.

La ragazza era stata portata in ospedale dove le avevano fatto una radiografia, una TAC e un attento esame obiettivo. Dopo qualche ora, ormai alle 4 del mattino, il verdetto era arrivato: Anna era svenuta per un forte colpo alla nuca. Non vi erano segni di emorragia interna, né di rottura di ossa. Per questo la ragazza si poteva considerare fortunata, a parte i dolori fortissimi non avrebbe riportato conseguenze. Le sembrava impossibile che qualcuno potesse arrivare quasi ad uccidere per un computer, un vecchio smartphone e una trentina di euro nel portafoglio. Lei si era sempre fidata degli altri, del mondo. Aveva viaggiato per tutta l'Europa, alcune volte anche da sola, contro il consiglio di amici e parenti. Pur essendo carina, e pur non girando col burqa, non aveva mai avuto problemi nemmeno muovendosi di notte per quartieri isolati, o attraversando periferie urbane. E adesso, nel luogo a lei più familiare, si trovava ad essere vittima di un'aggressione, di un furto. Il suo computer aveva tre anni, il telefono anche, li aveva comprati ancora prima di cominciare il dottorato. Il ladro, probabilmente, ne avrebbe guadagnato un centinaio di euro. E lei, per un centinaio di euro, stava rischiando di lasciarci le penne, o di rimanere paralizzata a vita.

Aprì gli occhi a fatica: di fianco a lei vide Martini, la testa appoggiata su una delle sdraio dell'ospedale. «Stato...qua...notte?», chiese, rendendosi conto che – appena svegliata – parlare non le risultava semplicissimo.

«No, sono arrivato stamattina, appena sono venuto a saperlo mi sono precipitato qui. Nessuno ancora sa di me e te: stamattina mi sono svegliato alle 6, non riuscivo più a dormire, e così mi sono messo a navigare tra un sito di notizie e l'altro. E sul sito del giornale di Padova ho letto dell'aggressione e del fatto che eri stata ricoverata. A leggere il giornale, sei probabilmente stata picchiata da immigrati o senza tetto che girano per il quartiere del Portello alla ricerca di vittime da derubare.»

«Le solite cazzate della stampa locale», rispose Anna cercando di sollevare la testa dal cuscino con una smorfia di dolore. Il fatto che reagisse in questo modo fece pensare a Martini che la sua amica si sarebbe ripresa velocemente, già sembrava la solita Anna, agguerrita e vitale.

«Tu come stai, piuttosto?»

«Un po' malconcia e dolorante. Quanto mi tengono qua?»

«Non lo so, non sono un tuo familiare. Per entrare ho dovuto far vedere il selfie che ci siamo fatti l'ultima volta che siamo usciti, sai quello in cui mi stavi baciando. Così l'infermiera si è commossa e ha detto che potevo sedermi a fianco a te. Ma non ne ha voluto sapere di dirmi qualcosa, per il discorso della privacy. Vuoi che te la chiami?»

«Ok, dovrebbe esserci anche un campanello qua, giusto?»

Martini suonò il campanello e arrivò un'infermiera a cui chiesero di poter parlare con il medico. Il dottore non si fece aspettare, era mattina e il personale ospedaliero era già nel pieno della quotidiana battaglia, fatta di pazienti bisognosi, parenti invadenti, superiori esigenti e risorse limitate. «Signorina Selmi», cominciò la dottoressa, che non doveva avere più di 35 anni, «lei è fortunata a parlare con me. Non perché io sia una persona interessante, anzi: mio marito dice che sono noiosa e logorroica. Ma perché, con il colpo che ha preso, lei stamattina avrebbe potuto non essere più tra noi.»

Anna si immaginò per un attimo sul letto dell'obitorio, senza documenti e senza vestiti. «Meglio lei che un medico legale, giusto?», chiese abbozzando un timido sorriso.

«Esatto. Soprattutto perché dalla sera scorsa ci siamo occupati di fare tutte le valutazioni e di rimetterla in sesto. Lei ha subito un trauma derivante da un forte colpo all'atlante, la prima vertebra della colonna. Fortunatamente il colpo non è stato tale da ledere il midollo o rompere qualche vertebra, quindi se la caverà con dei forti dolori, che speriamo possano passare in un paio di settimane con una adeguata riabilitazione.»

«Devo stare qui due settimane?»

«Due settimane no, ma preferiamo tenerla qualche giorno, anche per effettuare degli esami di controllo per escludere la formazione di ematomi cerebrali, possibile conseguenza del colpo subito.»

«Io ho da lavorare!», rispose Anna accalorata.

«Ci credo, tutti dobbiamo lavorare. Pensi che le è andata bene: se lei fosse finita dal medico legale, di sicuro non avrebbe avuto il tempo di proseguire con il suo lavoro.»

«Uno a zero per lei, non c'è dubbio. Posso alzarmi?»

«In principio non ci sono problemi, può anche muoversi e camminare, se ci riesce.»

Anna provò ad alzarsi dal letto. Fu faticoso, ma non impossibile. Fu doloroso, ma non insostenibile. Fece alcuni passi, dando il braccio a Martini. Si muoveva lentamente, senza riuscire a girare la testa. Ma si muoveva, e questo le bastò per decidere di fare la domanda successiva: «Se uscissi, se mi dimetteste, potrei venire a fare gli esami che mi prescrivete in day hospital?»

«Dovrebbe prendersi lei la responsabilità di autodimettersi. Anche se non le dobbiamo somministrare terapie, a parte quella contro il dolore, noi preferiamo tenerla sotto osservazione per le prossime 36-48 ore. Se lei firma una richiesta di dimissione volontaria, io la mando a casa e le organizzo gli esami in ospedale nei prossimi giorni. Non credo però che lei sia autosufficiente, nemmeno per prepararsi da mangiare o muoversi per casa.»

Anna guardò Martini: «Vengo da te, allora?»

Martini non fu contento che Anna volesse autodimettersi, ma fu felice che lei gli chiedesse di stare da lui. «Io non ho molto da fare in questi giorni.»

Nonostante lo shock per quanto le era capitato, il primo pensiero di Anna era andato al lavoro, alla necessità di darsi da fare per completare l'articolo entro la scadenza. «Bene», disse rivolgendosi a Martini, «a questo punto abbiamo una scusa ufficiale per stare insieme e per lavorare. Dirò a Baldacci che sarai tu ad accompagnarmi avanti e indietro, in questo modo non potrà opporre molta resistenza».

Martini ci pensò un attimo, la cosa aveva senso. «Bella collana», le disse, osservando la piccola chiavetta USB attaccata alla catenina che Anna portava al collo. Fino a quel momento non l'aveva notata, perché aveva visto sempre l'amica o vestita con maglioni a collo alto, o completamente nuda.

«Eh, l'altro giorno non sapevo dove metterla, avevo i pantaloni senza tasche.»

Concordarono con la dottoressa che Anna sarebbe uscita entro un paio d'ore. Le prime cose che la ragazza voleva fare erano sporgere denuncia per il furto del computer e far bloccare il telefono. «Non mi piace che altri usino le mie cose», aggiunse, con aria seria.

Attesero con pazienza, parlando del più e del meno. Più passava il tempo, più Anna cominciava a realizzare cosa avrebbe potuto accaderle se solo il colpo fosse stato più forte. Tutto il lavoro fatto negli ultimi anni ora sembrava inutile, stupido. «Passiamo il tempo a correre come formiche quando arriva il temporale, senza fermarci un secondo per gustare quello che abbiamo. Ogni formica è uguale quando le guardi dall'alto, ma ogni formica si sente unica quando – correndo verso il formicaio – si ferma a guardare il cielo per capire quando pioverà. Per un attimo, ho rischiato di finire schiacciata come una formica pure io. Se solo non fossi andata in laboratorio, staremmo probabilmente facendo una doccia insieme.»

Martini fece del suo meglio per intrattenere Anna e non farle pensare a quello che era successo. Partì con una serie di aneddoti improbabili sulla sua infanzia, su quante volte aveva rischiato la vita cadendo dalla bicicletta, o scivolando da un sasso mentre si tuffava in mare. «Se pensi a quante cose possono andare male, capisci che siamo il prodotto di un'infinita serie di eventi fortunati. E non possiamo che essere grati per quello che abbiamo, finché aspettiamo per vedere se andrà bene anche la prossima volta.»

Risero insieme, Anna scoppiò a piangere, Martini la abbracciò e insieme si ricomposero. Le due ore passarono così, mentre la paziente anziana con il letto di fronte ad Anna li guardava di soppiatto: «Sono innamorati come delle merde», pensò commossa, ricordandosi di com'erano stati i primi anni con suo marito.

Quando arrivò la dottoressa con la lettera di dimissione, Martini uscì per recuperare l'auto: Padova ha due ospedali in centro, entrambi praticamente senza parcheggio, e perfino per i medici risulta difficile entrarvi con la macchina. Dopo un'ora erano entrambi a casa, Anna sdraiata e Martini seduto sulla poltrona Ikea vicino al letto. Decisero di andare a sporgere denuncia nel primo pomeriggio. Sarebbero andati dai carabinieri, visto che ormai si consideravano di casa. Parlarono ancora qualche minuto, poi Anna sentì calare la stanchezza, appoggiò la testa al cuscino e si addormentò.

Martini rimase un po' a pensare: ce l'aveva messa tutta per infondere ottimismo e speranza in Anna. Quello che le era successo non era una cosa comune, specie in una città come Padova. Di furti ce n'erano, ma a parte un certo numero di crimini passionali o omicidi-suicidi, di solito era una città relativamente sicura. Sulla stampa locale non si leggeva spesso di fatti come quello avvenuto alla sua amica. Che ladro rischiava un'accusa di omicidio per un centinaio di euro? Solo un drogato, pensò. Solo qualcuno che perde la lucidità a tal punto da sottovalutare le conseguenze delle sue azioni. Fortuna che lui era a casa dal lavoro e poteva prendersi cura di Anna, una coincidenza – questa – che almeno le avrebbe reso la vita più semplice e la convalescenza più piacevole.

Padova, 29 dicembre, 09.00

La tenente Pelino era su tutte le furie. Era uscita di casa all'alba, un'altra sveglia anticipata durante il periodo natalizio per lavorare a un caso senza né capo né coda. Aveva fatto colazione in pasticceria: voleva almeno quella consolazione, una brioche alla crema riempita sul momento, non una di quelle farcite il giorno prima e ormai inzuppate o – peggio – quelle cotte con la crema dentro. Aveva bevuto anche un espresso, nero e senza zucchero, e un bicchiere di acqua frizzante. Visto l'orario, era l'unica cliente. Quando il titolare della pasticceria aveva finito di leggerlo, aveva chiesto di poter dare un'occhiata al giornale. Distendendolo sul tavolo, era sobbalzata: 'Perquisizione nel quartiere Altinate: caccia al medico latitante'.

L'articolo raccontava i fatti del giorno precedente, con dovizia di particolari e creativi dettagli: 'Intorno alle 11 di ieri mattina, una squadra di carabinieri in tenuta antiproiettile ha fatto irruzione nell'abitazione del dottor Baccini, uno dei medici della neurologia di Padova. Dopo aver esaminato il portone e verificato che in casa non ci fosse nessuno, un fabbro ha scassinato la serratura e la squadra ha fatto ingresso nell'abitazione. A seguire sono entrati gli specialisti dell'unità cinofila, accompagnati da due pastori tedeschi. I giornalisti sono stati tenuti lontani dalla scena da un cordone delle forze dell'ordine. Tuttavia questo non ha impedito a noi reporter di sentire i cani abbaiare incessantemente qualche minuto dopo l'ingresso in casa. E' quindi evidente che all'interno della casa del medico è stato trovato un significativo quantitativo di droga. I carabinieri non hanno rilasciato alcun comunicato ufficiale. Tuttavia, fonti vicine alle forze dell'ordine hanno suggerito che l'indagine riguardi un possibile traffico di stupefacenti all'interno dell'ospedale di Padova. Non si tratterebbe solo di droga, ma anche di farmaci ad azione psicotropa, come morfina e metadone. L'operazione è stata coordinata dal capitano Cacciabuoi, che in passato ha spesso colpito l'abuso e il traffico di droga nell'alta società, a Milano come in Veneto. Il dottor Baccini risulta ad oggi irreperibile, sia al lavoro sia al cellulare privato. Nei prossimi giorni saremo in grado di fornire ulteriori dettagli; chiediamo ai cittadini di fornire informazioni di rilievo, nel caso avvistassero Baccini. Da sempre speriamo che il nostro quotidiano possa contribuire a rendere Padova una città più sicura: per farlo, non basta mettere in campo i nostri migliori reporter, serve anche l'aiuto di cittadini coscienziosi e responsabili.'

«Forse sarebbe meglio che voi e i vostri reporter vi metteste la penna nel culo», aveva pensato Pelino, finendo di bere il caffè. L'articolo le aveva rovinato la colazione e questo l'aveva infastidita non poco. Chi era la 'fonte vicina alle forze dell'ordine'? Sulla scena, solo lei, Lipani e Bruce sapevano del collegamento tra l'odore di droga a casa di Baccini e i fatti avvenuti in ospedale. Lipani era troppo diligente per aver parlato con i giornalisti e avrebbe avuto troppo da perdere rilasciando indiscrezioni alla stampa. Quindi doveva essere stato Cacciabuoi a parlare ai reporter, con la sua insaziabile fame di notorietà. Ma il capo era il capo, e Pelino era militare fino al midollo. Fino a che questo comportamento non avesse provocato danno all'indagine, non avrebbe aperto una discussione con Cacciabuoi. Era il periodo natalizio anche per lei, e non voleva aggiungere complicazioni ad una situazione già difficile. Aveva chiuso il giornale senza finire di leggerlo e si era diretta in ufficio.

Alle 9 le arrivarono i tabulati telefonici dalla Vodafone via email. Li stampò e diede una rapida occhiata. Nessuna nuova chiamata, dalla mattina precedente il telefono di Baccini era rimasto spento, non si era connesso nemmeno per un secondo alla rete. Verificò le informazioni ricevute dall'operatrice Vodafone e chiamò Lipani per chiedergli di analizzare l'elenco delle telefonate. Il maresciallo entrò visibilmente stanco e con la barba di un giorno: nero di capelli, Lipani era il tipo di persona a cui il pelo non cresce solo sui palmi di mani e piedi. Quindi se rinunciava a radersi per due o tre giorni assumeva un look via di mezzo tra barba hipster e homeless senza speranza. «Che c'è, Lipani? Ti sei perso il rasoio?», chiese la tenente, sapendo quanto il suo collaboratore tenesse all'aspetto fisico. Si divertì a vederlo imbarazzato: «Eh, tenente, ieri sera abbiamo finito tardi, avevo un appuntamento».

«Non dirmelo, non voglio saperlo.»

«Glielo dico senza problemi, il fatto è che l'appuntamento è finito stamattina.»

«Il solito sciupafemmine. Mi fa piacere che tu riesca a trovare il tempo di divertirti», rispose Pelino con un po' di invidia. «Ma dove lo trova il fiato Lipani?», pensò guardando il maresciallo negli occhi. Era un bell'uomo, anche se non il suo tipo, e aveva energia da vendere.

«Ottimo maresciallo», aggiunse, «di sicuro ora sarai più ispirato e creativo. È quello di cui ho bisogno: io, d'altro canto, sono ormai allo stato vegetale, quindi datti da fare e aiutami. Prima veniamo fuori da questo caso, prima possiamo riuscire a riposarci un po' entrambi.»

Lipani sorrise, la tenente era sempre imprevedibile, a volte rigida ed esigente, a volte capace di prendere la vita com'era, come un gioco divertente e faticoso a cui tutti dobbiamo partecipare, in un modo o nell'altro. Pensò anche a Viola, probabilmente ancora sdraiata nel suo letto, e alla notte che avevano passato insieme. Non erano arrivati a cenare, dopo il terzo aperitivo avevano deciso che era meglio andare a casa di lui e continuare la serata là. Entrati in casa, si erano guardati negli occhi, non uno sguardo intenso del tipo 'ti amerò per sempre', ma uno sguardo acceso di passione del tipo 'perché siamo ancora vestiti?'. E avevano passato un bel paio d'ore a letto, prima di crollare esausti, l'una appoggiata all'altro. Al mattino, Lipani non aveva avuto il coraggio di svegliare la sua nuova fiamma: ci aveva provato, in verità, ma lei non si era mossa di un centimetro. Un biglietto sul cuscino, 'Ehi, grazie! Vado al lavoro, fai come se fossi a casa tua. Un bacio, a dopo', e se ne era andato di fretta, senza avere il tempo di radersi.

La voce di Pelino lo scosse dai suoi pensieri: «Lipani, togliti quello sguardo da sognatore e comincia a guardare questi tabulati. Entro le due voglio sapere vita, morte, miracoli di tutte le persone chiamate da Baccini nell'ultima settimana. Voglio anche che controlli se il medico ha mai chiamato Carbone nei giorni precedenti la visita all'appartamento di Martini e nei giorni precedenti il suo omicidio.»

«Sì, signora. Scusi, stamattina sono in forma, anche se ho un aspetto trasandato.»

«Non ne dubito, Lipani. Stavo scherzando un po', ora corri a lavorare per piacere.»

Il maresciallo uscì e si mise all'opera. Nel frattempo, Pelino chiamò la banca: appena arrivata in ufficio aveva richiesto un elenco delle transazioni effettuate da Baccini con carta di credito e Bancomat, e le avevano promesso una risposta immediata, che non era arrivata. Fece la voce grossa e riuscì a farsi promettere che i documenti sarebbero arrivati entro mezz'ora.

Approfittò di quel tempo morto per rispondere ad alcune email che aveva ricevuto negli ultimi giorni: l'Università l'aveva invitata a tenere una relazione sul tema 'Mafia, immigrazione e traffico di droghe', rivolto prevalentemente agli studenti dei primi anni. Lei aveva accettato: due mesi prima le era sembrato possibile riuscire a preparare la presentazione in tempo. Ma adesso, dieci giorni prima del seminario, ancora doveva mettere insieme una scaletta del suo intervento. Le altre email riguardavano prevalentemente questioni burocratiche, commissioni e gruppi di lavoro in cui era coinvolta e per cui doveva preparare documenti e linee guida. Il modo migliore di riempire il tempo per i funzionari, il modo peggiore per usarlo, per chi veramente lavorava come Pelino.

L'email dalla banca arrivò puntuale, dopo circa mezz'ora. Se da un lato Baccini era stato silente sul fronte della telefonia, dall'altro sembrava non essersi posto problemi ad utilizzare la carta di credito. Dalla mattina precedente, da quando era sparito dai radar, Baccini aveva utilizzato la carta in due occasioni. Alle 07.32 del 28 dicembre, per far benzina alla macchina in un distributore di Padova; e alle 23.30 del 28 dicembre, per pagare una stanza d'albergo a Sappada, sulle dolomiti. Quindi era lì che si trovava Baccini: era semplicemente andato a sciare? O quella era la prima tappa di una fuga? Se lo fosse stata, ragionò Pelino, di sicuro Baccini non sarebbe stato così idiota da pagare la stanza con la carta di credito. Avrebbe prelevato del denaro a Padova e avrebbe utilizzato quello per pagare una stanza da qualche parte.

Pelino chiamò l'albergo: la signorina alla reception le rispose che Baccini aveva fatto check-in molto tardi la sera prima ed era uscito alle 6.30 quel mattino. Cosa strana, a detta della signorina, dal momento che la colazione veniva servita dalle 7 ed erano tipicamente molto poche le persone che vi rinunciavano. A quanto pareva, la colazione era uno dei punti di forza dell'hotel, con un buffet continentale di tutto rispetto. La signorina aggiunse che le porzioni erano così abbondanti che molti non smettevano di sciare per la pausa pranzo, essendo ancora sazi dal mattino.

Alla tenente non poteva interessare di meno della colazione di Baccini, soprattutto considerato che a causa sua le era rimasta la brioche sullo stomaco e probabilmente avrebbe avuto anche un pranzo misero. Chiese alla signorina se Baccini avesse prenotato una notte sola e la risposta fu affermativa. Uscito presto e di nuovo irreperibile, almeno fino alla prossima spesa con la carta di credito, o al prossimo utilizzo del cellulare.

Padova, 29 dicembre, 14.00

Chemelli era arrivato a casa di Martini poco prima di pranzo. Aveva intrattenuto Anna mentre Martini preparava da mangiare: per evitare alla ragazza di affaticarsi, avevano optato per un minestrone frullato. «Se mi date quella brodaglia vuol dire che sono veramente malata», aveva risposto Anna, che avendo saltato cena e colazione aveva una fame da leone. Chemelli aveva chiesto all'amica di raccontargli per filo e per segno quello che ricordava. Lei, di fatto, non ricordava nulla, se non che l'ultima cosa che aveva visto era la porta del dipartimento che si apriva davanti a lei. Poi, il buio più totale.

«Che rottura, essere senza portatile. Avevi un backup da qualche parte?», chiese Lorenzo.

Anna ci pensò un attimo: «Sei il solito ingegnere, una tua amica ha rischiato la pelle e tu ti preoccupi del computer.»

«A dire la verità noi ingegneri un pc del genere non lo chiamiamo nemmeno computer. Era così lento che poteva andare bene al massimo come vassoio porta vivande. Quei processori non li fanno da anni, consumano così tanta energia che la batteria dura al massimo due-tre ore. Per non parlare del peso, un ferro da stiro è più pratico, in borsetta. E l'hard disk era così piccolo che era già pieno quando lo hai comprato.»

«E che palle», disse Anna mandandolo a quel paese. «Ad ogni modo ora il pc devo proprio cambiarlo, visto che ci tieni tanto potresti consigliarmi tu cosa prendere.»

«Ci penseremo! Ma dimmi, avevi fatto un backup? Sto pensando ai dati della ricerca.»

«Sì, quelli li avevo salvati di recente almeno in due posti sicuri, come mi hai insegnato tu. Avevo anche cancellato tutta la cronologia di Baccini, per sicurezza.»

«Ottimo, brava ragazza. Dai, ti aiuto ad alzarti, andiamo a mangiare la sbobba che ha preparato il tuo amichetto.»

Si spostarono in cucina; dopo aver dormito, Anna riusciva a camminare con più sicurezza, non le servì appoggiarsi al braccio di Lorenzo. Mangiarono insieme, scherzando e discutendo su cosa dire ai carabinieri. Anna non ricordava niente, era sicura solo dell'orario in cui era avvenuta l'aggressione e del nome del suo soccorritore. Finito il pranzo, partirono per la caserma. Chemelli aveva un impegno familiare e Martini preferiva non accompagnare Anna. Non voleva che, a vederla insieme a lui, i carabinieri la trattassero in modo particolare. Non c'era nessuna connessione tra quello che era successo a lui e i fatti avvenuti ad Anna, e non voleva che i carabinieri facessero collegamenti non necessari. L'accordo fu quindi che Martini avrebbe lasciato Anna davanti alla caserma. Dal momento che non vi era posto per parcheggiare lì vicino, Martini non avrebbe potuto aspettare che uscisse. Decisero quindi che al ritorno la ragazza avrebbe preso un taxi, vicino alla caserma ce ne erano sempre alcuni in attesa di clienti. Siccome questa era un'idea di Martini, lui insisté per darle i soldi per la corsa, cosa che inizialmente fece infastidire la ragazza. Alla fine, dopo una discussione, dei baci cauti e alcune carezze, Anna accettò e si salutarono di fronte alla caserma.

Padova, 29 dicembre, 11.00

L'uomo sentì suonare il telefono, non il suo personale, ma quello che aveva comprato apposta per gestire le comunicazioni con gli americani. Riconobbe istantaneamente la voce di Jeff, sentì subito il tono alterato: «I file che ci hai mandato sono vecchi, inutili. Ci stai prendendo per il culo?»

L'uomo non capiva: aveva fatto tutto alla perfezione, clonato l'hard disk della ragazza e caricato tutto online. E lo aveva fatto in orario; si sarebbe aspettato al massimo una chiamata di ringraziamento, di complimenti, non quel tono aggressivo per l'ennesima volta.

«No, non vi sto prendendo per il culo», rispose. «La persona che ha seguito lo sviluppo dell'interfaccia elettrodo-cervello si chiama Anna Selmi, è una dottoranda di biologia. Sono certo che il lavoro lo ha svolto lei, non vi sono altre persone coinvolte. E quello che vi ho spedito è il contenuto integrale dell'hard disk del suo portatile».

«Be', lì dentro ci sono effettivamente diversi file, ma sono tutti datati più di sei mesi fa. E non c'è nessuna informazione realmente utile.»

«Siete sicuri di aver guardato bene?»

«Ho un team di tecnici che da ieri sta aprendo e leggendo ogni file. Fidati, se ci fossero dati sufficientemente validi o recenti non ti avrei chiamato. Non è che mi piaccia lavorare alle cinque del mattino. La ragazza usa altri computer?»

«Spesso viene anche in studio medici, lì usa sia un pc fisso dell'ospedale sia il suo portatile. Ma mi sono fatto l'idea che salvi tutto sul portatile, perché il fisso non contiene neanche un dato».

Nella testa di Jeff suonò un campanello d'allarme? «Nessun dato? Nemmeno qualche file vecchio?»

«Esatto», rispose l'uomo.

«Merda.»

«Cosa vuol dire merda?»

«La merda, quella che ti esce dal culo, quella che ti ha riempito il cervello. Lo sapevo che era un errore fidarmi di una persona nelle tue condizioni, lo sapevo!»

L'uomo cominciò ad agitarsi: «Mi vuoi dire che cazzo succede?»

«Succede che hai fatto l'ennesimo casino. I miei tecnici mi hanno detto che quello che mi hai mandato è il clone di un hard disk piccolo e strapieno. Non c'era praticamente spazio per nessun altro dato! E adesso mi dici che nell'altro pc su cui lavora la ragazza non c'è niente? Questo può voler dire solo una cosa: lei ha un backup da qualche parte, un hard disk esterno che tiene in borsetta, una chiavetta USB capiente, una cartella sul cloud, qualsiasi cosa.»

«Ti posso dire che nello zaino non aveva nessun hard disk. Ho prelevato tutti gli oggetti di valore, me ne sarei accorto.»

«E ai miei tecnici non risulta che avesse una cartella sul cloud, abbiamo verificato tutta la cronologia web.»

«Quindi sarà tutto in una chiavetta USB che lei tiene da qualche parte.»

«Trovala, e subito. A qualsiasi costo. Se vuoi vedere i soldi cerca di farlo immediatamente!»

L'uomo, per l'ennesima volta, sentiva alzare la posta in gioco. Ma l'ossessione dentro di lui andava placata, e per farlo servivano quei dannatissimi soldi. «Ok, mi metto al lavoro.»

Jeff, al solito, chiuse senza salutare.

L'uomo era praticamente sicuro di dove trovare la ragazza; non era più in ospedale, lo aveva verificato connettendosi al sistema di gestione dei pazienti. Doveva necessariamente essere a casa di Martini. Quello che non sapeva era dove tenesse i dati e l'eventuale chiavetta USB. Ma avrebbe trovato il modo di scoprirlo al più presto. Si vestì, per l'ennesima volta. Nel borsone aveva ancora due travestimenti: scelse quello da controllore degli autobus, ideale per poter ciondolare intorno a una fermata del bus o del tram guardandosi intorno. Aggiunse un paio di baffi finti che, con il berretto blu e degli occhiali rettangolari, lo resero difficile da riconoscere.

Dopo tre ore a bighellonare, vide la ragazza salire nella macchina di Martini. Li seguì con una bicicletta nera; il traffico nel centro di Padova è così lento che in bici ci si muove più velocemente che in macchina, così non fu difficile per lui tenersi a distanza d'osservazione. Quando vide la ragazza scendere davanti alla caserma, capì che lei stava andando a sporgere denuncia. Guardò Anna indicare i taxi e dire qualcosa a Martini. E seppe immediatamente cosa avrebbe fatto.

Padova, 29 dicembre, 18.00

Dopo aver lasciato Anna dai carabinieri, Martini era passato a fare la spesa in uno dei centri commerciali vicini alla città. La dispensa era vuota e si avvicinava capodanno, quando la maggior parte dei negozi e dei ristoranti sarebbero stati chiusi. In aggiunta, voleva essere un ospite perfetto per Anna, trattarla come una principessa. Facendo la spesa, aveva cercato di pensare a cosa piaceva alla ragazza. Era stato strano realizzare che di fatto si conoscevano molto poco, ma lui nutriva un sentimento molto profondo per lei, soprattutto ora che aveva rischiato di perderla. Nell'indecisione, aveva comprato ogni ben di Dio, gamberoni e capesante, fragole e cioccolata, gelato e dolci artigianali, vino, birra e liquori. Voleva essere pronto a tutto, poterle offrire il meglio in quei giorni di convalescenza.

Rientrò a casa verso le 18 e si piazzò sul divano ad ascoltare un po' di musica. Nel trambusto di quei giorni aveva avuto pochissimo tempo per rilassarsi, per lasciar vagare i pensieri liberamente, per far correre i sentimenti. Il risultato fu che si addormentò per un'oretta, nel caldo tepore della sua coperta di pile. Lo svegliò il campanello, pensò subito si trattasse di Anna e saltò come un grillo a rispondere. Ma a suonare era stato Chemelli, con cui avevano appuntamento per cena: «E' già ora?», chiese Martini ancora stordito dal sonnellino del tardo pomeriggio.

«Certo! E fammi salire, che qua si muore di freddo!»

Chemelli salì, si guardò intorno e chiese: «Anna?»

«Non lo so, mi sono appena svegliato. Eravamo d'accordo che sarebbe tornata in taxi, le ho pure dato i soldi per pagarlo. Ma non l'ho proprio sentita arrivare. Aspetta che la chiamo...»

Si interruppe, ricordandosi che Anna non aveva un telefono al momento, glielo avevano rubato la sera prima. «Aspettiamo un po', intanto prepariamo», disse. «Se poi non arriva entro un'ora, chiamiamo i carabinieri e chiediamo se è ancora là, ok?»

«Ok capo!», rispose Lorenzo. Aprirono una birra che aveva portato Chemelli. Come in tutta Italia, anche a Padova stava esplodendo il numero di birrifici artigianali che proponevano nuove ricette, in alternativa alle solite birre industriali. Chemelli era passato in uno di questi birrifici, a nord di Padova, e aveva preso alcune casse di birra. In lattina, perché questa stava diventando la moda. La birra che Lorenzo aprì era iperluppolata: questo piacque a Martini, gli ricordava le birre che aveva bevuto durante la sua permanenza in California. Per un attimo si ritrovò a pensare ai bar di Stanford; era tornato da dieci giorni, ma gli sembrava fosse passato un anno.

«Ottima questa», disse all'amico mentre beveva a piccoli sorsi dalla lattina. Si rilassarono, il potere dell'alcol e della buona compagnia. Aprirono un pacchetto di patatine, si sedettero sul divano e parlarono dei piani per i giorni successivi. Se era vero quello che c'era scritto sui giornali, i carabinieri stavano chiudendo il cerchio intorno a Baccini, avevano perquisito la sua casa ed erano andati in ospedale per raccogliere prove. Chemelli era passato davanti alla casa di Baccini e aveva notato una macchina ferma con due persone a bordo, probabilmente due carabinieri in appostamento. Martini verificò online: il sito del giornale di Padova manteneva attivo l'appello alla popolazione, la richiesta di dare notizie su eventuali avvistamenti del medico.

«Sembra che il pressing su di te stia calando», disse Chemelli. «Dai che forse tutto questo si sgonfia a breve.»

«Speriamo», rispose Martini. «Sono dentro a questo casino da quasi dieci giorni; da quando sono tornato dall'America mi sembra che tutto si stia mettendo contro di me, ma anche contro il nostro progetto. Prima vengo sospeso dal lavoro, poi Baldacci dice non gli va bene se continuo a lavorare dietro le quinte, poi Anna quasi ci lascia le penne...»

«Un disastro, lo so. Mi sento anch'io allo stesso modo, quello che più mi rompe le scatole è che mi sembra che tutto si muova molto lentamente. Adesso Baccini è pure sparito: finché non lo trovano, di sicuro tu non potrai ricominciare a lavorare. Speriamo si faccia vivo presto, o almeno che i carabinieri lo scovino alla svelta. Se lo prendono, ti proporrei di parlare con Ricci e Baldacci, di chiedere loro di farti riprendere a lavorare.»

«Mi sembra la cosa migliore. E pare che Anna stia recuperando velocemente: stamattina quasi non si muoveva, ma quando l'ho lasciata dai carabinieri sembrava non avere grossi problemi a parlare e camminare. Solo girare la testa le risultava quasi impossibile.»

Continuarono a parlare, ad un certo punto la birra e le patatine finirono e si alzarono dal divano per cominciare a preparare la cena. Arrivati in cucina, l'orologio del microonde indicava 20:46. Lo guardarono, si guardarono: non si erano resi conto che si fosse fatto così tardi, e Anna non era ancora arrivata.

«Senti Lorenzo, non voglio sembrare ansioso, ma quello che ci è successo in questi giorni sta cominciando a darmi i nervi. Quando sei arrivato, ho pensato che ad Anna potesse essere servito tanto tempo, che l'avessero fatta aspettare in caserma prima di farle sporgere denuncia. Ma adesso è passato veramente troppo. Cosa dici se chiamiamo i carabinieri?»

Chemelli era d'accordo e cercarono il numero della caserma. Rispose un centralinista, per nulla disponibile a dare informazioni. Elencò un rosario di giustificazioni, che includeva 'è un problema di riservatezza', 'dobbiamo difendere la privacy dei cittadini', 'ordini dei superiori', 'c'è appena stato il cambio turno', 'le denunce di questo tipo richiedono molto tempo', 'non posso andare a vedere di persona', 'il personale è ridotto a quest'ora della sera'. Martini cercò di non mandarlo a quel paese, ma in effetti era un problema difficile da gestire al telefono. «Grazie lo stesso, arrivederci», disse Martini mettendo giù. «Andiamo in caserma?», chiese al suo amico.

«Direi di sì: tanto non è che ci mettiamo a mangiare, fino a che non arriva Anna.»

Presero le biciclette e corsero verso la caserma. Entrarono con la furia di un tornado tropicale e con l'ansia di chi teme il peggio. Chiesero in portineria, ma considerato l'orario nessuno riuscì ad aiutarli. Nel registro dei visitatori risultava effettivamente un ingresso di Anna, ma l'orario di uscita non era stato indicato. «Succede spesso», disse il carabiniere in guardiola, «a volte dobbiamo lasciare la portineria incustodita e così le persone possono uscire senza che noi scriviamo l'orario. L'importante è che escano, no?»

«E non c'è modo di sapere se è ancora qui, o a che ora è uscita?»

«Un attimo», disse, e sparì dietro una porta a vetri.

Ci mise tre-quattro minuti, che parvero un'ora ai due che aspettavano. Quando rientrò disse: «E' stata con il maresciallo Della Torre. Lui non c'è, ma la denuncia è stata protocollata alle 17.32. A quel punto, suppongo, la vostra amica sarà uscita dalla caserma».

«Ma stiamo parlando di quattro ore fa: uscita da qui, Anna doveva solo prendere un taxi e venire a casa mia.»

«Sarà andata da qualche altra parte, mi sembra evidente.»

«Senta, è stata dimessa dall'ospedale stamattina, non era in forma ed era venuta a stare a casa mia. Quindi vedo improbabile che si sia mossa a piedi o che abbia deciso di andare a spasso da qualche altra parte.»

«Magari avrà avuto un malore e sarà stata portata in ospedale.»

Vedendo l'occhiataccia di Martini aggiunse: «Spero che non sia il caso, ovviamente, si fa per dire. Avete provato a chiamarla al telefono?»

«No! Era venuta in caserma proprio per denunciare il furto del cellulare, al momento non ne ha uno. Come si fa in questi casi? Come facciamo a capire dov'è?»

«Non c'è modo. Se avesse voluto informarvi sui suoi spostamenti, vi avrebbe avvertiti. Mi diceva che abita con voi la signorina?»

«No, ma in questi giorni sta da me, fino a quando non guarisce completamente.»

«Avete provato a casa sua?»

«Non ancora. Andiamo adesso», disse rivolto a Chemelli, «e poi eventualmente torniamo in ospedale, ok?»

Chemelli fece un cenno affermativo, pensieroso. «Andiamo», disse poi, quando si riscosse dai suoi ragionamenti.

Padova, 29 dicembre, 18.00

L'uomo era soddisfatto: non gli era stato difficile prendere la ragazza e portarla con sé. Quando Anna aveva salutato Martini, aveva fatto un cenno vistoso verso i taxi, come a dire 'ho visto dove sono, torno con uno di quelli'. «Benissimo», aveva pensato, «non devo nemmeno preoccuparmi del fatto che venga a prenderla Martini.»

E il taxi l'avrebbe sicuramente portata a casa del medico: a quanto pareva, lei si era traferita da lui dopo l'aggressione. Come un fulmine, l'uomo era corso a casa e aveva preso la macchina, parcheggiandola di fronte a casa di Martini. A casa aveva anche preso una fiala di Midazolam e una siringa. Si era seduto in macchina e aveva aspettato, ascoltando la radio. Aveva dovuto attendere quasi due ore, prima che il taxi entrasse nella via di Martini.

Vista l'auto, scese e si mise a camminare lentamente lungo il marciapiede, sempre vestito da controllore degli autobus. La ragazza pagò il taxi e faticosamente uscì dalla macchina. Alzarsi dal sedile, guardare indietro per assicurarsi che non arrivassero altre auto e uscire dalla macchina erano tutti movimenti che richiedevano di ruotare il collo, gesto particolarmente doloroso dopo gli avvenimenti della sera precedente.

La ragazza si diresse verso il portico che copriva tutto il marciapiede di fronte alla casa di Martini. L'uomo si mise dietro una colonna, seminascosto. Controllò se c'erano altre persone: il freddo e la nebbia non invogliano ad uscire per una passeggiata, per questo la strada era deserta e lui pronto all'azione. Appena Anna fece un passo sotto l'arco del portico, lui scattò in avanti, le mise una mano sulla bocca, le fermò le braccia con l'altra mano e la sollevò, trasportandola verso l'auto che aveva lasciato aperta. Salì con lei sul sedile posteriore e chiuse la porta. Grazie ai vetri oscurati, nessuno da fuori li avrebbe visti. Con del nastro americano le chiuse la bocca, in modo che non urlasse, e utilizzando due fascette di plastica legò le mani dietro la schiena e le caviglie. Anna non riuscì ad opporre resistenza, dal momento che ogni movimento brusco le risultava doloroso, se non impossibile.

Centoventi secondi: non doveva averci messo più di due minuti a compiere tutta l'operazione, ancora una volta senza testimoni. Estrasse la siringa e iniettò il farmaco: la ragazza sarebbe stata incosciente per almeno un paio d'ore, il tempo che gli serviva per portarla a destinazione e perquisirla. Il vantaggio del farmaco che aveva usato era anche un altro, cioè che dava amnesia anterograda. Probabilmente Anna non avrebbe ricordato niente di quelle ore e non sarebbe stata in grado di identificarlo in seguito.

Accese il motore e guidò per una mezz'ora. Giunto a destinazione, spense il motore e scese dalla macchina. Nessun rumore e nessuna luce, sembrava impossibile che esistesse un posto del genere nel Nord-Est, dove tutto era ormai cementificato e illuminato. Scese ad aprire il portone e trascinò Anna nel locale, freddo e umido. Accese la luce e cominciò a frugare nella borsetta. C'erano pochi euro, probabilmente il resto del taxi, una confezione di antidolorifici, la custodia degli occhiali, alcuni assorbenti e un orologio col cinturino rotto. Vi era poi una copia della denuncia che la ragazza aveva presentato ai carabinieri, 'Denuncia di furto contro ignoti'. Non aveva denunciato l'aggressione, solo il furto. Tanto meglio, un elemento in meno per poterlo incriminare, nel caso fossero mai giunti a lui.

Guardò più volte, rovesciando e sbattendo la borsa. Le borse delle ragazze sono oggetti incomprensibili e inaccessibili per la maggior parte degli uomini, per i quali è inconcepibile che una persona si porti dietro un sacco da 15 litri per tenere portafoglio, chiavi di casa e alcuni oggetti per la cura personale. L'uomo controllò anche le due taschine laterali, ma non c'era traccia né di un hard-disk, né di una chiavetta USB. «Forse ce l'ha addosso», pensò, e cominciò a toglierle la giacca. Le tasche della giacca erano praticamente vuote, c'erano delle caramelle, un biglietto con un numero di telefono, alcuni scontrini e poco di più. L'uomo, agitandosi sempre di più, cominciò a toccare le tasche dei pantaloni e a perquisire la ragazza in modo più accurato. Sentì qualcosa intorno al collo, probabilmente una collana. Disperato com'era, decise di controllare e abbassò il collo del maglione.

Un attimo di gioia, la pulsante ossessione che per un momento trovava pace, l'aveva trovata! Attaccata ad una catenina al collo della ragazza, c'era una chiavetta USB piccolissima. «Non può che essere questa», pensò, e la strappò con forza. La ragazza sussultò, probabilmente per il dolore al collo. La girò e vide il livido che le aveva procurato.

«Baciati le mani che sei ancora viva», le disse a bassa voce. Sollevò il corpo e lo trascinò in cantina. La stese sul pavimento sopra dei cartoni e la coprì con la giacca aperta. Iniettò altri 5 mg di Midazolam, per assicurarsi che rimanesse incosciente per un altro paio d'ore. Non esagerò con la dose, per evitare che andasse in depressione respiratoria: finito l'effetto del farmaco ci avrebbe pensato poi la stanchezza a tenerla tranquilla fino alla mattina successiva. Non voleva liberarla fino a quando non fosse stato sicuro di avere tutti i dati che servivano agli americani. Chiuse la porta della cantina attaccando un lucchetto al chiavistello e si diresse verso la macchina. Ci aveva messo molto poco, neanche un'ora da quando la ragazza era arrivata sotto alla casa di Martini.

Tornando verso casa si fermò vicino ad un bar dove sapeva che c'era una connessione Wifi. Aveva tenuto la password, l'ultima volta che era passato per bere una birra. Con piacere, vide che riusciva ad avere segnale fin dentro alla macchina. Accese il portatile e guardò nella chiavetta. C'erano dei file, ma non erano accessibili, sembravano protetti da una password. Decise comunque di inviarli agli americani, utilizzando il solito server. Meglio dare un feedback immediato, per dimostrare buona volontà. Di sicuro, all'indomani avrebbe dovuto trovare il modo di estorcere informazioni alla ragazza, se gli americani non fossero riusciti da soli a scoprire la password per aprire i file.

Finito l'upload, tornò a casa soddisfatto.

Padova, 29 dicembre, 21.00

I due marescialli, Trotto e Russo, erano seduti in auto ormai da quattro ore davanti alla casa di Baccini. Era la prima volta che lavoravano insieme dopo la breve pausa natalizia e avevano passato il primo paio d'ore ad aggiornarsi su come avevano passato le feste. Trotto aveva fatto uno strappo alle strette regole familiari e, invece di passare il Natale a casa dei suoi, aveva regalato alla sua ragazza un breve soggiorno sulla neve, in un albergo con SPA e piscina termale. La fidanzata aveva apprezzato e aveva contraccambiato il regalo come solo lei sapeva fare. Trotto non aveva lasciato alcun dettaglio all'immaginazione del suo interlocutore, che aveva ascoltato divertito.

Russo non aveva fatto un resoconto altrettanto piccante, non perché non avesse avuto i suoi momenti di gloria con la moglie, ma perché non era nel suo stile raccontare i fatti suoi a un collega pettegolo. Ad ogni modo, raccontò delle sue vacanze, i posti che avevano visitato, le cose che avevano mangiato, il libro che aveva letto. Si rese conto che le sue vacanze dovevano sembrare molto noiose al collega che – però – l'aveva ascoltato con attenzione, chiedendo anche informazioni e dettagli. I due in qualche modo si completavano a vicenda, uno testosteronico a parole, ma sfigato di fatto, e l'altro timido a parole, ma capace di godersi la vita ben oltre i suoi racconti.

«Senti, devo andare a pisciare, se non vuoi che la faccia qui», disse Trotto, con la solita delicatezza. Uno dei problemi degli appostamenti era il dover rimanere fermo in auto per diverse ore. Padova non era di certo famosa per il gran numero di gabinetti pubblici, anzi. Per questo motivo, Trotto dovette lasciare il collega in auto e partire alla ricerca del bar più vicino. In molti vedono i carabinieri al bar durante il giorno, e pensano che questi passino il tempo a bere il caffè a spese dei contribuenti. Nessuno considera che in una giornata di pattuglia ad un certo punto una sosta al bagno la si deve pur fare. «Torno subito», disse, «ed uscì».

Non erano molti i bar aperti nel periodo natalizio e Trotto dovette camminare per cinque minuti prima di trovare il posto in cui rilassare la vescica. «Buonasera signora, le chiedo un caffè e il bagno, per cortesia. Prima il bagno, però, che non ce la faccio più.»

Non era in divisa, nel bar non lo conoscevano. Per questo si era permesso di fare un po' il cafone. Mentre era in bagno, la radio che aveva appesa alla cintura suonò. «Trotto, sono Russo.»

Trotto premette il pulsante, «Nemmeno mentre piscio mi lasci in pace?»

Russo sentì la voce del collega e il rumore della pisciata, ma non ci fece caso. «Senti, è urgente. Muovi il culo e vieni qua, è tornato il medico e sta aprendo la porta di casa.»

«Porca troia, proprio adesso?»

Terminò la minzione, si pulì rapidamente le mani e tirò fuori due euro. «Tenga signora, il caffè lo berrò la prossima volta», disse scappando fuori dal locale.

Arrivò dal collega tre minuti dopo, aveva corso, quindi aveva il fiatone. «È uscito?»

«No, non ancora. E a quanto ho capito c'è una porta sola, quindi è ancora dentro.»

«Hai avvisato Pelino?»

«Sì, fatto. Ha detto di aspettare. Lei manda una macchina, dovrebbe arrivare entro cinque minuti. E viene di persona, per vedere l'operazione.»

Ingannarono l'attesa indossando i giubbini in kevlar e controllando le pistole d'ordinanza. Durante l'attesa le avevano tenute entrambi nella fondina ascellare; ora, per poterle prendere più rapidamente, le spostarono alla cintura. I colleghi arrivarono in pochi minuti, in un'auto senza insegne. Speravano in questo modo di attirare poca attenzione, considerato l'interesse della stampa. In effetti davanti alla casa c'erano stati diversi giornalisti durante tutta la giornata, ma in quel momento non ce n'erano e Pelino sperava di fare una cosa rapida, senza foto e copertura mediatica.

La tenente arrivò per ultima, si riunirono brevemente e concordarono un piano d'azione. Non vi erano i presupposti per un'irruzione, quindi decisero che Pelino avrebbe suonato il campanello. Due degli uomini si sarebbero posizionati ai due lati della porta e gli altri due dall'altra parte della strada, per tenere d'occhio le finestre dell'edificio. Non risultava che Baccini possedesse armi da fuoco, ma non si poteva mai sapere. Se era lui il colpevole, aveva già avuto modo di uccidere a sangue freddo, e nessuno dei cinque carabinieri voleva vedere se l'avrebbe fatto di nuovo.

A dispetto dell'organizzazione puntigliosa e dell'adrenalina che scorreva nelle vene dei carabinieri, tutto procedette in modo molto tranquillo. Baccini rispose al citofono e Pelino si presentò, dicendo che aveva un mandato e chiedendo al medico di aprire la porta e farla entrare. Lui aprì e Pelino, Russo e Trotto fecero ingresso in casa. Pelino non procedette ad un arresto: Baccini non era stato colto in flagranza di reato e le prove erano ancora in discussione.

«Buonasera, sono la tenente Pelino dei carabinieri di Padova, ci siamo visti in ospedale. Può mostrarmi un documento per permettermi di verificare la sua identità?»

Baccini mostrò il documento, non fu di molte parole, appariva stanco, gli occhi e le guance arrossate. «Ci sono problemi?», chiese infine, guardando i tre carabinieri.

«Siamo qui per chiederle di accompagnarci in caserma. Come sa, stiamo facendo un'indagine e abbiamo bisogno di parlare con lei per raccogliere ulteriori elementi.»

Il medico non parve agitato. O non aveva letto i giornali locali, oppure recitava la parte in maniera magistrale. «Benissimo, vengo con voi. Lasciatemi andare in bagno e prendere la giacca.»

Ritornò dopo un paio di minuti: Pelino aprì la porta e vide che una piccola folla si era radunata davanti alla casa. Evidentemente qualche vicino aveva segnalato la loro presenza, e alcuni curiosi e giornalisti avevano formato un capannello. Alcuni estrassero i telefoni e cominciarono a scattare fotografie. Baccini guardò Pelino con aria interrogativa, preoccupata, e riparò il viso sotto la giacca. Non voleva essere fotografato insieme ai carabinieri, anche se non era in manette rischiava comunque di dare una cattiva impressione. Si chiese cosa avrebbero pensato i pazienti, nel caso lo avessero visto in quelle condizioni. In aggiunta, Baccini aveva una specie di ossessione rispetto alle fotografie: non gli era mai piaciuto essere fotografato dagli altri, probabilmente un retaggio del periodo adolescenziale in cui l'immagine è la cosa più importante e l'autostima quella più debole.

«Tenente Pelino», urlò una voce, «quello che state portando con voi è il dottor Baccini?»

Pelino non rispose.

«Lo avete trovato quindi? C'è effettivamente un giro di droga in ospedale?»

La tenente fece cenno a Trotto e Russo di far salire Baccini in auto e si diresse verso le persone, facendo un cenno con la mano che sembrava significare 'arrivo a rispondere alle vostre domande, datemi solo un secondo'.

Aspettò che i due carabinieri avessero fatto accomodare Baccini e chiuso le porte della macchina. Poi disse: «Signori, state ostacolando un'indagine e mettendo a serio rischio l'immagine e la privacy di una persona. Vi chiedo la cortesia di allontanarvi rapidamente».

«Tenente, la cittadinanza ha diritto di sapere se succede qualcosa in ospedale, ci dia degli elementi.»

«Per adesso, non mi risulta avvenga niente di preoccupante in ospedale. Mi risulta che avvengano più crimini sui vostri giornali che nel mondo reale.»

Si girò e si incamminò verso la macchina rapidamente.

«Abbiamo le nostre fonti, tenente. Vedrà che qualche informazione la troveremo anche senza il suo aiuto.»

Si fermò e si girò. Se avesse potuto, avrebbe incenerito con lo sguardo la giornalista che aveva fatto quel commento. «Vi consiglio di verificare le vostre fonti e di tenere in seria considerazione quanto scrivete. Ogni cittadino leso può querelarvi per diffamazione, e le forze dell'ordine possono denunciarvi per aver compromesso le indagini.»

Salita in auto, chiese a Trotto di procedere rapidamente verso la caserma. Baccini appariva sempre più agitato, soprattutto dopo aver udito la conversazione tra Pelino e i giornalisti. «Stia tranquillo, Baccini. Discutiamo di tutto quando arriviamo in caserma.»

Giunsero dopo pochi minuti ed entrarono dalla porta sul retro per evitare eventuali curiosi appostati davanti all'ingresso principale. Pelino chiese a Baccini di accomodarsi nella sala degli interrogatori e lo lasciò solo mentre andava a chiamare Lipani e Cacciabuoi per aggiornarli. Lipani le promise di raggiungerla entro pochi minuti in caserma, mentre il capitano era fortunatamente fuori per cena e non sarebbe riuscito ad arrivare in tempo. «Meglio così», pensò Pelino, che lo aveva chiamato solo per rispetto della gerarchia. Sentì poi anche l'ispettore Volpato, per capire se volesse prendere parte all'interrogatorio. Quella sera Volpato non avrebbe potuto recarsi in caserma, stava lavorando ad un altro caso e – anche insistendo – non era riuscito a convincere il commissario a lasciarlo libero per raggiungere Pelino. Dal momento che si trattava di un'indagine congiunta, l'accordo fu che Pelino avrebbe cominciato l'interrogatorio e verbalizzato la prima parte. Avrebbero poi continuato la mattina successiva, per le 10.

Lipani arrivò in venti minuti, nel frattempo la tenente aveva fatto portare dell'acqua a Baccini e l'aveva lasciato solo ancora un po'. Secondo lei, era sempre meglio lasciare un po' di tempo alle persone prima dell'interrogatorio. Da un lato era vero che, nel caso si trattasse di un colpevole, avrebbe avuto più tempo per elaborare una strategia difensiva. Ma, d'altro canto, il più delle volte rimanere da soli e in silenzio tipicamente rendeva più ansiose le persone, più agitate, più disponibili a parlare nella speranza di essere lasciate in libertà.

Pelino e Lipani entrarono insieme. Baccini indossava jeans neri e una felpa di pile rossa con cappuccio. Quando entrarono, aveva le mani sul tavolo e lo sguardo rivolto verso il basso, probabilmente a causa dell'agitazione.

«Buonasera», iniziò Pelino, «immagino si ricordi anche del maresciallo Lipani».

Baccini fece un cenno con la testa e salutò il maresciallo.

«L'abbiamo convocata in caserma perché abbiamo bisogno di chiarimenti. Ora le riassumerò brevemente la situazione. Come lei sa, stiamo indagando sul furto di metadone dalla farmacia dell'ospedale, un'inchiesta in cui inizialmente risultava sospettato il suo collega Martini.»

Pelino impiegò circa venti minuti per riassumere i punti salienti delle sue indagini: il ritrovamento della droga a casa di Martini, il furto del metadone, l'omicidio di Carbone. Non fu specifica, non diede molti dettagli, ma solo una descrizione asciutta degli eventi. Baccini ascoltava, seduto sulla sedia: il movimento continuo delle mani e il dondolare ritmico della gamba tradivano la tensione.

Descritti questi eventi, Pelino decise di sganciare la bomba: in meno di due minuti spiegò a Baccini che nel suo computer erano stati trovati indizi che puntavano nella sua direzione. «La cronologia web, verificata anche con i responsabili dei servizi informatici dell'ospedale, dimostra che lei ha visitato il sito dell'agenzia del signor Carbone e ha cercato su Google Maps la posizione dell'appartamento di Martini. Questo è avvenuto pochi giorni prima che la droga fosse lasciata nel garage del suo collega. Ora lei capisce il motivo per cui l'abbiamo convocata: c'è un quadro indiziario grave nei suoi confronti. E abbiamo bisogno di chiarire se lei è effettivamente responsabile di questi delitti, o se invece può dimostrare di avere un alibi.»

«Questo è un interrogatorio?», chiese Baccini.

«No, non è un interrogatorio ufficiale, lei non è ancora iscritto tra gli indagati. L'ho convocata per parlare con lei, per vedere se vuole rilasciare delle dichiarazioni spontanee in merito a quanto le ho raccontato.»

«In ogni caso non parlerò senza un avvocato, non voglio rischiare di finire nei guai per qualche dichiarazione rilasciata in piena notte.»

«Questo è un diritto che le spetta per legge. Ha già un avvocato di fiducia?»

«Certo, mio cognato.»

Pelino odiava gli avvocati, e odiava soprattutto quelli che erano parenti degli indagati. Il motivo era semplice: soprattutto nelle prime fasi delle indagini, quando la colpevolezza non era ancora dimostrata, lavoravano con aggressività doppia rispetto a quando difendevano dei perfetti sconosciuti. E, all'inizio di un'indagine, nessun pubblico ministero voleva calcare troppo la mano con gli indagati se questi avevano un parente come avvocato. Il risultato era che diventava difficile perfino riuscire a convocare i delinquenti per un interrogatorio, figurarsi poi trattenerli in fermo o in custodia cautelare.

Sorrise, ad ogni modo: «Può chiamarlo ora?»

Almeno il caro cognato sarebbe stato disturbato nel bel mezzo della serata, due giorni prima di capodanno. La tenente, vendicativa come pochi, aveva tutta l'intenzione di farlo venire in caserma quella sera stessa, anche solo per un incontro conoscitivo.

«Certo, mi dia un secondo.»

Baccini chiamò il cognato che, a quanto si capì, era a casa di amici, non molto lontano dalla caserma. «Vengo subito», rispose l'avvocato, che un quarto d'ora dopo era già arrivato.

Si trattava dell'avvocato Laurente Fabbri, che Pelino aveva già incontrato l'anno precedente. All'epoca la tenente stava cercando di far arrestare il proprietario di una catena di negozi alimentari per riciclaggio di denaro derivante dalla vendita di droga. L'indagato in questione gestiva una rete di spacciatori nel territorio padovano; utilizzava il contante ricavato dalla vendita della droga per comprare in nero generi alimentari, soprattutto verdura, carne, salumi, che poi rivendeva nei suoi negozi allo stesso prezzo a cui li aveva pagati. Facendo così non aveva nessun ricavo e nessuna perdita; tuttavia questo era un modo perfetto per ripulire i soldi ottenuti vendendo droga. A quel punto, ogni quattrino incamerato veniva dalle casse dei supermercati, era regolarmente fatturato e finiva direttamente nelle tasche del proprietario.

L'indagine era partita in seguito a una telefonata anonima che suggeriva di verificare il bilancio della società che gestiva i supermercati. Pelino era stata sorpresa: le uscite erano appena il 20 % del fatturato, e l'attività andava a gonfie vele. Le possibilità erano due: o il supermercato comprava banane a 2 euro al chilo e le rivendeva a 10, oppure c'era un canale di approvvigionamento parallelo per le merci. L'indagato era nel guano fino al collo; tuttavia, Fabbri era riuscito a smontare una ad una le accuse costruite da Pelino e – se i carabinieri non fossero riusciti a trovare il deposito della droga – probabilmente l'accusato sarebbe stato ancora in libertà, gestendo un commercio di eroina nel cuore di Padova.

Pelino era stanca: quando vide entrare Fabbri, fece una smorfia, senza alcun tentativo di nascondere le sue emozioni.

«Buonasera tenente», disse l'avvocato con voce melliflua.

«Buonasera avvocato», rispose Pelino.

Fabbri chiese a Pelino di riassumere le circostanze per cui Baccini si trovava in caserma, interrompendola in alcune occasioni per fare delle domande. Finito il resoconto, disse al suo cliente-cognato di non parlare e si fermò per qualche minuto a pensare.

«Il mio cliente», disse infine Fabbri, «non è un indagato, al più è una delle persone sospettate. La differenza è sostanziale e per il momento non potete sottoporlo ad interrogatorio. In aggiunta, le prove che avete a suo carico sono di tipo indiziario, non riuscite al momento a confermarne la valenza dimostrativa. In virtù di questi fatti, sono convinto che non esistano condizioni di urgenza tali da giustificare il fatto di trattenerlo qui in piena notte.»

Pelino cercò di convincerlo del contrario, secondo lei era necessario che il suo cliente-cognato rispondesse immediatamente alle domande più rilevanti ai fini dell'indagine. Discussero per più di mezz'ora, ma l'esito era scontato: dal momento che l'avvocato aveva varcato la soglia della caserma, aveva avuto lui il coltello dalla parte del manico. L'accordo raggiunto fu il seguente: Baccini avrebbe potuto fare ritorno a casa immediatamente, senza essere scortato dai carabinieri. La mattina successiva si sarebbe presentato in caserma insieme al suo avvocato per rilasciare delle dichiarazioni spontanee. Sarebbe arrivato alle 10.30, e non prima, perché l'avvocato Fabbri aveva un'udienza in tribunale di primo mattino.

Pelino era arrabbiata, delusa, impaziente di chiarire la posizione di Baccini nella vicenda Martini. Ma fu costretta a lasciar uscire il medico e il suo avvocato senza aver potuto ottenere ciò che sperava. Sarebbe andata meglio il giorno dopo, o almeno così auspicavano la tenente e il suo maresciallo.

Padova, 29 dicembre, 22.30

Martini e Chemelli entrarono in pronto soccorso alle 22.30. Erano già passati a casa di Anna, dove non avevano trovato nessuno. Avevano sperato che fosse passata di là, magari per recuperare alcuni oggetti o dei vestiti, ma di lei non c'era nessuna traccia. Preoccupati che le fosse successo qualcosa, erano corsi in ospedale. I due ospedali nel centro di Padova avevano lo stesso sistema informatico; ciò significava che se Anna fosse entrata in uno dei due, sarebbe stato possibile vederlo anche dai computer dell'altro ospedale. Decisero di non andare al policlinico, perché questo era l'ospedale dove lavorava Martini e in molti sapevano che era stato sospeso dal lavoro. Andarono invece all'ospedale S. Antonio; Martini conosceva molto bene due medici di pronto soccorso, e fortuna volle che uno di questi fosse di turno quella notte. Si precipitarono da lui e gli spiegarono la situazione. Un'amica, che aveva subito un forte trauma cranico la sera precedente, non era più rintracciabile in nessun modo. Chiesero al medico la cortesia di verificare se Anna fosse stata per qualche motivo ricoverata in ospedale. Il medico controllò in modo accurato, ma non trovò nessun accesso in pronto soccorso, tolti quelli della sera precedente. Anna, quindi, non era in ospedale.

Chemelli e Martini si guardarono: dov'era finita la ragazza? Cosa poteva esserle successo? Avendo controllato dai carabinieri, a casa sua e in ospedale avevano esaurito le possibilità. Sembrava impossibile che nell'era dei GPS, delle connessioni ultraveloci e degli smartphone una persona riuscisse a scomparire dai radar in quel modo. Discussero a lungo, formulando ipotesi e smontando teorie, finché – esausti – decisero che era meglio tornare verso casa.

Mentre pedalavano, Chemelli disse: «Sai, più ci penso, più mi convinco che il mondo si stia rivoltando contro di noi. È una catena ininterrotta di eventi, dal metadone in ospedale, alla droga a casa tua, all'omicidio di Carbone, fino a quello che è successo ad Anna. Sono tutte cose troppo strane per non essere collegate, e stanno distruggendo noi tre e il nostro lavoro. A questo puoi pure aggiungere che sono convinto che qualcuno sia entrato nel mio computer, forse quella ragazza che ho conosciuto a Singapore. So che sembro paranoico, ma io so benissimo di non aver aperto quei file per lunghissimo tempo. Ed essendo il mio computer protetto con l'impronta digitale, se qualcuno c'è entrato è stata lei, quella notte mentre dormivo».

«Eh, dai, secondo me stai un po' esagerando.»

«Forse sì. Ma sto pensando se c'è un modo per capire se sono solo paranoico, o se invece c'è qualcosa che non quadra nel mio incontro con la tipa.»

«Be' se vuoi saperlo, il semplice fatto che lei sia venuta a letto con te a un congresso di ingegneri è molto anomalo.»

«Vai a cagare, sto cercando di aiutare, io», rispose Chemelli stizzito.

E continuò: «La ragazza, Cathy, mi ha detto che è un'hostess di un'azienda farmaceutica, o qualcosa del genere. Se questo è vero, la sua faccia sarà da qualche parte su internet. Stavo pensando se riesco a recuperare un suo contatto per chiedere direttamente a lei.»

«Sì, e cosa le chiedi? Qualcosa del tipo: 'Ciao, mi sembra strano che tu volessi scopare con me, quindi mi stavo chiedendo se magari sei entrata nel mio pc mentre dormivo?'»

«Non so, intanto voglio recuperare il suo contatto, ma non so come fare.»

«Neanche un biglietto da visita? Un cognome? Niente?», chiese Martini, che cominciava a interessarsi alla questione.

«No, niente. Il fatto è che mi sto sempre più convincendo che lei abbia dato un'occhiata nel mio computer: che possa anche aver preso dei dati? Ma non mi viene in mente come recuperare informazioni sul suo conto. Ma...aspetta...»

Tirò fuori il telefono, cominciò a cercare tra le email.

«Spero di non averla cancellata...eccola! Questa email l'hanno spedita gli organizzatori del convegno, è la foto di gruppo che abbiamo fatto in occasione della cena sociale, vedi... questo sono io, vediamo se c'è anche lei da qualche parte.»

«Era questa?», chiese Martini, indicando una vecchia nella prima fila. Chemelli non lo degnò di uno sguardo e continuò a cercare.

«Eccola, si vede solo il viso. È questa qui, vedi questa bionda?», e zoomò con le dita. Comparve un volto sgranato, ma riconoscibile, una ragazza bionda, alta probabilmente un metro e settanta, a giudicare dal confronto con le persone vicine.

«E adesso che hai la foto? Cominci a girare come il principe di Cenerentola, con la scarpetta in mano finché non trovi la proprietaria?»

«In effetti è un vicolo cieco. Come faccio adesso a trovarla? È praticamente impossibile.»

«Dai, andiamo a letto. Domattina se Anna non è saltata fuori dobbiamo continuare la ricerca e voglio essere riposato.»

Ma Chemelli non si mosse: «Stavo pensando a una cosa. In dipartimento c'è un collega esperto di informatica e telecomunicazioni che forse potrebbe aiutarmi. Un tipo strano, tutt'uno col suo computer, ma non è antipatico e ogni tanto capita che parliamo assieme. Sai, elettronici e informatici sono storicamente in competizione. Agli elettronici piace studiare oggetti reali, fisici, il cosiddetto hardware; per gli informatici, invece, tutto quello che conta è il software, gli algoritmi che fanno funzionare i computer. Secondo loro, noi siamo degli smanettoni che giocano con le nuove tecnologie; secondo noi, loro sono dei teorici con la testa tra le nuvole, capaci solo di contare i bit. Questo è quello che diciamo per scherzare, ma di fatto sappiamo che non ci sarebbe elettronica senza informatica, e viceversa.»

«Taglia il preambolo, è tardi», disse Martini, a cui stava calando una stanchezza incredibile.

«In sintesi la situazione è questa: il collega di cui ti parlavo, Cavalli, si occupa di software per il riconoscimento delle immagini. Si tratta di algoritmi molto utili in vari campi: vengono utilizzati ad esempio per confrontare impronte digitali, o per aiutare i medici ad analizzare immagini radiologiche, individuando alcune patologie. So che recentemente si è occupato anche di software per il riconoscimento facciale. Ha un progetto di ricerca finanziato dal Ministero dell'Interno: la speranza sarebbe utilizzare le telecamere presenti in città, stazioni e aeroporti per identificare persone ricercate e delinquenti in maniera automatica, confrontando le immagini con una foto di riferimento.»

«E tu vuoi dargli la foto di Anna per vedere se passa sotto a qualche telecamera?»

«No, vorrei dargli la foto di Cathy, la ragazza Americana.»

«Per fare cosa, esattamente?»

«Ora ti spiego: con il software che sta sviluppando dovrebbe essere possibile trovarla. La settimana prima di Natale ha fatto un seminario e penso di aver capito il nocciolo della questione. A partire da alcune parole chiave, lui può fare delle ricerche in Google Immagini e scaricare nel suo hard disk tutte le foto relative a un determinato soggetto. Per esempio, potrebbe fare una serie di ricerche su Google usando parole come 'hostess casa farmaceutica', 'casa farmaceutica convegno Singapore', 'ricercatori casa farmaceutica', 'Cathy ricerca farmaceutica', 'industria farmaceutica brain computer interfaces', ecc. Le ricerche le farebbe in automatico il suo pc, che salverebbe le immagini in un database. A quel punto, scaricate le foto, potrebbe lanciare il suo algoritmo di riconoscimento facciale, confrontando ciascuna immagine scaricata da Google con la foto di Cathy che gli do io. Cercando le giuste parole chiave, potrei avere speranza di trovare la ragazza. O almeno, così spero.»

«Non so, però, se la tizia sia collegata alla nostra situazione. E mi sembra tempo sprecato, considerato che Anna è sparita!»

«Senti, non mi costa niente provare a chiedere. Anzi, se non ricordo male ora Cavalli è negli Stati Uniti, quindi provo a chiamarlo subito, vediamo se sono fortunato.»

Provò a chiamare, e il collega rispose dopo pochi squilli.

«Chemelli, che c'è, ti mancavo?»

«Sì, caro. Non riuscivo a dormire, allora ho pensato di chiamarti.»

«Che pensiero carino. Bene, adesso mi hai sentito, posso mettere giù?»

«No, no, dalla nostra relazione voglio di più. Ho bisogno di parlare.»

«Allora chiama un call center, un numero erotico, la signorina della Tim. Telefona a chi vuoi, ma non a me, per carità.»

«No, seriamente, hai un minuto?»

«Spara, sto lavorando, ma per te un minuto ce l'ho sempre.»

«Ottimo. Senti, ho un problema e forse tu mi puoi aiutare.»

Chemelli spiegò a grandi linee la situazione. Non disse tutti i dettagli, ma fece capire al suo collega che aveva bisogno assoluto di capire chi fosse la persona che aveva incontrato a Singapore.

«Non è che stai facendo lo stalker, vero?», chiese Cavalli.

«No, no, niente del genere. Mi serve rintracciarla perché credo abbia delle informazioni che mi appartengono, sul mio progetto di ricerca.»

Discussero ancora un po' dei dettagli. Cavalli era il tipo di ingegnere a cui un problema interessava più come esercizio mentale che per le reali implicazioni. Ora che aveva accertato che non c'era niente di illegale, che Chemelli non aveva intenzione di molestare la ragazza, il problema per lui acquisiva una connotazione meramente scientifica. Ed era un'occasione irripetibile per mettere alla prova il suo algoritmo di riconoscimento facciale, una specie di beta-test del software su cui stava lavorando da anni.

«Ok, vediamo cosa si può fare. Ma mi servirà tempo. È la prima volta che provo il mio programma su un campione così vasto, finora ho lavorato su un insieme ridotto di immagini fornito dal Ministero dell'Interno. Quello che mi stai chiedendo è invece di usare come campione di riferimento l'intero insieme di immagini sul web, rendendomi impossibile il lavoro.»

«No, tranquillo, ci ho ragionato. Pensavo di spedirti alcune parole chiave per una ricerca sul web, da fare attraverso Google Immagini. Molte aziende pubblicano sul web il profilo dei loro dipendenti, e in diversi casi sono le persone stesse a caricare foto sui social network professionali come Linkedin. Se mi dai l'ok, ti mando sei-sette parole chiave da usare per la ricerca, per costruire il database.»

«Chemelli, se fossi in Italia quello che mi chiedi sarebbe impossibile in tempi ragionevoli. Saranno comunque decine di migliaia di immagini! Ma fortuna vuole che in questo momento io sia seduto davanti a un computer che ha un accesso diciamo 'privilegiato' alle risorse della rete. Sono a Mountain View, nel caso ti servisse un ulteriore input.»

Chemelli a quel punto capì dove si trovava il suo collega. Aveva sentito che Cavalli aveva di recente cominciato a lavorare con un'azienda della Silicon Valley, un contratto da diversi milioni di dollari per l'ottimizzazione dei motori di ricerca. Ma non aveva mai realizzato che il suo collega lavorasse proprio per Google, che aveva la sede a Mountain View, in California.

«Ottimo», disse, rendendosi conto che ogni tanto, in mezzo alla sfortuna, può esserci un bagliore di speranza. «Questo cosa vuol dire?»

«Vuol dire che se la rete interna non è troppo affollata, dovrei riuscire a scaricare il database di immagini nel giro di qualche ora. Una volta che ho i file, posso lanciare il mio algoritmo e sperare che ci dia qualche informazione utile. È difficile fare una stima dei tempi, ma in 12-24 ore potrei già riuscire a darti una risposta, almeno in via preliminare.»

«Bravo, queste sono le parole che volevo sentirti dire. Quando riusciresti a lavorarci?»

«Forse anche subito: ho un meeting alle 18.00, se riesco a far partire la raccolta delle immagini adesso, dopo la riunione potrei già mettere al lavoro il mio software.»

«Grazie mille», rispose Chemelli.

«Be', ovviamente tutto questo ha un costo.»

«Quello che vuoi!»

«Direi che potremmo fare così: la prossima volta che mi convocano a fare sorveglianza ai test di ammissione, tu vai al posto mio, ok?»

Fare sorveglianza ai test di ingresso all'università era una delle cose più noiose del mondo. Significava essere chiusi in un'aula per un tempo interminabile, dover controllare la carta di identità di 3-400 studenti, e dover costantemente vigilare che nessuno copiasse o comunicasse con i compagni. E, tipicamente, i turni di sorveglianza capitavano sempre quando Chemelli aveva delle scadenze importanti, per rispettare le quali doveva poi lavorare durante la notte. Ma non c'era alternativa, la merce di scambio era tutto sommato adeguata.

«Affare fatto. Ho sempre adorato distribuire fogli protocollo e controllare documenti. Fammi solo sapere quando!»

«E' un piacere fare affari con te. Per tua conoscenza, ti avrei fatto questo piacere anche gratis, ma ormai mi hai detto di sì, quindi... problema tuo! Ora, mettiamoci al lavoro. Entro mezz'ora voglio la lista delle keyword per la ricerca delle immagini, in questo modo potrò attivarmi immediatamente. Farò partire il mio algoritmo verso le 19.00 ora della California, quindi circa alle 04.00 del mattino in Italia. Imposterò la ricerca in modo che se c'è una corrispondenza, un risultato, venga inviata una email al tuo indirizzo. Non ho molto tempo, quello che ti arriverà sarà semplicemente il link della pagina contenente la foto trovata. Può andare?»

«Certo! Troppa grazia, direi. Quindi mi arriveranno aggiornamenti in tempo reale?»

«Esatto. Così non sarò costretto a sentire ancora la tua voce.»

«Gentile come sempre, eh?»

«Marchio di fabbrica, a cui aggiungiamo il tradizionale astio tra informatici ed elettronici.»

«Grazie mille, non so come ringraziarti.»

«Dai, ci penserai ai prossimi test di ingresso. Quando sarai chiuso a giugno in un'aula senza aria condizionata, con 300 computer accesi e 300 studenti che scalderanno l'atmosfera... penserai al tuo amico Cavalli e ti convincerai che ti sei sdebitato adeguatamente.»

«Grazie mille ancora, a buon rendere.»

«A presto, ti tengo aggiornato se ci sono problemi.»

Dopo che ebbero messo giù il telefono, Chemelli disse: «Abbiamo mezz'ora per definire le parole chiave. Sediamoci da qualche parte e lavoriamoci.»

Entrarono in un pub irlandese, il primo locale che trovarono, ordinarono due birre e cominciarono a scegliere le parole chiave per la ricerca, annotandole e cancellandole da un tovagliolo. Quando ne ebbero identificate 8, le inviarono a Cavalli via email e si guardarono, entrambi stravolti.

«Che sia il caso di mangiare qualcosa?», chiese Martini che – bevendo la birra a stomaco vuoto – cominciava a sentirsi stanco e confuso.

«Certo, ma solo roba dietetica.»

Ordinarono due club sandwich con doppia dose di patatine e maionese, il tutto sufficiente per recuperare almeno 1500 calorie a testa. Il colpo di grazia, dopo il quale non sarebbero più riusciti a muovere un passo.

Durante la cena parlarono ancora, formulando ipotesi su dove potesse trovarsi Anna, o su chi potesse essere la misteriosa americana. Bevettero una seconda birra, dopo la quale concordarono di rientrare ciascuno a casa sua. La mattina dopo si sarebbero rivisti per colazione, al bar sotto casa di Martini, per definire le mosse successive.

Provincia di Padova, 30 dicembre, 07:00

Anna si era svegliata ormai da due ore e per tutto il tempo aveva cercato di capire cosa le fosse successo e dove si trovasse. Giaceva sdraiata, al buio, in un posto freddo e umido. L'odore era di chiuso, stantio, e il pavimento era ruvido e pieno di polvere. Non c'era freddissimo, ma il posto non era riscaldato. Poteva essere una cantina, probabilmente in una vecchia casa di campagna. Era buio, non sapeva che ora fosse, né da quanto si trovasse in quel luogo. Aveva le mani legate dietro la schiena e le spalle e i polsi le facevano male. Quando si era svegliata aveva il collo, che era già dolorante, a contatto con il terreno. Tra il freddo e la botta che aveva ricevuto, le era impossibile ruotare la testa senza vedere le stelle. Anche le caviglie erano legate, più che rotolare su se stessa non avrebbe potuto fare.

Non ricordava niente di cosa le era successo: l'ultimo ricordo era lei che scendeva dal taxi davanti a casa di Martini. Anna, da brava scienziata, aveva una mentalità analitica e un buono spirito deduttivo; non potendo muoversi, cominciò quindi a pensare. Era stata stuprata? Fece un rapido check, per capire se aveva dolori ai genitali, e non sentì nulla. In aggiunta, sentiva di avere le gambe legate, con pantaloni e scarpe ancora addosso. Era impossibile violentare una persona in quelle condizioni e faceva fatica a pensare che un eventuale stupratore, dopo aver abusato di lei, l'avesse rivestita esattamente com'era la sera prima. Quindi non era stata violentata.

Di sicuro, non era stata derubata: ormai non aveva niente addosso, dopo il furto subito uscendo dal lavoro. Non era ricca di famiglia, quindi nessuno avrebbe voluto rapirla per un riscatto. C'era qualche altra possibilità? Non le veniva in mente niente, rimase più di un'ora a guardare il buio, arrovellandosi su perché si trovasse in quel posto e su chi avesse potuto condurla lì.

Provò a muoversi, nella speranza di potersi sedere. Cercò di alzare la testa, con il mento riuscì a toccare il petto: fu un gesto dolorosissimo, dovette appoggiare la testa nuovamente sul pavimento. Improvvisamente si accorse di qualcosa che non tornava, ma le ci vollero cinque minuti di riposo per provare un'altra volta a muoversi. Raccolse le energie e fece esattamente lo stesso movimento. Con il mento arrivò a toccare lo sterno. Ruotò leggermente la testa ed ebbe conferma di quanto stava sospettando: non aveva più al collo la catenina, non c'era più la chiavetta USB.

Una sensazione di terrore la invase. Non era stata derubata per il valore del suo computer o per il contenuto della sua borsetta. Era stata derubata da qualcuno che voleva appropriarsi dei suoi dati, del suo lavoro. Ma nel computer non c'era praticamente niente, e per questo adesso qualcuno l'aveva stordita e rapita per rubarle la scheda USB contenente i dati più significativi.

Che fosse plausibile? Non ne aveva conferme ma – da che mondo è mondo – la gente rapisce le ragazze o per un riscatto, o per derubarle, o per violentarle. E nessuno di questi sembrava il caso suo.

Il lavoro che aveva condotto era importante, originale, fondamentale per lo sviluppo delle interfacce computer-cervello di Martini. Ma chi poteva essere così matto da volersene appropriare con la forza in questo modo? Doveva essere qualcuno che voleva arricchirsi; ma per farlo avrebbe avuto bisogno anche dei dati di Martini, che ora erano in mano di Baldacci. Baccini, Baldacci, Martini, Chemelli, i nomi cominciarono ad accavallarsi nella sua mente, e rimase ferma a pensare per un lungo periodo, senza più essere capace di muoversi.

L'uomo si era svegliato bene, per la prima volta da giorni era riuscito a dormire cinque ore filate, senza i soliti incubi e risvegli improvvisi. Aveva trovato la chiavetta USB, l'ultimo pezzo del puzzle necessario a Jeff. Aveva spedito subito i dati in USA, sperando che gli americani sarebbero riusciti ad accedervi anche senza password.

Guardò il telefono, c'era un SMS. 'Call me asap', chiamami al più presto.

Fece il numero, pensando che in America doveva essere notte. L'americano rispose al quinto squillo, con voce rauca: «Era ora. I file che mi hai spedito sono protetti da password; abbiamo provato a hackerarla, ma non ci siamo riusciti. La password deve essere molto lunga e i nostri algoritmi a forza bruta non sono stati efficaci: provano tutte le possibili combinazioni di caratteri, ci vorrà molto tempo per arrivare a una soluzione».

L'uomo aveva già capito: aveva un'ultima prova da superare, recuperare la password dalla ragazza. Odiava doverlo fare, odiava tutti i compiti di cui non poteva prevedere il risultato. Ucciderla sarebbe stato più semplice, un minuto e via. Ma estorcerle la password era un'altra cosa, avrebbero potuto volerci ore.

«Ho capito, vi serve la password. Ci lavoro subito.»

«Vale il solito discorso: no password, no money. E non farci finire nella merda.»

«Chiaro, signore.»

Al solito, l'americano aveva messo giù prima che lui avesse avuto il tempo di replicare. Era ora di uscire di casa, e alla svelta. Aveva impegni in mattinata, e non poteva permettersi di essere in ritardo.

Arrivò a destinazione in una ventina di minuti, aprì la porta della casa e ascoltò, fermo. Nessun rumore dentro all'edificio, la ragazza doveva essere ancora immobilizzata. Si diresse verso la cantina, ma non aprì immediatamente. Ancora una volta ascoltò, appoggiando l'orecchio sulla porta di metallo. Silenzio assoluto. Indossò il passamontagna, i guanti, e aprì il chiavistello. Una debole luce entrò in cantina, e vide la ragazza che giaceva per terra, nella stessa posizione in cui l'aveva abbandonata. Sembrava sveglia, sbatteva gli occhi, infastidita dalla luce che filtrava nella cantina. Le tolse il nastro americano dalla bocca e la sollevò, mettendola seduta. Le diede da bere del tè freddo. La ragazza sembrava infreddolita, di sicuro degli zuccheri le avrebbero fatto bene.

Lei lo guardò, con lo sguardo di una fiera in gabbia. Impotente, ma aggressiva. Arrabbiata, ma innocua. «Che cazzo vuoi da me?», disse infine.

«La chiavetta USB: voglio la password»; bisbigliò l'uomo, con voce irriconoscibile.

La ragazza ebbe un attimo di esitazione: allora era vero! Quell'uomo era stato capace di aggredirla rischiando di ucciderla e di rapirla per rubarle i dati. Doveva essere un pazzo, matto da legare. O doveva avere degli interessi in gioco, ma cosa? E chi era quell'uomo di cui non riusciva a vedere nemmeno gli occhi? Se era Baccini, forse voleva distruggere, o peggio rivendere, il lavoro di Martini? E se si fosse trattato di qualcun altro?

E, soprattutto, valeva la pena di rischiare la morte ancora una volta per una cavolo di password? Ma lei era caparbia e orgogliosa. La sera dell'aggressione le era andata bene, avrebbe potuto restarci secca e invece se l'era cavata. Forse poteva provare a resistere, almeno un'altra volta.

Non fece una di quelle scene che si vedono nei film, dove la ragazza legata comincia a riempire di insulti il suo aggressore con frasi del tipo: 'Fottiti, figlio di puttana'. Optò per un'altra strategia, molto più semplice da mettere in pratica: stette zitta e distolse lo sguardo. Di sicuro in questo modo spiazzò il suo interlocutore che – probabilmente – era pronto a uno scontro verbale. Per qualche minuto, l'uomo continuò a ripetere la domanda, agitandosi sempre di più. Se uno avesse visto la scena dall'esterno, avrebbe sicuramente trovato degli elementi comici. L'uomo, probabilmente per non farsi riconoscere, continuava a parlare sottovoce, ma sussurrando sempre più forte. Stava urlando *sottovoce*. Anna decise che questa era una conferma del fatto che si trattava di una persona che lei conosceva, una persona che lei avrebbe potuto identificare semplicemente dal parlato. Anna si chiese se a quell'ora i carabinieri avessero già agito nei confronti di Baccini, se l'avessero trovato. Ma i suoi pensieri furono interrotti molto presto: la sua strategia aveva per qualche minuto disorientato il suo aggressore, e questo l'aveva fatto montare su tutte le furie. Fu lui, a quel punto, a ricorrere al turpiloquio: «Puttana, dammi la cazzo di password o ti uccido».

«Non mi uccidi, finché non ti do la password», pensò Anna, che rimase in silenzio, nonostante l'ansia crescente. Non dire la password era la sua assicurazione sulla vita: se gliel'avesse detta, gli avrebbe dato un valido motivo di sbarazzarsi di lei, che a quel punto sarebbe diventata solo una testimone della sua follia.

Vedendo che la ragazza non reagiva, l'uomo si risolse a usare la forza: la colpì allo stomaco con un calcio; lei gemette e si contorse dal dolore, ma rimase zitta. Le diede altri due colpi alle ginocchia, colpendole dai lati sempre con il piede. I due colpi furono insostenibili per Anna, che però riuscì a mantenere il contegno stringendo i denti. L'uomo si abbassò verso di lei, la bocca a cinque centimetri dalla sua, e disse ancora: «Ormai hai capito di cosa sono capace. Rispondimi, o continuo così. Qual è la password?»

Anna, indebolita dal freddo, dalla mancanza di cibo e dai diversi colpi ricevuti, non proferì parola. Lo fissò negli occhi, lo sguardo fiero e stanco. L'uomo rimase in quella posizione per trenta secondi, forse un minuto, sperando che la sua vittima cambiasse idea, che gli desse l'informazione di cui aveva bisogno. Quando capì che la ragazza non avrebbe reagito, perse il controllo e le diede una testata dall'alto verso il basso. La testa di Anna prese due colpi, uno contro la fronte dell'uomo e uno – con la nuca – contro il pavimento. Indebolita, svenne all'istante.

L'uomo la guardò, temendo per un attimo che fosse morta. Controllò il polso, guardò la pupilla. Ancora una volta, la ragazza era sopravvissuta. Quella troietta gli sarebbe probabilmente anche piaciuta, se non si fosse messa sulla sua strada. Ma adesso non aveva tempo per pensare a queste stronzate: a breve, avrebbe dovuto essere di nuovo a Padova, e non aveva cavato un ragno da un buco. Sistemò la ragazza in modo che respirasse bene, la coprì per proteggerla dal freddo e chiuse la porta della cantina. Avrebbe dovuto lasciarla lì qualche ora, e non voleva ritrovarla ibernata. Prese la macchina, e ripartì per Padova, dove altri impegni lo stavano aspettando.

Padova, 30 dicembre, 10.00

Come avevano concordato, Chemelli e Martini si incontrarono per fare colazione insieme. Arrivò prima Chemelli e si sedette al tavolino del bar, vicino all'ingresso del locale. Martini lo raggiunse cinque minuti dopo, ancora con i capelli bagnati dalla doccia. Si guardarono, ciascuno speranzoso che l'altro avesse notizie riguardo ad Anna. Ma nessuno dei due l'aveva vista né sentita e, da un rapido controllo, non risultavano notizie su di lei nella cronaca locale.

Mangiarono con l'entusiasmo dei condannati che consumano l'ultimo pasto prima dell'esecuzione capitale. Nessuno dei due aveva fame, preoccupati com'erano per Anna. Concordarono di andare insieme dai carabinieri per denunciare la scomparsa dell'amica, e spesero quasi mezz'ora a discutere come presentare il caso in modo da essere il più convincenti possibile.

Quando stavano per alzarsi, il telefono di Chemelli suonò, o meglio emise il rumore di una goccia d'acqua che cade in un bicchiere pieno. Dopo pochi secondi, lo stesso suono. E poi ancora, una terza volta.

«Email», disse Chemelli, guardando distrattamente il display del telefono. «Andiamo, dai.»

Fece per alzarsi dalla sedia, ma si sedette subito di nuovo. Quelle che aveva appena ricevuto erano tre email inviate dal sistema di analisi di Cavalli, il suo collega negli Stati Uniti. A quanto pareva, il sistema aveva trovato tre corrispondenze, tre volti uguali a quello della ragazza che lui aveva incontrato a Singapore.

Cliccò sul primo link e si aprì la foto di una signora sessantenne bionda. Doveva essere stata una bella ragazza all'epoca, ed effettivamente assomigliava a Cathy. Ma aveva trent'anni di più e Chemelli era sicuro che – al di là dell'alcol – quella non fosse la persona che aveva conosciuto a Singapore. La foto era presa dall'annuario di un'associazione benefica e raffigurava la signora Ingrid Keller, una delle fondatrici del gruppo. Una breve biografia descriveva la vita e l'operato della signora che, a quanto si capiva, era morta un paio d'anni prima. Ingrid aveva contribuito significativamente alla vita della comunità nella quale viveva, il paese di Oxford, a circa un'ora da Boston. Gestiva un gruppo per supportare giovani madri in difficoltà, e sapeva come aiutarle grazie all'esperienza guadagnata crescendo le due figlie, Jane e

Courtney. Seguiva una descrizione di tutti gli eventi che la signora Keller aveva contribuito ad organizzare, con annesso dettaglio sulle cifre raccolte e successivamente devolute in beneficienza.

«Questa decisamente non è la tipa che ho incontrato», disse Chemelli.

«Ah, sì? Pensavo che avessi un debole per le vecchiacce.»

«Sì sì, mi arrapano le signore sui sessanta», rispose Lorenzo, scherzando. «Ma questa mentre ero a Singapore era già nella fossa, quindi di sicuro non era lei.»

«E le altre due email?»

Cliccarono sul secondo link e si aprì il sito di una squadra di calcio composta da bambini di sei-sette anni. E, dietro alla squadra, erano in piedi i genitori, sorridenti e orgogliosi. La foto era stata scattata l'ottobre precedente, quindi due mesi prima. Effettivamente era ben visibile una donna il cui viso assomigliava moltissimo a quello di Cathy: solo che il corpo della signora era almeno due volte più largo di quello della ragazza che Chemelli aveva conosciuto a Singapore. Una versione XXL di Cathy, impossibile che fosse la stessa persona, dal momento che in due mesi nessuno sarebbe riuscito a eliminare tutti quei chili. C'era una didascalia che riportava i nomi delle persone. La persona in questione si chiamava Courtney Moss e non c'erano altri dati.

«Courtney», chiese Martini, «non è lo stesso nome che abbiamo appena letto?»

«Sì, la figlia della benefattrice. La cosa più probabile è che l'algoritmo di Cavalli, che è ancora da ottimizzare, abbia confuso madre e figlia. Ma questa non è la ragazza che ho conosciuto io, al massimo la sorella.»

«Esatto, la sorella! Clicca sul terzo link, magari viene fuori la tua donna.»

Cliccarono, ma con grande sconforto scoprirono che il terzo collegamento era ad un'altra pagina web dedicata alla signora Ingrid Keller. Niente indicazioni sulla seconda figlia.

«Be' dai, non scoraggiamoci. Il software di Cavalli è ancora in esecuzione, magari in mezz'ora trova notizie sulla tua Cathy.»

«Potrebbe metterci una vita, noi non abbiamo tutto quel tempo!»

Si guardarono, ad un passo dalla depressione. Passò un minuto, durante il quale nessuno dei due proferì parola.

Ad un tratto, Chemelli disse: «Ehi, che stupidi! In America quando una donna si sposa prende il cognome del marito!»

«Buono a sapersi! Hai intenzione di cercare moglie negli Stati Uniti?»

«Ma no! La vecchia, la morta, la signora caritatevole! Si chiamava Ingrid Keller e probabilmente Keller non è il suo cognome, ma quello del marito! E quindi anche delle figlie, da nubili. Come si chiamava la seconda figlia?»

«Jane.»

«Ecco, molto probabilmente non dobbiamo aspettare che l'algoritmo finisca di scandagliare il web, sappiamo già tutto quello che ci serve. La mia amica di letto si chiama Jane Keller. Dai, cercala su Google Immagini.»

La cercarono e trovarono subito diverse foto. Molto probabilmente l'algoritmo di Cavalli ci sarebbe arrivato, ma in un tempo sicuramente più lungo. La prima foto raffigurava una Jane Keller poco più che ventenne, il giorno in cui aveva conseguito il master degree, la laurea magistrale americana.

«E' lei?», chiese Martini.

«Certo, un po' più giovane! Ma è lei, non c'è dubbio.»

La ragazza si era laureata ad Harvard, ed era citata come una delle migliori studentesse del suo anno. «Alla faccia della 'hostess'», disse Chemelli. «Questa è una prima conferma del fatto che mi ha detto un mare di cazzate. Vediamo gli altri link!»

Il secondo link rimandava al sito del Massachusetts Institute of Technology, o MIT come era conosciuta dal grande pubblico una delle più importanti università di ricerca del mondo, fondata nel 1861. La foto di Jane faceva parte di un collage di immagini che commemorava i neo-dottori di ricerca di qualche anno prima. Oltre alla laurea ad Harvard, la ragazza aveva anche un dottorato!

«E adesso dove lavora?», si chiese Chemelli a voce alta.

Non servì molto tempo per capirlo, nell'era dei social network la maggior parte di queste informazioni erano di pubblico dominio. Il network più utilizzato in ambito lavorativo era Linkedin, un servizio per connettere professionisti e condividere esperienze lavorative. In 20 secondi il sito fornì informazioni sulle 5 Jane Keller iscritte al network e – guardando le foto caricate – fu semplicissimo trovare la persona giusta.

«Jane Keller, Technology Scout at Lifetronics Inc.», lesse Martini ad alta voce.

«Trovata! E questa Lifetronics cosa fa?», domandò Chemelli, ormai eccitato.

Cercarono su internet: si trattava di una start-up che annoverava tra gli investitori alcune tra le maggiori case farmaceutiche al mondo. La società mirava a studiare e progettare dispositivi elettronici per la cura delle malattie. Le competenze più significative dell'azienda erano nel campo delle brain-computer interfaces e delle relative interfacce neurali. In questo ambito la Lifetronics aveva depositato diversi brevetti, il cui testo – o almeno un estratto – erano scaricabili dal web.

«Technology scout? E tu sospetti che la tizia abbia fatto 'scouting' introducendosi in camera tua per rubarti i dati dal computer?», domandò Martini.

«Spacciandosi per hostess, mentre in realtà era una ricercatrice di una grossa società americana. Merda!»

«Se adesso hanno i tuoi dati, potrebbero brevettare il nostro elettrodo?»

«Non senza i tuoi dati, e probabilmente non senza quelli di Anna.»

Si guardarono, colpiti dalle implicazioni di quanto avevano appena detto. Fu Martini il primo a parlare: «Vuoi che tutto quello che mi è successo abbia avuto questo come movente? Impossessarsi dei dati relativi alla nostra ricerca?»

«In quest'ottica, il furto del pc di Anna può essere avvenuto per caso?»

«A questo punto c'è solo una cosa che possiamo fare: correre dai carabinieri e parlare con loro. Spiegare che la questione potrebbe essere molto più complessa di come la stanno vedendo, e i rischi potrebbero essere più gravi. E poi dobbiamo denunciare la scomparsa di Anna. Che sia collegata?»

«Se lo fosse, Anna starebbe correndo un pericolo incalcolabile.»

Chemelli considerò questa affermazione: «Sai cosa c'era nel suo computer?»

«Penso molti dei dati su cui stava lavorando. Non so se ci fosse tutto, se tenesse nel pc anche i file più recenti.»

«Se non ricordo male aveva recuperato tutti i file dal pc dello studio medici: quelli dovevano essere i documenti più aggiornati, le informazioni più importanti. Mi sembra avesse detto che le aveva salvate su una chiavetta USB, proteggendole con una password.»

A Martini apparve un flash, un'immagine nitida come una fotografia appena scattata: «Ce l'ha al collo, la chiavetta. L'ho vista quando Anna era in ospedale, l'aveva attaccata ad una catenina. Lei non mi ha detto di cosa si trattava, ma doveva essere quella! Perché una persona sana di mente dovrebbe attaccarsi un drive USB al collo?»

«Questa storia non mi piace per niente», commentò Chemelli dopo averci riflettuto un po'. «Immaginiamo per un attimo che ci sia una persona qui a Padova che cerca di rubare i nostri dati. Per ottenere i tuoi, si inventa il discorso della droga e del metadone, così devi passare tutte le informazioni a Baldacci. Per ottenere quelli di Anna, le ruba il pc. Ma i dati nel pc non sono completi, e per trovare il resto la persona è costretta a rapirla»

«Anna è in pericolo! Andiamo dai carabinieri, subito!»

Padova, 30 dicembre, 10.30

La tenente Pelino aveva discusso a lungo con il capitano Cacciabuoi. Bruce avrebbe voluto procedere al più presto con una richiesta di fermo nei confronti di Baccini; Pelino, dal canto suo, aveva già capito che questa sarebbe stata una battaglia persa. Al momento aveva solo prove indiziarie; in aggiunta l'avvocato-cognato si era già dimostrato agguerrito e avrebbe opposto strenua resistenza.

L'ebbe vinta Pelino, almeno per il momento; lei e Cacciabuoi stabilirono che avrebbero fatto alcune domande a Baccini per verificare se avesse un alibi per il giorno in cui la droga era stata lasciata a casa di Martini e per la sera in cui Carbone era stato ucciso. Volpato, giunto in caserma alle 9, era d'accordo sulla strategia.

Il principale punto debole era che non si trattava di un interrogatorio ufficiale ma di una semplice raccolta di informazioni. Se avesse voluto, Baccini avrebbe potuto non rispondere alle domande, lasciando gli inquirenti con un pugno di mosche. E, per come stavano le cose, era probabile che l'avvocato consigliasse questa strategia.

Baccini si presentò puntuale insieme all'avvocato. Per l'occasione Pelino aveva deciso di utilizzare una delle sale riunioni della caserma al posto delle solite stanze per interrogatori. Voleva che Baccini si sentisse predisposto a parlare e che l'avvocato non percepisse un'ostilità di fondo nei loro confronti.

Dopo aver salutato Baccini e il suo avvocato, Pelino introdusse il collega Lipani e l'ispettore Volpato della squadra mobile. Specificò che la discussione avrebbe riguardato sia il caso Martini sia l'omicidio dell'agente immobiliare Carbone, dal momento che pareva esservi un collegamento tra i due eventi. L'avvocato Fabbri precisò che il suo cliente-parente aveva tutta l'intenzione di collaborare con le forze dell'ordine, rispondendo a quante più domande possibile. Tuttavia, si sarebbe riservato di rimanere in silenzio qualora avesse ravvisato il rischio che la sua risposta potesse essere usata contro di lui.

Pelino, a cui piaceva puntare al sodo, aveva preparato una lista di sole quattro domande, che aveva annotato sul suo bloc notes:

1) È a conoscenza del fatto che otto flaconi di metadone siano stati sottratti dall'ospedale a nome di Martini? Ha qualche collegamento con la vicenda?

2) Dove si trovava alle 18 dell'11 dicembre, giorno in cui Carbone ha portato una persona in visita presso l'appartamento di Martini e data in cui – con buona probabilità – la droga è stata lasciata nel garage?

3) Perché pochi giorni prima dell'11 dicembre, ha visitato la pagina web relativa all'annuncio di vendita dell'appartamento di Martini dal suo computer del lavoro?

4) Dove si trovava intorno alle 19 del 22 dicembre, sera in cui è stato assassinato l'agente immobiliare Carbone?

Baccini rispose a tutte e quattro le domande, consultandosi spesso con l'avvocato per ottenere il via libera. Lipani annotò diligentemente le risposte a mano a mano che queste venivano fornite, in modo schematico: 'Baccini è a conoscenza del furto del metadone e nega qualsiasi coinvolgimento nella vicenda. Consultata l'agenda, dichiara che la sera dell'11 Dicembre era probabilmente a casa, da solo. Nessuno può confermare, dal momento che spesso – rientrato a casa – sta un'oretta ad allenarsi (ha una cyclette in soggiorno, che usa ogni mattina e sera). Nega di aver visitato le pagine web relative all'appartamento di Martini e all'agenzia immobiliare di Carbone. Dichiara di non aver protetto con password il computer del lavoro, suggerendo che chiunque avrebbe potuto utilizzarlo a sua insaputa. La sera del 22 dicembre (omicidio Carbone) era dal dentista (ingresso ore 18.00, uscita ore 20.30), rimozione dente e impianto protesi'.

Volpato guardò Baccini: «Immagino qualcuno in studio dentistico si ricorderà di questo intervento, corretto?»

«Certo», rispose Baccini, «chiamate pure per verificare».

Volpato disse che avrebbe chiamato e si alzò. Il risultato del colloquio con Baccini era chiaro a tutti: con buona probabilità il medico non aveva ucciso Carbone, sembrava avere un alibi di ferro. D'altro canto, nulla si poteva dire circa il caso Martini. Poteva essere coinvolto, aver portato la droga a casa del collega; oppure poteva non esserlo. Di sicuro non c'erano gli elementi per trattenerlo in fermo e Pelino fu costretta a lasciarlo uscire, un'ora e mezza dopo il suo ingresso in caserma.

Fu l'ennesimo buco nell'acqua in un'indagine già di per sé complicata.

Padova, 30 dicembre, 12.00

I due colleghi erano passati a casa di Martini per recuperare un computer; volevano poter mostrare tutto a Pelino usando lo schermo del laptop e non il display del cellulare. Volevano avere la massima attenzione perché erano convinti che per Anna potesse essere questione di vita o di morte. Prepararono anche un veloce schema su un foglio A3, per riassumere i collegamenti tra gli eventi. Vi erano riportati tutti gli elementi e i protagonisti della storia, inclusa Jane Keller e le scoperte sul suo conto fatte grazie al software di Cavalli.

Ora i quesiti erano due: la prima domanda era se la tenente Pelino avrebbe prestato loro attenzione. Si sarebbe arrabbiata perché loro due si erano messi a fare gli investigatori dilettanti? Avrebbe preso in considerazione l'idea che dietro al ritrovamento della droga e alla sparizione di Anna ci potesse essere un complotto internazionale? Avrebbe cominciato a considerare l'idea che Martini potesse essere innocente?

La seconda domanda, che dipendeva dalla prima, era ancor più complicata: se anche Pelino avesse creduto loro, cosa avrebbe potuto fare per ritrovare Anna, identificare i veri colpevoli e scagionare Martini?

Chemelli e Martini non avevano tempo di pensare a come rispondere a queste domande; erano stati fermi anche troppo e ora volevano passare all'azione. In bicicletta corsero in caserma; giunti in portineria chiesero di poter parlare con Pelino. Il portinaio li guardò stranito; fortunatamente non si trattava della stessa persona che era di turno la notte precedente, altrimenti probabilmente li avrebbe presi per due squilibrati. Non è così comune che due persone entrino trafelate in caserma, ed è ancor più improbabile che lo facciano due volte in 12 ore.

Il portinaio chiamò Pelino, che rispose di farli entrare. Martini e Chemelli firmarono il foglio degli ingressi, lasciando un documento in portineria. In meno di cinque minuti sedevano ad un tavolo insieme alla tenente e al maresciallo. Ci misero quasi un'ora, avevano deciso di procedere in modo organico creando una tensione crescente nel racconto.

Cominciarono spiegando alcuni dettagli riguardo l'attività di ricerca condotta da Martini, e introducendo il concetto di interfaccia cervello-computer. Spesero alcuni minuti per illustrare alcune possibili applicazioni della tecnologia sviluppata da Chemelli, dal ridare la vista ai ciechi, agli sviluppi nell'ambito delle protesi, fino ai possibili usi in campo militare. In seguito, spiegarono la divisione dei ruoli all'interno del progetto e la parte fondamentale svolta da Anna: sviluppare un adeguato trattamento chimico che permettesse di collegare l'elettrodo e le cellule cerebrali. Dissero che i dati del progetto si trovavano divisi in tre archivi, che avevano solo alcune parti in comune: il pc di Chemelli, il server in sala medici e il computer di Anna. Si sarebbero potuti replicare gli esperimenti solo essendo in possesso di tutti e tre gli archivi.

Il primo insieme di dati, quello di Martini, era stato sottratto nel momento in cui il medico era stato sospeso dall'attività lavorativa; a quel punto, il collega Baldacci si era fatto carico di continuare il progetto di ricerca e Martini aveva caricato i dati sul server condiviso. La conseguenza era che chiunque, tra i medici del reparto, avrebbe potuto impossessarsene.

Riguardo al secondo insieme di dati, spiegarono che Anna due sere prima era stata aggredita e derubata del computer portatile. Era viva per miracolo, ma aveva scelto di autodimettersi dall'ospedale per poter seguire l'attività di ricerca senza interruzioni. Il laptop di Anna non conteneva tutti i dati: i più delicati e recenti erano archiviati su una chiavetta USB, appesa al suo collo con una catenina. Dalla sera prima, quando aveva lasciato la caserma dei carabinieri alle 17.32, Anna risultava scomparsa, irreperibile, irraggiungibile. Vi era una concreta possibilità che fosse stata nuovamente aggredita, al fine di sottrarle la chiavetta USB con i dati; non era chiaro dove si trovasse al momento.

Il terzo insieme di dati, quello di Chemelli, era stato sottratto durante un recente viaggio di lavoro a Singapore. Chemelli, arrossendo, raccontò degli eventi di Singapore e di come – grazie all'aiuto di un collega informatico – fosse riuscito a rintracciare la persona che gli aveva prelevato i dati dal computer. Disse che aveva la certezza che Jane gli avesse preso i dati, anche se in verità non poteva provarlo. Ma l'obiettivo era convincere la tenente a cercare Anna, quindi era necessario drammatizzare il più possibile.

Pelino e Lipani fecero diverse domande, anche quando Martini spiegò di cosa si occupava la Lifetronics, suggerendo che si trattasse di un caso di spionaggio industriale. Per i due carabinieri, che erano convinti che il caso riguardasse il commercio di droga, fu difficile cambiare la direzione dei ragionamenti. Tuttavia il racconto fu molto efficace e la spiegazione fu ricca di dettagli.

«Quindi lei suggerisce che ci possa essere una persona, o alcune persone, all'interno del reparto di neurologia che hanno architettato tutto per spedire i dati a questa Lifetronics?», chiese infine Pelino quando i due ebbero terminato la spiegazione.

«Sì, e siamo convinti che le stesse persone siano responsabili dell'aggressione ad Anna e della sua attuale sparizione. Queste sono le conclusioni a cui siamo arrivati conducendo un'indagine diciamo così 'artigianale'. Adesso però abbiamo bisogno del vostro aiuto e vorremmo denunciare formalmente la scomparsa di Anna. Le possiamo garantire che non c'è traccia di lei né a casa sua, né negli ospedali di Padova.»

Martini e Chemelli erano rossi in volto; avevano parlato per un'ora ininterrotta, mettendosi di impegno per ricordare tutti i dettagli della vicenda e per spiegarli nel modo più comprensibile. Pelino cercò di tranquillizzarli, di dire loro che si sarebbe occupata in prima persona della scomparsa di Anna insieme ai colleghi delle unità preposte. Disse anche che li avrebbe aggiornati, chiamandoli entro sera, sugli sviluppi della ricerca. Chiese a Chemelli e Martini di informare la famiglia di Anna: la tenente non voleva che venissero a sapere della sua scomparsa dagli organi di stampa e – suo malgrado – sapeva che c'era una fuga costante di informazioni dalla caserma ai quotidiani locali. Lipani accompagnò i due a sporgere formalmente denuncia per la scomparsa di Anna. Martini vide questa come una perdita di tempo, ma il maresciallo gli spiegò che in questo modo Anna sarebbe stata inserita tempestivamente in una banca dati accessibile da tutte le forze di polizia del paese. In aggiunta, in assenza della denuncia i carabinieri, non avrebbero potuto intraprendere la ricerca della ragazza utilizzando tutti i mezzi a loro disposizione.

«Come sempre, in Italia la burocrazia viene prima di tutto», pensò Martini, mentre Chemelli cercava di farlo stare tranquillo, in modo da gestire la procedura nel modo più veloce possibile. Di fatto, ci vollero meno di 15 minuti per completare il modulo: lo fece Lipani in prima persona, dal momento che molte delle informazioni necessarie erano già in suo possesso. Chemelli e Martini lessero, corressero e osservarono il maresciallo inserire i dettagli in banca dati. Fornirono anche tre foto recenti di Anna, anche queste furono caricate nel database.

Quando rientrarono in ufficio da Pelino, la tenente li ringraziò per la segnalazione e disse che avrebbe fatto tutto il possibile per ritrovare Anna. Chiese loro di rientrare a casa, di mantenere la massima riservatezza durante lo svolgimento delle indagini e di evitare qualsiasi contatto con i colleghi di Martini. Inoltre specificò che, nei casi di scomparsa, le prime 24-48 ore sono le più critiche per garantire il ritrovamento e l'incolumità della persona. Le stesse ore sono anche le più difficili per i familiari e gli amici. Per questo suggerì a Chemelli e Martini di stare insieme e di trovare il modo di pensare anche ad altro durante quelle ore difficili.

Lipani si occupò di accompagnarli all'uscita della caserma: «Faremo il possibile per ritrovare Anna», disse loro quando li salutò.

Rimasti soli, i due si guardarono. Chemelli fu il primo a parlare: «Dici che ci abbiano preso sul serio?»

«Sulla scomparsa di Anna direi di sì, con la denuncia e tutte le domande che ci hanno fatto. Sul discorso della Lifetronics, non ho capito se ci hanno creduto, se lavoreranno anche in quella direzione.»

«Mi sono fatto anch'io la stessa idea. Però, senti, per il momento la priorità è che si mettano a cercare Anna prima che le succeda qualcosa di male. Il discorso dei dati e della Lifetronics può aspettare, no?»

«No, se serve a capire a chi è in mano Anna.»

Si incamminarono verso la casa di Martini, dove avrebbero mangiato un boccone prima di chiamare i familiari dell'amica scomparsa.

Padova, 30 dicembre, 14.00

Rimasta sola con Lipani, Pelino si fermò a pensare per qualche minuto. «Maresciallo», disse quando uscì dal silenzio, «che idea ti sei fatto?»

«Ci sono due possibilità: o quei due ci hanno detto un mare di fandonie, oppure effettivamente c'è qualcuno che sta lavorando nell'ombra per sottrarre i dati ai tre ricercatori.»

«La storia che ci hanno raccontato è tanto credibile quanto inverosimile. Ricercatori del MIT, corporation americane e un banale caso di droga in una piccola città italiana?»

«Sì, anche a me sembrava più di guardare un film di fantascienza che di essere a lavorare. Del tema della loro ricerca, queste interfacce computer-cervello, non avevo mai sentito parlare: leggere nel pensiero? Permettere ai ciechi di vedere o alle persone senza un arto di camminare? Per me è pura stregoneria.»

«Effettivamente è vero che Martini ci lavora, ed è altrettanto vero che è molto brillante nel suo campo. Se quello che dicono di aver sviluppato esistesse realmente, gli interessi in gioco sarebbero altissimi. Ma sarebbero tali da giustificare una catena di eventi di questo tipo?»

«Be', tenente, guardandolo dal punto di vista dell'azienda, la Lifetronics ha fatto un investimento relativamente ridotto: 200 g di marijuana, un biglietto aereo per Singapore e una persona per aggredire la ragazza. Ma in cambio ha ottenuto i risultati di anni di ricerca, a disposizione in pochi giorni. Con occhio cinico direi che è stato un buon investimento, no?»

«Se la si guarda da questo lato direi di sì. Comunque, che loro abbiano detto il vero oppure no, una persona risulta scomparsa e su questo dobbiamo lavorare da subito.»

«Io dedicherei un po' di tempo a capire se qualcuno dei medici è coinvolto. Abbiamo appurato che Baccini non ha ucciso Carbone e sappiamo che altri medici – per esempio Baldacci – possono aver avuto accesso ai dati caricati sul server dell'ospedale.»

«Certamente, ci lavoriamo da subito. Dall'inizio di questo caso è sempre stato difficile trovare una singola persona da incriminare, pare che ogni medico abbia un alibi per almeno uno degli eventi accaduti. C'è chi non era in ospedale quando è stato prescritto il metadone, chi era di turno la sera della visita all'appartamento di Martini, chi lavorava o era dal dentista la sera dell'omicidio di Carbone. Mi sembra impossibile trovare una persona, alternativa a Martini, che possa essere responsabile da sola di questa catena di eventi. Questo può voler dire solo tre cose: o Martini è colpevole, ipotesi che per vari motivi siamo spinti a considerare poco probabile; o qualcuno degli alibi è falso, ma noi non riusciamo a dimostrarlo; oppure, più di un medico è coinvolto.»

«Sì, ci stavo pensando anch'io», commentò Lipani, che riusciva sempre a seguire i ragionamenti della tenente.

«Per questo motivo non voglio più escludere nessuno. Ogni richiesta che ti farò vale per tutti i medici, compreso il primario. Aggiungi anche Martini e Chemelli, non vorrei che ci stessero prendendo in giro. Voglio al più presto l'autorizzazione del PM per richiedere i tabulati e i dati di localizzazione telefonica di tutti i medici e del primario. In aggiunta, se veramente un'industria americana ha complottato per ottenere i dati di Martini, avrà pagato qualcuno per fornirglieli. Chiedi mandato per ottenere i dati bancari, anche in questo caso di tutti i medici e del primario. Se qualcuno ti paga per fare un lavoro sporco, solitamente non ti da niente in anticipo. I soldi si muovono quando arriva la merce, quindi è probabile che l'eventuale transazione sia avvenuta negli ultimi dieci giorni. Ma potrebbe esserci stato un anticipo, per coprire alcune spese. Quindi voglio la situazione del conto corrente e l'elenco di entrate e uscite negli ultimi due mesi per tutti. Per piacere, fallo subito. Se c'è una persona scomparsa, dobbiamo agire immediatamente per garantirne l'incolumità. Vedrai che, in base a questo, il PM non tarderà a darti il mandato.»

«Certo, preavviso già banche e operatori telefonici che preparino i listati. Sono le 14.00 del 30 dicembre, hanno veramente poco tempo per risponderci. Se lei è d'accordo, con le banche procederò in modo non ortodosso ma efficace: per prima cosa, chiamerò un amico che lavora all'agenzia delle entrate dandogli i codici fiscali dei medici. Gli chiederò di consultare l'anagrafe dei conti correnti, per avere la lista delle banche in cui i medici hanno il conto. Servirebbe un mandato, ma questo amico – un compaesano – non mi negherà un favore, se gli prometterò di inviargli la richiesta del PM a posteriori. A quel punto, chiederò alle banche che preparino il materiale, in modo da potermelo inviare istantaneamente nel momento in cui spedirò loro il mandato.»

«Una missione impossibile, con zero tempo a disposizione. Ma sento che ce la farai, Lipani: vai pure! Nel frattempo, io richiedo gli stessi dati per Anna Selmi, voglio assicurarmi che non abbia scelto lei stessa di scomparire, per qualche motivo.»

Padova, 30 dicembre, 14.30

L'uomo non aveva avuto un momento libero, era stata una mattina impegnativa. Da quella puttana non era riuscito a ottenere niente, in parte per colpa sua. Quando aveva visto che non rispondeva alle sue domande, aveva perso la speranza di riuscire a estorcerle la maledetta password; allora le aveva dato una testata, spazientito. Non riusciva a capire che cazzo gli era passato nella testa, aveva quasi rischiato di ucciderla. E, se fosse morta, addio password e soldi degli americani.

Non stava ragionando bene: di solito la sua ossessione gli permetteva di ragionare a mente fredda e di progettare ogni mossa con cinica precisione. Ma questo valeva solo a priori: quando poi si trovava nel bel mezzo dell'azione bastava che qualcosa deviasse dalle sue aspettative per farlo agire d'impulso. E per lui agire d'impulso significava far comandare il suo lato animale, aggressivo e istintivo.

L'americano gli aveva telefonato un'altra volta, l'ennesima minaccia di non pagarlo sibilata attraverso lo speaker del telefono. Per tutto il pomeriggio non avrebbe potuto muoversi, se ne sarebbe riparlato dopo le 19 quando finalmente avrebbe potuto partire per la casa di campagna.

Sarebbe ritornato dalla ragazza, possibilmente stremata, e avrebbe cercato di metterla alle strette. Era veramente così folle da voler morire per non rivelare una password? Era ancora così determinata, al punto di mantenere la sua silenziosa protesta senza reagire alle provocazioni? Quanto avrebbe potuto resistere sotto tortura? Sì, perché era determinato anche a farla soffrire, pur di avere quello che gli serviva. Si era documentato, vi erano diverse tecniche relativamente semplici da applicare: sul web aveva trovato alcuni resoconti sui metodi applicati dagli USA a Guantanamo. Che i resoconti fossero veritieri o inventati poco gli importava: quello che contava era che le tecniche descritte funzionassero, che fornissero risultati in tempo breve. Non poteva permettersi di metterci ore o giorni a estorcere le informazioni. Aveva bisogno di una strategia che inducesse la troietta a parlare al massimo in un paio d'ore. La scelta era ricaduta sul waterboarding, l'annegamento simulato.

Nel capanno dietro la casa avrebbe recuperato un'asse e delle corde, per legare la ragazza con i piedi più alti della testa. Avrebbe avvolto un panno intorno alla faccia e avrebbe cominciato a versare acqua sopra al viso. La sensazione di annegamento sarebbe stata istantanea: un flusso d'acqua continuo sul volto, l'impossibilità di controllare il respiro, l'ingresso del liquido nelle vie aeree. Questi elementi avrebbero costretto la ragazza a implorarlo di smettere e a rivelare la password. C'era un rischio concreto che lei ci restasse secca, aveva pensato anche a questa eventualità. Non voleva rischiare una condanna per omicidio, se mai l'avessero trovato. Con l'agente immobiliare tutto era filato liscio, nessuno avrebbe mai potuto collegarlo all'assassinio di Carbone. Ma con la ragazza era diverso, temeva che qualche telecamera, qualche testimone, potessero averlo inquadrato durante l'aggressione o il rapimento.

Ma di una cosa era certo: non c'è omicidio se non c'è un cadavere. Se il corpo non fosse mai stato trovato, nessuno avrebbe potuto affermare con certezza che la ragazza fosse stata uccisa. E nessuno avrebbe potuto mai condannarlo per questo. La troietta avrebbe potuto essere scomparsa di sua spontanea volontà, o essersi ammazzata da sola. Dietro alla casa di campagna c'era un bell'allevamento di maiali. Se si fosse reso necessario, nel giro di poche ore le bestie si sarebbero occupate di far sparire ogni traccia di Anna Selmi. E, fatalità, erano due giorni che non riusciva a passare a dare loro da mangiare, tra una cosa e l'altra. Niente di meglio di venti maiali affamati, probabilmente non avrebbe dovuto nemmeno preoccuparsi dei residui di denti e capelli, uniche tracce che avrebbero potuto permettere di identificare la vittima.

Se Anna non gli avesse dato la password lui sarebbe stato rovinato. Ma, a quel punto, lo sarebbero stati anche la ragazza, Martini e tutti i suoi cazzo di amici. Decisamente, l'uomo si sentiva un animale in caccia con un solo pensiero: la password, i soldi, il suo futuro. Nient'altro importava, senza queste tre cose la sua vita sarebbe finita in ogni caso.

Padova, 30 dicembre, 19.00

La tenente Pelino era uscita un secondo dalla caserma per prendere un panino e un caffè al bar. Aveva bisogno di pensare, nel giro di poche ore aveva dovuto processare una mole notevole di informazioni. I tabulati telefonici di Anna Selmi non davano alcuna notizia: la ragazza non aveva effettivamente più telefonato dopo l'aggressione, in accordo con il fatto che le avessero rubato il telefono. E, allo stesso modo, non aveva più speso un euro né con il bancomat né con la carta di credito. Se si fosse data alla fuga avrebbe avuto bisogno di prelevare, o almeno della disponibilità di contante. Ma, a quanto pareva, Selmi non prelevava contante dal 3 Novembre, data in cui aveva ritirato 200 euro. Da allora aveva effettuato solo movimenti con il bancomat per pagare spesa, ristorante, benzina, bollette e cinema. «Non è scappata», aveva pensato tra sé e sé, «deve effettivamente esserle successo qualcosa».

Lipani era riuscito nel miracolo: come sempre era stato capace di lavorare alla velocità della luce, alla gran faccia dei pregiudizi sui meridionali, che alcuni dipingevano lenti e fannulloni. Dare un problema a Lipani significava buttare benzina sul fuoco: se poi il problema era burocratico – come ottenere tabulati e informazioni dalle banche – Lipani lo viveva come una battaglia personale, novello Davide contro la feroce macchina delle scartoffie. Come fionda aveva usato il mandato del PM, come sasso la sua inattaccabile forza di volontà. Alle 16.30 Lipani era entrato nell'ufficio di Pelino con un plico di un centinaio di pagine: era riuscito ad ottenere i tabulati telefonici e i movimenti dei conti correnti degli ultimi due mesi di tutti i medici, inclusi Martini e Chemelli. Una quantità di informazioni impossibile da digerire in poche ore.

Avevano deciso di procedere in questo modo: avrebbero verificato la posizione di tutti la sera dell'11 dicembre, quando era avvenuta la visita a casa di Martini, e il 22 dicembre, quando era stato ucciso Carbone. Avrebbero controllato la presenza di eventuali chiamate verso l'agenzia immobiliare avvenute durante gli ultimi due mesi. In aggiunta, per verificare se più di un medico fosse coinvolto, avrebbero controllato se due o più colleghi si erano trovati nello stesso posto e nello stesso momento per un tempo prolungato, e se vi erano state frequenti telefonate tra due o più medici. Infine avrebbero analizzato eventuali chiamate verso numeri di telefono statunitensi, e movimenti di denaro in ingresso e uscita avvenuti durante gli ultimi sessanta giorni.

'Segui i soldi e troverai la mafia', diceva Giovanni Falcone. Pelino aveva riadattato questo detto in 'Segui i soldi e troverai la droga': più di una volta analizzare i flussi di denaro le aveva permesso di trovare il colpevole. Anche in questo caso, la regola dei soldi avrebbe dovuto fornire un'indicazione, o almeno così sperava.

Era stata una débâcle: nessuno dei tabulati telefonici analizzati aveva fornito informazioni utili. Tutti i medici erano fuori raggio, e di molto, sia la sera della visita all'appartamento di Martini sia quella dell'uccisione di Carbone. Tolti i periodi spesi in ospedale, nessuno dei medici era mai stato attaccato alla stessa antenna telefonica di un altro collega, quindi si poteva escludere che uno o più colleghi si fossero trovati fuori dal lavoro per spendere del tempo insieme. In questo vi era solo un'eccezione, Martini e Bellon erano stati nello stesso luogo la mattina del 27 dicembre. Pelino verificò la posizione: molto probabilmente si trattava della casa di Bellon, dal momento che lui abitava a Città Giardino, dove si trovava l'antenna a cui erano stati collegati i due medici. Pelino rilesse i suoi appunti e ricordò che Bellon le aveva detto di aver invitato Martini a colazione, una mattina che era a casa dal lavoro. Quindi quella sovrapposizione non significava nulla.

Gli unici tra i medici ad aver fatto chiamate verso gli Stati Uniti erano stati Martini e Baccini. Martini aveva fatto diverse chiamate nel periodo in cui si trovava in California; tutte le chiamate erano verso un numero di cellulare che Pelino aveva verificato appartenere al direttore del centro di ricerca per cui Martini aveva lavorato in America. Si trattava di un professore universitario che – dalla pagina web – sembrava ben oltre l'età pensionabile, probabilmente sull'ottantina. Era difficile pensare che un simile vegliardo, sicuramente già ricco e a fine carriera, potesse essere collegato alla vicenda Martini. In aggiunta era ragionevole pensare che lui e Martini si sentissero spesso al telefono per discutere l'avanzamento delle ricerche e la direzione dei futuri test. Riguardo alla chiamata verso gli Stati Uniti fatta da Baccini, Pelino scoprì che il destinatario era un certo Aristide Grassi, che lei non aveva mai sentito nominare, ma che l'indispensabile Google identificò subito come uno dei neurologi della Mayo Clinic in Minnesota.

Da una rapida verifica dei dati anagrafici, la tenente scoprì che Baccini e Grassi erano coetanei e che avevano avuto per 4 anni la stessa residenza, a partire da quando entrambi avevano 28 anni. I due avevano vissuto insieme in una casa in via S. Eufemia, a 200 metri dall'ospedale. Pelino si riservò di verificare più tardi, ma date e luoghi suggerivano che i due fossero stati compagni alla scuola di specialità, e avessero condiviso l'appartamento.

L'analisi dei conti correnti era stata ancora più inconcludente: nessuno dei medici aveva ricevuto o trasferito grosse somme di denaro durante gli ultimi due mesi, non si poteva trarre nessuna conclusione in merito.

Al bar, cenando per l'ennesima volta con un panino, la tenente Pelino cominciava a convincersi che non sarebbe mai venuta a capo di questo caso. Quello che sembrava il ritrovamento di una modesta quantità di droga appariva – se si credeva a Martini – un complotto internazionale senza capo né coda, un dramma in cui nessuno dei protagonisti aveva tutte le carte in regola né per essere pienamente colpevole né per essere completamente innocente. Si alzò, pagò, e rientrò in caserma. Avrebbe letto e riletto quei tabulati come si fa con quelle immagini che – se fissate molto a lungo – si trasformano in un disegno tridimensionale ricco di dettagli e colori. Doveva esserci qualcosa che non quadrava, non aveva intenzione di lasciarselo sfuggire.

Padova, 30 dicembre, 19.00

L'uomo si era finalmente liberato dai suoi impegni. Per essere lucido aveva bisogno di mangiare: sarebbe stata una notte lunga e non voleva rischiare di perdere un'altra volta la testa. Per permettergli di rimanere sveglio serviva una buona dose di zuccheri e calorie, ma non aveva tempo per un pranzo decente: doveva comprare un tubo per l'acqua, delle bacinelle e del materiale per la pulizia, inclusi sacchi neri da rifiuti di grandi dimensioni. Decise di ottimizzare i tempi: avrebbe cenato al Mc Donald's e si sarebbe fermato al Brico di fronte per comprare velocemente il materiale necessario. Come succedeva sempre quando era agitato, mangiare lo tranquillizzava. Adorava i nuovi Mc Donald's: si poteva ordinare senza dover interagire con il personale, utilizzando dei maxischermi touch-screen. In questo modo il processo era più veloce e, in aggiunta, nessuno si sarebbe ricordato di lui. Non che temesse che il personale del ristorante potesse identificarlo, semplicemente lo aveva preso la paranoia da delitto perfetto.

Mangiò tre Big Mac: a mente calcolò che quella cena valeva 1527 calorie, di cui il 37 % di grassi, la stessa percentuale che c'è nella panna. Trovava deprimente leggere le etichette nutrizionali degli alimenti, ma essendo a cena da solo e avendo bisogno di distrarsi non riuscì a farne a meno. Ad ogni modo aveva bisogno di energia, carboidrati per il cervello e proteine per far fronte alla fatica fisica della notte. E, soprattutto, voleva una cena veloce. Concluse con un doppio espresso, preso con due bustine di zucchero. Non bevve niente, per evitare di doversi fermare a pisciare mentre si stava occupando della ragazza. Di acqua ce ne sarebbe stata molta a disposizione durante la serata, nel caso gli fosse venuta sete.

Finita la cena, prese la macchina e attraversò via Venezia per andare al Brico. Aveva già la lista della spesa a mente, ma usò qualche minuto per vagare tra le corsie del negozio in cerca di ispirazione. Nella confusione non ricordava esattamente cosa avesse nella casa in campagna. Prese 10 metri di tubo da giardino, delle fascette da idraulico, un cacciavite, due bacinelle larghe, delle fascette da elettricista lunghe e robuste, un mocio, del sapone disinfettante alla candeggina e degli stracci in cotone. Comprò due confezioni di guanti da cucina e una di guanti in nitrile, come quelli che usava in ospedale. A quel punto il carrello era pieno, ed era convinto di avere tutto quello che gli sarebbe servito per il waterboarding. Si avviò verso la cassa, fermandosi per un attimo a prendere delle pinze, una con i becchi lunghi e una normale. Infine recuperò una sega da legno, sicuro del fatto che all'occorrenza sarebbe andata bene anche su altri materiali.

Tra cena e spesa aveva perso quasi un'ora, ma era soddisfatto. Caricò il materiale nel bagagliaio della sua auto e partì in direzione della casa in campagna.

Padova, 30 dicembre, 19.30

Silvia Pelino era una persona razionale e precisa, per lei la vita era un insieme di fatti deterministici, che si susseguivano in perfetto ordine logico. Se c'era qualcosa che apparentemente sfuggiva a questo ordine naturale, Pelino era convinta fosse perché gli umani non erano abbastanza intelligenti da comprenderne la natura. Per questo le sue indagini erano piene di annotazioni, schemi, calcoli e dettagliati resoconti dei fatti avvenuti. Spesso costruiva una timeline, una linea del tempo raffigurante la successione dei fatti, che poi osservava e correggeva nell'intento di scovare la sequenza di eventi che aveva portato al delitto. Lo stesso faceva per analizzare le persone coinvolte e i flussi di droga e denaro. Le indagini di Pelino costavano decine e decine di euro in risme di carta, fogli A3, lavagne e pennarelli. Questo era il suo personale modo di procedere che, fino a quel momento, aveva dato prova di funzionare alla perfezione.

Pelino era convinta che non esistessero i geni, o persone più intelligenti delle altre. La motivazione, la determinazione e lo spirito d'iniziativa valevano molto di più dell'intelligenza, ai suoi occhi. E questo era il motivo per cui, pur essendo brillante di natura, si applicava in modo estenuante alla soluzione dei suoi casi.

Tuttavia, nonostante questo amore per i processi logici, per la relazione causa-effetto e per una concezione razionale del mondo, Pelino era da sempre abituata a fidarsi dell'istinto. Degli altri si fidava relativamente poco, ma in una sua personale sensazione di pancia riusciva ad avere una fede incrollabile.

Rientrando dal bar era stata assalita da un sentimento spiacevole, la convinzione che la soluzione del caso fosse in uno dei tabulati che aveva analizzato nelle ore precedenti. Sentiva che qualcosa che aveva visto aveva attivato un campanello d'allarme, ma cosa?

Si trattava di una telefonata? O di qualche movimento bancario? O di un collegamento tra due medici che non aveva ancora identificato? Qualunque cosa fosse, era convinta che la soluzione fosse in quel mare di fogli che giaceva sulla sua scrivania. Rientrò in caserma e chiamò Lipani.

«Maresciallo, sono convinta che in questi tabulati ci sia la soluzione del caso, o almeno un'indicazione per capire chi è colpevole.»

«Se vuole ricominciamo da capo a studiarli.»

«Ho l'impressione che per quanto guardiamo quei fogli, non riusciremo a vedere la soluzione. Mi viene in mente quella frase di Hemingway, 'l'importante è ciò che non si vede'. È completamente fuori dal contesto, ma mi sembra che ci sia qualcosa che non abbiamo notato che in realtà è determinante.»

«Eppure abbiamo guardato tutti i movimenti bancari, studiato tutti i medici del reparto, analizzato tutte le chiamate, se ci fosse qualcosa di anomalo lo avremmo notato.»

«Infatti, è proprio questo che mi destabilizza. E se invece si trattasse di qualcosa che non c'è? Qualche telefonata, qualche transazione bancaria che proprio per il fatto di non essere nei tabulati ci indica il colpevole?»

«Mi perdoni, in tutta franchezza non la seguo», disse Lipani, rispettoso ma confuso.

«Passami quegli elenchi dei movimenti bancari per favore.»

Lipani riordinò i documenti forniti dalle banche e li passò alla tenente. Pelino cominciò a leggere quelli di Abate, senza notare niente di critico. Dopo 10 minuti continuò con le carte di Pomella, poi a seguire studiò i documenti di Franzon. Niente di niente, sembravano quello che erano, noiosi estratti conto che riassumevano meglio di un diario le giornate dei medici della neurologia di Padova.

Giunse poi ai documenti di Bellon e cominciò a sfogliarli. Non si notava alcun movimento strano, nessun incasso tale da insospettire, nessuna spesa consistente, nessuna transazione internazionale. Tuttavia Pelino rimase a fissare a lungo quei fogli e rizzò la schiena, quando cominciò a notare uno schema tra le righe del tabulato: ogni mese Bellon e sua moglie ricevevano lo stipendio, circa 4500 euro in due. Entro due o tre giorni pagavano l'affitto al padrone di casa, 600 euro, via bonifico. Vi erano poi diverse spese effettuate con il bancomat, con importi tra i 30 e i 50 euro. La maggior parte erano pagamenti di benzina, alimentari, vestiti. Nei mesi analizzati, queste spese non superavano i 4-500 euro. Le spese per le bollette delle utenze erano quasi tutte domiciliate, e ammontavano a un totale di circa 200-300 euro al mese.

Non vi erano spese di viaggi, fatta eccezione per dei biglietti ferroviari Trenitalia pagati con il bancomat. I viaggi erano frequenti, circa uno-due a settimana. Il costo del biglietto era sempre lo stesso, 8.50 euro. Pelino ragionò, e concluse che si doveva trattare biglietti andata e ritorno: Bellon lavorava ogni giorno e tipicamente gli acquisti di biglietti del treno erano distanziati l'uno dall'altro di 4-7 giorni. Era impensabile che stesse fuori per 3-4 notti una volta a settimana. Quindi Bellon doveva andare e tornare in giornata e – dividendo a metà la spesa registrata dal bancomat – il costo del biglietto di sola andata doveva essere di 4.25 euro. Pelino prese nota di controllare quale potesse essere la destinazione, che doveva probabilmente trovarsi entro un raggio di circa 30-50 km da Padova.

Altro particolare interessante, in tutti i casi i pagamenti POS a Trenitalia erano stati fatti intorno alle 16.30-17.00, presumibilmente all'ora in cui il medico finiva il turno di lavoro in ospedale. Molto probabilmente Bellon partiva e rientrava in serata per poter poi lavorare il giorno dopo. Che avesse un'amante fuori Padova che andava a trovare all'insaputa della moglie, evitando di usare la macchina di famiglia a favore del treno? Pelino continuò nella sua lettura dettagliata dei tabulati: nel periodo analizzato, dal conto di Bellon erano stati prelevati circa 2500 euro al mese in contanti, in 5-6 operazioni effettuate al bancomat, tutte con la stessa carta. A che scopo prelevare tutti quei soldi in contante, in un'era in cui si poteva pagare quasi tutto con mezzi elettronici? Tutto apparve ancora più strano quando Pelino si accorse del fatto che i prelievi in contante erano stati effettuati nelle stesse giornate in cui erano stati acquistati i biglietti ferroviari. Che Bellon andasse regolarmente a prostitute all'insaputa della moglie?

Pelino si fermò a riflettere: era abbastanza improbabile che la moglie di Bellon non sapesse niente di queste spese, dal momento che – proprio a causa di queste – a fine mese riuscivano a mettere via solo poche centinaia di euro. E se Bellon fosse andato a prostitute, la moglie se ne sarebbe accorta, no?

Ma che altro poteva fare il medico in una città vicina a Padova, con tutti quei soldi cash? Pelino aprì il sito di Trenitalia e cominciò a vedere il costo dei biglietti ferroviari verso le altre città del Veneto. Cominciò a cercare i capoluoghi: se Bellon andava e tornava in serata, doveva probabilmente recarsi in un posto da cui c'erano diversi treni anche la sera, quindi forse in una delle città principali intorno a Padova.

Controllò rapidamente i biglietti economici e trovò le seguenti tariffe: Vicenza, 4.25 euro; Venezia, 4.25 euro; Treviso, 5.00 euro; Rovigo, 5.00 euro; Verona, 7.30 euro; Belluno, 9.05 euro. Con ottima probabilità, ogni settimana Bellon si recava o a Vicenza o a Venezia.

Quando ebbe finito questa analisi Pelino provò a ragionare ulteriormente, ma non venne a capo di nulla. Ne parlò allora con Lipani, per cercare un secondo parere da una persona con un diverso approccio al problema. «Maresciallo, guardando questi dati che idea ti sei fatto?», chiese dopo aver lasciato al collega alcuni minuti per ragionare.

«Senza pensarci troppo, mi verrebbe da dire che Bellon ha un problema. Ogni mese, almeno nel periodo che abbiamo analizzato, spende quasi tutti i soldi che lui e sua moglie guadagnano. E quei soldi li spende in cash, durante i suoi viaggi serali.»

«Vicenza o Venezia, queste sono le destinazioni più probabili, se si guarda il sito di Trenitalia.»

«Quello che sto pensando è che Bellon abbia un problema di dipendenza. Supponiamo che sia un drogato e che ogni settimana debba procurarsi la 'roba'. Preferisce non farlo a Padova, dove pazienti e colleghi potrebbero riconoscerlo, e allora decide di andare in un'altra città. Il viaggio è breve, Vicenza e Venezia sono a mezz'ora di treno e lì in stazione può trovare tutto quello di cui ha bisogno.»

«Sì, stavo pensando anch'io a qualcosa del genere. Ha precedenti per droga?»

Lipani controllò velocemente nell'archivio, ma non risultava niente del genere. Il maresciallo commentò: «Credo comunque che se il problema è effettivamente la droga, non si tratti di marijuana – che dà una dipendenza limitata – ma di eroina o cocaina».

«Sì, d'accordo. Ma c'è qualcosa che non mi torna: Bellon ha una buona disponibilità economica, perché comprare la droga in 5-6 tranche diverse? Non potrebbe andare una volta al mese, fare scorta ed evitare di dover uscire molte volte consecutive? Facendo acquisti multipli, il rischio di farsi trovare con la droga addosso aumenta molto di più, nessuna persona sana di mente farebbe una cosa del genere.»

«Direi che questo ha senso. Ma allora cosa fa con quei soldi?»

«Inizialmente avevo pensato si trattasse di prostituzione, ma 5-600 euro sono una cifra molto alta per una ragazza che lavora vicino alla stazione di una grande città, non credi?»

«Concordo», rispose Lipani pensieroso.

Entrambi si fermarono a riflettere, poi Pelino continuò: «Rimaniamo un attimo sulla tua idea: supponiamo che Bellon abbia un problema di dipendenza, ma escludiamo che si tratti di droga o di sesso, per i motivi che abbiamo appena detto. L'alcol dà dipendenza, ma non serve prendere il treno per comprarlo.»

«E se fosse un ludopatico?»

«Difficile spendere tutti quei soldi in slot machine, non trovi?»

«E' vero. Ma a mezz'ora di treno da Padova c'è uno dei quattro casinò legali in Italia, il casinò di Venezia. E, se non ricordo male, lei mi ha appena detto che il biglietto per Venezia costa esattamente 4.25 euro, corretto?»

«Esatto! E i prelievi di contante potrebbero essere stati fatti per evitare che la moglie si accorgesse di questo problema?»

«La moglie, la banca, o chiunque avesse mai visto i suoi estratti conto. In realtà penso che la moglie sia a conoscenza del suo vizio, ma immagini cosa succederebbe se andasse a chiedere un prestito in banca e l'impiegata si accorgesse che sta dilapidando tutti i soldi al casinò? Meglio per Bellon usare i contanti, ne sono convinto. Tenente, potremmo controllare i dati telefonici per capire se effettivamente Bellon si recava al casinò di Venezia.»

Prima ancora che il maresciallo avesse finito la frase, Pelino si era già alzata per recuperare i plichi ricevuti dalle compagnie telefoniche. Scelsero una sera a caso tra quelle in cui Bellon aveva sia acquistato il biglietto ferroviario, sia prelevato 400 euro: dai dati a loro disposizione risultava che il telefono di Bellon tra le 19 e le 21 era rimasto collegato alternativamente a tre antenne TIM. Aprirono una cartina di Venezia al computer, utilizzando un programma di elaborazione di immagini. Segnarono gli indirizzi delle antenne riportati sui tabulati della compagnia telefonica. I ripetitori erano posizionati uno vicino alla chiesa di Santa Sofia, uno vicino a San Cassiano e uno al ponte de la Misericordia. Durante quelle due ore il segnale era rimbalzato da un'antenna all'altra, e questo indicava che Bellon era rimasto in un punto ugualmente vicino ai tre ripetitori. Usando il computer, crearono un cerchio centrato sul ponte de la Misericordia, che passava per il casinò di Venezia. Crearono poi altri due cerchi, uno centrato alla chiesa di San Cassiano e uno a Santa Sofia, di diametro uguale al precedente. Con enorme sorpresa, videro che c'era solo un punto comune a tutti e tre i cerchi, e quindi equidistante dalle tre antenne. Questo punto era il casinò di Venezia.

«Tombola!», disse Pelino, contenta che la triangolazione avesse funzionato anche senza bisogno di apparecchiature sofisticate. «Era effettivamente al casinò, e scommetto che c'era anche le altre sere in cui ha preso il treno.»

Fecero una rapida verifica, confermando che tutte le sere in cui Bellon era andato a Venezia era rimasto agganciato ai ripetitori vicini al casinò.

Lipani commentò: «Bene, abbiamo scoperto che Bellon ha una dipendenza dal gioco d'azzardo, che è ludopatico. Ma non è detto che sia colpevole, no?»

«Maresciallo, sono d'accordo con te sul fatto che non esistano prove sulla colpevolezza di Bellon. Il fatto è che, guardando i tabulati, i dati bancari, le prove in nostro possesso, nessuno dei medici risulta papabile. Per compiere un delitto serve un movente e fino ad adesso abbiamo considerato che Baccini potesse averne uno, per via della rivalità con Martini e del concorso. Ma sappiamo per certo che Baccini non ha ucciso Carbone, e al momento sono incline a considerare che le vicende di Martini e l'omicidio siano collegati.»

«Ok, capisco, ma cosa c'entra Bellon?»

«Bellon ha un problema: è ludopatico. Nonostante lui e sua moglie abbiano dei buoni stipendi, a fine mese finiscono quasi sempre in rosso a causa dei soldi che lui preleva settimana dopo settimana, buttandoli in fumo al casinò.»

La tenente prese i suoi appunti e li sfogliò freneticamente. Disse: «Il primo posto dove ha lavorato Bellon è stato Nizza, in Francia. Io sono torinese, da bambina sono andata spesso in vacanza in Costa Azzurra, e sai cosa mi viene in mente quando penso a Nizza? Mi viene in mente Monte Carlo, ci sono passata moltissime volte.»

«Non la seguo», replicò il maresciallo, che cercava di seguire il ragionamento della tenente.

«Monte Carlo è a 20 km da Nizza: Bellon potrebbe aver preso il vizio del gioco quando viveva a Nizza, recandosi spesso al casinò di Monte Carlo. Poi si è spostato a Milano: ricordo che il capitano Cacciabuoi si è vantato più volte di aver guidato retate in bische clandestine. Gioco d'azzardo, alcol e droga sono da sempre andati a braccetto. Può essere che Bellon si sia spostato a Milano per smettere di giocare, magari su spinta della moglie, e poi sia caduto nella tentazione delle bische.»

«Tant'è che a Milano è finito picchiato in una rissa. Che ci sia un collegamento?»

«Difficile a dirsi, probabilmente solo lui lo sa. Quello che conta è che dopo essere stato a Milano si è spostato a Padova, ufficialmente la città dove ha studiato. Ma, coincidenza vuole, anche una città che è a mezz'ora di treno da uno dei pochi casinò italiani. Se, e dico se, Martini e Chemelli hanno ragione, è in atto un'operazione di spionaggio industriale a opera di una ditta americana, la Lifetronics. Ora, immagino che questa azienda sia disponibile a pagare pur di accedere alle informazioni in possesso di Martini e colleghi. Chi, tra i medici, sarebbe stato disposto a rischiare la galera pur di ricevere un compenso per le sue azioni illegali?»

«Probabilmente solo un disperato, dal momento che – a giudicare dagli estratti conto – gli altri neurologi hanno finanze molto solide.»

«E Bellon si è presentato in caserma con una felpa pietosa.»

«Scusi, tenente?»

«Niente Maresciallo, cose da donne: sai che noi guardiamo sempre l'abbigliamento. Be', Bellon si è presentato in caserma con una felpa che probabilmente anche un senza tetto avrebbe preferito non mettere. Vestirsi in modo decente può costare un bel po' di soldi, probabilmente troppo se vuoi tenere tutto il denaro per spenderlo al casinò.»

«Come i drogati, che non mangiano pur di tenere i soldi per la droga?»

«Esatto. Stavo pensando proprio a quello!»

«Però, se non ricordo male, Bellon non era in ospedale il giorno in cui è stato prescritto il metadone.»

Controllarono, ed effettivamente Bellon – insieme a Baldacci – non era entrato in ospedale quella mattina. «Cosa dicono i tabulati del 10 novembre?», chiese Pelino.

Controllarono, ed emerse che Bellon era stato a Verona il 10 novembre. A dire la verità, i tabulati mostravano qualcosa di particolare: il telefono di Bellon era stato spento la sera del 9 novembre, verso le 17.00. L'ultimo ripetitore a cui era stato agganciato era quello di via Gattamelata, posto sopra al parcheggio multipiano che serviva l'ospedale. Poi il telefono era stato spento fino alla mattina successiva, quando era riapparso collegato ad un ripetitore di Grisignano di Zocco, fuori Padova in direzione di Vicenza. Da lì, Bellon si era spostato verso Verona, dove aveva passato tutta la giornata agganciato al ripetitore in via Lussino, vicinissimo all'ospedale di Borgo Roma.

«Probabilmente era là per lavoro», commentò Lipani.

«Probabilmente. Ma perché ha spento il telefono la notte? Se guardi i tabulati, tiene quasi sempre il telefono acceso quando dorme.»

«Forse si è scaricato.»

«O forse non voleva far sapere dove si trovava. Noi sappiamo che il 10 novembre non è mai entrato in ospedale, ma... e se non fosse mai uscito, la sera prima? L'ultima posizione registrata il 9 novembre è al policlinico, sarebbe possibile.»

«Quindi lei dice che Bellon, sapendo che Martini era di turno, sia rimasto in ospedale la notte aspettando di poter accedere al suo computer per prescrivere il metadone?»

«E' possibile, no?»

«Ma le porte del reparto sono chiuse, per entrare bisogna passare il badge. E Bellon, dopo aver timbrato l'uscita, non avrebbe più potuto rientrare senza che il suo ingresso fosse registrato dal sistema che gestisce gli accessi.»

«Potrebbe non essere mai uscito, così da stare dentro all'ospedale senza lasciare traccia.»

«Chiamiamo il primario, Ricci, per capire se è possibile.»

Chiamarono il medico al telefono e questi rispose al secondo squillo. Evidentemente la vita da primario l'aveva abituato ad essere sempre reperibile, perfino durante le feste. Ricci spiegò che Bellon non aveva mai timbrato l'ingresso il 10 novembre, quindi di sicuro non era entrato quella mattina in ospedale. E, dai tabulati, risultava che il medico fosse uscito la sera del 9 novembre e non fosse più rientrato. I suoi medici erano molto precisi sulle timbrature di ingresso e di uscita, perché l'azienda aveva recentemente richiamato colleghi di altri reparti che dimenticavano spesso di timbrare il cartellino.

«Un attimo…», aggiunse, fermandosi a pensare.

«Può succedere», continuò, «che uno dei colleghi non si ricordi di timbrare l'uscita. In quei casi a fine mese la segretaria contatta il medico e chiede di autocertificare l'orario di uscita, in modo da poterlo riportare correttamente sui tabulati. L'orario di uscita viene quindi registrato, ma con la nota 'AC', che sta per 'autocertificato', per tenere traccia dei movimenti».

«E come è uscito Bellon il 9 Novembre?», chiese Pelino con impazienza.

Il primario esitò un attimo e discusse brevemente con un'altra persona vicino a lui. Pelino non riuscì a sentire la sostanza della discussione, ma immaginò si stesse scusando per la telefonata inattesa. Dopo una trentina di secondi Ricci disse: «Non lo so, ammetto di non aver mai verificato. Se mi date un quarto d'ora vado in ospedale a controllare. Abito praticamente dall'altra parte della strada, vi richiamo io a breve.»

Pelino capì che la conversazione, probabilmente con la moglie, era servita a chiedere venia per il fatto che sarebbe uscito per un'oretta durante quella che appariva una serata intima. «Perfetto, la ringrazio», disse infine, salutando il primario.

Tenente e maresciallo tornarono a riflettere, Pelino decise di utilizzare una lavagna per visualizzare in una mappa concettuale le loro deduzioni. Risultò relativamente semplice collegare eventi e persone: la Lifetronics voleva impadronirsi delle scoperte di Martini e per farlo aveva bisogno dei dati contenuti nei computer di Chemelli, Martini e Selmi. Chemelli era stato intercettato a Singapore, da una 'talent scout' sotto le mentite spoglie di una hostess. Una volta sedotto e addormentato Chemelli, era stato semplice per lei recuperare i dati dal computer, scansionando il dito dell'ingegnere per accedere al pc. Per recuperare i dati di Martini e Selmi, la Lifetronics si era servita di Bellon, che aveva accettato l'incarico quasi sicuramente in cambio di un compenso, considerati i suoi problemi di denaro e la sua dipendenza dal gioco d'azzardo. Bellon aveva cercato di incastrare Martini con il metadone e la marijuana, senza che fosse possibile risalire a lui. Non avendo mai timbrato il cartellino il 10 Novembre, e avendo tenuto il telefono spento per tutta la notte, non sarebbe stato mai possibile dimostrare che lui fosse in ospedale, anche se – con buona probabilità – ci era stato. Inizialmente Bellon doveva aver considerato questo un piano efficace; poi, un po' per la successione degli eventi e un po' per il suo frenetico impulso, la situazione gli era sfuggita di mano, portandolo a compiere gesti estremi. Il problema si era posto quando si era trattato di recuperare i dati di Selmi: inscenare il furto del computer non era stato difficile ma – evidentemente – nel computer non c'era tutto quello che serviva. Si era reso necessario cercare in modo più accurato: Bellon per questo aveva rapito la ragazza, per recuperare la chiavetta USB di cui avevano parlato Chemelli e Martini. Se così stavano le cose, Selmi doveva essere in serio pericolo. Ma per capire se effettivamente era successo questo, serviva ancora una conferma da parte del capo della neurologia.

La telefonata tardò ad arrivare, giunse una mezz'ora dopo che Pelino aveva chiamato il primario. Ricci, senza nemmeno salutare, disse: «Mi scuso per non aver controllato prima. Sono abituato a dare per scontato che i miei medici timbrino sempre le uscite dal reparto, e per questo non avevo mai verificato. Effettivamente, la sera del 9 Novembre Baldacci ha timbrato l'uscita e se ne è andato. Bellon, invece, si è dimenticato di timbrare e ha poi autocertificato l'orario di uscita, alle 17.00 del 9 Novembre.»

Finita la telefonata, Pelino si fermò a pensare un attimo: «Se Bellon è il colpevole, è un genio. Per nessuno dei crimini che ha commesso è possibile dimostrare il suo coinvolgimento, dal momento che ha sempre nascosto le tracce».

«Sì, è vero. Ma se adesso tiene la ragazza in ostaggio, se lo prendiamo in flagranza facciamo un arresto con i fiocchi, e il giudice non avrà problemi a convalidare una custodia cautelare. Ma dove lo troviamo?»

«Proviamo a chiamarlo a casa, anche se dubito che lo troveremo. Chiama tu, Lipani, e dì che hai bisogno di parlare con Bellon per chiedergli informazioni sul collega Baccini. È una scusa più che valida, dal momento che la stampa ha fatto una campagna massiccia sul suo conto, sbandierando ai quattro venti il fatto che lo stavamo cercando.»

«Ottima idea, chiamo subito.»

Lipani chiamò e Grazia, la moglie di Bellon, rispose che erano tre giorni che suo marito usciva all'alba e rientrava a mezzanotte per motivi di lavoro. Al momento non era a casa, era in ospedale e sarebbe tornato molto tardi. Lipani ringraziò e chiamò immediatamente il centralino della neurologia. Rispose una signora, probabilmente un'infermiera: «Bellon? No, Bellon non è qua, ha finito da un po'».

Se non era a casa e non era in ospedale, dove poteva trovarsi? Pelino non voleva chiedere alla moglie, temeva che lei potesse chiamarlo per metterlo in guardia, agendo in qualche modo da complice. Controllarono velocemente: non risultava che Bellon avesse altri immobili, altre case in cui rifugiarsi. Ma di sicuro se Bellon aveva rapito la ragazza, non l'aveva portata in un albergo. Quindi doveva avere un punto d'appoggio da qualche parte. Lipani cominciò a controllare freneticamente gli estratti conto: «Se ha un'altra casa dovrà pur pagare le bollette, no?»

Osservarono attentamente gli addebiti: notarono che Bellon pagava due diverse bollette dell'energia elettrica, una più costosa, probabilmente la casa dove viveva, e una da una ventina di euro al mese, probabilmente una casa sfitta. Ma dov'era quella casa? Era possibile che avesse portato là la ragazza? A quell'ora della sera, il 30 Dicembre, Pelino non sarebbe mai riuscita a mettersi in contatto con gli uffici dell'Enel per avere informazioni.

«Abbiamo appena visto che Bellon non ha un'altra casa intestata a lui, giusto?» disse, pensando a voce alta. «E non risultano nemmeno case intestate a sua moglie, a quanto vedo da un rapido controllo. Perché paga la bolletta per una casa non sua?»

«A me vengono in mente due sole spiegazioni: potrebbe avere una seconda casa in affitto, pagandola in nero con il contante. Ma se paga la casa con il contante, perché non fa lo stesso anche con le bollette? La seconda possibilità è che abbia ereditato una casa, ma non abbia ancora completato le pratiche di successione. In quel caso dovrebbe già farsi carico delle bollette, ma la casa non risulterebbe ancora intestata a lui.»

«Se paga un affitto in nero, non riusciremo mai a capire dove è la casa fino a domattina, quando potremo richiedere all'Enel i dati sull'utenza. Visto che non possiamo percorrere questa strada, proviamo a lavorare sull'ipotesi dell'eredità. Controlliamo se Bellon ha fratelli e se i genitori sono in vita.»

Verificarono, ci volle poco tempo perché si trattava di dati anagrafici. Bellon risultava figlio unico, il padre era morto 10 anni prima, mentre la madre era morta solo 5 mesi prima. Alla madre risultava intestata una sola casa che si trovava nel comune di Teolo, sui colli Euganei, a circa mezz'ora da Padova. Controllarono subito l'indirizzo: si trattava probabilmente di una casa singola che sorgeva su una strada secondaria. L'edificio doveva essere abbastanza isolato, dalla cartina sembrava che fosse a circa 500 metri dall'abitazione più vicina.

«Che sia questa la casa?», chiese Pelino, più per convincersi lei stessa che per fare una domanda vera e propria. Improvvisamente, cominciò a realizzare: se era vero che Bellon aveva rapito Anna Selmi, non poteva di certo averla portata nel suo appartamento. Il medico aveva a disposizione il luogo ideale, una casa disabitata e isolata a solo mezz'ora di tempo da Padova. Perfetta, per quell'operazione.

Con Lipani discussero il da farsi: per perquisire la casa avrebbero avuto bisogno dell'ennesimo mandato, e ci sarebbe voluto tempo per convincere il PM e spiegargli tutta la vicenda. Molto probabilmente non sarebbero riusciti ad avere l'autorizzazione prima di due o tre ore. Tuttavia, era noto ai due carabinieri che nei casi di scomparsa le prime ore sono le più critiche: passate 24-48 ore, le probabilità che la persona scomparsa si trasformi in un cadavere crescono drasticamente.

D'altro canto procedere senza mandato significava andare contro le regole, e nessuno dei due sembrava voler finire sui giornali, dipinto come uno sceriffo del Far West che fa giustizia da sé. Discussero un quarto d'ora e concordarono una strategia intermedia: era necessario correre sul posto, per assicurarsi che la ragazza non fosse in pericolo. Qualunque cosa volesse fare Bellon, l'avrebbe fatta quella sera, dal momento che aveva detto a sua moglie che sarebbe rientrato a casa a dormire. D'altronde, era altrettanto necessario spiegare tutto al capitano Cacciabuoi e al PM, per poter avere i permessi necessari a un'azione di forza. Pelino non voleva che fosse Lipani ad andare a Teolo: avrebbe corso un pericolo senza essere autorizzato a essere sul posto, la sua carriera avrebbe potuto essere rovinata. Essendo più alta in grado, decise che sarebbe andata lei di persona: si sarebbe avvicinata alla casa di Bellon e avrebbe tenuto informato Lipani sulla situazione. Sarebbe intervenuta solo se la ragazza fosse stata in imminente pericolo di vita.

Dal canto suo Lipani avrebbe chiamato il PM e richiesto mandato ufficiale per la perquisizione della casa della madre di Bellon. Lipani avrebbe pre-allertato una squadra cinofila per la perquisizione e un'unità di soccorso, nel caso la ragazza fosse stata in pericolo di vita. Era necessario cogliere Bellon in flagranza di reato e per questo bisognava agire subito. Sempre che Bellon fosse veramente lì, e sempre che avesse effettivamente rapito Anna Selmi. Per tutta la serata, Pelino avrebbe mantenuto contatto con Lipani via telefono, in modo da coordinare al meglio le operazioni. Preferivano non utilizzare i canali radio ufficiali, dal momento che Pelino stava intervenendo senza mandato.

Padova, 30 dicembre, 22.10

Prima di partire, Pelino chiamò il capitano Cacciabuoi per spiegargli i dettagli dell'operazione. Riassunse i risultati delle indagini condotte da lei e Lipani e insistette sulla necessità di intervenire con urgenza. Non disse al capitano che sarebbe partita immediatamente alla volta di Teolo, in modo che il superiore non glielo impedisse con un ordine formale. Per un militare disobbedire a un ordine è disonorante, e la tenente non voleva rovinarsi la carriera; agire di propria iniziativa, senza chiedere ai superiori, avrebbe potuto essere meglio o peggio, a seconda di cosa avesse trovato una volta giunta a casa di Bellon. Ma questo era un rischio che Silvia Pelino aveva deciso di correre. Il capitano disse che concordava sulla necessità di agire con urgenza, e diede via libera per chiamare il PM e intervenire con una squadra presso la villa di Bellon.

Salutato Bruce, la tenente prese la pistola d'ordinanza, un caricatore di riserva e un giubbotto antiproiettile. Sarebbe passata da casa a recuperare una pila frontale, l'orologio con GPS che usava per le gite in montagna, dei vestiti neri e un paio di scarponi. Poi, con un'auto senza insegne, sarebbe partita per Teolo. Tra le auto a disposizione scelse una vecchia Punto blu scuro, la più anonima. Per le strade sterrate dei colli non era raro vedere delle auto di quel tipo, che gli abitanti della zona tenevano fino a quando esalavano l'ultimo chilometro. Tenente e maresciallo si salutarono e Pelino uscì rapidamente dalla caserma.

Lipani si mise subito al telefono: trovò il PM ancora sveglio, erano le 22.30. Il pubblico ministero rispose a bassa voce, mentre in sottofondo si sentivano degli spari. Lipani, che dubitava che il PM fosse in mezzo a una battaglia, immaginò che si trovasse al cinema. Attese trenta secondi, il tempo necessario perché il suo interlocutore uscisse dalla sala: «Mi dica, maresciallo, spero sia urgente», disse il PM, senza dimostrare entusiasmo per essere stato interrotto mentre guardava un film.

«Perché le spieghi tutto ci vorrà un po': purtroppo sono stato costretto a chiamarla con urgenza, d'accordo con la tenente Pelino e il capitano Cacciabuoi.»

Una volta che il PM ebbe sentito che era stata rispettata tutta la catena gerarchica, fu più disponibile ad ascoltare. «D'accordo, trovo un posto per sedermi. Intanto mi dica pure.»

Lipani impiegò quasi mezz'ora per spiegare al PM la situazione; fu interrotto diverse volte, alcune per richieste di chiarimenti, altre perché per il pubblico ministero era difficile riuscire a seguire l'intricata serie di eventi senza poter prendere appunti come era solito fare. Ad ogni modo Lipani sentì che si stava convincendo: «Se vi do il mandato, farete sì che questo sia l'ultimo che mi chiedete? In questo periodo, con questa indagine, mi sono sentito dire che ho il 'mandato facile', un eufemismo per dire che vi autorizzo ad ogni sorta di perquisizione, senza che l'indagine proceda e si identifichi un colpevole. E, rendiamoci conto, tutto per 200 g di marijuana e una dose di metadone che non basterebbe a un tossico per una settimana».

«Non posso darle torto», rispose educato Lipani. Da bravo maresciallo, era abituato ad ascoltare gli sfoghi dei superiori. I bambini lo sanno bene, abituati a sentire le prediche delle mamme: il modo migliore per poter tornare a giocare è sentire la sgridata, permettere all'adulto di svolgere la sua funzione genitoriale e dare ragione quando vengono rimarcate le colpe commesse. Allo stesso modo Lipani lasciò parlare il PM per buoni cinque minuti, interrompendolo solo per dirgli che aveva ragione, che avevano per un po' navigato alla cieca, ma che ora finalmente lui, la tenente e soprattutto il capitano (ribadì tre o quattro volte quest'ultimo concetto) erano convinti di essere sulla strada giusta.

Il PM, dopo lo sfogo, si convinse di aver esercitato la sua autorità: il carabiniere non solo lo aveva ascoltato, ma aveva anche compreso le ragioni del suo discorso. Uno dei timori del pubblico ministero era di svolgere il mero ruolo di firma-mandati, e che tutta l'iniziativa fosse dei carabinieri. Ora sentiva di aver ristabilito l'ordine naturale delle cose e di essere nuovamente lui a prendere le decisioni.

Soddisfatto, disse: «E' necessario che interveniate quanto prima. Vi chiedo di mettere in campo tutte le forze disponibili, vi invierò mandato formale entro mezz'ora. Tanto ormai il film è finito, mia moglie sta uscendo dalla sala e ci dirigiamo a casa. Nel frattempo, vi invito ad organizzare le vostre squadre, in modo che possano essere operative nel momento in cui riceverete il mandato».

Lipani sorrise, era riuscito a convincere il PM: soddisfatto, pensò che ancora una volta aveva eseguito gli ordini di Pelino alla perfezione, la tenente sarebbe stata felice del suo lavoro.

Teolo, 30 dicembre, 22.50

Silvia Pelino era arrivata a Teolo molto rapidamente: a quell'ora della sera il traffico era praticamente inesistente e, in aggiunta, aveva pestato bene sull'acceleratore della Punto, conscia del fatto che i numerosi autovelox presenti sulla strada non avrebbero potuto nulla contro di lei. La casa della madre di Bellon si trovava dopo il paese, su una strada sterrata che si imboccava da un bivio, all'altezza del cimitero. Parcheggiò al bivio e decise di percorrere a piedi la distanza da lì alla casa, in modo da potersi avvicinare senza essere notata.

Sorrise, pensando a quante volte aveva parcheggiato proprio in quel posto per andare ad arrampicare alla vicinissima palestra di roccia, sotto la cima di Rocca Pendice. Quel luogo d'arrampicata era unico nel suo genere: la roccia non era calcarea, come nel resto del Veneto, e non era granitica, come nella zona del Monte Bianco dove Pelino aveva fatto diverse escursioni anni prima, quando abitava ancora a Torino. Rocca Pendice era costituita da un enorme filone di trachite, la roccia vulcanica che ne caratterizzava le ripide pareti verticali. La tenente conosceva bene il luogo, ricco di sentieri fangosi; la collina era caratterizzata da una fitta vegetazione perfino nella stagione invernale, a causa della presenza dei lecci, latifoglie sempreverdi alti fino a 20 metri.

Indossò il giubbotto antiproiettile sentendone il peso sulle spalle. Decise che lo avrebbe portato fino alla casa: lì avrebbe valutato il rischio che Bellon fosse armato e, in caso non lo fosse, avrebbe nascosto il giubbotto da qualche parte in modo da potersi muovere più liberamente. Pesando circa 50 kg, il peso del giubbotto era per lei significativo, rapportato alla massa corporea. Bellon doveva essere alto almeno 20-25 cm più di lei, quindi per fermarlo avrebbe avuto bisogno di tutta la sua agilità.

Mise la torcia frontale in testa, ma la tenne spenta. La luce della luna filtrava tra le nuvole e illuminava a sufficienza la strada bianca su cui avrebbe dovuto procedere. Controllò la pistola nella fondina laterale e inviò un messaggio a Lipani: 'Ho parcheggiato, mi incammino verso la casa'.

Si mosse rapidamente: la notte era fredda e silenziosa, l'aria limpida. Il suono dei suoi passi sul ghiaino e la nuvola che usciva a ogni respiro erano le uniche perturbazioni all'ambiente circostante. Camminò a passo rapido per circa 8 minuti, superando alcune case. Non ebbe bisogno di controllare la cartina, l'aveva memorizzata prima di uscire dalla caserma, in modo da non doversi fermare e accendere la torcia. Passata una curva, vide in salita sulla destra la stradina che portava alla casa di Bellon. Si fermò un attimo ad ascoltare. Silenzio. Era ancora distante forse 100 metri; cominciò a salire mantenendosi sul lato buio della strada, al riparo della luce della luna. Più vicina, a circa 30 metri, sentì il rumore di animali, forse maiali, che sbuffavano e si muovevano. Ricordò la vista satellitare della proprietà, che aveva studiato su Google prima di uscire dalla caserma. Poco prima della casa, venendo da dove stava arrivando lei, vi era un edificio basso che doveva essere una stalla di maiali. Pochi metri dopo, l'odore inconfondibile di letame di maiale le diede conferma. La stalla era completamente buia, un edificio basso e allungato con inferriate al posto dei vetri alle finestre. Venti metri più avanti c'era la casa. Pelino si appoggiò al muro della stalla e si abbassò dietro un grande bidone blu dell'acqua. Nessun rumore, a parte il suono dei maiali che dormivano e si muovevano, probabilmente l'uno sull'altro. Uno o due, forse, stavano ancora mangiando, a giudicare dai forti scrocchi di mascelle che si sentivano.

La casa appariva buia, fredda e disabitata. Nessuna luce accesa visibile dall'esterno, nessun suono percepibile. Non vi erano auto parcheggiate di fronte all'edificio e – per un attimo – Pelino pensò di aver preso l'ennesimo granchio. Immaginò la faccia di Cacciabuoi, pronto a servire la sua testa ai media su un vassoio d'argento pur di non essere messo lui stesso in cattiva luce. Imprecò silenziosamente e si alzò leggermente per cominciare a muoversi verso la casa. Fu allora che vide le tracce: Rocca Pendice ha un suolo estremamente fangoso, che d'inverno mantiene l'acqua per qualche giorno dopo che è piovuto. Nel fango vi erano diverse impronte di ruote d'auto, che giungevano oltre la casa. Dalle cartine la tenente sapeva che la strada non continuava, quindi l'auto, o le auto, dovevano essere state parcheggiate dietro l'edificio, sull'erba o in una rimessa.

Scivolò silenziosa, ritornando sulla stradina d'accesso. Le finestre della casa avevano tutte le imposte chiuse, quindi avrebbe potuto accendere brevemente la torcia, per dare un'occhiata alle impronte delle auto. Guardò e contò almeno sei diversi passaggi, se non di più. E, vedendo che tutti i solchi avevano la stessa larghezza, pensò che potessero appartenere tutti allo stesso pneumatico. Era però difficile trarre conclusioni, vista la scarsa illuminazione e le condizioni del fango. L'ultimo solco sembrava recente, il fango era ancora intatto. La tenente fece mente locale: quella mattina aveva piovuto brevemente, quindi chiunque fosse andato alla casa lo aveva fatto quel pomeriggio o quella sera. Era comunque impossibile verificare se i solchi fossero stati lasciati da una macchina che andava verso l'abitazione o da una che ne veniva via. Di conseguenza era difficile capire se nella casa vi fosse ancora Bellon o meno.

«Nel dubbio pensa sempre al caso peggiore», si ripeté Pelino mentre si riavvicinava alla casa. La parte anteriore della casa dava su un prato, al momento fangoso, mentre la parte posteriore sembrava essere direttamente affacciata al bosco, un tutt'uno con la vegetazione. Passare di fronte alla casa era impensabile, troppo rischioso. Per questo la tenente decise di scivolare verso il retro: avrebbe percorso il perimetro della casa per capire se dall'altro lato vi fosse un'auto parcheggiata. In questo modo avrebbe potuto sapere cosa l'avrebbe aspettata in seguito.

Prima di partire si accucciò nel buio del sottobosco e scrisse un messaggio a Lipani: 'Sono davanti alla casa, tracce d'auto indicano possibile presenza di Bellon. Faccio ricognizione e ti aggiorno. Novità dal PM?'

Lasciò scivolare il telefono – impostato in modalità silenziosa - nella tasca dei pantaloni e si spostò verso l'angolo dell'edificio. La parete posteriore era a meno di cinque metri dalla folta vegetazione: muoversi si rivelò più complicato del previsto. Diversi oggetti e rifiuti ingombranti erano stati tirati fuori dall'edificio e spostati verso il limitare del bosco, probabilmente in seguito alla morte della madre del medico. Ad ogni passo rischiava di inciampare rumorosamente su una bicicletta, di sbattere su una lavatrice, o di far cadere la rete di un letto appoggiato alla parete. Si mosse con cautela, passo dopo passo riuscì ad avanzare fino alla fine della parete; trattenne più volte il fiato per rimanere in ascolto di eventuali rumori. Il giubbotto antiproiettile la impacciava, ma la obbligava anche a mantenere l'attenzione viva e l'equilibrio stabile. Giunta all'angolo dell'edificio si abbassò e rimase ferma in ascolto. Nessun rumore ancora. Stando accucciata, sporse il viso per vedere il retro della casa. Vi era un'auto parcheggiata, una Volvo familiare, che doveva avere almeno 10 anni. Una volta verificato che non ci fosse nessuno in vista, si alzò e corse ad appoggiare una mano sul cofano; il metallo era freddo, ma non freddo come le portiere. L'auto doveva essere parcheggiata da tre-quattro ore, non dalla mattina stessa. Lesse la targa e la inviò a Lipani: 'Auto qui da poche ore. Verifica se targa è di Bellon'.

Si sedette ed attese. Le punte delle dita e le ginocchia cominciavano a raffreddarsi: al freddo è semplice scaldarsi muovendosi, ma è altrettanto facile congelare quando si sta fermi. Dopo quattro minuti arrivò la risposta di Lipani: 'Sto ancora aspettando il mandato. Auto appartiene a Bellon. Stia attenta'.

Il medico quindi era lì; e, se la teoria di Martini era corretta, doveva esserci anche la ragazza. Rimase ferma, in silenzio, per cercare di captare ogni suono, ogni vibrazione, ogni respiro. Ma non sentì nulla, se non il continuo rumore dei maiali, sommesso e cupo.

Passarono alcuni minuti, ancora silenzio. Si avvicinò alla porta d'ingresso e accostò l'orecchio. Fu allora che riuscì a sentire un suono, debole ma costante, come un lamento interrotto da lacrime. «La ragazza!», pensò, «è qua ed è viva, almeno per ora».

Scrisse un messaggio a Lipani: 'Ragazza quasi sicuramente qui. Muovetevi con il mandato'.

Rimase in ascolto, solo stando davanti all'ingresso riusciva a sentire quel suono. Bellon e la ragazza non dovevano essere subito al di là dell'uscio, ma in un'altra stanza. Forse dietro un'ulteriore porta che attenuava i suoni facendoli giungere sommessi e distorti. Un lamento costante era segno di una condizione stabile, una sofferenza prolungata forse, ma non un pericolo imminente. Decise che avrebbe aspettato qualche minuto, ascoltando in silenzio.

Due minuti. Il lamento continuava, ma non si sentivano altri suoni.

Cinque minuti: finalmente un messaggio da Lipani, 'Abbiamo il mandato, siamo in strada'.

Otto minuti: sentì una porta aprirsi, forse metallica, e improvvisamente il lamento si fece più forte. Qualcuno trascinò qualcosa di pesante sul pavimento, sbattendo sulla porta. Doveva essere un oggetto ingombrante se Bellon, con la sua corporatura, aveva dovuto trascinarlo. Per un altro minuto ci fu solo silenzio, poi improvvisamente esplose un urlo, la rabbia e paura dell'animale che sta per essere ucciso. Ma con una voce umana, femminile: «No! No!

Toglimi le mani di dosso! Slegami subito brutto stronzo!»

«Stai zitta, stai ferma o ti ammazzo!», fu la risposta del medico, sputata anch'essa con voce animale.

Pelino non capiva cosa Bellon stesse facendo alla ragazza, ma quasi sicuramente non c'era tempo di aspettare. Considerò brevemente come agire: mosse leggermente la maniglia, la porta era chiusa a chiave dall'interno. Tuttavia si trattava di una porta di legno con una vecchia serratura Yale, di quelle che si usavano negli anni '70. Niente tecnologia antiscasso, niente portoncino blindato. Tornò rapidamente sul lato posteriore della casa in cerca di qualcosa che potesse esserle utile per aprire la porta. Accese la pila, sapendo che Bellon era dall'altro lato dell'edificio, e si guardò intorno: una lavatrice, un vecchio frigorifero, una rete matrimoniale, delle sedie, del pentolame, un set di attrezzi per il caminetto.

Questi ultimi potevano funzionare: prese la pinza per le braci lunga circa 40 cm, in ferro battuto e con le estremità piegate di circa 45 gradi. Non era perfetta, ma ragionevolmente utile almeno per provare. Corse di nuovo di fronte alla casa, si abbassò e spinse con la spalla la porta verso l'interno, fino a che – sopra alla serratura – la porta si fu allontanata di circa mezzo centimetro dallo stipite. Qui infilò la punta delle pinze da camino usandole come piede di porco improvvisato. Spinse con moderazione sulla leva, sentì scricchiolare il legno intorno alla serratura e la pinza restò incastrata tra lo stipite e la porta.

«Perfetto», pensò, e con un colpo deciso spinse la leva fino a far rompere il legno, riuscendo quindi ad aprire la porta. Dall'interno le urla continuavano; aperta la porta, restò ferma un attimo per capire se Bellon avesse sentito il rumore, ma le grida proseguirono ininterrotte. Scivolò dentro la casa e appoggiò la porta in modo che rimanesse semichiusa. Si trovava in un piccolo atrio buio, circa 3 per 2, che dava sulla cucina e su un corridoio con due stanze per lato. In fondo al corridoio si intravedeva della luce uscire dall'ultima porta sulla destra. Da lì venivano anche le grida. Pelino decise di intervenire, non poteva permettere che Bellon arrivasse ad uccidere la ragazza o a ferirla seriamente. Il PM aveva rilasciato il mandato quindi poteva agire senza problemi, almeno sul fronte legale. La situazione era critica per due motivi: primo, Bellon era più grosso di lei e avrebbe potuto avere la meglio in uno scontro fisico. Secondo, era in una stanza con la ragazza:

se si fosse chiuso dentro avrebbe potuto tenerla in ostaggio per ore, con conseguenze imprevedibili.

Si avvicinò alla fine del corridoio per guardare. Si piegò fino ad arrivare a strisciare sul pavimento. Le persone alte tipicamente guardano alla loro altezza e non sono particolarmente attente a ciò che succede al livello del suolo. Da lì avrebbe potuto sbirciare dentro la stanza, almeno un paio di secondi, anche solo per capire se Bellon era armato.

Quando raggiunse la porta e guardò dentro vide che Bellon era di spalle. Stava finendo di legare la ragazza ad un'asse di legno obliqua, la testa diretta verso il basso.

«Una qualche forma di tortura, forse per estorcerle informazioni», pensò la tenente ritraendo la testa velocemente. Anna Selmi era irriconoscibile: in una maschera di lacrime, il viso teso dalla paura e dal dolore. Ma era lei, non c'era alcun dubbio, e appariva stremata dai maltrattamenti.

Dalla sua posizione Pelino non riusciva a vedere tutta la stanza, ma dedusse che Bellon non avesse armi. Era vestito in jeans e felpa di pile: in quelle condizioni una pistola sarebbe stata quantomeno visibile, se non d'ingombro. Sentì immediatamente il peso del giubbotto antiproiettile, freddo e rigido sulle sue spalle. Lentamente retrocesse di un metro e silenziosamente lo tolse, appoggiandolo sul pavimento. Bellon e la ragazza erano dentro a una cantina, la cui porta si apriva verso l'interno. Considerato che la violenza continuava decise di intervenire: avrebbe spalancato la porta con un calcio e sarebbe corsa verso la parete di fondo, in modo che Bellon non potesse chiuderla fuori. Scivolando sul pavimento tolse il lucchetto dal catenaccio della porta: in questo modo il medico non avrebbe potuto chiuderla dentro. E, d'altro canto, Bellon non avrebbe potuto bloccare la porta dall'esterno, dal momento che l'apertura avveniva sul lato della cantina. Come sempre, quando si trattava di agire Silvia Pelino riusciva a essere concentrata, focalizzata sul suo compito. Respirò profondamente tre volte e – per entrare – aspettò che Bellon cominciasse a parlare, in modo da essere sicura che la sua attenzione fosse rivolta alla ragazza.

Bellon nel frattempo aveva immobilizzato Anna Selmi e stava raccogliendo da terra uno straccio, da mettere sul suo volto: «Vedrai che non ci metterai molto a dirmi quella cazzo di password» disse, più rivolto a sé stesso che alla ragazza ormai quasi completamente senza forze. Evidentemente era da qualche ora che il medico stava cercando con la forza di estorcere l'informazione a Selmi e – a quanto pareva – la ragazza aveva resistito tenacemente.

«Che valga la pena di rischiare la vita per una password?», si chiese Pelino. Ma subito pensò che, considerate le circostanze, se Selmi avesse rivelato la password difficilmente Bellon l'avrebbe lasciata in vita. Lei l'aveva visto in faccia e, a questo punto, aveva sentito la sua voce. Forse era per quello che la ragazza stava resistendo, nella speranza che finché lei non avesse parlato lui l'avrebbe tenuta in vita. «Ma in che condizioni!», pensò la tenente.

Pelino estrasse la pistola e la impugnò con entrambe le mani. Lo scatto fu rapidissimo, in meno di due secondi coprì la distanza tra la porta e il fondo della cantina. Durante l'ultimo balzo cominciò a ruotare su se stessa, atterrando su due piedi, immobile e stabile. Tenne le braccia in avanti, la pistola puntata verso il torace di Bellon che era due metri più avanti. Sentito il rumore, l'uomo lasciò la ragazza e si raddrizzò verso Pelino, guardandola sorpreso. Rimase fermo immobile e la guardò dritta negli occhi, con sguardo di sfida: «Mi ha trovato, tenente. I miei complimenti».

Pelino rimase in silenzio. Parlare l'avrebbe distratta e non aveva niente da dire per il momento. Ciò che contava era tenere l'uomo lontano dalla ragazza fino a che non fossero arrivati i rinforzi.

«Un'altra ragazza muta, tutte a me capitano stasera?», commentò Bellon, dopo qualche secondo di silenzio. Il tempo smise di scorrere, per Pelino. La ragazza sanguinava dalle narici e dalle labbra ed emetteva un lamento continuo. Con sguardo terrorizzato la guardò dritta negli occhi: 'Togli di mezzo questo folle', sembrò dire, disperata.

Bellon rimase fermo a guardare la tenente, che disse: «Metti le mani dietro la testa, dita intrecciate».

Il medico la guardò: «Ma sei qua da sola?»

«Metti le mani dietro la testa, subito.»

«Nel cuore della notte, in un posto isolato, dovrei ascoltarti?»

Pelino rimase immobile, guardando il medico che non dava segno di muoversi.

«Sei qua da sola, eh? E gli altri stanno arrivando? Li hai chiamati?»

Pelino lo guardò, cercando di capire cosa avesse in mente. Vide Bellon guardare in basso, di lato e poi stringere gli occhi. Aveva visto giusto, lei era da sola e lui aveva pochi minuti a disposizione per fuggire prima che arrivassero i rinforzi. Con un balzo felino Bellon scattò in avanti verso Pelino, si abbassò e le diede una testata, facendola cadere sulle ginocchia. Prese la sua pistola e corse fuori dalla cantina, lasciando la porta aperta e scomparendo nel corridoio. Pelino non perse conoscenza, ma le servirono alcuni secondi per raddrizzarsi. Sentiva un dolore lancinante sopra la fronte, la parte dove era stata colpita. Guardò rapidamente la ragazza, era grave ma non in pericolo di vita; scattò fuori, la priorità era prendere Bellon ovunque egli stesse scappando. Corse verso la porta di ingresso, lui era già uscito e scomparso nell'oscurità. Non si udiva nessun rumore, a parte i maiali. Stava scappando? O le stava tendendo un'imboscata?

Uscita di casa guardò giù, per terra. Ancora una volta fango fresco. Vide le impronte del medico, il segno delle sue scarpe. Si era diretto a destra e aveva girato l'angolo della casa, verso il retro dell'edificio. Pelino cominciò a correre in quella direzione; non fece una svolta stretta intorno all'angolo, ma la prese larga per evitare che lui potesse colpirla, nel caso si fosse nascosto lì dietro. Ma Bellon non c'era; le impronte puntavano dritto verso il bosco.

Il medico era cresciuto in quella casa e da bambino aveva percorso sentieri segnati e percorsi non tracciati in lungo e in largo. Ora era anni che non si avventurava in quel bosco ma, nonostante l'oscurità, ogni albero, ogni sasso, ogni buco gli affioravano alla memoria fornendogli riferimenti indispensabili. In pochi minuti avrebbe seminato la tenente, o almeno di questo era convinto. E se non l'avesse seminata l'avrebbe bloccata, in un modo o nell'altro. Balzò nell'oscurità con la sicurezza del cacciatore e la prontezza della preda. Si diresse nel bosco per alcuni metri fino a essere assorbito dalla penombra. Immediatamente il sentiero si divideva, a sinistra si poteva scendere a valle, verso la strada bianca, mentre a destra si puntava dritto in salita verso la parete rocciosa e la palestra di roccia. Puntò a destra, salendo a lunghi passi il sentiero.

Silvia Pelino era piccola di statura, ma agile e determinata. Tre volte a settimana, quando il lavoro lo consentiva, usciva a correre di primo mattino, un po' per tenersi allenata un po' per cominciare la giornata attivamente. Non era una velocista, anzi: tuttavia, correndo e camminando in montagna aveva guadagnato molto sul fronte della resistenza. Appena intuì che il medico aveva scelto di darsi alla fuga invece di aggredirla, scattò verso il bosco. Bellon non usava la pila, probabilmente conosceva il posto o semplicemente era troppo impaurito per accenderla. Allo stesso tempo Pelino non poteva permettersi di illuminare il sentiero perché in quel modo avrebbe rivelato la sua posizione. Le uniche risorse su cui contare erano la debole luce notturna che filtrava tra la vegetazione e l'udito. Correndo sul fango e su sentieri non tracciati il medico ansimava, rompeva rami e ogni suo passo era faticoso e rumoroso.

Lo seguì su un ripido sentiero ansimando e sprofondando nella terra, umida per la pioggia della mattina. Ad un tratto intuì che l'uomo si era spostato rispetto alla traccia principale, scavalcando un sasso e continuando su un pendio più ripido. Evidentemente puntava dritto alle rocce e conosceva un modo per giungervi direttamente. D'altronde se avesse seguito i tornanti del sentiero si sarebbe trovato spesso al di sopra della tenente, rischiando così che lei potesse raggiungerlo scalando la salita verso l'alto. In questo modo, invece, lei era costretta sempre a guardare per terra, a considerare come muovere ogni passo per non scivolare sul ripido pendio. Corsero per qualche minuto, l'uno a meno di venti metri dall'altro; il medico grazie alle gambe più lunghe piano piano stava distanziando Pelino.

A un tratto Bellon scivolò per terra, perdendo la pistola tra un cumulo di sassi. Pelino recuperò terreno e giunse quasi a toccarlo ma lui, alzandosi, la colpì sul naso con il tacco dello scarpone. Lei cadde indietro stordita e dovette perdere alcuni preziosi secondi per togliere il fango da naso e occhi. Nel frattempo Bellon si diresse verso una piccola parete di roccia alta 8-9 metri, che si trovava sotto al lato est della collina; al di sopra incombeva la cima, un lastrone di trachite alto più di 100 metri. Bellon arrancò per arrampicarsi sulla paretina: sopra continuava un altro sentiero che si spostava sulla destra.

Pelino lo seguì arrampicandosi velocemente con mani e piedi infangati, sbattendo il ginocchio destro due volte. Salita la paretina si fermò e si mise in ascolto. Improvvisamente, nessun suono. Due erano le possibilità: o Bellon era riuscito a scappare velocemente percorrendo il sentiero in senso antiorario, oppure era fermo immobile e stava aspettando di tenderle un'imboscata. Pelino ascoltò: non sentì nessun rumore, eppure se il medico fosse stato lì vicino sarebbe stato ansimante, probabilmente instabile sulle gambe tese, e qualche rumore l'avrebbe emesso.

La tenente guardò il sentiero e decise che Bellon doveva aver continuato la fuga; immediatamente partì anche lei, cominciando ad aggirare la collina in senso antiorario. Percorse circa una ventina di metri e vide che poco più avanti la vegetazione si apriva leggermente, permettendo alla luce del cielo di illuminare il sentiero. Alcune delle impronte del medico erano visibili; Pelino sorrise, aveva scelto la direzione giusta. Accelerò con entusiasmo, nel tentativo di recuperare la distanza. Mentre correva la raggiunse una sensazione sgradevole; alcuni passi dopo mise a fuoco e capì cosa l'aveva spaventata. Dieci metri più avanti, dove il sentiero diventava più visibile, le impronte di Bellon non c'erano più.

Non fece in tempo a fermare la sua corsa, un pugno chiuso la colpì sulla nuca con la forza di una locomotiva. Cadde, ma non svenne. Vide le stelle, letteralmente, e rimase abbagliata per qualche secondo, il dolore pulsante dietro la testa. L'uomo, che era nascosto dietro un tronco, uscì e la guardò giacere per terra inerme per qualche secondo. Si avvicinò cautamente per riuscire a capire – nel buio – se era riuscito a stendere la sua inseguitrice; quando fu a meno di un passo di distanza si chinò leggermente per guardarla. A quel punto Pelino fece leva sui gomiti, spinse avanti le gambe e con un guizzo lo colpì con la punta del piede nei genitali. Mentre l'uomo si accasciava, lei con l'altra gamba già stava puntellandosi per ricominciare a correre verso la direzione da cui era venuta, verso la paretina.

Pelino si mosse velocemente: aveva capito che per lei era impossibile tenere il passo di Bellon e aveva scelto di invertire i ruoli, diventando la preda. Quando Bellon l'avesse raggiunta lei avrebbe cercato il modo di immobilizzarlo. Era una scelta folle, forse suicida, ma potenzialmente efficace.

Cominciò a correre rapida; Bellon vedendola raddrizzò le gambe, strinse i denti, e cercò di starle dietro. Se Pelino era venuta da sola, era l'unica testimone del fatto che lui aveva sequestrato la ragazza; c'era ancora una chance di azzittirla. Corse avanti e la trovò vicino alla parete, mentre si stava preparando per la discesa, faccia a monte. La prese per le spalle, sollevandola e facendola cadere sulla roccia alla sommità della parete; lei cadde seduta, ma si rialzò subito. Con un movimento rapidissimo lo colpì al petto costringendolo a curvarsi in avanti, gli balzò dietro e gli bloccò il collo, stringendolo tra le braccia. Bellon si rialzò e facendolo sollevò anche lei, cercando di scrollarsela di dosso. La forza guadagnata durante anni di allenamento e la determinazione ferrea di Pelino le permisero di restare appesa al collo mentre il medico si dimenava. Continuò a stringere il collo con le braccia e la vita con le gambe. L'uomo cominciò a girare su sé stesso e due o tre volte fece sbattere Pelino sul tronco di un grosso albero, ma lei non mollò. Rimase attaccata per quasi un minuto; il medico sentiva venire meno il fiato, non riusciva più a pensare lucidamente e cominciava a barcollare sul sentiero. Mise male un piede, lo appoggiò sulla roccia alla sommità della paretina, la scarpa ancora coperta di fango. Fu questione di un secondo, perse l'equilibrio e si trovò nel vuoto in caduta libera. Pelino, scombussolata dagli urti e dal giramento di testa, si rese conto troppo tardi del fatto che stavano cadendo. Non ebbe il tempo di pensare, un istinto forse primordiale la spinse a rimanere avvinghiata all'uomo durante la caduta. Il salto era alto al più 8-9 metri. Le leggi della fisica insegnano che percorrere quella distanza in caduta libera richiede poco più di un secondo. A Pelino sembrò un'eternità: i due corpi, liberi nell'aria, girarono su se stessi e si trovarono a cadere a testa in giù. La tenente realizzò all'ultimo che stava per sbattere la testa al suolo, mollò il collo del dottore e cercò di raddrizzarsi in extremis. L'ultima cosa che vide fu la spalla di Bellon che toccava terra, qualche istante prima che lei stessa raggiungesse il suolo. Fece in tempo a vedere anche il corpo del medico che si piegava per l'urto, poi fu il buio totale.

Padova, 3 gennaio, 12.30

Lipani arrivò in ospedale a ora di pranzo. Costantemente, negli ultimi giorni, aveva scelto di passare la pausa pranzo in compagnia della tenente. Pelino, a seguito della caduta, era rimasta incosciente per tre giorni; quella mattina i medici avevano chiamato in caserma dicendo che finalmente si era svegliata, debole e precaria, chiedendo di lui. La tenente non aveva voluto sentire ragioni, dichiarando che avrebbe assunto le terapie solo se le avessero permesso di incontrare il suo maresciallo. Così Lipani aveva chiesto al capitano Cacciabuoi di poter uscire un paio d'ore e aveva comprato un mazzo di fiori di proporzioni epiche (non aveva potuto farne a meno). Trovata la stanza, entrò senza fare rumore; Pelino sembrava dormire, la testa girata verso la finestra. Sapendo quello che era successo, i medici le avevano concesso l'onore e la tranquillità di una stanza singola, fatto che per Pelino costituiva una noia mortale. La tenente si mosse leggermente: «Lipani, riconoscerei la tua camminata anche cieca e bendata! Ti muovi sempre al passo di marcia, tu!»

«Buongiorno tenente» disse Lipani, senza mascherare la felicità per il fatto che Pelino fosse rientrata ufficialmente nel mondo dei vivi.

«Gira attorno al letto, per favore. Ho il collo bloccato e per un po' potrò guardare solo a sinistra, a quanto pare.»

In effetti era stata immobilizzata in una posizione che le avrebbe permesso di guarire più rapidamente, almeno a detta dei medici.

«Per lei questo e altro, tenente. Le ho portato anche un mazzo di fiori.»

«Che fai, Lipani, ci provi? Guarda che sono troppo vecchia per te! E poi, non vedi già qualcun altro in questo periodo?»

«Ma come diavolo fa a saperlo?» pensò Lipani, che rispose: «Niente di personale, tenente. Solo normale deferenza verso i superiori».

«Certo, certo. L'avresti fatto anche per Cacciabuoi, vero?»

«No, signora. Il capitano lo avrei direttamente invitato fuori a cena.»

«Meglio non sapere, Lipani, come tu e Bruce passate le serate. Invece di stordirmi con le tue facezie, perché non mi racconti cosa è successo? È vivo? L'avete preso?»

Lipani aveva chiesto che Pelino non sapesse nulla di com'era finita la vicenda Bellon. Aveva voluto poter essere lui a raccontarle com'era stata gestita la fine dell'operazione che l'aveva vista rischiare seriamente di morire. Estrasse una copia del giornale locale e le mostrò la prima pagina. 'Arrestato il killer dell'agenzia'.

«L'avete preso, allora», disse Pelino, sorridendo debolmente.

«Legga pure, se vuole la versione della stampa locale.»

«Maresciallo, non farmi parlare male per piacere. Voglio la tua versione, poi casomai leggerò il giornale per vedere chi la spara più grossa.»

«Va bene», disse Lipani, «l'ha voluto lei. Dunque, dopo una caduta epica di circa 100 metri siete atterrati su rocce appuntite, e un branco di lupi era già pronto a cibarsi dei vostri corpi. A quel punto, è arrivato Lipani, armato solo di un taglierino, e...»

Pelino rise di gusto, le fece male tutto il collo: «Lipani, per favore. Sono in fin di vita, non riempirmi di stronzate, eh?»

«Tenente, la verità è che mi ha fatto preoccupare moltissimo. A un certo punto ha smesso di rispondere ai miei messaggi. Mentre eravamo in auto, correndo verso la casa di Bellon, pensavo lei non rispondesse perché era appostata fuori dall'edificio. Ma quando siamo arrivati abbiamo trovato solo la ragazza, senza sensi. La squadra di soccorso si è occupata di lei, slegandola e facendola lentamente rinvenire. Era infreddolita, affamata e ai limiti della disidratazione. In aggiunta, per la tensione era in grado di dire solo frasi sconnesse, senza senso. Fuori dalla cantina ho visto il suo giubbotto antiproiettile: tra parentesi, mi fa piacere sapere che ama il rischio al punto di toglierlo proprio nel momento in cui potrebbe servirle. Cos'altro fa? Sgancia la cintura quando guida in autostrada? Si asciuga i capelli col phon dentro la vasca piena d'acqua? Gioca alla roulette russa ogni sera prima di andare a letto?»

«Lipani, per cortesia!»

«Sì, scusi tenente, tutta questa vicenda ha agitato anche me. Dunque, dov'ero rimasto? Ah sì, ecco: in realtà è stata una fortuna che lei abbia lasciato lì il giubbotto antiproiettile. Avevo fatto uscire i colleghi della cinofila, nel caso fosse stato necessario fare una ricerca approfondita.

Hanno fatto annusare ai cani il giubbotto e, grazie al fatto che non pioveva, questi sono stati in grado di seguire le vostre tracce fino alla base della paretina. Non la prenda male, tenente, ma mi sono abbastanza ingelosito quando ho visto che giaceva sdraiata sopra Bellon. Entrambi eravate privi di conoscenza e molto ammaccati, a seguito di una caduta da quell'altezza. Ho fatto venire subito un elicottero che vi ha trasportati qui in ospedale. Lei è fortunata, tenente: cadendo da 9 metri ha guadagnato una serie di ematomi, praticamente in tutto il corpo, e un trauma cranico, ma senza rompersi neanche un osso. È rimasta senza sensi per alcuni giorni, ma i medici hanno continuamente controllato i suoi parametri vitali, in miglioramento continuo. Ci siamo preoccupati moltissimo ma, a quanto pare, ora è fuori pericolo e potrà tornare entro un mese a lavorare.»

«Non fare troppo la bella vita mentre manco, eh? Senti, e cosa mi dici di Bellon?»

«Al medico non è andata così bene. Anche lui si è salvato, ma cadendo si è rotto una clavicola, due costole e un gomito. È ricoverato in ortopedia, dove l'hanno sottoposto già a tre interventi, per sistemare alcune delle fratture scomposte. Fuori dalla porta ci sono due dei nostri, 24 ore su 24.»

«Il PM?»

«E' stato facile: nella macchina di Bellon abbiamo trovato un telefono con cui aveva fatto e ricevuto diverse telefonate negli Stati Uniti. Il telefono appartiene a un ragazzo milanese morto di overdose un mese fa; tuttavia dai tabulati ci risulta che il cellulare sia stato a Padova negli ultimi due mesi, seguendo i movimenti di Bellon giorno dopo giorno. Abbiamo quindi concluso che il medico abbia comprato il telefono da un tossicodipendente, probabilmente quando ha preso la droga da mettere a casa di Martini. Usava quel telefono per tenersi in contatto con gli americani, senza poter essere ricondotto a quel numero.»

«Brillante, niente da dire.»

«E indovini una cosa: dov'era quel telefono la sera del 22 dicembre?»

«Nell'agenzia di Carbone?»

«Esatto, proprio così. Probabilmente non poteva separarsi da quel telefono in nessun momento, nel caso arrivassero chiamate o ordini dagli americani. E così era costretto a portarselo sempre dietro, perfino quando doveva compiere un reato, un omicidio. A casa sua abbiamo trovato anche documenti riguardanti l'apertura di un conto in Svizzera, su cui sono stati depositati centomila euro pochi giorni fa.»

«Da dove arrivano?»

«Ci stiamo lavorando, non è così facile. Ad ogni modo, la sensazione dei tecnici è che vengano da un conto offshore, probabilmente legato alla Lifetronics.»

«Quindi Martini aveva ragione!»

«Probabilmente sì. La moglie di Bellon, messa gentilmente sotto torchio, ha detto che sapeva della dipendenza del marito; la povera donna era in grossa crisi, era giunta a prendere degli psicofarmaci per affrontare la difficile situazione. L'aveva convinto a trasferirsi da Nizza a Milano, per allontanarlo dal casinò. Ma lui ci era cascato di nuovo e aveva iniziato a frequentare bische clandestine e usurai. Per questo avevano deciso di trasferirsi a Padova. Almeno il gioco d'azzardo sarebbe stato legale, folle ma legale. La povera donna fingeva di credergli, ogni volta che lui tornava a casa la sera dicendo che era stato in ospedale.»

«Terribile», rifletté pensosa Pelino.

«Infatti! Soprattutto se si considera che a prendere psicofarmaci era lei. E il marito, che era il vero pazzo, mandava in fumo i soldi della famiglia a sua insaputa. Dalle prove in nostro possesso, la signora Bellon non è minimamente collegata ai fatti commessi dal marito.»

«Be', almeno questo è confortante. Se lui finirà dentro, lei avrà un'occasione per costruirsi una vita senza più avere un drogato in casa.»

«In effetti da un lato sembrava tesa, preoccupata per il marito. Ma dall'altro sembrava credere che questa fosse l'unica possibilità di guarigione per lui e di salvezza per lei e la figlia. Paradossalmente adesso avranno più soldi di prima, e meno preoccupazioni nella vita quotidiana. La bambina non vedeva già il padre più di una o due sere a settimana; lui era preso completamente dal lavoro – volto solo ad accumulare soldi – e dal gioco al casinò.»

«E la cronologia web del computer di Baccini?»

«Un'altra idea brillante di Bellon: invece di utilizzare il suo pc, ha volontariamente lasciato una traccia nel computer di Baccini, in modo da depistare eventuali indagini.»

«Incredibile! E tutti noi ci siamo cascati, rischiando di arrestare l'uomo sbagliato. La ragazza, la Selmi, come sta?»

«Si sta riprendendo, sotto le premurose cure di Martini.»

Pelino lo guardò: «Martini?»

«Sì, signora. Dimenticavo di dirglielo: pare che tra i due vi sia una relazione, nata da poco, ma molto intensa. Bellon, nella sua follia, aveva deciso di ricorrere alla tortura pur di estorcerle la password necessaria a decifrare i file richiesti dagli americani. Tenente, lei ha interrotto Bellon proprio nel momento in cui stava preparando la ragazza per il waterboarding, una delle tecniche più feroci per estorcere informazioni a un prigioniero. E, a quanto ricorda la ragazza, durante le ore precedenti è stata picchiata, svenendo più di una volta. Ora è malconcia, ma fortunatamente non ha ferite significative. Ancora una volta ha chiesto di essere dimessa: non ci crederà, ma vuole lavorare. Vogliono inviare un articolo entro il 7 gennaio, in modo da presentare la ricerca sulle interfacce cervello-computer alla più prestigiosa conferenza del settore. Mi hanno spiegato che presentando i risultati pubblicamente eviteranno che questi possano essere brevettati. Le loro scoperte rimarranno così di libero accesso e di pubblico dominio. In futuro sarà possibile aiutare almeno parzialmente persone non udenti, non vedenti e con disabilità, realizzando protesi direttamente connesse al cervello. E nessuno potrà commercializzare la loro invenzione in modo esclusivo.»

«E' davvero incredibile la loro dedizione al lavoro. E, in tutta onestà, se Chemelli e Martini non ci avessero messo la soluzione sotto al naso noi staremo ancora brancolando nel buio, e Selmi sarebbe probabilmente morta.»

«Infatti. Ma non lo dica in giro. Guardi qua», rispose il maresciallo, estraendo un'altra copia del giornale, quella del 2 Gennaio. Il titolo era: 'Tenente Pelino: proposta la medaglia al valore'.

Silvia Pelino non era mai stata il tipo a cui piacevano medaglie e onorificenze; tuttavia leggendo quella pagina sentì inumidirsi gli occhi. In un attimo realizzò di aver rischiato la vita a causa di un folle, che nel giro di dieci giorni aveva commesso un numero di reati tale da garantirgli diversi anni di galera.

«Per colpa di un bastardo stavo rischiando di rimanerci secca», pensò. Ma il pensiero andò ad Anna Selmi: senza la sua azione tempestiva sarebbe stata probabilmente morta. E alla moglie di Bellon, finalmente liberata dall'ossessione del marito. Al momento non aveva voglia di pensarci, ma probabilmente avrebbe accettato la medaglia senza troppe storie, se e quando fosse venuto il momento.

Aveva bisogno di riposare e di rielaborare tutte le informazioni ricevute dal maresciallo. In aggiunta, non voleva apparire vulnerabile davanti a un collega, era pur sempre un militare, e donna. «Lipani, grazie mille di essere passato per aggiornarmi, immagino dovrai tornare in caserma adesso.»

«Certo, tenente. Ci tenevo solo a chiederle una cortesia: la prossima volta, quando spicca il volo, si assicuri di avere due ali.»

«Grazie Lipani, cercherò di procurarmene un paio su internet. Grazie di cuore, per tutto.»

«Dovere, tenente. È sempre un piacere lavorare con lei, anche se finisce sempre che tutta la parte divertente la tiene per sé.»

Lipani uscì, Pelino rilassò la testa sul cuscino. Se non altro, avrebbe avuto qualche giorno per dormire.

Waikoloa, Hawaii, 9 maggio, 06.00

Martini era sotto la doccia, da solo. Si era alzato alle 5, non era facile dormire alle Hawaii, con 12 ore di fuso orario rispetto all'Europa. Stava pensando al percorso faticoso che lo aveva portato fino a lì. La fine dell'anno era stata piena di eventi sfavorevoli e per un pelo aveva rischiato tutto: la carriera, il progetto di ricerca e la vita di Anna, che stava imparando a conoscere e ad amare. Fortunatamente la tenente Pelino aveva ascoltato lui e Chemelli, mettendosi subito alla ricerca di un possibile colpevole, un contatto della Lifetronics a Padova. Era stato sorpreso quando aveva scoperto che si trattava di Bellon, non avrebbe mai detto che il suo collega potesse avere un vizio, una dipendenza così patologica da portarlo a tradire i colleghi, a uccidere una persona innocente e a torturare Anna. A ogni modo, Bellon ora era dietro le sbarre ed erano stati spiccati dei mandati internazionali nei confronti delle persone responsabili alla Lifetronics. Coinvolgere gli americani sarebbe stato difficile, ma il pubblico ministero che seguiva l'inchiesta sembrava agguerrito e determinato.

Subito dopo la dimissione di Anna si erano messi a lavorare notte e giorno, stabilendosi tutti e tre a casa di Martini. Erano riusciti a inviare l'articolo ben dieci minuti prima della scadenza, dopo averlo letto e riletto innumerevoli volte. Dopo due mesi era arrivata la risposta: il comitato aveva apprezzato il contenuto scientifico del lavoro, definendo i risultati 'scoperte sensazionali, che avrebbero rivoluzionato il nostro modo di vedere e capire il cervello. Le stesse scoperte' si leggeva, 'avranno un impatto fondamentale sulla cura di diverse patologie e disabilità, creando possibilità finora inimmaginabili per milioni di persone'.

Il comitato aveva deciso che il contributo era così significativo da meritare di essere presentato in sessione plenaria, all'apertura del convegno. E questa era un'opportunità che Martini, insieme a Chemelli e Anna, non voleva perdere. Soprattutto considerato che gli organizzatori, venuti a conoscenza delle vicende vissute dai tre, avevano deciso di premiarli pagando loro stessi le quote del viaggio e dell'albergo. Non male per Martini, Chemelli e Anna: il convegno si teneva in un Hilton, sulla più grande delle isole dell'arcipelago delle Hawaii, Big Island.

Erano atterrati due giorni prima del convegno, in modo da avere un po' di tempo per adattarsi all'orario e visitare l'isola. Avevano visto le spiagge dorate, quelle nere, le tartarughe marine, il Kilauea (vulcano tuttora attivo) e l'osservatorio del Mauna Kea, a più di 4000 metri di altezza. La sera prima erano usciti, in tre, a cena sulla spiaggia. Era stata una splendida serata, a distanza di mesi sembravano ormai essersi dimenticati i terribili eventi avvenuti sotto Natale. Anna era vitale ed energica, e una piccola cicatrice sul collo era l'unico ricordo visibile delle percosse subite da Bellon. Chemelli era più agitato di Martini, che avrebbe dovuto tenere l'intervento davanti a più di 800 persone la mattina successiva.

Ma il tonno pescato di fresco e i margaritas bevuti sulla spiaggia avevano sciolto ogni timore e, quando erano tornati sfiniti nelle loro camere, si erano addormentati felici come bambini.

Martini fu scosso dai suoi pensieri quando vide la porta della doccia aprirsi. «Ehi, eroe. Fai la doccia senza chiamarmi?»

Anna entrò in doccia, lentamente. «Finalmente un convegno a cui succede qualcosa di interessante! Mi spiego? In doccia insieme a uno degli speaker più importanti!»

Lo trascinò a sé, gli impedì di rispondere, e gli diede un'ottima scusa per arrivare al convegno in ritardo.

Note dell'autore e ringraziamenti

Non ho mai sognato di scrivere un libro, ma l'ho fatto. Tutto è cominciato durante un volo per San Francisco: avevo finito un romanzo, non mi era piaciuto e non avevo più niente da leggere. Quello che è partito come un esercizio è diventato un romanzo, interamente scritto di notte, dal momento che le giornate erano già piene di lavoro.

Le brain-computer interfaces (o interfacce neurali) rappresentano l'estrema frontiera dell'elettronica: un ambito di ricerca stimolante che da un lato apre possibilità insperabili per le persone con disabilità, dall'altro può generare notevoli opportunità commerciali e altrettanti problemi etici. Molti programmi di ricerca sono già in corso e scienziati di tutto il mondo stanno valutando approcci diversi per collegare il cervello a un computer, per finalità terapeutiche, assistenziali o militari. Un lettore curioso non faticherà a trovare in rete informazioni sui principali programmi di ricerca, a capire qual è lo stato dell'arte in questo campo e quali sono le iniziative che hanno ispirato questo libro. Alcuni studi pioneristici sono condotti proprio negli Stati Uniti, paese visitato da Martini nel romanzo. La storia è però ambientata all'Università di Padova, per ovvie ragioni di vicinanza. I colleghi mi perdoneranno se ho semplificato alcuni dettagli a favore di un racconto più snello.

Va ricordato che questa è un'opera di fantasia. Personaggi, nomi, luoghi, marchi, istituzioni ed episodi sono frutto dell'immaginazione dell'autore, e non sono da considerarsi reali. Qualsiasi somiglianza con fatti, organizzazioni, scenari o persone (vive o morte) veri o immaginari è del tutto casuale.

Dopo aver scritto questo manoscritto desidero esprimere un ringraziamento speciale a mia moglie, per essermi sempre vicina, per aver supportato e sopportato questo mio ennesimo impegno e per essere stata la mia prima entusiasta lettrice. E ai miei genitori, i migliori correttori di bozze sul mercato, e non solo.

Questo è un manoscritto autopubblicato: nel caso il lettore voglia comunicare imprecisioni ed errori, o semplicemente esprimere un commento, può contattarmi via email all'indirizzo: libri.menego@gmail.com.

"Non era facile stupire la commissaria Merlini, ma la vittima c'era riuscita, con quel suo tatuaggio. Era identico a quello di Sara, uccisa due giorni prima: sembrava fotocopiato. Le due ragazze erano simili, in tutto e per tutto, a parte per la capigliatura. Stesso tatuaggio, stessa età, simile fisionomia, stessa morte."

Chi è veramente il killer che ha fatto tremare tutta Verona, nel bel mezzo della stagione turistica? E chi sarà la sua prossima vittima?

Merlini perderà il sonno per risolvere un caso intricato e pieno di misteri. Ma la guerra più grande sarà con i fantasmi del suo passato, che getteranno ombre e incertezze sul suo lavoro, rischiando di farle perdere la direzione e la lucidità.

L'autore

Matteo Meneghini lavora all'Università di Padova, dove insegna optoelettronica e laboratorio di microelettronica. Si occupa di dispositivi per l'efficienza energetica, come LED, laser e celle fotovoltaiche, ed è incuriosito dalle tecnologie innovative. E' autore di più di 200 pubblicazioni scientifiche e ha partecipato a congressi in tutto il mondo, presentando i risultati della ricerca condotta a Padova. Appassionato di romanzi gialli, sogna di avere più tempo per leggere e non ha mai coltivato il desiderio di scrivere un libro. Ha pubblicato "Stato di Accusa: la verità non basta" nel 2018, un libro in cui l'entusiasmo per i thriller si fonde con l'interesse per le nuove tecnologie. Incoraggiato dal successo di questo romanzo, a fine 2018 ha pubblicato "Dragonfly: la prossima a morire". Il sequel di quest'ultimo romanzo è "Il caso Juliet: nessuno è al sicuro", pubblicato nel 2019. Il quarto romanzo è atteso per fine 2019.

UN'ULTIMA COSA

Questo è un romanzo autopubblicato. La diffusione di questo tipo di libro è possibile solo grazie al passaparola e alle recensioni. Lettrici e lettori soddisfatti potranno recensire questo libro sul sito di Amazon e su Goodreads.com.

Ringrazio tutte le lettrici, i lettori e chiunque decida di recensire positivamente questo libro.

Printed in Germany
by Amazon Distribution
GmbH, Leipzig

15822693R00195